사람의 길

사람의 길

초판 1쇄 인쇄 2024년 12월 6일
초판 1쇄 발행 2024년 12월 12일

지은이   정찬주
펴낸이   정태욱
펴낸곳   여백출판사

총괄기획   김태윤
디자인   남상원, 안승철

등록   2019년 11월 25일(제2019-000265호)
주소   경기도 고양시 덕양구 삼원로 73, 1213호
전화   031-966-5116
팩스   02-6442-2296
이메일   ybbook1812@naver.com

ISBN 979-11-90946-35-3 03810

ⓒ 정찬주, 2024

임진왜란 명장수 5

사람의 길

국란 때마다 충의를 다한 안방준 의병장 이야기

정찬주 장편소설

여백

차꽃 향기 같은 안방준 의병장

안방준 의병장 일대기 소설 《사람의 길》 마지막 문장을 쓰고 나니 푸른빛이 일렁이는 새벽이다. 꼭두새벽 공기를 맞이하기 위해 이불재 현관문을 연다. 소나무 둘레에 자라고 있는 차나무가 먼저 눈에 띈다. 차꽃이 희끗희끗 피어 있다. 날개를 접은 채 쉬고 있는 나비인 듯 개결하게 피어 있다. 좀 더 가까이 다가가니 차꽃은 나에게 진한 향기를 선사한다.

차나무는 자신의 모든 것을 다 내어준다. 꽃은 향기를, 잎은 녹차를 우리에게 베푼다. 온몸으로 베풀기 위해 존재하는 차나무이다. 문득 내가 써왔던 소설 속의 안방준 의병장 역시 그러한 삶이었다는 생각이 든다. 그의 성정에서 차꽃 향기가 나는 듯해서이다. 안방준 의병장은 임진왜란, 정묘호란, 병자호란 등 국란 때마다 충의를 다했던 선비였던 것이다.

나는 일찍이 안방준 의병장에 관심을 가졌는데, 그 시초는 내가 대하소설 《이순신의 7년》을 집필할 때였다. 이순신 장군이 왜란을 대비해서 유비무환의 정신으로 더 철저하게 준비했던 이유 중에 하나는 바로 안방준이 15세에 썼던 1587년 정해왜변의 영웅 이대원 녹도만호 이야기를 듣고 나서 그 전투현장인 손죽도를 순시하고 나서였던 것이다.

안방준은 박광전의 수제자였다. 안방준은 스승 박광전에게서《소학》에 나오는 '예가 아닌 것은 보지 말며, 예가 아닌 것은 듣지 말며, 예가 아닌 것은 말하지 말며, 예가 아닌 것은 행동하지 말라(非禮勿視 非禮勿聽 非禮勿言 非禮勿動).' 즉 사물잠(四勿箴)을 거듭거듭 들었던 바, 그것이 바로 선비의 길이고, 군자의 길이고 사람의 길이기 때문이었다.

그래서 나는 그 점에 착안하여 안방준 일대기 소설 제목을《사람의 길》이라고 했다. 나는《사람의 길》을 집필하면서 다산 정약용을 떠올리곤 했다. 두 선비 모두 일생 동안 끊임없이 책을 쓰고 사료를 모아 편찬해 냈으므로 그랬다. 물론 책의 권수에서는 안방준이 임진왜란, 정유재란, 정묘호란, 병자호란 등등 변란 때문에 붓을 놓았던 시기가 많았던 탓에 정약용을 앞지르지 못하지만 역사인물과 역사적 사건을 재평가하는 서책의 권수에 있어서는 조금도 뒤지지 않는 것도 사실이다.

정해왜변 때 녹도만호 이대원의 분투를 그린《이대원전(李大源傳)》과 제2차 진주성 전투를 기록한《진주서사(晉州敍事)》를 짓고, 조헌(趙憲)의 상소문을 모은《항의신편(抗義新編)》을 편찬한 뒤, 절의를 위해 죽은 16명 호남선비의 이야기인《호남의록(湖南義錄)》, 동래부사 송상현 이하 8명의 서사기록인《임정충절사적(壬丁忠節事蹟)》, 모함을 당해 죽은 김덕령과 김응회 및 김대인 의병장을 추모해 기린《삼원기사(三寃記

事)》를 짓고, 조헌(趙憲)의 《동환봉사(東還封事)》와 당쟁자료를 모아 《혼정편록(混定編錄)》, 기묘사화의 전말을 정리한 《기묘유적(己卯遺蹟)》을 편찬하고, 조헌의 고결한 뜻을 문답 형식으로 지은 〈사우감계록(師友鑑戒錄)〉, 이밖에도 《매환문답(買還問答)》, 《기축기사(己丑記事)》와 〈우산답문(牛山答問)〉, 녹도만호 정운의 분투를 그린 《부산기사(釜山記事)》등등을 지었던 것이다.

안방준의 많은 서책 중에서도 〈이대원전〉과 《진주서사》 및 《부산기사》는 내가 대하소설 《이순신의 7년》을 집필하는데 없어서는 안 될 사료였는데, 그때부터 나는 안방준 대선비로부터 크나큰 도움을 받았던 셈이다. 더구나 죽음에 이르러서까지 붓을 놓지 않은 안방준의 고원한 성정을 보면서 나는 선비정신의 전범(典範)을 대하는 것 같아 모골이 송연했던바, 그 순간이 생생하다. 나에게 작가란 모름지기 목숨이 붙어 있는 한 붓을 놓지 말아야 한다는 경책 같았던 것이다.

끝으로 '작가의 말'을 마무리 지으려고 하니 고마운 분들이 몇 분 떠오른다. 보성군 김철우 군수님께서 전화로 "작가님, 안방준 의병장 이야기를 써주세요." 하고 부탁하셨던 것이다. 그 호탕한 목소리의 여운은 아직도 귓가에 남아 있는 듯하다. 산중에 은거하듯 낙향해 있는 나를 알아주니 어찌 고맙지 않겠는가. 더불어 보성군 홈페이지에 연재하는 동안 자료를 보완해주고 챙겨준 담당 공무원 분들께도 감사를 드린다.

또 한분, 《은봉전서(隱峯全書)》를 번역하신 안동교 박사님께도 감사를 드린다. 안 박사님의 번역서가 나에게는 확실하게 기댈 언덕이 되어주었기 때문이다. 번역서가 없었다면 《사람의 길》 집필은 몇 년쯤 뒤로 미뤄졌을지도 모른다. 그러고 보니 감사를 드릴 분들이 또 있다. 소설을 연재하는 동안 내내 댓글로 응원해주신 분들이다. 이남섭 시인님, 조영을 후배님, 안병준님, 이창열님, 이인석님 등등이다. 그리고 연재 소설 원고를 송고하기 전에 꼼꼼하게 교정을 봐준 아내 호연에게도 고마움을 표하고 싶다. 뿐만 아니라 어려운 출판환경이지만 기꺼이 출판해준 여백출판사 김태윤 대표님과 수고하신 출판관계자 여러분께 감사를 드린다.

2024년 가을, 이불재에서
벽록 무염 정찬주

차례

아버지와 아들

간밤에 진눈깨비가 내리더니 꼭두새벽부터 싸락눈이 흩날렸다. 사랑방에서 쿨럭쿨럭 기침소리가 났다. 귀밑머리가 희끗한 안중관(安重寬)은 사발에 든 자리끼를 마신 뒤에야 기침을 멈추었다. 밤나무꽃 벌꿀이 들어간 자리끼는 달착지근했다. 아내 진원 박씨가 간밤에 갖다놓은 자리끼였다.

진원 박씨가 거처하는 안방에 먼저 등잔불이 켜졌다. 진원 박씨는 부엌 아궁이 잿더미 속의 숯불로 등잔불을 켰던 것이다. 일곱 살 아들 삼문(三文)이도 일어나려고 눈을 비볐다. 그러자 진원 박씨가 꼬무락거리는 아들 어깨까지 솜이불을 덮어주며 말했다.

"쪼간 더 자그라. 동이 틀라믄 아직 멀었응께."

"아부지께서 지를 지다리고 겨실 것인디요. 근디 엄니는 맨날 으째서 빨리 일어나부시요."

"첫 시암물 뜰라고 그런다. 정한수는 새물이 영험허다고 헌께."

"그라믄 어저께 떠다놔불제 그라요."

"어저께 시암물허고 오늘 시암물이 어처께 같겄냐? 고인 물허고 새물인디. 니가 공부함서 날마다 달라지데끼 말이다."

부엌일을 하는 부엌데기 여종이 있지만 정한수만큼은 진원 박씨가 마을 초입에 있는 샘터로 가서 직접 떠왔다. 그런 뒤 장독대 위에 올려 놓고 천지신명께 가족 모두가 무병장수 무탈하기를 빌었다.

삼문은 눈을 말똥말똥 뜬 채 어머니가 나가기만을 기다렸다. 어머니 진원 박씨 말은 자애로웠지만 이마에 찬물이 끼얹어지는 듯했던 것이다. 잠시 후 삼문은 솜이불을 밀쳐냈다. 창호에는 벌써 푸른 새벽빛이 일렁이고 있었다. 어느 새 사랑방에도 등잔불이 켜졌다. 삼문의 아버지 안중관이《논어》술이(述而) 편의 한 구절을 노래하듯 읊조렸다.

도에 뜻을 두고 덕을 바탕에 두고,
인에 의지하고 예에서 노느니라.
志於道 據於德 依於仁 遊於藝

"아부지 기침허셨는게라우?"

"오냐, 추운께 얼릉 들어오너라."

모래알 같은 싸락눈이 삼문의 얼굴을 때렸다. 삭풍이 안채 뒤쪽의 대숲을 흔들면서 불어왔다. 방문을 닫고 나자 자지러지게 흔들리던 등 잔불 불꽃이 바로 섰다. 삼문은 윗목으로 올라가 바르게 앉았다. 아버지 안중관이 말했다.

"《논어》중에서 아부지가 젤로 좋아허는 구절이 뭣인지 아느냐?"

"쪼깜 전에 읊조리신 구절이 아닌게라우?"

"맞다. 내 좌우명이 있다믄 바로 고것이다. 모름지기 대장부라믄 고 로코름 살아야 헌다."

안중관은 새삼 아들의 이름을 중얼거렸다.

"삼문아, 니 이름을 삼문(三文)이라고 바꾼 것이 참말로 안심이 된 다야."

"아부지 깊은 뜻이 있으시겠지라우."

"도에 뜻을 두고 덕을 바탕에 둠서 인에 의지허고 예에서 놀드라도 재앙이 덮쳐불믄 모다 허망헌 꿈인 것이니라."

안방준(安邦俊)의 첫 이름은 삼문(三問)이었다. 안방준이 태어난 달 초순에 첫째작은아버지 안중홍(安重洪)의 꿈에 의관을 차린 한 선비가 "그대 형수께서 아기를 낳았느냐?"고 물었다. 안중홍이 "아직 낳지 못 했다."고 대답하자 물러가더니 또 다시 그 달 음력 16일에 찾아와서 물 었고, 20일에 또 나타나더니 물어 안중홍이 "아기를 낳았다."고 말했 다. 그러자 선비가 "무슨 시(時)에 태어났느냐?"고 말했다. 이에 안중홍 이 유시(酉時, 오후 5-7시)라고 대답했던바, 선비가 "태어난 시가 흠이오." 라고 탄식했다. 이처럼 꿈에 한 선비가 세 번을 찾아와 물었다고 해서 안중홍은 아기이름을 형 안중관과 상의해서 삼문(三問)이라고 했는데, 안중홍은 뒤늦게 그 선비가 탄식한 이유를 짐작했다. 그는 "성삼문(成三問)은 비록 흠모할 만하나 가장 가혹한 화(禍)를 당했다."고 말하며 마침내 삼문(三文)이라고 고쳤던 것이다.

안중관은 바로 아래동생 안중홍의 권유를 받아들일 수밖에 없었다. 안방준이 태어나던 날 밤에 가노(家奴)와 마을의 인척이 흡사한 꿈을 꾸었는데, 한 마리 봉새가 안채 지붕 모서리에서 하늘 높이 날아오르 자 뭇 새들도 따랐다. 그런데 봉새가 수십여 장(丈)에 이르러 다시 날개 를 펴고 내려오니 뭇 새들도 뒤에서 내려왔다. 이러기를 세 번이나 반복한 붕새가 허공 너머로 사라지자, 뭇 새들도 산지사방으로 흩어졌다. 다음날, 이와 같은 꿈 얘기를 들은 일가친척은 물론이고 마을사람들은 "빼어난 인물이 나타날 상서로운 꿈이다."라고 해몽을 했다. 안중관 역시 아기가 장차 성삼문처럼 큰 선비가 될 것 같은 예감이 들었다.

안중관은 장남 안방선(安邦善)보다 차남인 삼문에게 더 각별했다. 장남 안방선은 나주목사와 남원부사를 지냈던 할아버지 안축(安舳) 덕분에 음보(蔭補)를 받아 한성으로 올라가 오위도총부에서 종5품의 창신교위(彰信校尉)를 지내고 있었다. 전부인 성주 현씨가 낳은 안방선은 올해 37세로서 이제 아버지 안중관의 도움을 받지 않아도 되는 나이였다. 반면에 진원 박씨가 낳은 늦둥이 삼문은 고작 7살이었으므로 아버지의 보살핌이 필요했다. 안중관은 이른 새벽에 삼문이 문안인사를 올 때마다 늘 공부의 진척을 묻곤 했다.

"삼문아, 서당에서《소학》을 공부허고 있다고 했제?"

"올 시안 초부텀 시작했그만요."

"인자 으디를 배우고 있냐?"

"입교(入敎) 편을 외와 바치고 인자 명륜(明倫) 편을 들어갔어라우."

"양촌 권근 선비는《소학》을 통달해야만 다른 공부를 헐 수 있다고 했느니라. 글고 한훤당 김굉필 선비는 일생 동안《소학》을 손에서 놓지 않았는디 스스로를 '소학동자(小學童子)'라고 부를 만치 사숙했다고 허드라."

"예, 아부지 영념허겠습니다요."

"내편의 입교는 교육허는 법을 말허는 것이고, 명륜은 오륜을 밝히는 것이며, 경신(敬身)은 몸을 공경히 닦는 것이고, 계고(稽古)는 옛 성현이 사적을 기록하여 입교, 명륜, 경신을 설명헌 것이니라. 글고 외편은 송대 유학자덜의 언행을 기록헌 것이니라."

"올 시안에 반다시《소학》을 달달 외와불겄습니다요."

"너무 앞서지는 말그라. 그러다가는 동학덜에게 질시를 당헐 수도 있응께 말이여."

"훈장님 말씸대로만 헐게라우."

"니는 니 성허고 달리 학문에 소질이 있응께 성취가 클 것이다. 니 성은 타고난 무재(武才)를 살려 오위에서 교관 노릇을 허고 있느니라."

그날따라 유난히 삼문의 눈썹 언저리가 빛났다. 등잔불 불빛이 눈썹 언저리에 스며들어 반사하고 있었다. 청어기름으로 밝힌 등잔불 불빛이었다. 그런 까닭에 삼문의 눈은 마치 새벽별처럼 또록또록 빛났고, 화등잔 만하게 보였다.

안중관은 가문에 대한 자부심이 대단했다. 삼문은 아버지로부터 조상의 얘기를 귀에 못이 박힐 만큼 듣곤 했다. 그런데 이상하게도 삼문은 반복해서 듣는 얘기였지만 조금도 지루하지 않았다. 아버지가 이른 새벽에 조상을 얘기할 때마다 구수한 옛이야기처럼 재미있기까지 했다. 그래서인지 그때마다 삼문의 눈은 등잔불처럼 환하게 밝아졌다.

"니 5대조 민(民)자 하나부지께서는 무과급제허신 뒤 세조 임금님 때 이시애 난중에 순절허신 분이다. 임금님께서 정7품 훈련원 참군(參軍)을 추증허셨제."

삼문의 5대조 할머니는 보성 선씨였다. 5대조 할아버지 안민(安民)이 처가가 있는 보성에 정착한 이래 후손들이 퍼졌다. 그러니까 안민은 보성 입향조인 셈이었다. 삼문의 고조는 현감을 지냈고, 할아버지 안축

(安舳)은 나주목사와 남원부사를 지냈다. 특히 안축은 보성에 거주하는 죽산 안씨 가문을 크게 일으킨 문신이자 학자였다.

"하나부지께서 돌아가시고 나서 1년 뒤에 니가 태어났어야. 근디 니가 하나부지를 젤로 많이 닮았제. 공부허는 모습이 말이여."

사록(司祿) 안수륜(安秀崙)의 아들인 안축은 중종 때 대곡(大谷) 성운과 화담(花潭) 서경덕, 하서(河西) 김인후, 휴암(休庵) 백인걸, 임당(林塘) 정유길 등과 함께 사마양시에 합격하자 육현방(六賢榜)이 급제한 시험이라고 하여 온 조정이 떠들썩했다.

이후 안축은 중종37년(1542)에 정시문과에 을과로 급제한 뒤 승문원 정자를 거쳐 호조 및 병조, 예조 좌랑을 역임했고, 사간원 정언과 사헌부 지평, 장령에 제수되었지만 병을 핑계로 사직하고 외직을 희망하여 영광군수를 역임하는 동안 명종 즉위년(1545) 을사사화를 피했다. 다시 내직과 성주목사와 광주목사에 제수되었지만 사직했고, 명종8년(1553) 7월부터 명종9년(1554) 4월까지 나주목사를 역임하다가 춘추관 편수관에 제수되었다.

"하나부지만치 출사 길이 화려헌 분도 드물 것이다. 임금님 신임이 을매나 두터우셨으믄 그랬겄냐. 실력은 물론이고 위기지학이 탁월헌 분이셨제."

안축은 항상 소신대로 살 뿐 흔들림이 없었다. 외직인 남원부사를 명종11년(1556)부터 명종12년(1557)까지 역임하다가 간신배들이 집권하여 조정이 어지러워지자 향리로 돌아와 김인후, 석천 임억령과 함께 시골에 은거하며 잠심(潛心)을 했다. 그러자 호남의 높은 세 선비, 즉 호남삼고(湖南三高)로 불렸고 73세를 일기로 타계했다.

"니도 공부를 해서 하나부지맹키로 높은 관직에 오를 수 있겄지야?"

"아부지께서는 어쩌께 생각허실지 모르겄는디 지는 하나부지께서 호남삼고로 불리셨다니 참말로 거룩허시그만요."

"잠심을 허신 것은 뜻을 다 이루시고 난 후의 일이다."

"아부지께서 '도에 뜻을 두고 덕을 바탕에 두고, 인에 의지하고 예에서 노느니라.'는 공자님 말씸을 좋아하신 거맹키로 지도 공부만 험시로 그라고 잪그만요."

"허허허. 하나부지께서는 출사와 잠심, 두 길을 걸으셨는디 니는 한 길만 갈라고 허는 거 같구나."

안중관은 아들 삼문이 성격대로 고집을 부린다고 느꼈다. 삼문은 어리지만 한 고집 했다. 한 번 고집을 부리면 아버지의 꾸중을 듣고서야 마지못해서 꺾곤 했던 것이다. 안중관은 말머리를 돌렸다.

"또 본받을 것은 니 작은아부지 효성이다. 니 작은아부지는 에려서부터 소문난 효자였어야. 하나부지가 돌아가셨을 때 비가 오나 눈이 오나 3년간 시묘살이를 했제. 그래갖고 보성 효자로 조정에 천거되어 헌릉참봉에 제수된 것이여. 을매나 효성이 지극했으믄 참봉이 되었겄냐. 아무라도 숭내 낼 수 읎을 것이다."

작은아버지 안중홍은 실제로 일가친척들이 인정하는 효자였다. 삼문은 아버지 당부를 그대로 받아들였다.

"아부지 서당 훈장님이 효(孝)에서 충(忠)이 나온다고 했어라우. 지도 작은아부지맹키로 되고 잪그만이라우."

안중홍의 시묘살이는 일가친척과 마을사람들을 놀라게 했다. 시묘

살이를 상례(喪禮)대로 하는 사람이 아주 드물었던 것이다. 대부분 사람들은 낮에만 시묘를 하다가 밤이 되면 슬쩍 집으로 돌아와 자고는 아침 일찍 산으로 올라가곤 했기 때문이었다. 뿐만 아니라 시묘살이를 하는 동안에는 소금이 들어간 음식을 일체 먹지 않는 무염식을 해야 함에도 그렇지 못했다. 그런데 안중홍은 무염식은 물론이고 3년 동안 부모 산소 옆에서 조석으로 곡(哭)을 하며 살았던 것이다.

"글고 삼문아, 내가 참말로 애석허게 생각허는 것이 있다. 니 막내작은아부지가 일찍 요절헌 것이다. 니 막내작은아부지는 21살 때 사마시에 합격허고, 성균관 제술시에 세 차례나 장원허고, 25살 때 동당직부시(東堂直赴試)에 급제했으나 창방(唱榜) 전에 돌연 죽고 말았으니 어찌 내 맘이 아프지 않겠냐."

동당직부시란 특별하게 응시자격이 주어진 사람이 보는 문과시험을 뜻했고, 창방이란 문무과(文武科)나 생원진사과(生員進士科) 등 시험을 치른 후 1주일 전후로 합격자를 발표하는 의식이었다. 그러니까 안중돈(安重敦)은 문과에 급제한 뒤 창방 전에 죽었던 것이다.

일찍이 요절한 동생을 생각하는 안중관의 눈가에 이슬이 맺혔다. 등잔불 불빛에 안중관의 눈가를 적신 눈물이 또렷하게 드러났다. 삼문은 일부러 아버지를 보지 않으려고 벽을 응시했다. 감정을 추스른 안중관이 나직한 소리로 한 마디 했다.

"삼문아, 효도는 작은아부지맹키로 허고, 학문은 막내작은아부지맹키로 해야 헌다. 알았지야?"

"아부지, 작은아부지덜맹키로 효도허고, 공부헐랑께 걱정 마씨요."

"암은, 그래야 써."

어느 새 창호가 푸른빛에서 흰빛으로 바뀌어 있었다. 새벽이 물러가고 밝은 날빛이 몰려왔다. 잠잠해진 삭풍은 더 이상 방문을 잡아당기지 않았다. 아버지의 눈물을 본 삼문은 어정쩡하게 일어났다. 아버지를 위해서 눈치껏 물러나려고 했다. 안중관도 일어서서 나가려는 아들을 쳐다만 볼 뿐이었다.

방문 밖에 그림자가 어른거렸다. 삼문의 어머니 진원 박씨였다. 삼문이 다른 날과 달리 사랑방에서 나오는 시간이 늦어지자 혹시나 야단맞고 있는 것은 아닌지 걱정돼서 그러고 있었다.

그런데 그때였다. 삼문이 막 방문을 열고 나서려고 할 때였다. 안중관이 말했다.

"삼문아, 니를 막내아부지 양자로 보내고 잖은디 니 생각은 으쩌냐?"

"잘 모르겄그만이라우."

삼문은 요절한 동생을 측은하게 생각한 나머지 눈물을 보인 아버지에게 선뜻 대답하지 못했다. 그러나 밖에 있던 진원 박씨가 반대했다.

"영감님, 에린 삼문이헌테 무신 말씀인게라우?"

"내가 못헐 말을 허지는 않았소. 불쌍헌 동상 집에 대가 끊어지게 생겼는디 어찌 보고만 있을 수 있겄소."

안중관이 완강하게 말하자 진원 박씨가 태도를 다소 누그러뜨렸다.

"양자를 가드라도 삼문이가 우리 집에서 산다믄 모르겄소만."

"당장에 에린 삼문이를 보낼 생각은 읎소. 공부를 더 해야 헌께 말이요."

"그래야겄지라우. 삼문이가 당장 집을 나가는 줄 알고 가심이 벌렁

벌렁했그만이라우.”

　“삼문아, 양자를 가드라도 작은엄니 집에만 사는 것은 아닌께 걱정
말그라.”

　“아부지 말씸을 따르겄습니다요.”

　“기묘년이 다 갔응께 경진년에 고로코름 허자.”

　경진년이란 삼문이 여덟 살이 되는 해였다. 어쨌든 이제는 삼문이
요절한 안중돈의 양자가 되는 것은 정해진 수순이었다. 안중돈의 아내
남원 양씨는 아들을 하나 얻는 셈이었다.

서당 공부

자국눈이 고샅길에 홑이불처럼 덮여 있었다. 바람이 불지 않기 때문에 춥지는 않았다. 사립문에 매달린 방울이 댕그랑! 소리를 냈다. 머슴 선돌이가 골목 입구의 고샅길부터 자국눈을 쓸고 있다가 사립문을 급히 열었다.

"어르신, 훈장님께서 오시는그만요."

"알았다."

안중관이 사랑방에서 나왔다. 아침햇살이 마당을 덮은 자국눈에 난반사했다. 서당 훈장이 눈이 부신 듯 얼굴을 찡그리며 걸어왔다. 절룩거리는 탓에 그의 발자국이 어지럽게 찍혔다. 안중관이 말했다.

"무신 일인게라우?"

"오늘은 서당이 쉬는 날이라서 영감님을 뵈러 왔그만이라우."

훈장은 어린 시절부터 다리를 절룩거리어 생진사 시험은 물론 무과시험에도 나가지 못한 불운한 사람이었다. 그러나 그는 학동들에게 《천자문》이나 《소학》, 《논어》, 무기를 다루는 《병서》까지 정성을 다해 가르쳤다. 불편한 몸 때문에 출사를 못한 자신의 박복한 운명에 대한 반작용일 터였다. 그렇게라도 보상을 받고 싶었던 것이다.

"여쭐 일이 있그만이라우."

"삼문이가 뭔 일을 저질렀소?"

서당 훈장은 사랑방으로 들어와서야 입을 쭈뼛거리며 대답했다.

"영감님께 사과드릴 일이 있그만요. 또 양해 받을 일도 있고라우."

안중관은 화로를 서당 훈장 앞에 놓았다. 어제 초저녁에 채워 넣은 숯불은 아직도 온기를 품고 있었다. 그런데 훈장이 안중관에게 말할 사과의 내용은 별다른 것이 아니었다. 《소학》을 공부하던 삼문이가 갑자기 학동들이 배우는 《천자문》을 다시 익히겠다고 해서 자신이 허락했는데, 삼문이의 공부하는 태도가 예전과 달리 건성이라며 고개를 숙였다.

그래도 삼문의 입장에서는 이삼 년 전에 《천자문》을 훈장에게 외워 바쳐 책거리까지 했으므로 더 이상 익힐 것은 없었다. 안중관은 아들 삼문이가 《천자문》을 떼고 책거리한 날을 분명하게 기억했다. 막걸리와 떡, 과일 등을 머슴 선돌이가 지게에 한가득 지고 서당 훈장집으로 갔던 것이다.

"삼문이가 요새는 칼을 들고 댕기는 아그덜허고 놀기를 좋아허는그만요."

"선비가 될라믄 문무를 겸허는 것도 좋지 않겄소? 삼문이가 칼을 갖고 서당에 갈 때 나는 고로코름 생각했소."

"학동덜이 쪼깜 더 공부를 헌 뒤에 칼을 맨져도 늦지 않지라우."

훈장은 서당에서 일어났던 학동 간의 불미스러운 일도 안중관에게 털어놓았다. 며칠 전의 일이었다. 칼을 가지고 벌어졌던 학동 간의 다툼이 있었던 것이다. 오전에 《천자문》 외우기를 마치고 나서였다. 가랑

눈이 내리고 있는 탓인지 훈장은 다른 날보다 수업을 조금 일찍 끝냈다. 점심은 집에 가서 먹기 때문에 학동들은 《천자문》 필사본을 덮자마자 순식간에 뿔뿔이 흩어졌다. 그런데 학동 두 명이 서당 마당에 서서 큰소리를 질러 훈장을 놀라게 했다. 삼문은 다투는 두 학동 사이에 끼어 싸움을 말리는 중이었다.

체구가 작은 학동이 키다리 학동에게 따지고 있었다.
"그 칼은 내 것인께 인자 주라!"
"무신 소리냐! 내 떡을 니에게 주고 바꽜는디."
"나는 바꾼다고 말헌 적이 읎어야. 긍께 니가 내 칼을 뺏어간 것이나 다름읎제."
"음마, 내가 니 칼을 받음시로 떡을 준 것이여. 꿀떡! 허고 생켜불고 나서는 칼을 달라고 형마잉. 아따, 니 배짱 한 번 좋다야."
"니는 사기꾼이여. 니가 떡을 주믄 내가 내 칼을 한 번 만져 보라고 했제 바꾼 것이 아니란 말이여."
"이 자슥이 나보고 사기꾼이라고 허네잉!"
키다리 학동이 한 손으로 칼을 뺏긴 학동을 밀쳤다. 그러자 체구가 작은 학동이 마당으로 힘없이 넘어졌다. 삼문이가 보기에는 두 학동 모두 잘못이 있었다. 그러니 싸우고 있는 두 학동 간의 원만한 해결방법은 없었다. 떡을 얻어먹은 학동과 칼을 빼앗은 학동의 생각이 크게 다르기 때문이었다. 훈장은 마루에서 가랑눈을 지켜볼 뿐 누구의 편도 들지 않았다. 이윽고 삼문이가 중재를 했다. 삼문이가 서당에 두었던 자기 칼을 들고 나와 말했다.

"느그덜, 훈장님이 지켜보고 겨시는디 싸우지 말드라고."

"이 자슥이 내 떡을 묵고 엉뚱헌 소리를 헌게 그라제."

"내가 칼을 빌려준다고 했제, 준다는 소리는 안 했그만."

"자자, 요로크롬 허믄 으쩔까?"

삼문이가 중재하려고 하는 방법은 두 학동을 모두 만족시킬 수 있었다. 체구가 작은 학동에게 칼을 돌려주는 대신 삼문이의 칼을 키 큰 학동에게 주는 것이었다. 두 학동을 일거에 만족시킬 수 있는 해결책이었다. 지켜보고 있던 훈장은 두 학동이 돌아간 뒤 따로 삼문을 불러 말했다.

"삼문아, 미안하구나. 내가 집에서 칼을 가져오라고 말허지 않았으믄 니 칼이 읊어질 일도 읎고, 두 놈이 싸울 일도 읎었을 것인디 말이다."

"훈장님께서 병서를 가르치실 때 칼을 봄시로 허믄 실감나지라우. 긍께 집에 칼이 있는 사람은 갖고 나와라고 했겄지라우."

"니헌테 미안헌 것이 또 있다. 《천자문》 반에 니를 다시 끼여 넣은 거 말이다. 《소학》을 계속 시켰어야 허는디 말이여."

"훈장님, 지는 요번 《천자문》에서 많은 것을 느끼고 있그만요. 아조 에렸을 때는 뜻을 모르고 줄줄 외우기만 했지라우. 헌디 요새는 《천자문》의 짚은 뜻이 쪼깜썩 이해되드랑께요."

"허허허. 고로코롬 생각헌다믄 다행이다. 근디 동짓날 후에는 니허고 헤어져야 헐 것 같다."

"으디로 가시는게라우?"

"한성에서 니 성이 나를 부른다야. 그 짝에 학동덜이 있는지 1년만 갈쳐달라고 헌다. 비록 베슬은 못허드라도 한번 태어난 인생인디 임금님이 겨시는 한성에서 쪼깜 살아봐야 쓰것다."

"아이고, 좋은 일이시그만요."

"근디 니 부친께서는 어쩌께 생각허실지 모르겄다야."

훈장을 초대한 사람은 삼문이의 형 안방선이었다. 안중관의 전부인 성주 현씨가 낳은 아들로 올해 37세인데, 오위도총부에서 미관말직인 종5품의 창신교위(彰信校尉)를 지내고 있었다.

훈장이 서당에서 일어났던 불미스런 일을 다 이야기하고 나자, 안중관이 부젓가락을 들고 화로 안의 재를 뒤적였다. 그러자 재속에 묻혀 있던 숯덩이가 벌겋게 드러났다. 차츰 숯불의 온기가 훈장에게 퍼졌다. 안중관이 말했다.

"나에게 양해 받을 일이 뭣이요?"

"삼문이에게 미리 말을 했는디 혹시 듣지 않으셨는게라우?"

"삼문이는 서당에서 공부헌 것 말고는 얘기를 벨로 허지 않는 아그요. 무신 일이요?"

"올 동짓날 이후부터는 서당을 비울 것 같그만요."

"으디로 가요?"

"예, 한성에 사는 자제님이 거그 학동덜을 1년만 갈쳐달라고 부탁허그만요."

"방선이 말이요?"

"예, 1년만 갈쳐달라고 해서 그랄라고 허그만요. 베슬을 포기허고 산 지 오래 됐지만 한성은 진작부터 가보고 잪았그만이라우."

"여그 학동덜은 누구헌테 배우믄 되겄소?"

"흥양이나 장흥에서 훈장을 찾으믄 오겄지라우. 으쨌든 지는 서당 문은 학동덜이 공부를 허든 자습을 허든 열어놓고 갈 맴이그만요."

"고것은 잘헌 일이요. 1년 뒤에 내려온다고 허니 마실 학동덜에게는 그나마 다행이요."

안중관은 훈장을 붙잡지 못했다. 만류한다고 해서 훈장이 마을에 주저앉을 것 같지도 않았다. 한성에서 한번 살아보고 싶은 것이 그의 꿈이었기 때문이었다. 그래도 다행인 것은 훈장이 1년이 지난 뒤에는 돌아오겠다고 하니 굳이 흥양이나 장흥에서 훈장을 구하지는 않아도 될 것 같았다. 더구나 서당 문을 학동들이 사용할 수 있도록 열어놓겠다고 하니 반장을 정해서 이미 배우고 익힌 바를 자습해도 좋을 듯했다.

"삼문이가 애늙은이 같아서 에린 학동덜을 갈칠 수도 있겄소."

"충분허지라우. 삼문이 몸땡이 속에는 늙은 영감이 들어 있는 거 같드그만요. 메칠 전에 학동덜끼리 칼을 갖고 싸운디 삼문이가 똑떨어지게 해결해불드랑께요."

"말허는 태도를 보믄, 방선이가 에렸을 때보다 훨씬 어른스러운 것은 사실인디 으떤 때는 숭악허기도 허지라."

삼문이의 말하는 태도나 조신한 행동은 또래답지 않게 어른스러웠다. 열댓 살이라고 해도 전혀 이상하지 않을 정도였다.

"근디 지는 으째서 삼문이가 《소학》을 배우다가 《천자문》을 다시 공부허겠다고 헌 이유를 모르겄그만요. 보통은 《소학》을 빨리 떼고 《논어》를 배울라고 헌디 말이요."

"공부허고 잪은 맴이 사그라들어서 그랬을 수도 있소."

"학동덜 사이에 항시 앞서가든 삼문이가 그라다니 솔직히 이해가 안 갔지라."

"삼문이 맴이 요새 싱숭생숭했을 것이요."

안중관은 훈장에게 삼문이의 양자 소식은 말하지 않았다. 내년의 일을 미리 알릴 필요는 없었다. 삼문이 마음도 갈팡질팡했지만 아들에게 애정을 쏟았던 친모 진원 박씨 역시 남편과 달리 가끔 한숨을 쉬곤 했다.

훈장이 간 뒤, 안중관은 안방으로 가서 부엌에 있던 아내 진원 박씨를 불렀다.

"임자, 삼문이가 요새 맴을 잡지 못헌 거 같은디 임자 맴도 복잡허게 보이요."

"영감께서 이미 삼문이를 지 작은아부지 집으로 보낼라고 정해부렀는디 지가 뭣이라고 헌들 바꽈질랍디여."

"그래서 그런개비요. 삼문이가 《소학》을 공부허다가 집중이 안 되는지 예전에 외와 바쳤던 《천자문》을 다시 보고 있다고 훈장이 말헙디다."

"속이 짚은 삼문이지라우. 아그가 나름대로 생각이 있응께 그라겄지라우."

"작은아부지 집으로 양자 가라는 말에 그란 거 같은디 막상 맴을 정리허고 나믄 차분해질 것이요."

"양자를 가드라도 당분간은 우리 집에서 살기로 했은께 지는 영감 말만 믿고 있그만이라우."

"삼문이가 제수씨 집에 가기도 허겄지만 공부를 마칠 때까지는 주로 우리 집에서 살 것인께 걱정허지 마씨요.”

“영감께서 지헌테 헌 약속인께 지키시겠지라우.”

“글고, 임자. 우리 집에서는 삼문이라고 불렀지만 제수씨는 우리 죽산 안씨 족보에 올릴 이름으로 부르는 것이 좋겠소”

“삼문이 이름을 따로 지어놓은 것이 있는게라우?”

“한성에 있는 성 이름이 방선(邦善)인께 방준(邦俊)이라고 지어놓았소.”

“큰일을 헐 사람 이름 같그만이라우.”

“인자 초명(初名)을 버릴 때가 된 거 같아서 방준이라고 생각해 두었소.”

안중관은 삼문이가 양자로 간 뒤부터는 초명을 버려야 한다고 생각했다. 또한 어느 때인가는 족보에 올려야 하므로 정식 이름이 있어야 할 것이라고 여기고는 지어놓았던 것이다. 아들의 정식 이름을 들은 진원 박씨 표정이 한결 밝아졌다. 전부인 성주 현씨 소생의 방선이와 비로소 형제 같은 느낌이 들었기 때문이었다.

삼문이가 안방에 들자 진원 박씨는 여종을 부르며 다시 부엌으로 나갔다. 이른 아침부터 부엌에서 여종이 가져온 무청을 다듬고 있었던 것이다. 안중관은 별채에 있던 삼문이를 사랑방으로 불렀다. 안중관이 말했다.

“쪼깜 전에 훈장님이 댕겨가셨다.”

“어른덜이 겨시길래 지는 별채 골방에서 그동안 밀쳐주었던《소학》을 보고 있었그만요.”

“서당에서《천자문》을 다시 보았담서야?”

"예, 아부지. 근디 《천자문》을 다시 본께 에렸을 때 보았던 《천자문》 허고 또 다르게 보이드그만요."

"그래? 천지현황(天地玄黃)을 말해보그라."

"예전에는 하늘[天]이 밤하늘이라서 검다[玄]고 생각했는디, 요새는 하늘[天]이 아조 그윽헌 것이어서 검다[玄]라고 했을 거 같그만요."

"그렇다믄 땅[地]은 어째서 누른[黃] 것이냐?"

"땅[地]은 금뎅키로 귀헌께 누르다[黃]라고 했을 거 같그만요."

"허허허."

안중관은 아들의 한 마디에 흡족해했다. 공부하던 《소학》을 접고 이미 배웠던 《천자문》을 다시 보고 있다는 것을 훈장에게 전해 듣고는 자못 실망했는데, 아들의 색다른 《천자문》 첫 4구 천지현황(天地玄黃) 해석에 내심 놀랐던 것이다. 실제로 안중관 자신은 아들 안방준처럼 해석해 본 적이 한 번도 없었음은 물론 누구한테서도 아들 같은 해석을 들어보지 못했기 때문이었다.

"니도 인자 초명을 버리고 정식 이름을 가질 때가 된 것 같으다."

"지 이름을 뭣이라고 지었는디요?"

"니 엄니는 큰 사람이 될 이름 같다고 허드라만 방준이라고 지었다."

"한성에 겨신 성 이름허고 비슷허그만요."

"어느 땐가 족보에 오를 것도 생각해서 지은 이름이다."

안방준(安邦俊). 삼문은 새로 받은 이름이 마음에 들어 만족한 표정을 지었다. 안중관은 그런 아들 얼굴을 본 뒤부터는 초명 대신 방준이라고 불러주었다.

"방준아, 훈장님은 한성 가서 1년만 살다 온다고 했은께 그리 알

그라."

"아부지, 훈장님께서 겨시지 않드라도 《천자문》을 더 공부헐라요. 알수록 뜻이 짚어라우."

"니 맴대로 해라. 다만 배우고 익히는 것이 공부인께 항상 촌음을 애껴 쓰그라."

"예, 아부지."

그런데 한성으로 올라간 훈장은 1년이 지난 뒤에도 내려오지 않았다. 2년이 흘렀지만 마찬가지였다. 할 수 없이 안중관은 아들 방준이의 새로운 선생을 찾기 시작했다. 그해 늦가을이었다. 아내가 집안의 먼 일가인데 죽천(竹川) 박광전 선비에게 방준이를 맡기면 어쩌겠냐고 물었다. 이에 안중관이 말했다.

"죽천 선비는 왕자님 사부이신디 에린 방준이를 받아주겠소?"

"친정 아버님허고 항렬이 같은 아재신께 받아주시겠지라우."

안중관은 걱정했지만 아내 진원 박씨는 아들을 박광전이 제자로 받아줄 것이라고 믿었다.

우계정 가는 길

늦봄이었다. 장맛비가 부슬부슬 내렸다. 머슴 선돌이가 도롱이를 들고 왔다. 지난겨울에 선돌이가 억새로 엮은 도롱이였다. 열한 살 안방준이 어깨에 걸칠 도롱이치고는 컸다. 선돌이가 어른용으로 만든 도롱이였다. 선돌이는 억새가 삭아버린 헌 도롱이를 걸쳤다. 진원 박씨가 아들 안방준을 붙들었다.

"방준아, 비나 그치믄 가그라."

"비 그치기를 지달렸다가는 은제 가겠소."

진원 박씨는 아들 안방준이 비를 맞고 우계정 가는 것을 원치 않았다.

"구름이 저 짝으로 빠지는 것을 본께 쪼깜 지나믄 비가 그칠 거 같다야."

"엄니, 지는 싸게 가고 잪단 말이요."

"고뿔이라도 걸리믄 큰일인께 헌 말이여. 늦봄고뿔은 호랭이보다 무섭다고 허지 않드냐."

안중관이 아들을 대견하게 바라보고만 있다가 말했다.

"비를 맞고도 떠날라고 허는 니가 든든허구나. 인자 공부헐라고 허는 의지가 니 맴에서 우러나온 거 같다."

"아부지, 우계정 하나부지께서 지를 제자로 받아주실께라우?"

"니 엄니가 지난 시안에 선돌이를 보내 부탁했응께 걱정허지 말아라."

지난겨울에 선돌이가 진원 박씨 심부름으로 우계정을 다녀온 것은 사실이었다. 선돌이가 쌀 두 말을 지게에 지고 박광전에게 전해주고 왔던 것이다. 안중관이 말했다.

"방준아, 앞으로는 우계정 하나부지라고 불러서는 안 된다. 글을 갈쳐줄 분인께 스승님이라고 불러야 써. 우계정에서 글을 배우는 사람이 니만 있는 것이 아닌께 말이여."

죽천 박광전은 안방준의 어머니 진원 박씨 아버지와 항렬이 같은 친척이었다. 그러니 안방준에게는 할아버지뻘이 되었다. 그러나 박광전의 제자 선정달, 문위세 등과 함께 있을 것이므로 '스승님'이라고 불러야 마땅하다는 것이었다.

이윽고 장맛비가 안개비처럼 가늘어졌다. 잿빛이었던 들판 너머 허공이 부옇게 바뀌었다. 안방준은 도롱이를 걸친 뒤 토방을 내려섰다.

"아부지, 엄니. 잘 배우고 올께라우."

"뭔 일이 생기믄 선돌이를 보내마. 작은엄니헌테 인사는 했냐?"

"메칠 전에 우계정으로 갈 거라고 인사했어라우."

안중관이 말하는 작은어머니는 남원 양씨였다. 안방준은 양자이기 때문에 족보상으로는 남원 양씨의 아들이었다. 그동안에는 작은어머니 남원 양씨 집과 생모인 진원 박씨 집을 가끔 오갔는데, 이제부터는 우계정에서 살게 될 것이므로 그럴 일은 없을 터였다.

안방준은 머슴 선돌이를 앞세우고 마을 고샅길을 빠져나왔다. 어린 벼들이 성큼 자란 들판은 연둣빛 일색이었다. 천변 좌우 들판으로 농사꾼들이 하나 둘 나타났다. 모를 심은 지 한 달이 지났으므로 김매기를 할 차례였다. 장맛비가 그치기를 기다렸다가 들판으로 나온 농사꾼들이었다. 안방준은 두어 걸음 앞서가는 선돌이에게 물었다.

"선돌이 성, 우계정까지는 을매나 걸리는가?"

"싸게 가드라도 해름참에나 도착헐 거 같은디잉."

안방준이 선돌이를 항상 형이라고 불렀다. 선돌이가 천민이 아니기 때문이었다. 장흥 노력도에 살던 가족이 기근을 견디지 못하고 뭍으로 나와 뿔뿔이 헤어진 채 유랑민으로 떠돌아 다니던 중에 보성 오야마을까지 온 갓 스무 살 청년이었다. 선돌이는 아버지가 노력도에서 서당 훈장을 했던 덕분에 아주 까막눈은 아니었다. 처음 가보는 먼 곳까지 심부름을 시켜도 곧잘 해냈다. 지난겨울에 진원 박씨 심부름으로 우계정까지 다녀오기도 했던 것이다.

"대원사 입구 삼거리에서도 으스스한 숲속을 한참 들어가드랑께."

"점심을 굶어야겠네. 나는 괴안찮은디 성은 으쩔랑가?"

"걱정 말어. 아짐이 싸주시드라고. 내 허리춤에 찬 것이 주먹밥이여. 아짐이 그라신디 반찬이 읎드라도 밥에 깨소금을 쳤응께 간간허니 묵을 만헐 것이라고 말씸했어."

"성이 우리 집에 들어온 지도 3년이 지나부렀네이."

"아따, 방준이는 머리가 좋아부러. 방준이가 야달 살 때 작은아부지 집으로 양자 갈 때였응께."

"근디 성은 집으로 안 가? 가족덜이 지다릴 텐디."

"유랑민은 발붙이고 산 디가 고향이여. 모다 헤어져부렀는디 찾아가봤자 불청객이제. 여그서 어르신께서 해마다 주시는 새경을 따박따박 모아놨다가 쪼깐헌 초가도 구허고 다랑이 논도 사야제."

"참말로?"

"지병으로 고상하시던 아부지는 뭍으로 나오자마자 돌아가셔부렀고, 엄니는 외가로 가셔부렀고, 성제덜은 여그저그 다 흩어져부렀는디 가봐야 타향이란 말이여."

안방준은 은근히 선돌이가 오야마을에 눌러 살겠다는 말에 안도했다. 머슴이 두 명 더 있지만 선돌이만큼 가족들에게 가까이 다가오지는 못했다. 특히 안중관은 가을철이 되면 선돌이를 불러 춘궁기 때 마을사람들에게 빌려준 곡식을 받아오게 하고, 치부책에 출납을 기록하게 하였다. 그럴 때 선돌이는 안중관의 집사나 다름없었다.

두 사람은 복내 들판을 지나 고개 하나를 넘었다. 천변 둑길을 따라가면 더 먼 에움길이기 때문에 지름길인 가파른 고갯길을 이용했다. 고갯길에 오르자 안개비조차 말끔하게 개었다. 두 사람은 반반한 바위를 찾아 점심 자리를 잡았다. 선돌이가 옆구리에 차고 있던 보자기를 풀었다. 주먹밥 두 개와 호박잎으로 싼 장아찌 반찬이 나왔다. 선돌이가 나뭇가지를 꺾어 젓가락을 만들었다. 깨소금을 친 주먹밥은 쌀알이 번지르르했고 찰졌다. 진원 박씨가 부엌데기 여종을 시켜 찹쌀을 섞어 만들었음이 분명했다. 안방준이 주먹밥을 우물거리며 말했다.

"선돌이 성은 우계정 하나부지를 잘 모르제?"

"아따, 죽천 선상님을 모른 사람이 있간디. 노력도에 살 때부터 돌아

가신 아부지헌테 죽천 선상님 함자를 들어부렀구만."

"나는 아부지헌테 하도 많이 들어서 귀에 못이 백혔어."

보성 향교 출신 선비들이 몇 명 있지만 그중에서도 박광전과 임백영, 임계영 형제는 발군이었다. 그런데 안중관은 '팔이 안으로 굽는다'는 속담처럼 장인과 항렬이 같은 박광전에게 더 호감을 가졌다. 뿐만 아니라 박광전이 입신양명을 위해서 한양으로 올라가지 않고 보성 땅에 은거하고 있다는 점, 조정에서 벼슬이 내려와도 출사하지 않고 자기 자신의 덕(德)을 닦는 위기지학(爲己之學)에만 전념한다는 점 등을 누구보다도 잘 알고 있기 때문이었다. 보성 조양마을에서 멀리 떨어진 대원사 부근에 우계정을 지어 머물고 있는 것도 박광전의 그러한 고지식한 태도에서 비롯된 은거였다. 깊은 산속의 매화나무가 자신의 향기를 산 아래로 흘려보내듯 박광전의 학문의 깊이는 이미 전라도 전역에 널리 소문 나 있었다.

박광전과 안방준은 마흔일곱 살이나 차이가 났다. 그러니 안방준은 박광전의 어린 아들뻘인 셈이었다. 아무튼 안방준은 아버지 안중관이 박광전에 대한 이야기를 하도 많이 해서 이제는 거의 외울 정도였다.

박광전이 태어난 조양마을은 안방준이 사는 오야마을에서 잰걸음으로 한 나절도 걸리지 않는 거리였다. 박광전은 8세부터 총기를 드러냈다. 아버지 진사공(進士公)이 도(道)로 시작하여 위(爲) 자로 그치는 시구(詩句)를 지어보라고 하니 곧 대답했다.

도는 천명에서 나오니 어찌 사람에 의한 것이랴?
道自天命豈人爲

이번에는 반대로 위(爲) 자로 시작해서 도(道) 자로 끝나는 시구(詩句)를 지어보라고 했다. 역시 8세 아들 박광전은 바로 응수했다.

한번 크게 공자의 도를 이루리라.
爲一大成孔子道

이후 10세에는 권신 김안로의 모함을 받아 흥양으로 유배 온 홍섬을 찾아가 글을 배웠다. 홍섬의 가르침을 받은 어린 박광전은 공자의 도를 닦는데 일취월장했다. 11세 때는 이런 일도 있었다. 순시를 돌던 전라감사가 보성군에 와서 신동이라고 소문 난 어린 박광전을 불러 옆에 앉혀놓고 '소수(瀟水)와 상수(湘水)에 밤비 내리는 그림(瀟湘夜雨圖)'이라는 시제를 주고는 시를 지어 보라고 했다.

그러자 어린 박광전은 붓대롱 끝을 만지작거리며 한참 동안 생각하더니 이윽고 붓에 먹물을 묻혔다. 써내려간 붓글씨는 박광전의 치아처럼 가지런했는데, 칠언절구 2수였다.

만리 원상의 물은 푸른 옥빛으로 흐르는데
성긴 대숲에는 밤새도록 가을비 소리 처량하네.
연기가 유자나무 물가 달빛을 잠재우고
바람은 퉁소소리에 실린 시름을 희롱하네.
萬里沅湘碧玉流 疎篁一夜雨聲秋
煙沈橘柚州前月 風弄參差曲外愁

돌아가는 배 가물가물 파도에 적시고
고기잡이 불도 깜박깜박 시야를 벗어나네.
붉고 푸른 그림 속엔 잔나비 그려져 있는데
온 세상 시인들은 모두 머리가 세어지네.
漠漠歸舟沾灑灑 微微漁火遠悠悠
丹靑直見遠猩在 天下騷人盡白頭

전라감사는 어린 박광전이 지어 바친 시를 보고는 감탄했다. 이후 박광전은 독학으로 학문에 매진하다가 22세 때 능성현 쌍봉마을로 가서 송천(松川) 양응정(梁應鼎)의 제자가 되어 수학했다. 양응정의 학풍은 학문을 익히고 닦다가도 나라가 위태로워지면 붓 대신 활을 들어야 한다는 문무 겸비였다. 자기 자신의 덕만 닦고 있던 박광전으로서는 새롭게 접하는 학풍이었다. 29세 때는 전라감영에서 식년 가을에 실시한 동당 초시에 1등으로 합격하여 자신의 실력을 점검했다. 그런데 위기지학에 전념하고자 복시는 응시하지 않았다. 32세가 되자 노동 광탄천변에 죽천정(竹川亭)을 짓고는 비로소 제자들을 맞았다. 이에 제자들이 박광전을 '죽천 스승님'이라고 불러 죽천이 박광전의 호가 되었다. 작은 죽천정에 제자들이 모이자 숙식이 난제가 되었다. 그래서 멀리 떨어진 대원사로 옮기어 강학을 열었다. 대원사는 스님이 30여 명쯤 살고 있었는데, 미리 양식을 보시하면 숙식 문제를 아쉬운 대로 해결할 수 있었던 것이다. 그러나 건물이 낡고 방들이 어두컴컴해서 박광전은 대원사 아래 계곡물이 합수하는 낮은 언덕에 우계정을 짓지 않을 수 없었다.

박광전이 36세가 되었을 때는 해남 출신의 판서 윤의중이 명나라 사신을 맞이하는 접반사가 되어 명종에게 "유사 가운데 문장에 능하고 예의를 아는 사람을 한 명 골라 종사관으로 넣어주십시오."라고 제청했다. 명종에게 허락을 받은 윤희중은 박광전을 추천했으나 나가지 않았다. 7세 안중묵이 우계정에 와서 제자가 된 것은 바로 이듬해였다.

41세 박광전은 비로소 퇴계 이황을 찾아가 제자가 되었다. 이황은 박광전을 보자마자 〈주자서절요(朱子書節要)〉를 초록하면서 말하기를 "학문을 세우는 기초는 오로지 주문(朱門: 주자의 문하)에 있다." 하며 수학을 허락하였다. 한 학기 수업을 들은 박광전은 미질을 앓고 있는 어머니 낭주 최씨의 안부가 궁금했으므로 하직하고 일어섰다. 그러자 이황이 〈절요〉 한 질을 주면서 "만년에 좋은 벗을 만났는데 갑자기 헤어지게 되었으니 어찌 말이 없을 수 있겠는가?"라고 말하며 시(詩) 5수를 지어 이별하는 마음을 읊조리고는 "외인(外人: 승려나 도사)의 도에 뜻을 두지 말기를 바란다."고 당부했다. 이황의 5수는 다음과 같았다.

병든 몸은 험하고 머리는 백발로 가득한데
신음하는 속세의 나 무엇을 구하려 하는가
원컨대 장차 서투른 재주와 늦은 명성으로
드러나는 빛을 완상하다가 죽어서야 그치리.
病骨巉巉雪滿頭 呻吟塵蠹欲何求
願將拙用兼聞晚 把玩餘光至死休

나 위한 공부는 극기수양을 따라야만 하고

마음을 지킴은 오직 방심을 구함에 있으니
우리들 가운데 누가 이 뜻을 모르리오마는
어찌하여 참다운 앎을 위해 힘쓰지 않는가.
爲己須從克己修 存心惟在放心求
吾儕孰不知斯意 胡奈眞知太不侔

한 세상 하늘은 영재를 몇 명이나 낳는가
이익과 명예 바다같아 그릇될까봐 두렵네
만일 설자리를 알아 내 할 일을 구하려면
주자의 문하에서 참마음을 쌓아야 한다오.
一世天生幾俊英 利名如海誤堪驚
倘知立脚求吾事 雲谷門庭要績誠

아득히 제멋대로 달려온 나의 반평생이여
대롱으로 하늘을 엿보듯 주자를 배웠으나
늙고 병들어 실수 많음 몹시 부끄러울 뿐
그대 도움으로 또 다시 큰 광명 얻었다오.
茫茫胡走半吾生 一管窺天得考亭
老兵極懃多失墜 待君提挈更恢明

일월의 찬 냇물에 뜻이 더욱 굳어지니
돌아가서도 이 뜻은 바꾸지는 마시게
달콤한 복숭아를 날려보낼 수 없지만

귀중한 밝은 구슬은 연못에 잠겨 있다네.

日月寒溪意更堅 歸歟此志莫留遷

但能不見惦桃颺 無價明珠只在淵

박광전은 이황과 작별하고 보성 조양으로 돌아와 이황에게 보낼 약
재 지황(地黃)을 수소문해서 챙겼다. 이황에게 안부편지와 함께 보낸
지황은 작년 가을에 수확한 것인데 말린 것이었으므로 건지황이라고
불렀는데, 기력회복을 돕고 피를 맑게 하는 효험이 있는 약재였다.

왕자사부 박광전

월산에서 서너 개의 냇물이 합수했다. 복내와 동복, 가내, 대원사에서 발원한 계곡물이 수량을 불려 보성강으로 흘렀다. 장맛비 뒤끝의 냇물은 토사가 섞이어 탁류로 변해 있었다. 선돌이는 월산에서 사평쪽으로 앞장서 걸었다. 안방준이 지친 기색을 보였다. 그러자 선돌이가 말했다.

"쩌그가 대원사 들어가는 숲길인디 마지막으로 쉴까?"

"선돌이 성 걸음이 어쩌께나 빠른지 지 다리가 쪼깜 아푸그마."

두 사람은 복내와 문덕 사이의 고갯길에서 점심을 먹은 뒤 서너 번 쉰 끝에 마지막으로 앉았다가 갈 자리를 찾았다. 대원사 쪽에서 흘러온 냇물도 사납게 소리쳤다. 두 사람은 냇물이 소리치며 흐르는 천변 반석에 앉았다. 반석 가장자리에는 연둣빛 이끼가 곱게 붙어 있었다. 선돌이가 허리춤에서 진원 박씨가 삶아준 감자를 꺼냈다.

"동상, 묵어봐, 식은 감자지만 소금에 묵으믄 짭쪼름허니 맛있응께."

"성 보재기에는 읎는 것이 읎구만잉."

"인자 감자가 끝이여."

"요 감자 시 개만 묵으믄 저녁은 굶어도 되겄는디."

안방준의 말끝에 선돌이가 감자 하나를 소금에 찍으면서 말했다.

"나도 그렇마. 아짐이 이것저것 싸줘 갖고 배가 든든해부러."

점심으로 주먹밥에다 콩가루를 묻힌 인절미까지 먹은 뒤어서 뱃속은 허하지 않았다. 두 사람은 산길 오르막길을 잰걸음으로 걸은 탓에 다리가 뻑뻑할 뿐이었다. 선돌이가 안방준에게 말했다.

"동상은 공부해서 초시도 보고, 회시도 볼 것이제?"

회시(會試)란 한성과 지방에서 초시에 합격한 사람들을 모아 2차로 보는 복시(覆試)를 뜻했다. 나라에 경사가 있을 때 보는 증광시나, 일정한 해에 정기적으로 치르는 식년시에 회시가 있었던 것이다.

"우계정 선상님께서는 초시를 통과헌 다음해에 증광시 회시에서 진사 2등으로 합격허셨다고 허드그만. 근디 그해 모친상을 당허시어 삼년상을 치르시는 바람에 출사허시지 못했다고 아부지헌테 들었그만."

안방준은 아버지에게 들었던 말을 정확하게 기억했다. 박광전은 42세 때 초시를 합격했고, 선조 원년인 43세에 증광시의 회시에 진사 2등으로 급제했던 것이다. 그리고 그해 8월에 어머니 낭주 최씨 상을 당해 〈주자가례〉에 따라 삼년상을 치렀는데, 미암(眉巖) 유희춘이 박광전의 효심을 전해 듣고 조정에 천거하기도 했다. 이후 유희춘은 전라도 관찰사가 되어 또 다시 박광전을 학행과 재덕이 있는 선비로 조정에 천거하여 마침내 경기전 참봉을 제수 받게 하였다.

이후 박광전은 과천에 있는 헌릉 참봉이 되었다가 아버지의 노환을 걱정하여 벼슬을 버리고 보성으로 돌아왔다. 이때가 50세였다. 그러나 2년 만에 아버지 진사공이 노환을 이기지 못한 채 별세하자 모상(母喪) 때처럼 삼년상을 치렀다. 박광전은 삼년상 후 예전처럼 우계정으로 나아가 후진을 양성했다. 55세 때 선조가 동빙고 별좌를 제수했으나 받지 않았다. 그런데 56세 때 제수 받은 왕자사부는 거절하지 못했다. 박광전은 왕자의 사부(師傅)가 되었고 하락은 부사(副師)를 맡았던 것이다.

하락은 왕자에게 여러 가지 글을 강론했고, 박광전은 글을 정밀하고 명확하게 하는데 주안점을 두었다. 선조도 박광전의 강의방침을 다음과 같이 동조해 주었다.

"글 읽는 것만 탐하면 뜻을 명확히 알지 못하게 되니, 마땅히 박사부(朴師傅)의 강의를 따라야 한다."

박광전 집에는 선조가 하사한 자색과 홍색 명주가 각각 한 필씩 있었다. 아버지와 어머니가 돌아가셨기 때문에 옷감으로 드리지는 못했다. 선조가 박광전에게 명주를 하사한 사연은 왕자를 통해서 왕실에 퍼졌다. 하루는 선조가 박광전에게 선온했으나 은잔의 술을 반만 마시고 부복하였다. 선온(宣醞)이란 임금이 술을 하사하는 것을 뜻했다. 내시부의 한 벼슬아치가 사실대로 아뢰니 훗날 선조가 왕자에게 이르기를 "박사부는 술을 마시지 못하느냐?"고 하니, "천성적으로 마시지 못합니다."라고 대답했다. 그러자 선조가 말하기를 "술로 인하여 덕을 잃는 사람이 많으니 마시지 못하는 것도 또한 잘된 일이 아니냐?" 하고 자색과 홍색의 명주를 하사하였던 것이다.

선조의 신임이 두터웠던 박광전은 왕자를 가르치는데 엄격했다. 왕자의 허물이 보이면 그대로 넘어가지 않고 그 자리에서 바로잡았다. 하루는 왕자가 왕실의 일을 낱낱이 미주알고주알 이야기하려 하자 박광전이 고개를 저었다.

"마땅히 정성을 다해 효도하고 자식된 도리를 공손히 행하시기만 하면 됩니다. 신은 그것만 말하겠습니다. 그 밖의 왕실 일까지 신은 듣기가 민망하여 들을 수 없습니다."

그때 왕자는 왕실의 일을 한 마디도 입 밖에 내지 못한 채 벌레 씹은 얼굴을 하고 돌아갔다. 박광전이 왕자의 태도를 지적한 사례는 또 있었다. 왕자가 관습대로 머리에 주옥으로 장식하고 다녔다. 이에 박광전은 왕자를 불러놓고 점잖게 지적했다.

"부녀자도 머리에 그렇게 장식함이 옳지 않은데 하물며 남자가 이런 사치스런 물건을 쓴단 말입니까?"

"알겠습니다."

왕자는 궁으로 돌아가 유모에게 장식을 풀어버리도록 시켰다. 그러자 유모는 왕자의 편에서 말했다.

"머리에 장식은 상서롭지 않은 재액을 떨쳐버리고자 하는 것입니다. 선대로부터 행해온 일인데 어찌 갑자기 폐할 수 있겠습니까?"

"사부께서 말씀하시는데 내가 어떻게 감히 따르지 않겠는가?"

왕자는 박광전의 지적을 따르지 않을 수 없었다. 이처럼 박광전은 왕자의 언행에 있어서 왕실 안의 태도뿐만 아니라 왕실 밖의 문제까지도 법도에 맞지 않으면 즉시 훈계를 했다. 한번은 왕자의 외가에서 문제를 일으켰다. 왕자의 외가 사람들이 사찰 땅에 강제로 금표(禁標)를 세워 사람들의 출입을 못하게 한 뒤, 땅에서 나오는 이익을 챙긴다는 소문이 들려왔다. 관아에서도 왕자의 외가를 건드리지 못했다. 이와 같은 불법을 알게 된 박광전은 왕자에게 말했다.

"사찰은 왕자의 사유물이 아닙니다. 그런데 어찌하여 표지를 세워 사람들의 출입을 금하는 것입니까? 이는 비록 작은 일이지만 의리를 해침이 실로 큽니다.”

금표 건은 왕자가 모르는 일이었다. 왕자는 왕실에 알아보고 곧장 그 사찰이 속해 있는 고을 관아에 유지를 내려 금표를 빼내도록 지시했다.

박광전이 보성 집에 내려 온 것은 58세 때의 일이었다. 왕자사부 임기가 만료되기 반 년 전이었다. 선조가 집으로 돌아가서 학문에 전념하게끔 사가독서(賜暇讀書)를 허락했기 때문에 가능했다. 박광전은 부모님 산소 관리가 궁금하여 사가독서를 사양치 않고 귀향했다. 말 그대로 금의환향이었다. 그러나 박광전은 귀향하자마자 부모님 유택에 성묘한 뒤 바로 우계정으로 들어가 버렸다. 후진을 위해 강학하는 것이 선비의 도리라고 여겼기 때문이었다.

안방준에게는 스승으로 삼을 수 있는 절호의 기회였다. 박광전이 또 언제 출사할지 모르므로 안중관은 서두를 수밖에 없었다. 진원 박씨도 자식을 사랑하는 마음으로 애를 썼다. 비록 11살이었지만 안방준은 자신을 우계정으로 보내는 부모의 마음을 이해했다. 그랬기 때문에 장맛비가 오락가락 하는 날임에도 불구하고 보성 집을 떠나 우계정으로 가고 있는 것이었다.

반석에 앉아 있던 안방준이 일어서면서 말했다.

“선돌이 성, 가세. 비가 또 올라고 허는지 하늘이 꾸정꾸정허네.”

“여그까지 비 맞지 않고 온 것이 다행잉마.”

안방준의 말 대로 장맛비가 곧 내릴 것처럼 하늘이 흐려졌다. 선돌이 다행이라고 말한 것은 대원사 초입까지 왔다는 뜻이었다. 그러나 대원사 계곡은 깊었다. 서너 식경은 가야만 대원사가 나타날 터였다. 천변에는 오리나무, 단풍나무, 느티나무 등이 울울하게 숲을 이루고 있었다. 하늘에 먹구름 자락이 한가득 펼쳐지자 두 사람의 마음도 바빠졌다. 선돌이 걸음부터 잰걸음으로 바뀌었다.

천변 숲길은 으스스하기까지 했다. 젖은 나뭇잎들이 희미한 날빛을 받아 번들거렸다. 안방준은 무서움을 떨쳐버리기 위해 선돌에게 자꾸 말을 시켰다.

"선돌이 성, 왕자사부가 으떤 베슬인자 알아?"

"왕자 선상님께 높은 베슬이겠제잉."

"우계정 하나부지께서 시방도 왕자사부시랑께."

"그라믄 왕자님을 갈치지 않고 어째서 여그 계신당가."

"아따, 임금님께서 특별휴가를 주셨응께 그라제."

선조가 고령이 된 박광전의 건강을 고려하여 젊은 선비들에게만 베푸는 사가독서를 허락했기 때문이었다. 안방준이 말하는 특별휴가는 선조가 특별하게 준 사가독서를 뜻했다.

"음마, 그라믄 우계정 선상님께서 곧 올라가불 수도 있겠네."

"특별휴가인께 넉넉허게 주셨겄제잉."

"성, 나도 고로코름 생각허네."

"나는 동상이 부럽그만. 왕자사부이신 분헌테 공부허고 말이여."

"근디 몰라. 은제 한성으로 올라가셔불지. 긍께 너무 부러워 말드라고잉."

"아따. 동상이 나를 위로해부네. 하하하."

선돌이 일부러 큰소리로 소리 나게 웃으면서 부러움을 감추었다. 서당 학동들 사이에서 애늙은이 같다고 영감이라고 불리던 안방준이 모를 리 없었다. 안방준은 진심으로 선돌에게 말했다.

"성은 훈장했던 아부지헌테 글을 쪼깜 배왔담서. 긍께 나중에라도 공부헐 기회가 있을 것이여. 공부에 나이가 있간디. 나이 들어서도 을마든지 헐 수 있제."

"동상이 내 맴을 알아준께 고맙기는 헌디 봄에 씨를 뿌리데끼 공부허는 나이도 있는 것이여. 머리통이 굳어불믄 글자가 머릿속으로 어쩌께 들어가겄는가."

두 사람은 음음한 천변 숲길을 따라가다가 개울이 좁아진 곳에서 걸음을 멈추었다. 우계정으로 가려면 개울을 건너야만 했다. 상류쪽 개울도 역시 탁류가 흘렀다. 선돌은 한 번 건넜던 적이 있는 징검다리를 찾았다. 그러나 흙탕물로 변한 개울 속의 징검다리는 선돌의 눈에 보이지 않았다. 선돌은 홑바지를 무릎 위까지 걸어 올렸다. 선돌이 말했다.

"동상, 내 등에 업혀."

"올라오던 숲길로 가믄 안되는가?"

"쪼깜 더 올라가믄 숲길이 읎어. 큰 바우가 떡 가로막고 있당께."

"바우를 돌아가믄 되제."

"고로코름 산비탈로 올라서 가믄 캄캄헌 밤에나 도착헐 것이그만."

"그라믄 벨 수 읎네잉."

"얼릉 업히랑께. 여그만 건너믄 우계정이 가찹단 말이여."

안방준은 선돌의 등에 업혔다. 의외로 선돌의 어깨와 등은 듬직했다. 선돌은 개울 바닥의 안전한 곳을 더듬거리며 한 발짝 한 발짝 옮겼다. 개울물은 선돌의 무릎까지 찼다. 물살이 세어 한 발을 들 때마다 다리가 휘청거렸다.

"성, 조심허소."

"걱정 말드라고, 주저앉지는 않을랑께."

안방준은 개울을 다 건넜을 때에야 속으로 안도의 한숨을 쉬었다. 선돌의 다리는 생각보다 짱짱했다. 개울을 건너고 난 뒤 선돌의 표정은 아무렇지도 않은 듯 덤덤했다. 두 사람은 개울가 오솔길을 타고 올라갔다. 조금 전에 지나왔던 천변 숲길보다는 환했다. 하늘이 빤히 보였다. 조금 더 오솔길을 올라가자 스님 두어 명이 나타났다. 그들은 바랑을 멘 탓에 걸음이 늦었다. 두 사람을 보고는 한 스님이 말했다.

"으디 가는 길이오?"

"우계정 가그만요. 대원사 스님이십니까?"

"맞소."

선돌이 스님과 대화를 주고받았다.

"대원사에는 스님이 몇 분이나 겨십니까?"

"한 서른 명 되지요. 예전에는 백여 대중이 살았다는디 시방은 많이 줄어들었소."

"어째서 그렇당가요?"

"메칠 간 절을 나와서 탁발하고 돌아가는 중이오. 탁발하랴, 절 농사 지으랴 심들어서 세가 빠질 지경이오. 긍께 스님덜이 남아 있지 않고 나가버리는 것이오."

선돌이 웃으며 말했다.

"하하하. 스님덜이 절에서 도망쳐부렀그만요."

"그런 셈이지라."

스님들도 자신들의 신세가 딱한지 쓴웃음을 지었다. 이윽고 선돌이 스님들에게 합장을 했다. 바로 눈앞에 우계정이 보였다. 두 개울물이 합수되는 낮은 언덕 위에 있는 누정이 우계정이었다. 낮은 언덕 둘레에는 산돌로 축대를 쌓았고, 한쪽 개울에는 보를 막아 연못처럼 멋을 부린 듯했다. 우계정은 생각보다 규모가 작았다. 마루 가운데 방이 하나 있는데, 서너 명이 앉으면 가득 찰 것 같았다.

그런데 우계정은 텅 비어 있었다. 선돌이 말했다.

"아마도 저녁 식사하러 대원사로 가신 모냥이네."

"끼니는 대원사에서 해결허신다고 하드그만."

"우리도 시방 올라갈까?"

선돌의 제의에 안방준은 저녁끼니 생각이 없었다.

"나는 여그 마루에 앉아 있을랑께 성이나 가서 묵고 오소."

"아니, 나도 여그 올 때 감자니 인절미니 이것저것 많이 묵어서 저녁 생각이 읎어."

두 사람은 우계정 언덕 바위에 앉아서 박광전을 기다렸다. 이윽고 장맛비가 내리기 시작했다. 두 사람은 빈 우계정 마루에 앉았다. 낙숫물이 금세 우계정 기왓장 끝에서 뚝뚝 떨어졌다. 우계정 주변의 산자락 숲을 두들기는 장맛비 소리는 소쇄했다. 그때 대원사 범종소리가 산짐승의 울음처럼 무겁게 들려왔다. 보성읍 마을에서는 결코 들을 수 없는 낮게 퍼져나가는 범종소리였다. 안방준은 비로소 대원사 아래 우계정에 와 있음을 실감했다.

첫 만남

범종소리가 그친 산은 더욱 적막했다. 안방준은 우계정 마루턱에 앉아 두리번거렸다. 범종소리의 여운이 귓바퀴에 맴돌았다. 스물여덟 번 울려왔던 범종소리가 아주 멀리 달아났다기보다는 빗물처럼 우계정 사방으로 흩어진 것 같았다. 허공으로, 땅으로, 개울물로 스며들어서 긴 여운을 주고 있다는 느낌이 들었다.

"쩌그 선상님께서 내려오시는 거 같으다."

"성, 우계정 하나부지 맞그만."

"하나부지라고?"

"외하나부지허고 항렬이 같으신께 하나부지라고 불러야제."

"글믄 우계정 하나부지께서 스승님이 되시겄다잉,"

"여그서는 선상님이라고 불러야 허겄제잉."

"암은, 그래야제. 나는 동상이 부러와불그만."

박광전 뒤에는 두 사람이 따르고 있었다. 한 사람은 사십대 후반의 선정달이었고 또 한 사람은 이십대 안팎의 청년 안중묵이었다. 선정달은 죽천정에서 22살 때 문하생이 됐고, 안중묵은 7세에 우계정을 찾아와 제자가 된 사람이었다. 안방준은 박광전에게 달려가 절을 했다.

"선상님, 방준이그만요."

"니가 올 줄 알았다. 지난 시안에 여그 올 거라고 얘기 들었느니라."

"제자로 받아주신다믄 한 눈 팔지 않고 학문을 갈고 닦겠습니다요."

"참 명민허고 야무지게 생겼다. 저녁은 묵었느냐?"

"아니라우."

"그라믄 얼릉 절에 올라가서 묵고 오그라."

"괴안찮그만요, 배고프지 않습니다요."

안방준은 박광전을 따라 우계정 방으로 들어갔다. 선돌은 밖에서 기다렸다. 우계정의 온돌방은 작았다. 누우면 서너 명, 앉으면 대여섯 명이 겨우 들어갈 정도로 비좁았다. 그러니 제자들이 많을 때는 숙식을 대원사로 올라가서 해결할 수밖에 없을 것 같았다.

안방준은 아랫목에 반가부좌로 앉은 박광전에게 정식으로 큰절을 했다. 큰절을 받은 박광전이 한 마디 했다.

"부모님은 잘 겨시느냐?"

"예."

"서당에서 공부했다는 말을 들은 적이 있다. 으디까지 공부했느냐?"

"예. 《소학》까지 외와부렀습니다."

"그라믄 우계정 강학에 입실헐 자격이 된다."

박광전이 안방준을 제자로 받아주겠다는 말이나 다름없었다. 그제야 안방준은 무릎을 꿇은 채 박광전을 우러러보았다. 58세의 박광전은 하얀 턱수염이 유난히 길었다. 제자 안중묵이 등잔불을 켰을 때 그의 흰 턱수염이 억새꽃처럼 반짝거렸다. 박광전의 이마는 훤칠했고, 두 눈은 빛을 발했다. 안광이 강해 안방준은 슬그머니 고개를 떨어뜨렸다.

그의 코는 큼지막했고, 큰 입 양편에 패인 주름살은 말할 때마다 더 깊어졌다. 박광전이 말했다.

"오늘은 대원사에서 자거라. 주지스님에게 우계정에서 왔다고 허믄 재워 줄 것이니라."

"낼 아칙에 일찍 다시 오겠습니다요."

"아칙 끼니까지 해결허고 오너라. 제자덜이 양식을 많이 보시했으니 눈치를 보지 않아도 될 것이니라."

"고맙습니다요."

"아, 글고 선 생원헌테 인사해라. 일찍이 죽천정에서 공부헌 뒤 전라 감영에서 생원시에 합격했느니라."

선 생원이란 47세의 선정달을 두고 하는 말이었다. 선정달은 이미 28세 때 생원시에 합격한 바 있었으므로 박광전은 선정달을 그의 자와 호인 경의(景義)나 광탄(廣灘)이라고 부르지 않았다. 죽천정 앞으로 흐르는 보성강 지천이 바로 광탄이었는데, 선정달은 첫 스승 박광전에게서 광탄이란 호를 받았던 것이다. 아무튼 박광전은 선정달의 자나 호 대신 곧잘 제자들 앞에서 '선 생원'이라고 짐짓 예우하듯 불러주곤 했다.

안방준은 벌떡 일어나 선정달에게도 큰절을 했다. 박광전 문하의 동문이 되겠지만 선정달은 아버지뻘이었다. 그리고 옆에 덤덤하게 앉아 있는 18세인 안중묵은 안방준의 아버지 안중관과 항렬이 같았다. 말하자면 안수륜이 안중묵에게는 조부, 안방준에게는 증조부가 되었다.

"방준이는 공부운이 좋아. 낼 선 생원이 우계정을 떠나는디 니가 그 자리에 들어오게 됐으니 허는 말이다."

"아숩그만요. 생원님헌테도 배울 것이 많을 것인디요"

"하하하. 오직 선상님헌테만 배울 생각을 하게. 나는 천학비재해서 배울 것이 읎응께."

선정달이 소리 나게 웃으며 손을 휘휘 저었다. 우계정에서 제자를 가르치는 분은 오직 박광전 스승 한 분임을 강조하는 몸짓이었다. 선정달이 손을 크게 젓는 바람에 등잔불이 흔들렸다. 박광전이 안중묵에게 지시했다.

"촌수를 따지믄 방준이가 자네 조카그만. 달빛이 읎응께 아조 캄캄헐 것이다. 얼릉 이 사람덜을 대원사에 델다주고 오게."

"예 선상님."

안중묵은 풋풋한 청년 얼굴이었다. 통통한 볼에 여드름이 나 있기 때문인지 더 건장하게 보였다. 안방준이 또 다시 박광전에게 큰절을 했다. 인사를 받은 박광전이 칭찬했다.

"뼈대가 있는 집안 자식이라 예가 있구나. 보성의 토성이라 허믄 죽산 안씨, 보성 선씨가 아니겠느냐."

선정달이 한 마디 보탰다.

"선상님의 진원 박씨도 보성의 토성이그만요."

"진원 박가도 보성에 터를 잡고 산 지 오래 됐제. 보성 선씨나 죽산 안씨멩키로 말이네."

선정달이나 박광전의 말은 사실이었다. 보성 선씨, 죽산 안씨, 진원 박씨 등은 보성에 터를 잡고 살아온 토성들 가운데 하나였다.

우계정 등잔불빛은 마루턱까지만 겨우 희미하게 비쳤다. 토방 밑의 마당은 몹시 캄캄하여 밤눈이 어두운 안방준은 엉금엉금 마당으로 내려섰다. 개울물 흐르는 소리가 돌돌돌 들려왔지만 어디쯤이 개울인지 도무지 분간할 수 없었다. 안중묵이 앞장서고 선돌은 안방준 뒤에서 밤길을 도와주었다.

안방준은 안중묵을 바짝 뒤따라갔다. 장맛비가 부슬부슬 내리는 산길은 지척을 분간할 수 없을 만큼 캄캄했다. 안중묵이 걸걸한 목소리로 말했다.

"넘어지지 않을라믄 발밑을 잘 봐야 써."

"아재는 밤눈이 아조 좋그만이라."

"원래 좋았간디. 훈련을 헌께 좋아졌제. 조카도 병법을 반다시 보라고, 천문, 지리도 공부허고. 그러다 보믄 밤길도 잘 댕길 수 있응께."

"병법을 갈치는 스승님이 따로 겨시는게라우?"

"겨시제. 난 죽천 선상님께서 모친 삼년상 치르실 때 송천 선상님 문하에서 병법을 공부했그만. 죽천 선상님께서 송천 선상님을 소개해주시어 3년 동안 송천 선상님 문하에서 공부헌 적이 있당께."

박광전이 모친상을 당해 삼년상을 마치고 상복을 벗은 것은 45세 때였다. 그 삼년상 동안 안중묵은 박광전의 소개로 송천 문하에서 병법을 공부했다는 말이었다. 송천(松川)은 양응정의 호였고, 한때 박광전을 가르친 스승이었다. 송천 양응정의 학풍이란 문무를 겸비하는 것이었다. 실제로 양응정은 제자들에게 주자의 성리학은 물론 천문과 지리 병법까지 가르쳤다. 성리학 밖의 학문이나 지식을 잡학이라고 하여 철저하게 배격하는 퇴계 이황과는 사뭇 다른 학풍이었다.

안중묵은 대원사까지 산길을 안내하고는 휙 바람처럼 어둠 속으로 사라져버렸다. 아무리 밤눈이 밝은 사람이라도 캄캄한 초저녁이기 때문에 그처럼 걸음을 빨리할 수는 없을 것 같았다. 때마침 낮에 우계정으로 오는 동안 산길에서 만났던 스님이 먼저 아는 체를 했다.

"낮에 봤던 처사덜이그만요."

"예, 스님. 절에 가믄 재워줄 거라고 해서 왔습니다요."

"우계정 손님덜이 자는 방은 따로 있소. 바로 저 객실이요. 낼 아칙에 목탁소리가 날 것이요. 그때가 아칙 공양헐 때인께 놓치지 마씨요. 절에서는 목탁소리를 잘 들어야 굶지 않는 벱이요."

"스님, 고맙습니다요."

"시방은 스님덜 기도시간인께 큰소리로 웃거나 떠들지 마씨요."

안방준과 선돌은 객실로 들어왔다. 객실 방은 바깥보다 더 깜깜했다. 밤눈이 밝은 선돌은 한 동안 앉아 있다가 윗목에 놓인 부싯돌을 발견하고는 등잔불을 켰다. 개울물 소리가 아주 가까운 곳에서 들려왔다. 들창을 올리고 보니 객실 바로 옆을 스치듯 흐르는 개울물이 등잔불빛에 반사되어 번들거렸다. 두 사람은 반듯하게 누웠다. 개울물의 위치를 알았기 때문인지 바윗돌에 부딪치는 개울물 소리가 더욱 크게 들려왔다. 그래도 선돌은 바로 코를 골았고, 안방준은 자정 무렵까지 뜬눈으로 있다가 꼭두새벽에야 꿀잠을 잤다.

다음날.

선돌은 읍으로 돌아가고 안방준은 우계정에 남았다. 간헐적으로 내리던 장맛비는 간밤 자정 무렵에 그쳤고 하늘은 오랜 만에 우물물처럼 푸르렀다. 강학은 사시에 선정달이 광주로 떠나자 바로 시작했다. 박광전은 안중묵과 안방준을 앞에 앉혀놓고 무겁게 입을 열었다. 새로

입실한 문하생이 들어올 때마다 의관을 단정히 하고 당부해왔던 말을
또 했다.

"사람이 글을 배우는 목적이 뭣인가? 다만 쓰고 외우고 익히는 것이
아니라 자신의 덕을 닦는 데 심써야 써. 위기지학(爲己之學), 즉 자신을
위하는 학문이 있으니 만약 배우고 싶거든 자신을 위하는 학문을 어찌
외면하겠는가?"

"영념허겄습니다요."

안방준이 대답했고 안중묵은 입을 다물고만 있었다. 안중묵은 조카
인 안방준이 생각보다 명석한 느낌이 들었으므로 내심 놀랐다. 열한
살이라고 하지만 몸집은 향교에 입학하는 열대여섯 살 같았다. 이목구
비가 또렷하고 키는 또래보다 한 뼘 정도 더 컸다. 박광전이 또 말했다.

"방준이는 《소학》을 공부했다고 했제?"

"예. 선상님."

박광전은 안방준이 '우계정 하나부지'라고 하지 않고 '선상님'이라
고 부르자 입맛을 쩝쩝 다셨다. 배우겠다는 의지가 단단하게 느껴졌기
때문이었다.

"주자가 말했다. 《소학》은 집을 지을 때 터를 닦고 재목을 준비허는
일이며, 《대학》은 그 터에 재목으로 집을 짓는 것이라고 했다. 이 말은
《소학》이 사람의 길로 가는 데 첫걸음이 된다는 뜻이 아니겠느냐?"

"명심허겄습니다요."

"그람은 하나 물어보겄다. 《소학》 내용 중에 '예의가 아닌 것은 보지
말라(非禮勿視 非禮勿聽)'는 것이 있다. 그 구절을 한 번 외와보그라."

안방준은 조금도 더듬거리지 않고 또박또박 외워 바쳤다.

공자가 말했다.

"예가 아닌 것은 보지 말며, 예가 아닌 것은 듣지 말며, 예가 아닌 것은 말하지 말며, 예가 아닌 것은 행동하지 말라."

孔子曰 非禮勿視 非禮勿聽 非禮勿言 非禮勿動

박광전은 안방준이 외우는 첫 네 구절에서 말을 자르고 또 당부했다.

"옳거니, 방금 니가 외운 네 가지를 '사물잠(四勿箴)'이라고 허는디, 이 네 가지 '물(勿)'만 지키믄 선비의 수신과 처세에 문제가 읎을 것이니라. 근디 어찌 군자 되는 길이 어렵다고만 할 것이냐. 이어서 계속 외와보그라."

"집의 문 밖에 나가서는 귀한 손님을 대하듯이 행동하고, 백성을 부릴 때는 큰 제사를 받들듯이 하며, 내가 하고 싶지 않은 바를 다른 사람에게 시키지 말라.

행동하는 몸가짐은 엄숙하며 공손하게 하고, 일을 처리할 때는 공경하여 조심한다.

다른 사람과 더불어 사귈 때 성실하게 대하는 태도를 비록 오랑캐의 땅에 가더라도 버려서는 안 된다.

말이 성실하고 믿음이 있으며, 행실이 두텁고 공손하면 비록 오랑캐의 나라에서라도 행할 수 있다. 말이 불성실하고 믿음이 없으며, 행실이 두텁지 못하고 공손하지 못하면 비록 자신이 사는 마을이라도 어찌 다닐 수 있겠는가."

出門如見大賓 使民如承大祭 己所不欲 勿施於人

居處恭 執事敬 與人忠雖之夷狄 不可棄也

言忠信 行篤敬 雖蠻貊之邦行矣 言不忠信 行不篤敬 雖州里行乎哉

안방준이 무릎이 아픈지 엉덩이를 슬쩍 들었다가 놓은 뒤 마지막 구절인 '군자가 항상 생각해야 할 아홉 가지(君子有九思)'를 외웠다.

"군자에게는 아홉 가지의 생각하는 것이 있다.

볼 때는 밝게 보기를 생각하고, 들을 때는 밝게 듣기를 생각하며, 얼굴빛은 온화하게 할 것을 생각하며, 용모는 단정하고 공손하게 가질 것을 생각한다.

말을 할 때는 성실할 것을 생각하고, 일을 처리할 때는 조심할 것을 생각하고, 의심나는 것이 있을 때는 물을 것을 생각한다.

화가 날 때는 화를 내고 난 후에 돌아올 환난을 생각하고, 얻는 것이 있을 때는 옳은 것인지를 생각한다."

君子有九思 視思明 聽思聰 色思溫 貌思恭 言思忠 事思敬 疑思問 忿思難 見得思義

박광전이 몹시 흡족하여 안방준을 자애롭게 바라보면서 말했다.

"방금 니가 외운 구절이 바로 선비의 길이고, 군자의 길이고 사람의 길이다. 니가 외운 구절에 유가의 대의가 다 들어 있은께 영념허그라."

안중묵이 갑자기 조카 안방준의 손을 끌어 잡았다. 우계정에서 수년 전에 외운 구절을 안방준이 새롭게 환기시켜주어서였다.

"조카가 깜빡 잊어부렀던 '사물잠'허고 '군자유구사'를 일깨워준께 정신이 번뜩 나그만. 인자 고 두 가지를 내 가심에 말뚝처럼 박고 살아야겄그만."

"먼 말씸이요잉, 아재께서 지를 앞으로 많이 갈쳐주셔야지라."

"무신 소린가. 촌음을 애껴 선상님헌테 으차든지 배워야제."

안중묵이 그렇게 말한 데는 이유가 있었다. 박광전이 그들을 가르칠 시간이 넉넉하지 않았기 때문이었다. 여름이 지나면 박광전은 또 출사할 터였다. 왕자사부 3년 임기가 끝나는 가을이 되면 관례대로 6품의 벼슬에 제수되어 또 우계정을 떠나야 하기 때문이었다. 며칠 전에 박광전이 안중묵에게 가을의 일을 미리 말해 주었던 것이다.

승마와 활쏘기 연습

한여름이지만 숲 그늘이 드리운 우계정은 선득했다. 대원사 쪽의 개울물과 천봉산 산자락에서 흘러온 개울물이 냉기를 흩뿌려 주고 있었다. 박광전의 제자들은 우계정이 피서하기에 좋다고 하지만 기력이 떨어진 박광전은 고뿔에 걸리고 말았다. 계곡의 서늘한 냉기와 쉴 틈 없는 강학 탓이었다.

"쿨럭쿨럭."

새벽이 되면 기침이 더 심해졌다. 간밤에는 진땀을 한 움큼 흘렸다. 진땀을 흘리고 난 뒤에는 오한이 들어 이불을 머리끝까지 덮었다. 급기야 박광전의 둘째아들 박근제가 낙안에 사는 의원을 찾아가 갈근탕을 지어와 조석으로 옹기약탕기에 넣고 불을 지폈다. 갈근탕 약재는 특별한 것이 아니라 주변에서 얼마든지 구할 수 있었다. 작약 뿌리, 칡 뿌리, 생강, 감초, 대추 등을 섞은 약재였다.

박근제는 형 박근효에 이어 공부하러 왔다가 약시봉을 하고 있는 셈이었다. 안중묵과 안방준은 박광전이 기침을 심하게 토해내자 잠시 방학에 들어갔다. 두 사람은 대원사 객실로 올라가 박광전의 고뿔이 낫기를 기다리면서 서너 달 동안 배운 바를 복습했다.

말복이 나흘쯤 지났을 때였다. 박근제는 약탕기를 얹은 임시아궁이에 불쏘시개를 모으고 있었다. 그때 등 뒤에서 소리가 났다.

"찰방 나리께서 오셨소."

작은 소리가 아니라 제법 큰소리로 위엄을 부렸다.

"경양역 찰방 나리께서 오셨소."

"아버님은 시방 편찮으신디요."

"거동을 못허요?"

"아니요, 어저께부터는 많이 좋아지셨그만요."

"경양역에서 왔으니 얼릉 알리씨요."

박근제에게 말을 건 사람은 광주목 경양역 늙은 역졸이었다. 늙은 역졸 뒤 개울 건너편에는 말에 탄 찰방과 젊은 역졸 두 명이 서 있었다. 박근제는 늙은 역졸의 말을 듣고는 하던 일을 멈추었다. 그때 방 안에서 박광전이 말했다.

"경양역 찰방은 나와 친분이 두터운 분이니라."

"그라믄 지가 모시고 올게라우."

"아니다. 내가 나가 보마."

박광전이 문을 열고 나오자, 경양역 찰방이 어느 새 징검다리를 건너오고 있었다. 찰방도 수염이 박광전처럼 하얗고 길었다. 두 사람은 서로 반갑게 손을 맞잡았다. 찰방이 말했다.

"죽천, 얼마만이오? 우리가 헌릉 정각에서 만났던 일이."

"아이고, 그때 정언께서 지를 변호허지 않았드라믄 곤란헐 뻔했지라."

찰방이 사간헌 정6품의 정언으로 재직할 때였다. 박광전은 과천현

관할의 헌릉 참봉으로 있으면서 과천 현감에게 밉보여 조정 회의에서 탄핵을 당할 뻔했던 일이 있었다. 당시 헌릉에서는 과천 현감이 능졸들을 시켜 사냥한 뒤, 잡은 짐승들을 헌릉 참봉과 나누어가지는 것이 관례였다. 수장들이 서로 짜고 사냥을 했으므로 뒤탈이 일이 일어나지 않았던 것이다.

그런데 고지식한 박광전은 "능침(陵寢)은 원래 사냥하는 곳이 아니며, 사사로운 이익이 생기는 일은 더욱 따를 수 없다."고 과천 현감의 말을 듣지 않았다. 실제로 신성한 능침에서, 능졸들을 시켜 사냥하는 것은 불법이 아닐 수 없었다. 박광전은 능졸들이 사냥하는 것을 엄금했다. 그러자 과천 현감이 친한 신하를 시키어 박광전을 모함했다. 한 신하가 선조에게 "향기로운 풀과 악취 나는 풀을 한 그릇에 섞을 수 없다."고 과천 현감을 '향기로운 풀'로, 박광전을 '악취 나는 풀'에 빗대어 공박했다. 그때 사간헌 정언으로 있던 지금의 경양역 찰방이 "옳은 일을 했으니 헌릉 참봉 박광전에게 오히려 상을 줘야 한다."고 두둔해주었던 것이다.

"삼복 고뿔이 을매나 고약헌지 이제사 일어났어라."

"왕자사부께서 여름철이라 기력이 떨어졌을 것으로 짐작하고 닭을 서너 마리 잡아 왔소이다. 그러니 역졸들에게 삼계탕을 만들게 합시다."

"아따, 찰방께서는 늘 생각이 짚으요."

"그런데 제자들은 어디에 있소?"

"지가 고뿔에 걸려 잠시 방학을 했그만요. 모다 대원사에 올라가 그동안 배운 것을 복습허고 있겄지라."

그때 박근제가 대접에 갈근탕을 가지고 들어왔다.

"인사드리거라."

"예."

박근제가 큰절을 하고 나자, 찰방이 한 손으로 수염을 쓸면서 말했다.

"올해 몇인가?"

"스물네 살입니다요."

"학덕이 깊으신 아버님한테 글을 많이 배워두게."

"생진사시를 준비허고 있습니다요."

박광전이 한 마디 했다.

"나는 제자덜에게 출사도 좋지만 몬자 덕을 닦으라고 허지라."

"자, 공무를 전하겠소."

"나주에 청암역이 있고, 화순에 인물역이 있는디, 광주 경양역에서 오신 것을 본께 중요헌 공무 같소."

광주목 경양역은 전라도 역참 중에서 가장 컸다. 찰방이 거느리고 있는 역졸만 1300여 명이나 되었다. 그런 만큼 나라의 중요한 기밀문서나 공문서를 전달하는 전라도 핵심 역참 중에 하나였다. 지방의 작은 역참들과는 기능이 달랐고, 비밀 공문서를 담당하였기 때문에 품계가 높은 정3품의 목사들도 종6품의 찰방에게 조정의 정보나 벼슬아치들의 동정을 탐문하기 위해 뇌물까지 보내기도 했다.

"그렇소. 전하께서 감찰을 제수하셨소. 왕자사부 임기가 만료되어 명허신 것이오. 왕지사부 3년 임기를 끝나면 6품으로 특진하신다는 것을 알고는 계시겠지요."

"알고는 있소만 몸이 이러허니 출사허지 못헐 거 같그만이라."

"건강이 좋아지시면 또 다시 벼슬을 제수 받을 것이 틀림없소. 그동안 왕자사부를 지낸 선비들은 다 그랬소이다."

"조정에 나아가 사퇴해야 허나 찰방께서 이해해 주씨요."

"사부를 직접 내 눈으로 보았으니 더는 강권하지 않겠소. 사부 의사를 참조한 문서를 작성하여 조정에 보내겠소."

찰방은 박광전이 출사하기를 권하지 않았다. 아무리 높은 품계를 제수 받았다고 하더라도 건강을 잃으면 아무 소용이 없을 뿐더러 왕자사부를 지낸 박광전에게는 특진의 기회가 살아 있기 때문이었다.

"미안허요."

"아니오. 이왕 우계정에 왔으니 하루 이틀 피서를 하고 가겠소."

"참말로 그러허신다믄 감사헌 일이요. 예전 헌릉 참봉 시절에 신세 진 일을 생각허믄 말이요."

"좋은 인연이오."

"근제야, 대원사에 올라가 주지스님헌테 귀헌 손님이 오셨응께 방을 내달라고 알리그라."

"예, 아버님. 근디 찰방 나리께 부탁을 하나 드려도 될랑가 모르겄그만이라우."

"무신 일이냐?"

"말을 한 번 타보믄 안될께라우?"

찰방이 바로 허락했다.

"오늘은 말이 지쳐 있을 테니까 쉬게 허고 내일은 하루 종일 알아서 하게."

"아이고메, 고맙습니다요. 나리."

박광전이 한 마디 했다.

"둘째놈은 무재(武才)가 있는지 말타기를 좋아허그만요."

"아부지, 무재는 중묵이 동상이지라우. 지는 인자 게우 말에서 떨어지지 않고 타는 정도지라우."

찰방에게 승마를 허락받은 박근제는 더 없이 기뻤다. 대원사까지 잰걸음으로 단숨에 올라갔다. 마침 주지스님은 법당에서 대원사 대중스님들에게 법문을 마치고 나오고 있었다. 박근제가 주지스님에게 '경양역 찰방과 역졸들이 머무를 것'이라고 용건을 말했다. 그러자 주지스님은 주지채 건너편의 별실과 빈 암자를 흔쾌하게 내주었다. 박광전이 절에 양식을 넉넉하게 보시한 결과이기도 하지만 절로서는 찰방 벼슬아치라면 아주 큰 손님이었다.

객실에 있던 안중묵과 안방준이 박근제의 말소리를 듣고는 나왔다. 안중묵이 말했다.

"근제 성, 손님 오셨는가?"

"찰방 나리가 오셨는디 하루 이틀 우계정에서 겨시다가 가신다고 형마."

"무신 일이 있는게라?"

"아버님허고 친분이 도타운 분인디 공문서를 가져오셨그마."

"오메, 베슬을 제수 받으신 모냥이그만."

"맞어. 근디 아버님은 몸이 편찮은께 출사허시지 않겠다고 말씸허시드라고."

"아숩그만잉."

"근디 중묵이 동상, 좋은 일이 하나 생겼네."

"뭔 일인디라."

"찰방 나리께서 내게 말을 하루 빌려주셨당께. 동상은 말을 잘 타니나 쪼깜 갈쳐주라고."

안방준도 나섰다.

"성, 나도 승마를 배우고 잪소."

"그래? 내일 아척에 우계정으로 내려와. 같이 타불게."

박근제는 안중묵이나 안방준에게 따듯한 형처럼 행동했다. 두 사람에게도 승마의 기회를 주기 위해 알렸던 것이다. 그렇지 않아도 안중묵은 승마를 하지 못해 엉덩이가 근질근질하던 참이었다. 박광전의 두 아들 큰아들 박근효와 작은아들 박근제의 성격은 판이하게 달랐다. 박근제는 어머니 낭주 최씨를 닮아 정이 많았고, 박근효는 아버지 박광전을 닮아 고지식했다.

다음날.

박근제는 말구종 역졸 한 사람을 데리고 우계정으로 내려왔다. 역졸은 대원사에서 가지고 온 주먹밥을 허리에 차고 있었다. 안중묵과 안방준이 벌써 우계정 마당가 오리나무에 맨 말 옆에서 서성거렸다. 활과 활통을 맨 안중묵이 말 등을 쓰다듬으면서 감탄했다.

"근제 성, 요로코름 다리가 짱짱헌 말은 첨 봉마. 내가 탄 말은 죄다 늙은 말이었당께."

"어쩨께 좋은 말인지 구별허간디."

"늙은 말은 십중팔구 눈꼽이 끼었제. 글고 목덜미나 엉덩이가 반질

반질허지 않고 푸석푸석허당께.”

이윽고 역졸이 말고삐를 잡고 박근제가 말 등에 올라탔다. 그러자 역졸이 한 사람 더 타도 된다고 말했다.

“말이 심은 좋은께 한 사람이 더 타도 되라우.”

“조카가 타그라. 승마를 배울라믄 말허고 몬자 친해져야 헌께.”

안중묵이 안방준에게 양보했다. 박근제와 안중묵은 선후배 사이 이상으로 친했다. 몇 달 동안 우계정에서 공부를 함께 했기 때문이었다. 박근제가 안중묵에게 말했다.

“동상은 은제 승마를 배왔능가?”

“문무를 갈치시는 송천 선상님헌테 배왔는디 아조 잘 타지는 못 형마.”

“그래도 말을 품평허는 것을 본께 보통은 아닌 거 같으네.”

“아이고메, 활쏘기는 몰라도 승마 실력은 더 훈련해야 헌당께라.”

세 사람은 역졸을 앞세우고 개울가 오솔길을 타고 내려갔다. 이윽고 숲길이 나타났다. 숲길은 제법 말이 달릴 수 있을 만큼 오솔길보다 넓었다. 승마 훈련을 시작하기 전에 안중묵이 말했다.

“첨에는 말이 움직이는 대로 따라야 헌께 몸을 말 등에 바짝 붙이드라고잉.”

역졸은 그늘에서 쉬고 안중묵이 말고삐를 잡고 움직였다. 박근제와 안방준은 교대로 승마 연습을 했다. 말이 갑자기 엉덩이를 쳐드는 바람에 안방준은 말 등에서 굴렀지만 다행히 풀숲에 떨어져 다치지는 않았다. 그래도 박근제는 말을 타본 경험이 있어서 자연스럽게 탔다. 안중묵이 안방준에게 소리쳤다.

"말허고 한 몸이라고 생각해야 써. 따로따로라고 생각허믄 반다시 굴러떨어져분단 말이여."

"알겄는디 잘 안되그만이라, 아재."

"으디 첫술에 배부르간디."

그래도 안방준은 천천히 달리는 말에 곧 적응했다. 말을 타고 숲길을 오가면서 낙마하는 일은 없었다. 그러자 안중묵은 안방준 뒤에서 달리는 말의 속도를 올렸다.

"말고삐를 바짝 잡아땡겨 봐. 말이 싸게 달릴 것인께."

점심 무렵 안방준은 박근제와 안중묵의 박수를 받을 정도로 말을 탔고, 박근제는 말이 움직일 때도 훌쩍 말 등에 올라탈 만큼 익숙해졌다. 어느 새 역졸이 개울가 개버들나무 그늘에 점심 자리를 마련했다. 세 사람은 냇가에서 발을 담근 채 세수를 했다. 천봉산 이 골 저 골에서 흘러온 개울물이 큰 내를 이루고 있었다. 박근제가 안중묵에게 말했다.

"오늘은 쪼깜 더 승마 연습을 하고 활쏘기를 허믄 으쩔까?"

"지는 성이 시키는대로 헐랑마."

"한두 식경 더 승마 연습을 허고 말을 돌려보낸 뒤 활쏘기 연습을 허믄 쓰겄그만."

박근제가 역졸을 배려하는 말투로 말했다. 찰방의 지시로 따라온 역졸도 대원사 계곡에서 피서하는 다른 역졸들 곁으로 가고 싶을 터였다. 세 사람은 주먹밥을 게걸스럽게 먹어치웠다. 승마는 생각보다 힘들었기 때문에 은근히 배가 고팠던 것이다.

역졸은 말을 데리고 대원사로 돌아갔다. 세 사람은 곧 활쏘기 연습을 했다. 숯으로 표시한 아름드리 느티나무 둥치를 과녁으로 생각하고 떨어진 화살을 줍는 연전꾼은 돌아가면서 맡기로 했다. 안중묵의 활통에는 화살 10발이 들어 있었다. 화살촉은 날카롭지 않은 연습용이었다. 버들잎처럼 뭉툭하다고 해서 유엽전이라고 부르는 연습용 화살이었다. 습사(習射) 역시 송천 양응정 문하에서 수련했던 안중묵이 박근제보다 능숙했다. 안방준은 완전히 초보였으므로 화살이 멀리 날아가지 못했다. 안중묵이 자세를 바로 잡아주어도 소용없었다.

"화살은 어깨 심으로 쏘는 것이 아니여. 뱃심으로 쏘는 것이란 말여. 뱃심으로 쏠라믄 마신 숨이 배에 꽉 차 있는 동안 화살을 땡겨야 써."

"승마보담 더 에럽그만이라."

"당연허제. 활쏘기는 누가 도와줄 수가 읎는 것인께. 오직 혼자 심으로 과녁을 맞쳐야 헌께 말이여."

박근제는 향교에서 활을 만져본 바 있으므로 그래도 과녁 부근까지 화살을 쏘기는 했다. 화살을 1순(巡)씩 쏘고는 느티나무 뒤에 숨어 있던 사람이 화살을 수습했다. 1순이란 다섯 발을 뜻했다. 안중묵은 1순 중에 다섯 발을 과녁에 명중시켰다. 과녁 한 가운데를 맞히는 관중(貫中)은 두 발이었지만 이미 그의 활쏘기 실력은 박근제를 놀라게 했다.

효심

　오야마을 초입의 들판에 자생하는 오동나무숲 이파리들도 노랗게
물들었다. 이파리들 일부는 벌써 된서리를 맞고 지고 있었다. 된서리가
내리기 시작하면 오동나무 잎과 호박잎이 가장 먼저 맥없이 떨어졌다.
보성강 너머의 산야에는 붉고 노란 단풍이 불붙고 있었다. 우계정에서
돌아온 안방준은 갑자기 건강이 악화된 생모 진원 박씨 옆에서 간병을
했다. 여종이 있지만 미덥지 못했다. 먼눈팔고 있다가 약탕기의 약이
졸아진 적이 있었던 것이다.

　선돌은 이미 고향 노력도로 떠나고 없었다. 오야마을에 터를 잡으려
고 했지만 마을사람들의 텃세가 적잖았기 때문이었다. 천민이 아닌데
도 밖에서 굴러들어온 유랑민이라고 하여 곁을 주지 않고 무시하곤 했
던 것이다.

　우계정은 지금쯤 텅 비어 있을 것이었다. 박광전이 벼슬을 제수 받
기 위해 한성으로 올라가고 없었기에 제자들도 모두 떠났던 것이다.
안방준은 안중묵에게 승마와 활쏘기의 기초를 익힌 바, 우계정에서 보
낸 여름을 잊지 못했다. 물론 박광전에게서 배운 입신양명보다는 먼저
자신의 덕을 닦는 위기지학의 신념은 무슨 일이 있더라도 변치 않을

터였다.

진원 박씨가 앓고 있는 병은 염질(染疾)이었다. 염질이란 때가 되면 한 번씩 크게 마을에 번지는 전염병이었다. 안방준은 하루에 세 번씩 여종이 쑨 미음을 들고 안방으로 드나들었다. 아버지 안중관이 구해온 약재로 달인 탕약은 날마다 조석으로 올렸다. 진원 박씨는 가을 들어 된서리가 내리면서 아예 입맛을 잃어버렸다. 아들의 효도를 보고 미음을 넘기는 시늉만 할 뿐이었다.

"니가 나를 금싸라기맹키로 대해주는구나."

"엄니는 금싸라기보다 더 귀허지라우."

"내 아들아, 고맙다."

진원 박씨가 누운 채 희미하게 웃었다. 아들의 효도를 받으니 행복하다는 미소였다. 그날 오후였다. 아버지 안중관이 안방준을 안채사랑방으로 불렀다. 안중관은 보성향교를 다녀온 길이었다. 안방준이 물었다.

"아부지, 심부름 시키실 일이 있으신게라우?"

"아니다. 니 엄니 앞에서 말허기가 거시기해서 이리 오라고 했다."

"무신 말씸이신디요?"

"우계정 선상님이 현감이 되셨다. 함열 현감이 되셨어."

"희소식이그만요."

"왕자사부가 대단헌 베슬이구나. 왕자사부를 지내믄 6품 베슬로 특진을 시켜준께 말이다."

"근디 지는 아숩기도 허그만이라우."

"으째서 그러냐?"

"현감으로 겨시는 동안에는 우계정 하나부지헌테 공부헐 수 읎응께 그라지라우."

"니를 갈쳐줄 선상님은 또 있을 것인께 지달려봐라."

안중관이 다른 선생을 찾아보자고 하자 안방준이 고개를 흔들었다. 이에 안중관이 쓰고 있던 탕건을 매만지며 말했다.

"우계정 선상님헌테서만 배우고 잪단 말이냐?"

"아니요."

"그라믄 으째서 그러느냐?"

"엄니가 저러코름 편찮으신께 공부헐 맴이 읎그만요. 인자 엄니 옆에 있을라고라우."

"니가 옆에 있어서 니 엄니 병이 낫는다믄 을매나 좋겄냐. 향교에서 들은 말인디 염질로 눈을 감은 사람덜이 보성에 하나 둘이 아니드라."

안중관의 얼굴이 갑자기 어두워졌다. 잠시 후에는 아예 입을 꾹 다물었다. 안방준은 아버지의 심란한 심기를 알아채고는 슬그머니 일어났다. 안중관은 아내의 앞날을 짐작하고 있는 것처럼 담담하게 언행하다가도 가끔 마음이 혼란해지는 듯 평정심을 잃었다. 그럴 때는 안중관도 아내처럼 끼니를 거르기도 했다.

그런데 진원 박씨의 건강은 회복될 기미가 보이지 않았다. 부엌데기 여종이 미음을 들고 읍소하지만 소용없었다. 입동(立冬)이 지난 보름 뒤부터는 탕약은 물론이거니와 미음도 아예 목을 넘기지 못했다. 부엌데기 여종이 진원 박씨를 가까스로 앉힌 뒤 수저로 미음을 떠서 입안에 넣지만 삼키지 못하고 흘려버리고 말았다.

결국 진원 박씨는 곡기를 끊은 지 보름 만에 눈을 감았다. 바깥마당 한쪽에 빈소가 차려졌다. 진원 박씨를 안치한 빈소는 가족 가운데 안중관만 드나들었다. 진원 박씨가 전염이 강한 염질로 작고한 탓이었다. 사람들은 빈소 밖에서 조문한 뒤 바깥사랑채에서 안중관을 위로하고 갈 뿐이었다.

안중관은 안방준에게도 빈소를 들어가지 말라고 당부했다.

"니 맴을 안다. 빈소에는 니 엄니가 산으로 가고 난 뒤 들어가그라. 빈소에 영우를 둘 것이니라."

"예, 아부지."

진원 박씨의 시신이 선산으로 옮겨지고 난 뒤에는 빈소 제단에 영위(靈位)를 안치할 것이니 그때 문안인사를 하라는 말이었다. 그러나 안방준은 한밤중을 기다렸다가 아버지 안중관 몰래 빈소에 들어가 울면서 곡을 했다.

"엄니! 엄니!"

안방준의 울음소리에 바깥사랑채에서 잠을 자고 있던 안중관은 눈을 떴다. 자리끼로 목을 축이고 나서는 울음소리가 나는 쪽으로 귀를 기울였다. 울음소리가 나는 곳은 부엌데기 여종이 자는 골방도 아니고, 머슴들이 거처하는 문간채 방도 아니었다. 안중관은 바깥사랑채 방문을 열고 나와서야 그곳이 빈소라는 것을 알았다. 일렁이는 한겨울 냉기가 안중관의 목덜미를 파고들었다. 안중관은 아들 안방준이 빈소에서 울고 있다는 것을 알고 신경을 곤두세웠다.

밤하늘이 살얼음으로 덮인 강물처럼 차갑게 보였다. 크고 작은 별들이 반짝거리기보다는 오들오들 떨고 있었다. 안중관은 빈소 앞으로 가서 짧게 소리쳤다.

"방준아!"

그래도 안방준이 빈소에서 나오지 않자 안중관은 더 크게 소리쳤다.

"방준아!"

문간채 방에서 잠을 자던 머슴들이 나왔다. 머슴 하나가 안중관에게 다가와 말했다.

"영감님, 무신 일인게라우?"

"느그덜은 알 것이 읎다. 들어가 자그라."

"예, 영감님."

그제야 안방준이 빈소에서 나왔다. 안방준을 보자마자 안중관이 꾸중을 했다.

"초우제를 지낼 때까지는 안방에 있으라고 허지 않았느냐!"

"예."

초우제란 장사를 지낸 뒤 집으로 돌아와 빈소에서 지내는 제사를 뜻했다. 그러니까 지금은 빈소에 염질로 작고한 진원 박씨가 수의를 입은 상태로 누워 있는 셈이었다. 안중관이 그렇게 신신당부한 까닭은 무서운 염질이 안방준에게 전염될 수도 있기 때문이었다. 안방준은 안중관을 따라 바깥사랑채 방으로 들어갔다. 바깥사랑채 방으로 들자마자 안중관이 또 안방준을 나무랐다.

"애비 말이 말같지 않느냐!"

"아부지, 엄니가 보고 잎그만이라우."

"그래도 빈소에는 초우제 때부터 들어가그라."

안중관은 가까운 친인척의 조문도 빈소에서 받지 않았다. 염질 전염을 걱정하여 일부러 바깥사랑채 방에서 조문을 받았다. 그런데도 안방 준이 한밤중에 몰래 빈소를 들어가 울면서 곡을 하고 있으니 안중관으로서는 놀라지 않을 수 없었다.

"밤이 짚다. 얼릉 안채로 들어가 자그라."

"아부지 맴을 상허게 해드려서 죄송허그만요."

"알았응께 나가그라."

안중관은 아들을 야단쳤지만 자신도 마음이 아프기는 마찬가지였다. 전부인 성주 현씨와 사별한 뒤에 맞아들인 부인이 진원 박씨였다. 진원 박씨는 전부인의 아들딸들을 친자식처럼 대해주었던바 가족 간에 갈등이 전혀 없었다. 안중관은 바로 그 점을 무엇보다 고마워했고, 진원 박씨를 집안의 보배처럼 여기지 않을 수 없었다. 진원 박씨와 사별한 안중관의 상실감은 아내를 사랑했던 만큼 컸다. 염질의 전염을 우려하여 조문객들이 빈소에 함부로 출입하지 못하게끔 바깥사랑채에 머물면서 살피고 있는 안중관이었지만, 사실은 그 자신이 먼저 초저녁인데도 빈소에 들어가 애절하게 곡을 토해냈던 것이다.

사흘 후.

안중관은 아내 진원 박씨의 유택 자리에 장사를 치렀다. 그런 뒤 신시(申時, 오후 3시-5시) 무렵부터 초우제 준비에 들어갔다. 한겨울이었으므로 해가 힘을 잃고 벌써 서산 위에 떠 있었다. 보성에 사는 동생 안중홍과 둘째사위 이영남, 광주목 지산(芝山)에서 온 큰사위 박종정 등이 여종들 앞에서 진설할 제물의 양과 유무를 점검했다. 박종정은 제물을 준비한 여종들을 격려했다.

"제물을 본께 정성이 느껴지는구나. 고상덜 헌다."

"자형, 모다 엄니를 따랐어라우."

"긍께 말이다. 자상허신 장모님 맴이 새삼 떠올라분다."

그때 어린 머슴 피점이가 박종정에게 와서 말했다.

"영감님께서 부르시그만요."

안중관은 선산에서 돌아오자마자 처소를 바깥사랑채에서 안채 사랑방으로 옮겼다. 서책과 벼루는 손수 들고 왔고, 나머지 놋쇠화로와 먹감나무 문갑장 등은 머슴들을 시켜 정리하게 했다. 박종정이 사랑방으로 들어와 말했다.

"장인 어르신, 부르셨는게라우?"

"헐 말이 있네."

"무신 말씸이신지요?"

"지산정사에서 강학헌다는 얘기를 들었네."

그제야 박종정은 눈치를 챘다.

"방준이 땜시 부르셨그만요."

"박 진사가 방준이를 맡어서 갈쳐야겠네."

"방준이가 집을 떠나서 광주까지 올라고 헐께라우?"

"고것은 걱정 말게. 방준이는 배울라고 허는 욕심이 많응께."

"그라믄 지가 한 번 갈쳐 볼라요."

안중관이 또 다시 머슴 피점이를 불렀다. 어린 머슴의 턱 밑에 큰 붉은 점이 있어서 그렇게 불렀다.

"방준이를 오라고 해라."

"예, 영감님."

피점이는 또 다시 빈소로 갔다. 마침 안방준은 마른 걸레로 빈소를 구석구석 청소하던 중이었는데, 영위를 모신 제사상에는 벌써 과일류와 마른 어류들이 진설돼 있었다. 국밥과 나물, 탕류는 제사 직전에 올릴 터였다.

"영감님께서 찾으셨습니다요."

"곧 갈 것인께 말씸드리그라."

안방준은 아버지 안중관이 왜 부르는지 알아챘다. 어머니 진원 박씨 삼년상이 끝나면 자형 박종정에게 가서 공부하라고 당부할 것이 틀림없었다. 첫 스승 박광전은 함열 현감으로 출사하였으니 언제 우계정으로 돌아올지는 알 수 없었다. 첫 스승을 막연하게 기다리느니 두 번째 스승의 문하에서 공부해야만 수덕(修德)의 성취가 있을 터였다. 학문은 토대를 다지는 십대 중반이 가장 중요하므로 스승 없이 매진한다는 것은 위험한 일이었다. 스승 없이 독학한다는 것은 마치 캄캄한 밤에 북극성을 보지 않고 나아가는 항해나 다름없었다. 그런 배가 어느 방향, 어느 곳으로 기착할지 알 수 없는 일인 것이었다.

광주목 지산에 정사를 지어 강학하고 있는 박종정은 고경명의 제자였다. 그의 호는 난계(蘭溪)였고, 타고난 자질이 우수하고 총명하여 여섯 살 때 벽에 걸린 호랑이 그림을 보고 곧바로 그에 대해 시를 지었는데 "하나의 사물을 보고 있는바(한 마리 호랑이를 보고 있는바) 한 걸음도 떼지 못하는구나[一物有所見 一步不得行]."라고 하였다. 《논어》를 배우기 전이었다.

여덟 살에는 《춘추좌전》을 가까이하면서 책 표지에 '제후들의 죄악을 밝혔으니, 아! 부자(夫子, 공자)야말로 신성한 분이다.'라고 써 놓았으므로 아버지 계공랑(啓功郞) 박인과 형 박천정 등이 보고 장하게 생각했다.

박종정은 열 살 무렵부터 고경명 문하로 들어가 공부했다. 고경명은 명종 때 인순왕후(仁順王后)의 외숙 이조판서 이량(李樑)의 전횡을 논할 때 교리(校理)로서 참여하였다가, 그 경위를 이량에게 몰래 알려준 사실이 드러나 울산군수로 좌천되고 나서 파면 당했다. 이때 고경명은 고향 광주로 돌아와서 강학을 열고 여러 제자를 맞아들였던 것이다.

아무튼 박종정은 선인의 문장을 배우고자 날마다 고경명 서재로 가서 사서를 정독하며 수천의 명문장을 외웠다. 특히 태사공(太師公) 사마천이 저술한 《사기》와 주자가 저술한 《강목(綱目)》을 사숙하면서 크고 작은 사건들을 줄줄 외운 나머지 스승 고경명이 물을 때마다 곧바로 머뭇거림 없이 대답했다.

박종정은 나이 14, 5세 때부터는 문장이 날로 일취월장했고, 특히 사부(辭賦)에 능했던 한(漢)의 상여(相如)와 서한(西漢) 자운(子雲)의 문장을 지남 삼아 활달한 필치(筆致)를 익히면서 이름이 멀리까지 알려졌다. 선조9년(1576) 진사시에 급제하고 나서는 더욱더 뜻을 살피고 글을 읽었다. 송광산(松廣山)으로 들어가 문을 닫고 단정히 앉아 마한(馬韓, 사마천과 한유(韓愈))의 글들을 온종일 읽었던바, 사찰의 스님이 몇 달간 얼굴을 보지 못한 적도 있었다. 그런데 박종정은 평소 몸이 허약한 데다 독서로 인한 피로가 쌓여 병이 난 바람에 과거를 포기하기에 이르렀다. 산수를 좋아했던 박종정이 난계정사(蘭溪精舍)를 지은 것은 바로 그 무렵이었다. 정사에서 제자들과 함께 경전과 사서를 탐독하며 일생을 끝마치려고 했던 것이다.

"아버님, 부르셨는게라우?"

"오냐, 들어오너라."

안방준이 윗목에 무릎을 꿇고 앉자 안중관이 입을 열었다.

"날이 춥다. 화로 가차이 오그라. 오늘은 니 엄니 초우제 날이다. 니 엄니는 뭣을 젤로 좋아했느냐?"

"지가 공부허는 것을 젤로 좋아허셨지라우."

"그렇다. 니 엄니가 좋아헐 일이 하나 생겼다."

"자형께서 지를 갈친다고 했그만요."

"그래, 니 엄니 삼년상이 끝나믄 바로 박 진사헌테 가서 공부허그라."

"예, 아버님."

안중관은 사위지만 박종정을 '박 서방'이라고 하지 않고 '박 진사'라고 말했다. 사위를 대견하게 여기어 '박 진사'라고 불렀던 것이다. 박종정은 이미 장인 안중관과 얘기가 다 된 듯 말하지 않고 미소만 지었다.

지산정사

싸락눈이 내렸다. 삭풍까지 불어 싸락눈은 땅에 쌓이지 못하고 이리 저리 흩날렸다. 날이 궂으니 광주로 가는 계획을 미뤄야 했다. 진원 박 씨 삼년상이 끝나자마자 안중관은 아들 안방준을 광주목으로 보낼 생 각이었으나 궂은 날씨가 발걸음을 붙들고 있는 셈이었다. 더구나 집에 서 기르는 말이 늙어서 광주까지 타고 가기에는 무리였다. 집에서 가 까운 보성향교를 다녀오는 데도 늙은 말은 힘이 들어 콧물을 흘리며 씩씩거리곤 했다.

안중관은 별 수 없이 이른 봄까지 기다리기로 했다. 이른 봄부터는 이양원 인물역에서 찰방에게 얼마간 뒷돈을 지불하면 튼실한 말을 빌 려 탈 수 있기 때문이었다. 겨울에는 역참에 있는 말을 잘 빌려주지 않 았다. 역참의 공무가 줄어든 한겨울에는 말들도 하루 종일 마른 풀을 씹으며 휴식을 취해야 했던 것이다.

드디어 입춘 전날 안중관은 인물역 역참에서 말을 빌렸다. 전임 찰 방은 서너 번 만난 적이 있었지만 신임 찰방은 초면이었다. 그런데도 신임 찰방은 안중관의 조부 존함을 듣더니 의심 없이 말을 빌려주었 다. 안중관의 조부 안축이 나주 목사로 있을 때 찰방은 나주목 관할의 청암역에서 역졸들에게 승마를 가르치는 역리(驛吏)였던 것이다. 인물역 역졸에게 말을 건네받은 안중관이 말했다.

"방준아, 니도 인자 말을 탈 줄 알제?"

"우계정에서 중묵이 아재헌테 배왔고, 우리 말을 엥간히 탔응께 에럽지 않그만이라우."

"우리 말은 원체 늙어서 항교 댕기기도 심들드라만."

"그래도 눈치는 빨라서 우리 식구덜 맴을 다 알고 있는 거 같아라우."

"십년을 넘게 한솥밥을 묵었응께 그라겄제잉."

젊은 말은 안중관과 안방준을 태우고서도 거뜬했다. 광주 가는 길을 아는 안중관이 앞에 탔다. 광주로 가려면 능주, 화순을 지나 너릿재를 넘어가야 했다. 80여 리 길이므로 해가 떨어진 초저녁쯤에 박종정이 강학을 열고 있는 지산정사에 도착할 터였다. 좀 더 시간을 단축하는 방법이 있기는 했다. 금릉에서 돛배를 타고 화순현에서 내린 뒤 너릿재를 넘어가는 방법이었다. 그러나 사공에게 주는 뱃삯이 만만찮았고, 게다가 날마다 돛배가 뜨는 것은 아니었다. 해운판관이 영산강 조창으로 세곡을 운반할 때나 아전들이 향리들에게서 조공품을 거두어갈 시기에 돛배가 떴던 것이다.

이양원을 떠난 두 사람은 지석강을 따라 춘양까지 산자락 길로 돌아서 내려갔다가 능주로 방향을 틀었다. 지름길은 얼어붙은 지석강을 가로지르는 것이었지만 강물은 벌써 풀려서 찰랑찰랑 흐르고 있었다. 안중관이 춘양을 지나서야 입을 열어 말했다.

"니 매형도 진사 급제헌 선비인께 잘 배와라."

"3년 전에 조문 오셨을 때 말씸을 들었그만요."

"뭣이라고 허든?"

"우계정 하나부지헌테서 뭣을 배왔냐고 해서 한 마디로 말씸드렸지라우. 주로 위기지학에 대해서 배왔다고 했그만요."

"그랬더니 뭣을 당부허든?"

"죽천 선상님은 위기지학을 강조허시는 분인께 당연허다고 험서 인자부터는 의리지학(義理之學)을 배와보라고 말씀하셨지라우."

"위기지학이 니 인격을 닦는 것이라믄 의리지학은 우주가 뭣인지 알고 자신을 알자는 것이다. 긍께 쪼깜 에러와 지겄제잉."

"매형이 갈치는 대로 많이 배울라요."

"우계정 하나부지허고는 사뭇 다를 것인께 잘 배우거라."

박광전과 박종정의 학풍이 다른 까닭은 두 사람의 스승 때문이기도 했다. 박광전은 입신양명을 멀리하라는 퇴계 이황의 문인이었고, 박종정은 출사는 하되 벼슬에만 마음을 두지 말고 도의(道義)를 탐구해야 한다는 고경명의 제자였던 것이다. 그러나 서로 본질이 다른 것은 아니었다. 두 학풍 모두 자기 자신의 덕을 닦는데 매진하는 도학(道學)이기 때문이었다.

이윽고 두 사람은 능주를 조금 지나 지석강 수심이 얕은 곳에서 말을 탄 채 건너갔다. 멀리 화순 동헌 쪽에서 연기가 피어오르고 있었다. 관군들이 불을 쬐느라고 화톳불을 피우고 있을 터였다. 이른 봄이라고 하지만 바람은 아직 쌀쌀했다. 안중관도 말고삐를 잡은 손이 곱은 듯해서 손가락을 크게 꼬무락거리곤 했다. 안방준이 말했다.

"아부지, 말이 심들어허는그만요. 지는 내려서 걸어갈께라우."

"이 말은 보통 말이 아니다. 말을 타보믄 알아야. 두 사람이 탔는디

도 을매나 펀허냐."

안중관은 아들 안방준이 왜 말에서 내리려고 하는지 눈치 챘다. 아버지 손이 곱은 것을 보고는 그렇게 말하고 있었다. 안방준이 다시 말했다.

"아부지 지가 말고삐를 잡고 갈게라우."

"정 그라고 짚으믄 너릿재 밑에서부터 잡아라."

아무리 튼실한 말이라도 두 사람을 태우고 재를 넘어가려면 힘에 부칠 터였다. 그리고 아들을 사랑하는 안중관의 마음은 깊었다. 화순 사람들에게 아들을 말고삐나 잡고 가는 말구종으로 보이고 싶지 않았던 것이다. 화순 역시 능주처럼 양인들이 많이 모여살고 있는 현이었다. 동헌 앞길은 화순과 광주를 오가는 행상들로 늘 북적거렸다. 안중관은 일부러 동헌 바깥길을 지나쳐서 너릿재로 나아갔다.

안방준은 말에서 내려 말고삐를 잡았다. 말이 자기를 위해서 그런 줄 알고 말갈기를 흔들며 반응했다. 말은 가파른 재인데도 또각또각 가뿐하게 올라갔다. 양달은 응달과 달리 제법 봄기운이 완연했다. 산길 한쪽에 개나리꽃처럼 생긴 노란 영춘화가 피어 있고, 복수초꽃 무리가 노랑나비 떼처럼 화사했다. 안중관이 말했다.

"얼음새꽃이 피었응께 개구락지덜이 울겄구나."

"개구락지덜이 나올 때그만요."

보성사람들은 복수초꽃을 얼음새꽃이라고 불렀다. 복수초꽃이 얼음 같은 잔설을 뚫고 나와 피기 때문이었다. 안중관이 말한 대로 겨울잠에서 개구리들이 깨어날 때쯤이면 복수초꽃이 먼저 피고 그 다음에는 영춘화가 뒤따랐다.

마침내 두 사람은 어둑어둑할 무렵에 지산정사에 도착했다. 지산정사는 광주목을 향해 북쪽으로 뻗은 서석산 산자락 끝에 안겨 있었다. 때마침 정사 큰방에서 서책을 읽는 맑은 목소리가 들려왔다.

"니 매형 목소리다. 청이 참 좋다잉."

"강학이 끝난 모냥이그만요."

"잘 됐다야, 학동덜 갈칠 때 불러내지 않고."

바깥의 인기척 소리에 박종정이 정사 큰방에서 나왔다. 장인 안중관을 보더니 깜짝 놀랐다.

"아버님, 으쩐 일이시당가요?"

"방준이를 델꼬 왔네."

"장모님 삼년상이 끝났응께 처남이 올 것이라고 생각은 허고 있었습니다만."

"박 진사, 방준이를 잘 부탁허네."

"아이고메, 장인 어르신 무신 말씸을 고로코름 허신당가요. 지가 갈쳐보고 심이 부치믄 지보다 도학이 더 짚은 선상님을 소개허겄습니다요."

"심이 부칠 리가 있겄능가. 박 진사 실력은 광주사람덜이 다 알아준다고 허든디."

"지보다 도학이 짚은 분덜은 밤하늘에 별멩키로 많그만요."

"으떤 분이 겨시는디 그란가?"

"파산에 사시는 우계 선상님이 몬자 생각나는그만요, 참말로 고상헌 분이지라우."

안중관은 파산(坡山, 현 파주)이 어딘지 우계(牛溪)가 누구인지 모르기 때문에 더 묻지 못했다. 우계는 성혼(成渾)의 호였다. 성혼은 생원, 진사 초시에 모두 합격했지만 복시에 응하지 않고 오직 학문과 강학에만 힘을 쓰는 선비로서 같은 고을의 율곡 이이와는 평생지기였다. 안방준이 눈빛을 반짝이며 말했다.

"우계정 선상님 같은 분이그만요잉."

"처남 말이 맞그만. 죽천 어르신이 우계 어른보다 10년쯤 위이신디 학풍이 비슷헌께 말이여."

"박 진사, 어차든지 방준이를 잘 부탁허네. 나는 내일 새복에 일찍 보성으로 갈라네."

"여그까지 오셨응께 메칠 묵으심서 서석산도 유람허시고 그라지라우."

"그럴 시간이 읎네. 봄농사를 준비헐 때라서."

"이이고메, 그라시그만이라우."

강학은 지산정사 큰방에서 하고 생활은 안채에서 하는 듯했다. 정사나 안채 모두 초가였다. 안중관의 딸은 집을 비우고 없었다. 박종정이 말했다.

"안사람은 큰댁에 가고 읎그만요. 남동상이 메칠 후먼 장가를 가는디 도와주러 간 모냥입니다요."

"눈썰미가 괴안찮아서 도움은 쪼깜 될 것이네. 그라믄 끼니는 어처께 해결허고. 영 불편허겄는디."

"부엌데기가 채려준께 그작저작 묵고 있그만요. 큰댁에 혼사가 있지만 지는 강학 땜시 여그서 꼼짝 못허고 있그만요."

안중관은 딸을 보지 못해 섭섭했다. 자식 중에서 안방준 못지않게 애지중지하면서 키웠던 딸이었다. 그런데 안중관은 혼사라는 말을 듣자마자 갑자기 안방준을 쳐다보며 말했다.

"방준아, 쪼깜 나가 있그라."

"예, 아버님."

안방준이 나가자 안중관이 사위 박종정에게 말했다.

"방준이도 내년이믄 15살, 인자 짝을 찾아볼 때가 된 거 같네. 늦어도 17살 안에는 장가를 보낼라고 생각허고 있응께 박 진사도 좋은 처자가 있으믄 알려주게."

"처남이 정사에서 공부하는 동안 찾아볼게라우. 근디 장인 어르신께서 눈에 들어야겠지라우."

"나도 찾아볼 것인께 부담은 갖지 말게."

"아버님, 안채로 가시지라우. 저녁진지를 드셔야지라우."

두 사람이 정사 큰방에서 나오자, 안방준이 마당 끝에 서 있다가 다가왔다. 정사와 안채는 숲에 둘러쌓여 있었다. 그래서인지 늦은 오후인데도 어둑어둑 했다. 때마침 산자락 숲에서 새소리가 들려왔다.

"매형, 새복에 우는 새인디 여그서는 시도때도 읎그만요."

"방준이가 잘 모르그만. 요즘 새복에 우는 새는 휘파람새고, 시방 우는 새는 동박새여."

박종정의 말대로 새벽에 후이후이 하고 소리 내는 새들은 봄이 되면 찾아오는 휘파람새이고, 동백꽃이 필 무렵에 동백나무 숲에서 쓰쓰쓰 하고 우짖는 새들은 동박새였다. 박종정은 부엌데기 여종이 저녁을 준비하는 동안 안채 사랑방을 안중관에게 비워주고 자신은 아내가 자던 안방으로 갔다. 박종정이 사용하는 사랑방에는 서책들이 가득했다.《소학》을 비롯해서《논어》와《대학》등등의 서책들은 모두 필사본이었다. 아마도 정사에 오는 학동들의 교재인 듯 책 표지가 너덜너덜했다.

잠시 후. 부엌데기 여종이 밥상을 들고 왔다. 안중관과 박종정은 겸상을 했고, 안방준은 따로 1인용 개다리소반을 받았다. 안중관은 내일 새벽에 떠날 것이라며 밥보다는 술을 연거푸 마셨다. 말을 타고 80여 리 길을 쉬지 않고 왔으므로 피곤한 데다 목이 말랐기 때문이었다. 안방준도 밥을 반만 비우고 숟가락을 놓았다. 내일부터 낯선 선후배들을 만나 공부한다고 생각하니 은근히 긴장이 됐던 것이다.

밥상을 물리친 안중관은 술기운이 오른다며 끄억끄억 하품을 해댔다. 그러더니 이부자리에 반듯하게 눕자마자 코를 살살 골았다. 안방준은 아버지와 달리 쉽게 잠들지 못했다. 사람을 피해서 먼 골짜기에 있던 소쩍새가 사랑방 가까이까지 날아와 소쩍소쩍 하고 구슬픈 소리로 울었다.

두 달 후.

안방준은 첫날 긴장했던 것과 달리 지산정사에 나오는 대여섯 명의 학동들과 잘 어울렸다. 모두 나이가 엇비슷하고 안방준의 실력이 결코 뒤지지 않았던 것이다. 오히려 한 학동은 난해한 문장이 나오면 안방준에게 해석을 묻곤 했다. 함께 공부해왔던 선배가 있었지만 안방준에게 의지하려고 했다. 물론 처음부터 그랬던 것은 아니었다. 하루는 박종정이 '자기 뜻을 말하라(言志)'는 시제를 주고 각각 시를 짓게 하였는데, 그날 이후부터 그랬다. 안방준이 다음과 같은 시를 지어 스승인 박종정에게 올렸던 것이다.

세상 사람들은 본래 뜻이 없어(世人本無志)

모두 부귀를 좋아한다네(蓋好富與貴)

내 마음은 이곳에 있지 않아(我心不在此)

깊은 산 속에 숨고 싶구나(欲隱深山裏)

단정히 앉아 옷깃을 바르게 하고(端居正衣襟)

조용히 묵상한 채 벽을 향하네(玄默獨向壁)

막걸리 두세 잔을 마시고(濁酒兩三盃)

거문고 두세 곡조를 뜯노라(彈琴一二曲)

좌씨의 전을 두루 살펴보고(流覽左氏傳)

도두의 시를 명랑히 읊는다(浪讀陶杜詩)

그대는 보지 못했는가 백이와 숙제가(君不見伯夷叔齊子)

서산에 올라 고사리를 캐던 일을(登彼西山採其薇)

또 보지 못했는가 송나라 처사 진단이(又不見宋時處士陳摶子)

화산에 숨어살며 낮에도 사립문을 닫았음을(隱居華山晝掩扉)

한평생 이 뜻을 품었으니(平生抱此志)

언제나 소망을 이룰까(何日遂所欲)

마침내 뜻을 같이하는 벗들과(遂與同志友)

오늘 저녁 서로 이를 강론하네(今夕相論確)

망건을 벗고 차가운 돌을 베개삼으며(脫巾枕寒石)

맑은 여울물로 치아를 닦아보세(漱齒淸流湍)

여기에서 노래하고 여기에서 읊조리며(歌於斯詠於斯)

이 산 저산 사이를 마음껏 노닐고 싶어라.(逍遙於玆山之間)

박종정은 깜작 놀랐다. 안방준이 지어올린 시를 보고는 고개를 절레 절레 흔들었다. 학동들이 모두 안방준을 쳐다보며 부러워했다. 박종정이 감탄했다.

"기특허다! 니 의지와 기개가 요로코름 짚으니 훗날 도학을 저버리지 않을 거 같다."

자신이 방금 한 말이 부족한지 박종정은 또 다시 극찬을 했다.

"니 뜻이 가상허니 속된 사람과는 말허기 에러울 것이다. 신선이 누리는 흥취가 있다믄 니와 함께 나누고 좗다."

"선상님, 과찬이그만요."

"아니다. 니는 오늘부터 내 옆에 앉거라."

박종정 바로 옆은 상석으로 정사에서 가장 오랫동안 배운 학동이 앉는 자리였다. 안방준은 두 달 만에 지산정사 상석을 차지했다. 그만큼 박종정에게 인정을 받았다.

이대원전(李大源傳)

안방준은 지산정사에서 반년을 보냈다. 매형이 강학하는 정사이니 무료였다. 학동들은 책거리를 할 때마다 그의 집 머슴들이 쌀과 보리를 지게에 지고 와 바쳤다. 책거리란 학동이 《소학》이나 《논어》 같은 서책을 외워 마치면서 스승에게 곡식과 술, 떡 등으로 답례하는 보은의 행사였다. 행사 때마다 안방준은 눈치를 봤다. 그러나 광주와 보성은 1백리 길이 넘는 거리였으므로 곡식을 가져오는 것이 불가능했다. 기가 죽곤 하는 안방준을 보고 박종정이 말했다.

"처남이 누님헌테 말했는가? 정사에 나오는 것이 미안허다고."

"지만 공짜로 배우는 셈이어서 그라그만요."

"처남은 우리 가족인디 무신 소리를 허는가."

"동학덜 책거리 때마다 그래라우."

"다시는 그런 소리 말게. 처남은 나를 대신해서 가끔 학동덜을 갈쳐주지도 않는가."

그것은 사실이었다. 외우기만 하는 학동에게 뜻을 가르쳐준 일이 많았는데, 안방준의 실력은 또래 가운데 단연 발군이었던 것이다. 그래도 안방준은 때가 되면 매형 박종정에게 곡식을 바쳐야겠다고 생각했다.

그런 기회는 반년 만에 왔다. 첫여름을 앞두고 학동들이 하나 둘 빠져나가자 박종정이 단안을 내렸다. 여름 한 철 방학을 하겠다고 알린 것이었다. 사실, 한여름과 한겨울은 강학을 해도 능률이 오르지 않았다. 그럼에도 불구하고 지금까지 강학을 쉬지 않았지만 이번에는 수강할 학동이 줄어드니 별 수 없었다. 그날 저녁 안방준은 모처럼 박종정과 겸상을 했다. 안방준이 보성으로 떠나기 전날이었다.

"처남, 차라리 잘 됐네. 나도 쪼깐 쉬어야 허거든. 놈이 으쩐지 자꼬 무겁고 그래."

"선상님, 피로가 쌓여서 그라지라우."

"어허. 학동덜이 읎을 때는 선상님이라고 부르지 말랑께."

"예, 매형."

"반년을 여그 있었으니 아버님이 보고 잪제?"

"어머니 산소부터 가볼 생각이그만요."

"보성 가는 길은 걱정 말어. 여그 머심이 길잽이를 해줄텐께."

"작년에 눈여겨보고 왔응께 혼자서도 갈 수 있어라우."

"옛날 같지 않아서 허는 말이네. 왜구덜이 흥양까지 와서 분탕질을 친 모냥이여."

흥양(고흥)은 보성 바로 밑이었다. 흥양에 왜구가 나타나 노략질을 하면 보성, 순천, 장흥해안 마을사람들은 피난을 가는 등 어수선하고 민심이 흉흉해졌다.

"보성은 헹펜이 으쩐지 걱정되그만요."

"소문만 들어서는 모르제. 처남이 가보믄 알 것이여. 긍께 여그 머심을 앞세우고 가."

"매형, 고맙그만요."

"낼은 죙일 걸어가야 헌께 많이 묵어. 누님이 처남 생각해서 부엌데기에게 닭죽을 쑤라고 헌 것 같어."

"아침에 누님이 지보고 뭘 묵고 잪냐고 묻드그만요. 그래서 아무 것이라도 괴안찮다고 했지라우."

안방준의 누나 죽산 안씨도 한 마디 거들었다.

"방준아, 든든허게 묵어라. 낼 새복에 떠난담서야. 낼 아칙, 점심은 주먹밥을 싸라고 했다."

"누님, 맛있게 묵고 있소. 근디 매형 대접보다 내 대접이 더 커부네잉."

"한창 땐께 많이 묵어야제."

안방준은 누나 죽산 안씨가 퍼주는 바람에 닭죽을 두 대접이나 먹었다. 누나 죽산 안씨는 아버지 안중관을 많이 닮아 얼굴은 동그란 편이었고, 키는 작달막했다. 길고 가느다란 손가락은 바느질을 꼼꼼하게 잘했고, 어딘지 재주가 있어 보였다. 안중관은 자신을 닮은 딸이어선지 가족 중에 누구보다도 애지중지했는데, 작고한 아내 진원 박씨가 눈총을 줄 정도였던 것이다.

다음날. 안방준은 지산정사를 떠나 매형집 머슴을 앞세우고 컴컴한 해시(亥時) 무렵에 보성에 도착했다. 매형집 머슴이 지름길로 안내했지만 역참의 말을 이용할 때와는 달리 더디었다. 잰걸음으로 걷다가도 시오리쯤에서 잠깐잠깐 쉬지 않을 수 없었다. 다행히 산길을 오르내리다가 텃세를 부리는 산중사람들에게 봉변을 당하지는 않았다.

안방준을 본 안중관은 깜짝 놀랐다. 안방준이 엎드려 큰절을 한 뒤에도 어정쩡한 자세로 앉아서 말했다.

"시방 시상이 어지러운디 으쩔라고 왔느냐?"

"올 때 아무 일도 읎었어라우."

"말도 마라. 흥양에 왜구덜이 와서 여그 보성사람덜도 피난을 가고 난리 법석이었다."

"아직도 그런게라우?"

"시방은 쪼깜 조용해졌다만 지난 시안부터 봄 내내 어지러웠어야."

안중관은 안방준이 묻지 않았는데도 지난 이른 봄의 왜변에 대해서 말했다. 그날 밤뿐만 아니라 틈만 나면 향교에서 듣고 온 왜변을 이야기했다. 그때마다 안방준은 아버지의 충격이 얼마나 컸는지를 실감했다.

안중관이 분기탱천해서 한 이야기 가운데 믿을 수 없는 부분도 있었다. 이를 테면 왜구들의 배가 수백 척이었다고 하는 대목에서였다. 수백 척이라면 조선수군의 배를 다 합친 것보다 많기 때문이었다. 왜군 선단의 배라면 모르겠지만 왜구의 배가 그렇게 큰 규모일 수는 없었다. 안방준은 아버지 안중관이 아마도 흥분한 탓에 과장한 것이라고 의심했다.

안방준은 어머니 진원 박씨 산소를 다녀온 뒤 그 부분이 몹시 궁금했기 때문에 보성향교를 찾아갔다. 보성향교에는 안방준 또래들이 많았다. 15살 안팎이 되어야만 향교에 입학할 자격이 주어졌기 때문이었다. 안방준은 학생들을 가르치는 훈도에게 가서 큰절을 하고 자신이 궁금해 한 것을 물었다. 그러자 훈도는 아버지 안방준과 달리 담담한

말투로 일목요연하게 마치 학생들에게 강학하듯이 들려주었다. 안방
준이 생소하게 듣는 대맹선, 장전(긴 화살), 편전(짧은 화살), 화포, 사부(射
夫), 백병전 등의 군사용어와 수사, 만호 등의 수군 계급들을 쉽게 설명
해 주곤 했다.

며칠 뒤 안방준은 왜변전투에서 살아남은 수졸 손대남과 아버지 안
중관, 그리고 보성향교 훈도에게 들었던 지난 이른 봄날의 왜변 이야
기를 정리했다. 얼마 후에는 광주로 가야 하므로 늦출 수 없었다. 이윽
고 안방준은 벼루에 먹을 갈고 장지에 〈이대원전(李大源傳)〉이란 제목
으로 여러 사람에게 들었던 이야기를 간추려서 정리했다.

선조 20년(1587) 1월 말.

왜선 두 척이 절이도(거금도) 너머 손죽도 앞바다에 나타났다. 이십
척의 왜구선단 가운데 며칠 먼저 침입한 왜선이었다. 왜구의 길잡이가
된 진도 출신의 어부 사화동(沙火同)도 왜구선단에 타고 있었다. 삭풍이
부는 겨울 끄트머리에 왜선이 나타났다는 것은 아주 드문 일이었다.
한두 척의 왜선들이 동남풍을 타고 4월에 출현하곤 했는데 뜻밖이었
다. 한겨울에 나타난 것을 보면 무언가 숨겨진 의도가 있음이 분명했
다. 녹도진 만호 이대원은 절이도 산자락에서 경계를 서던 늙은 포작
의 보고를 받고는 즉시 녹도진의 맹선 여러 척에 수군을 승선시켰다.

포작이란 전복을 캐고 미역을 따는 등 신역(身役)에 불려 다니거나
일정한 거처가 없이 어선을 타고 떠돌면서 연명하는 해상 유랑민을 말
했다. 그들은 수군처럼 죽창이나 갈고리 같은 무기를 어선에 싣고 다
녔다. 어느 때 왜적들이 나타나 자신들을 끌고 갈지 모르기 때문이었

다. 거칠고 강인한 그들도 한겨울에는 배에서 내려 수군의 지시를 받아 산자락이나 망루에서 경계서거나 신역을 하며 살았다.

이대원은 포작들이 타는 포작선들도 맹선의 뒤를 따르도록 지시했다. 적이 눈앞에 있으므로 전라좌수사 심암의 명을 받아 출전할 여유는 없었다. 즉시 출동하여 왜구를 소탕해야 했다. 녹도진의 수군들은 십팔 세에 무과 급제한 뒤 훈련원 선전관으로 있다가 녹도진 만호로 내려온 22세의 젊은 장수 이대원을 따랐다. 비록 이대원이 경기도 양성(평택)에서 나고 자랐지만 그의 선대는 전라도 함평에서 대대로 터를 잡고 살았으므로 마음이 이심전심으로 통했다. 이대원은 녹도진의 걸쭉하고 매운 장어탕이나 시원한 바지락국물을 좋아했기 때문에 흥양 앞바다를 침입하려는 왜구들에 대한 적개심이 더 컸다.

두 척의 왜선에 탄 왜구들은 녹도진 수군의 화력에 밀려 도망치려다가 몰살당했다. 이대원이 지휘하는 대맹선의 화포로써 조총으로 맞서는 왜구들의 기세를 초전에 제압했던 것이다. 수군의 사부(射夫)들은 왜선에 접근하여 일제히 장전을 쏘았다. 화포와 화살 공격을 받은 왜선이 화염에 휩싸이자 왜구들은 배를 버리고 바다로 뛰어내렸다. 조총으로 무장한 규슈 오도(五島)의 악명 높은 왜구들이지만 대맹선의 화포에는 무력했다.

이대원의 수졸들은 갈고리로 수십 명의 왜구들을 끌어 올려 목을 벴다. 그때마다 솟구치는 피가 수졸들의 얼굴과 팔에 튀었다. 불붙은 왜선의 연기는 바다를 뒤덮었다. 잠시 후, 두 척의 왜선은 바다 속으로 감쪽같이 사라졌다. 맹선 뒤에 있던 포작들은 헤엄쳐 도망가는 십여 명의 왜구들을 바다 멀리까지 쫓아가 죽창으로 찔러 죽였다. 인근 섬으로 올라가 산 왜구는 불과 몇 명 되지 않았지만 곧 얼어 죽었다. 바다는 도살장처럼 왜구들의 피로 물들었다.

그런데 며칠 후 이대원은 직속상관인 좌수사 심암에게 질책을 받았다. 이대원이 왜구의 머리를 바치자 처음에는 그의 귀에 대고 귓속말로 부드럽게 말했지만 곧 안색을 바꾸었다. 이대원이 이미 조정에 전황을 보고한 뒤였던 것이다. 심암은 전공을 나누고 싶었지만 물거품이 되자 객사에 머물며 생트집을 잡기 시작했다. 좌수영에서 데리고 온 진무 김개동과 이언세를 시켜 강도 높은 점고를 했다. 녹도진의 군관과 수졸들은 전투를 치렀으므로 휴식을 취해야 하는데 점고에 불려 다니느라고 시달렸다.

그런데 2월 1일. 왜선들이 다시 손죽도 바다에 점점이 나타났다. 날이 저물기를 기다렸다가 기습하려는 매복전술이었다. 십팔 척이나 되는 대규모 선단이 느리게 움직였다. 왜선은 며칠 전에 당한 참패를 복수하려고 나타난 것이 틀림없었다. 이대원은 심암에게 즉시 보고했다.

이대원은 제대로 휴식을 취하지 못한 백여 명의 수졸들을 이끌고 출전했다. 석양이 금당도 산허리에 떨어지고 있었다. 어둠이 스멀스멀 바다 저편에서 몰려왔다. 좌수영 진무 김개동과 이언세는 중위장 변기를 보좌했다.

이대원은 대맹선에 오르기 전에 변기와 작전을 상의했다. 두 장수는 녹두진 수군의 전력이 왜구에 비해 크게 뒤지므로 증원병이 올 때까지 치고 빠지는 지연작전을 펴기로 했다. 처음에는 작전이 맞아떨어졌다. 손죽도까지 나갔다가 절이도와 금당도 부근 바다로 끌고 와 뒤따라오는 왜선의 선두를 치고는 했다. 손죽도와 절이도, 금당도와 소록도의 지형을 이용해서 이리저리 숨어 있다가 공격하기도 했다. 돌격전이나 전면전은 군사가 턱없이 부족하므로 무리였던 것이다. 왜구는 천오백여 명에 이르렀고, 이대원의 군사는 고작 백오십여 명에 불과했다. 유리한 점이라고는 대맹선에 화포가 서너 대 장착되어 있다는 것뿐이었다. 그러나 화포도 왜구의 군사전력이 월등하므로 피해를 크게 주지는 못했다. 왜구는 타격을 입으면서도 전력의 우세를 믿고 맹선보다 속도가 빠른 왜선을 타고 달려들었다.

치고 빠지는 전술에 격군들이 가장 먼저 지쳤다. 격군들의 손바닥에는 물집이 생기고 피멍이 맺혔다. 3일 동안 증원병을 기다리며 버텼지만 소용없는 일이었다. 날씨마저 최악이었다. 사나운 눈보라가 일렁이는 바다 위를 횡횡했다. 사부들은 손이 곱고 시려서 활을 제대로 쏘지 못했다. 수군의 맹선들은 차츰 왜선에 추월당하기 시작했다. 왜구들은 조총과 불화살을 쏘아대며 공격해왔다.

일찍부터 조총으로 무장한 오도 왜구들은 왜국의 정예군이나 다름없었다. 오도 왜구들은 칼 한 자루로 밥을 먹고 사는 해적들이었으므로 백병전에 특히 강했다. 맹선에 올라 칼을 휘두를 때마다 녹도진의 수졸들은 낙엽처럼 뒹굴었다. 젊은 군관이나 늙은 수졸들은 바다에 뛰어들어 절이도나 무인도 산자락으로 도망쳤다. 좌수사 심암은 겁에 질린 채 애초부터 마을에서 급히 차출한 증원병을 보낼 생각을 하지 않고 있었다.

마침내 이대원이 탄 대맹선 한 척만 남았다. 좌수영 수군도 거의 다 죽고 진무 김개동과 이언세는 왜구들에게 붙잡혔다. 중위장 순천부사 변기는 중맹선을 버리고 포작선으로 옮겨 탄 뒤 퇴각하려다가 적의 화살을 맞았다. 잠시 후 왜선들은 이대원이 지휘하는 대맹선을 포위했다. 이대원을 생포하기 위해서였다.

"배를 손죽도로 돌려라!"

이대원은 대맹선 격군들에게 손죽도 방향으로 노를 젓도록 명령했다. 왜구를 한 명이라도 더 죽이고 자결하겠다는 각오였다. 이대원의 작전대로 왜선들이 조총을 쏘아대며 대맹선을 쫓아왔다. 화약이 바닥 난 대맹선의 화포는 무용지물이었다. 장전과 편전도 떨어져 사부들은 방어조차 하지 못하고 죽창을 휘두르며 고함만 쳐댔다. 이대원은 대맹선이 손죽도 해변까지 다가갔을 때 사부와 격군, 수졸들에게 퇴선을 명령했다. 이윽고 수졸들이 사라지자 큰소리로 잿빛하늘을 향해서 헛헛헛 웃었다. 잠시 후에는 자신의 속저고리를 벗더니 칼을 꺼내 손가락을 잘랐다. 뭉툭해진 손가락에서 피가 철철 흘렀다. 이대원은 속저고리에 혈서를 썼다. 집안 노비가 다가오자 말했다.

"이걸 가지고 고향땅 양성으로 돌아가 장례를 치르라. 너도 어서 배에서 내려 손죽도로 올라가 숨거라."

이대원이 자신의 속저고리에 쓴 혈서는 절명시(絶命詩)였다.

해 저무는 진중에 왜구들 바다를 건너서 쳐들어오나
병사는 적어 외롭고 힘이 다했으니 장수는 서글프네.
임금과 어버이께 은혜도 의리도 모두 갚지 못하나니
한스런 사람의 시름에 구름도 흩어질 줄 모르는구나.
日暮轅門渡海來 兵孤勢乏此生哀
君親恩義俱無報 恨人愁雲結不開

순식간에 왜구 수십 명이 대맹선으로 올라왔다. 이대원은 자신을 무겁게 짓누르는 구름을 한스럽게 쳐다보았다. 바위덩어리 같은 구름 사이로 고향의 늙은 어머니와 아내, 어린 아들이 떠올랐다. 이윽고 이대원은 한양을 향해 4배를 올렸다. 그제야 왜구들이 이대원을 돛대로 끌고 가 묶었다. 왜구들은 이대원이 고함칠 때마다 팔을 자르고, 다리를 부러뜨리고, 몸의 살갗을 발랐다. 그러나 이대원은 왜구들의 칼에 목이 떨어질 때까지 왜구 두목을 꾸짖었다. 바다에 가장 늦게 뛰어든 수졸 손대남이 그런 모습의 이대원을 훔쳐보았다. 이대원의 집안 노비는 대맹선의 부러진 노를 붙들고 어흑어흑 울면서 피가 나도록 입술을 깨물었다.

　왜구의 대규모 침략에 놀란 조정은 뒤늦게 좌방어사 변협, 우방어사 신립을 임명하여 손죽도로 출정케 했다. 우참찬 김명언을 전라 순찰사로 임명하여 내려 보냈다. 그런데 정여립의 대동계 무사들과 관군이 손죽도에 갔을 때는 벌써 왜구선단은 사라지고 없었다. 산속을 수색하다가 소금 같은 싸락눈을 맞으며 오들오들 떨고 있던 이대원의 집안 노비를 발견했을 뿐이었다. 젊은 노비는 이대원이 혈서를 쓴 속저고리를 산기슭 낙엽 속에 묻고는 그 자리에서 꽃샘추위에 떨고 있었던 것이다. 관군은 노비를 데리고 가 젖은 옷을 갈아입힌 뒤 엿새 만에 손죽도에서 철수했다.

향시 포기

박종정은 지산정사의 강학을 다시 재개했다. 담양과 나주에서 온 학동까지 합치니 10명이나 되었다. 정사 큰방이 비좁았다. 학동들이 다닥다닥 빙 둘러앉았다. 안방준의 자리는 여전히 스승인 박종정 오른편 옆자리였다. 강학에 임하는 안방준의 마음은 지난봄과 달리 편했다. 쌀 다섯 말을 머슴의 지게에 지워 왔기 때문이었다. 그러나 며칠 뒤 초저녁에 박종정은 안방준을 사랑방으로 부르더니 꾸짖었다.

"인자 알았네. 누나가 쌀을 가져왔다고 말하더구만."

"아버님께서 그래라고 했어라우."

"아버님께 내 체면이 뭣이 되겠는가. 앞으로는 그라지 말어."

"매형, 알겠그만이라우."

"하기사 처남은 올 가실이 여그 강학도 마지막일 거 같그만. 아버님 말씸인디 장가를 보낼라고 허드라고."

"지가 장가를 가요?"

"뭣을 놀라는가. 다들 열여섯, 열일곱이믄 다 가는 것이 장간디."

"지가 알기로는 아버님께서 향시(鄕試) 응시허기를 바라시든디요."

"고거야 향시도 보고, 장가도 갈 수 있는 것이제."

박종정은 화제를 돌렸다. 안방준이 며칠 전에 건네준 〈이대원전〉을 평했다. 어젯밤에 읽었지만 하루 종일 강학하느라고 평할 틈이 없었던 것이다.

"녹도 만호 이대원의 절의를 몰랐는디 처남이 쓴 〈이대원전〉을 보고 분명허게 알아부렀네. 심껏 싸우다 죽은 이대원 만호의 절의가 처남에 의해 조정까지 알려지고 말 것이네."

"절의를 더욱 숭상험서 사람덜에게 권장허고 잪아서 썼그만요."

"요건 한 학동이 광주향교에서 가져온 〈녹도가〉네."

박종정이 내민 종이에는 이대원의 순절을 기리고 전라좌수사를 비웃는 〈녹도가〉가 적혀 있었다. 정철의 장남 정기명이 이대원을 애도하기 위해 지은 〈녹도가〉인데 전라도 향교마다 마치 격문처럼 돌고 있는 노래 가사였다.

어허! 슬픈지고, 녹도 만호 이대원은

다만 나라를 위해 충신이 되었도다

배가 바다로 들어갈 제

왜적들은 달려가고 수사는 물러가니

백만 명 진중에서 빈주먹만 휘둘렀도다.

안방준은 박종정이 준 〈녹도가〉를 들고서 말했다.

"매형, 〈녹도가〉 내용은 정확허그만요. 이대원은 순절해서 충신이 되야부렀고, 전라좌수사 심암은 나아가 싸우지 않고 진중에서 빈주먹만 휘두르다가 효수를 당했은께요."

"〈이대원전〉이 있은게 조정 대신덜도 미구에 알게 될 것이네. 근디 글을 씀시로 누구의 도움을 크게 받았는가?"

"이대원 부하였던 수졸 손대남이지라우. 손대남을 만나서 보성향교까지 전해진 이야기를 낱낱이 확인헐 수 있었지라우."

"왜구덜과 실제로 싸운 손대남을 만난 것은 아조 잘헌 일이네. 허고 잖은 대로 말허는 사람덜 입은 과장이 심허거던."

〈이대원전〉이 정해왜변 전투를 경험한 손대남의 이야기를 직접 듣고 썼다고 하자, 박종정은 태도를 달리 했다.

"낼 정사에서는 〈이대원전〉을 돌려감서 읽고 〈녹도가〉를 부르도록 허겠네. 우리부터 순절헌 이대원 만호의 절의를 짚이 알아야 허겠네."

다음날. 박종정은 안방준에게 말한 대로 지산정사 학동들이 〈이대원전〉을 돌려가며 큰소리로 읽고, 〈녹도가〉를 시조창을 하듯 부르도록 했다. 정사 옆 자드락길을 지나가는 마을사람들이 발걸음을 멈추고 귀를 기울이곤 했다. 학동들이 외우는 소리가 《소학》이나 《논어》, 《대학》이 아니라 처음 듣는 〈이대원전〉과 〈녹도가〉였기 때문이었다.

그런데 안방준은 예외였다. 박종정은 안방준을 안채 사랑방으로 보내 《맹자》를 마저 외우도록 했다. 〈이대원전〉을 쓴 안방준에게 또 읽게 할 필요는 없었던 것이다. 안방준에게는 《맹자》를 줄줄 외우는 것이 더 급했다. 사실 안방준은 《맹자》만 외우면 올해 들어 사서삼경을 완독하는 첫 제자가 되므로 박종정은 그렇게 되기를 은근히 바랐다.

안방준은 박종정의 기대를 저버리지 않았다. 올해 강학을 시작한 지 두 달 만에 《중용》은 물론 《맹자》까지 완벽하게 외워 바쳤다. 학동들

사이에 천재라는 소리가 절로 나왔다.

"방준이는 생진사시, 문과 등 모다 장원급제허겠서야."

"보성 천재가 장원허지 않으믄 누가 허겄어."

박종정도 안방준이 향시에 나아가 장원급제하기를 바랐다. 생진사시부터 장원급제한다면 학동들에게 큰 자극이 될 터였다. 뿐만 아니라 지산정사에서 장원 급제자를 배출했다고 소문이 나면 박종정의 명예도 올라갈 것이 분명했다. 그래도 박종정은 자신의 명예가 올라가는 것보다 학동들이 분발해서 더 간절하게 공부하기를 기대했다.

아무튼 안방준은 강학 시간 중에 박종정이 《맹자》의 한 부분을 느닷없이 질문해도 술술 답변하곤 했다.

"벗은 어떠한 벗을 사귀어야 하는가?"

"맹자께서 말씀허셨그만요."

나이가 많은 것을 뽐내지 않으며, 몸이 귀한 것을 뽐내지 않으며, 형제가 많은 것을 뽐내지 않는다.

벗한다는 것은 그 덕을 벗한다는 것이다. 믿고 뽐내는 것이 있어서는 안 된다.

不挾長 不挾貴 不挾兄弟而友

友也者 友其德也 不可以有挾也

"학동덜은 알겄는가? 맹자께서 벗을 사귈 때는 사람의 덕을 보고 사귀라고 했다잉. 긍께 벗이 될 사람의 나이나 신분이 중헌 것이 아니라 덕을 을매나 닦었느냐를 보고 사귀라는 것이여."

박종정은 또 안방준에게 이런 질문도 하였다.

"군자의 세 가지 즐거움이란 뭣인가?"

"맹자께서 말씀허셨어라우."

군자에게는 세 가지 즐거움이 있는데, 천하의 왕 노릇하는 것은 거기에 들어 있지 않다.

부모가 다 살아계시며 형제가 아무 탈이 없는 것이 첫 번째 즐거움이요, 우러러보아 하늘에 부끄럽지 않고, 굽어보아 사람에게 부끄럽지 않은 것이 두 번째 즐거움이요, 천하의 뛰어난 인재를 얻어 가르치는 것이 세 번째 즐거움이다.

君子 有三樂而王天下 不與存焉

父母俱存 兄弟無故 一樂也

仰不愧於天 俯不作於人 二樂也

得天下英才而教育之 三樂也

"옳거니, 사람이 살아감시로 참으로 기쁜 것은 결코 세속적인 명예나 부귀영화가 아닌 것이겠제잉. 천하의 왕 노릇도 거그에는 들어가지 않제. 군신 간에는 으쩔 수 읎이 삼락에 방해가 되는 권력이 있은께 말이여."

"지도 시 가지 즐거움으로 살라고 심쓰겠습니다요."

"그래그래, 고로코름 사는 것이 군자의 길이고 사람의 길이여."

박종정은 처남인 안방준이 반드시 그렇게 살기를 바랐다. 그 이유는 그럴 만한 영재라고 보았기 때문이었다. 올해의 학동들 가운데 사서삼경을 완벽하게 외우고 있는 학생은 안방준뿐이었던 것이다. 거기다가 안방준은 시와 전(傳)을 짓는 데 탁월했다. 이미 〈이대원전〉을 지어 박종정을 놀라게 했는데, 이제는 지산정사에서 더 배울 것이 없을 정도였다. 때문에 안방준은 지산정사에 더 남아 있을 이유는 없었다. 학동들을 가르치는데 보조역할을 해주곤 하여 고맙기는 하지만 박종정으로서는 부담스러운 일이었다.

결국 박종정은 마당에 무서리가 하얗게 내려앉은 이른 아침에 안방준을 사랑방으로 불렀다. 가을바람에 이리저리 뒹구는 감나무 이파리들이 유난히 노랗고 붉었다. 아침저녁으로 살갗에 소름이 돋을 만큼 날씨는 점점 써늘해지고 있었다. 그래도 머슴이 군불을 지핀 사랑방은 온기가 구석구석 감돌아 훈훈했다.

"처남, 인자 독학으로 공부해도 충분헌 실력인디 앞으로 으쩔 셈이여?"

"매형께서 말씸허신 대로 향시에 한번 응시해보고 잪그만요."

"잘 생각했네. 아버님께서 좋아허실 것이네."

"출사허는 것이 군자의 길은 아니겄지만 지 실력을 한 번 인정받고 잪그만요."

"인자 나로서는 처남에게 더 갈칠 것이 읎은께 기회가 된다믄 파산에 겨시는 우계 선상님도 찾아가 봐."

"일년 뒤가 될지 이년 뒤가 될지는 모르지만 지도 우계 선상님을 뵙고 잪어라우. 매형께서 말씸허신 분인께 훌륭허시겄지라우."

"당장 급헌 일은 아닌께 찬찬히 생각해보게. 향시도 있고 헌께."

"이왕 말이 나왔은께 보성 집은 아무 때라도 날을 받아서 떠나게."

"누님은 어처케 생각허실께라우?"

"우리허고 생각이 달라. 처남 장가보낼 걱정만 허고 있당께. 하하하."

"장가 갈 생각이 아조 읎는 것은 아니지라우. 근디 급허게 서둘 일은 아니그만요."

"처남 생각이 옳네. 좋은 처자가 나타날 때까지 가만히 지달리믄 될 것이네."

박종정은 안방준이 20대가 되기 전에 장가는 가야 하지만 서두를 일은 아니라고 보았다. 그보다는 향시에 나아가 실력을 인정받고 자신보다 학문이 깊은 우계 성혼 선생을 만나야 된다고 생각했다.

마침내 안방준은 동짓달 초삼일에 지산정사를 떠났다. 이번에는 혼자서 보성 가는 길로 나섰다. 오전에는 싸락눈이 흩날렸지만 오후에는 해가 떠 아주 춥지는 않았다. 그러나 낯선 마을에서 저녁연기가 피어오를 무렵에는 또 다시 싸락눈이 쏟아졌다. 싸락눈이 모래알처럼 얼굴을 때렸다. 고개를 숙인 채 걷지만 싸락눈이 목덜미를 파고들었다. 안방준은 온몸이 얼어붙은 것 같아서 일부러 달음박질하듯 걷곤 했다.

보성 집에 도착한 뒤 방으로 들어서서는 쓰러져버렸다. 방의 따뜻한 온기 때문에 잠시 혼절했던 것이다. 눈을 떴을 때, 얼굴은 멍이 든 것처럼 붉으죽죽했다. 아버지 안중관이 만지는 자신의 얼굴이 얼얼하기조차 했다. 놀란 안중관이 머슴을 시켜 읍성의 의원을 부르려고 했다. 그러나 안방준의 눈망울이 또렷하고 말투가 분명하자 그만두었다.

"아버님, 그간 강녕하셨는게라우?"

"요로코름 추운 날 어처케 왔느냐. 큰일 날 뻔했다."

"향시 준비헐라고 왔그만요."

"니가 생진사시만 붙으믄 우리 가문에 영광이겄지만 요로코름 추운 날 오는 것은 무리여."

향시를 생진사시나 초시라고 했다. 향시는 전라감영 과장(科場)에서 보았다. 향시를 보기 위해 전라도 여러 고을의 향교교생 이백여 명이 전라감영으로 모여들었는데, 그중에서 90명을 뽑았다. 그리고 향시에 합격한 90명은 한성으로 올라가 소과 복시를 치렀다. 그리고 복시에 급제한 사람들은 임금에게 궁정 뜰에서 백패(白牌)를 받았고 대과인 문과에 응시할 자격과 관직을 원한다면 하급관리가 될 수 있었다. 전라도 응시생과 같이 다른 도 역시 마찬가지로 위와 같은 과정을 거쳐 문과시험까지 치르고 급제할 수 있었다.

그해 가을 안방준은 보성향교 교생 몇 명과 전라감영으로 올라갔다. 여러 명이 함께 갔기 때문에 안방준도 말을 타지 않고 걸었다. 보성에서 광주, 장성, 정읍까지는 하루에 80여 리를 갔고, 정읍 평야 사이로 난 길에서는 하루에 1백여 리를 갔다. 이윽고 전라감영 밖의 암자에서 하루를 쉰 뒤 전주성 남문인 풍남문(豊南門)을 들어섰다. 수문장이 향시를 응시하려는 일행이라고 밝히자 쉽게 통과시켜주었다. 안방준은 일행과 함께 경기전으로 먼저 들어가 태조 영정 앞에서 4배를 했다.

그런 뒤 감영 정문인 포정문(布政門)을 지나 중삼문 앞에 있는 녹명소로 가서 향시응시 등록을 하고 면접을 치렀다. 면접은 형식적이었으므로 바로바로 끝났다. 이어 일행은 중삼문, 즉 관찰사영문(觀察使營門)과 내삼문인 징청문(澄淸門)을 지나 관찰사가 공무를 보는 선화당(宣化堂) 앞에 설치된 과장(科場)으로 나아갔다.

과장에는 향시 응시생들로 북적북적했다. 먼저 와서 자리를 차지한 응시생들이 많았다. 안방준은 그늘진 구석자리를 겨우 찾아가 앉았다. 보성에서 함께 올라온 향교교생들은 뿔뿔이 흩어지고 말았다. 소란스러운 과장은 경시관(京試官)이 등장하자마자 조용해졌다. 응시생들이 작은 소리로 수군거렸다.

"이조에서 파견 나온 저 대감이 시험 출제도 허고 채점도 헌다그만."

"대감이라믄 3품인디 높은 베슬이그만잉."

"근디 대감이 어젯밤에 인척인 응시생을 몰래 만났다는 소문이 도는구만."

"어허! 쩌 자리 쪼깜 보소. 서너 명이 맨 앞줄 가운데 응시생 옆으로 갈라고 난리가 났네."

"아이고메, 쩌그 응시생이 대감 인척이여!"

경시관이 잠시 물러나자 과장은 다시 혼란스러워졌다. 경시관을 보좌하는 참시관(參試官) 2명이 주의를 주었지만 소용없었다. 안방준은 과장의 어지럽고 시끄러운 모습을 보고서는 몹시 부끄러워했다. 마음이 무거워지기 시작했고 바늘방석에 앉은 듯 불편했다. 이윽고 안방준은 자기 자리에서 일어나 과장 밖으로 나와 버렸다. 눈에 비친 모습들이 상상밖이어서 견딜 수 없을 만큼 부끄러웠던 것이다. 안방준은 과장에 다시는 오지 않으리라고 작심했다.

'선비라고 이름을 내세우는 자덜이 저러허니 어찌 개탄허지 않으리요.'

향시를 포기한 안방준은 전주성 남문을 나와 정읍을 향해 다박다박 걸었다. 아버지 안중관과 매형 박종정이 떠올랐지만 어쩔 수 없었다.

첫 스승 박광전이 우계정에서 세속의 선비들을 향해 심장적구만 알 뿐, 위기지학을 모른다고 했던 말이 새삼 가슴에 사무쳤다.

심장적구(尋章摘句)란 옛 선비의 글귀를 빌려 시문을 짓는다는 뜻이었다. 성리학 즉 도학이 수덕(修德)을 중시하는데 비해 문장과 시부(詩賦)를 강조하는 사장학(詞章學)은 그러지 못한 경향이 있었다. 경박하기조차 하였다.

순천에서 온 아내

선조 22년(1589) 3월.

오야마을 언덕에 진달래꽃이 피어나기 시작할 무렵이었다. 17세가
된 안방준은 경주 정씨에게 장가를 갔다. 처가는 순천이었다. 장인 정
승복은 일찍이 별시 무과와 복시에서 장원급제한 무재(武才)가 출중한
사람이었다. 특히 옥구현감으로 있을 때 왜구가 전라도 남쪽 지역에
침입한 을묘왜변(乙卯倭變)이 일어나자 도원수 이준경을 보좌하면서
무공을 세운 일이 있었고, 명종14년(1559) 기미왜변(己未倭變) 때는 어
란진 만호로 출전하여 추자도에서 왜선 1척을 포획하는 큰 전공을 세
워 전라도관찰사 박충원과 수사 최희효가 조정에 포상할 것을 건의하
니 명종은 웅천현감을 제수하였다. 이후 영덕현령, 함흥판관을 역임하
다가 사직하고 순천 옥동으로 돌아왔다. 이 같은 무관이력을 증명하듯
처가의 집안 곳곳에는 정승복이 사용했던 활과 칼이 걸려 있었다.

아내 경주 정씨는 아버지를 닮아 키가 크고 성격이 활달했다. 안방
준이 집에만 있기보다는 밖으로 나가 활동하는 것을 원했다. 백년가약
을 맺은 지 다섯 달 밖에 안 된 신혼이었지만 안방준이 집안에만 있자
탐탁지 않게 생각했다. 아내가 말했다.

"광주로 가서 공부를 계속 허는 것이 으쩔께라우."

"매형께서 더 갈칠 것이 읎다고 해서 왔는디 어처케 또 가겄소?"

"지 오빠 말씸인디 배움은 높이가 읎고 지레기(길이)가 읎다고 허든디요."

아내에게는 오빠 두 명이 있었는데, 정사준과 정사횡이었다. 아버지 정승복의 기질을 닮은 두 사람도 무과 급제한 무인들이었다.

"그야 맞는 말이기는 헌디 선상님에 따라서 또 크기와 지레기가 다르요."

아내가 무엇이 짚이는 듯 물었다.

"매형 말고 선상님이 또 있다는 말이요?"

"가르침을 받고 짚은 선상님이 파산에 겨시요."

"여그 걱정 말고 선상님헌테 가시씨요."

"가기는 갈 것인디 아버님이 지다리신께 못 가고 있소."

"뭣을 지다리신다는 말이요?"

"말을 해야만 알아묵겄소?"

안방준이 아내 배를 쳐다보면서 말했다. 그러자 아내가 눈치 채고 얼굴을 붉혔다. 시아버지 안중관이 손자를 기다리고 있다는 것을 알았기 때문이었다. 사실이었다. 안중관은 안방준에게 가끔 "하늘의 뜻이다만 니덜도 노력해야 써." 하고 부담을 주었다.

아내가 말했다.

"아버님 맴을 지도 알지라우."

그때 행랑채 어린 머슴이 안방준을 찾았다.

"오늘 말을 타실께라우?"

"왜 그런가?"

"바깥에 봄풀이 좋그만이라우. 말에게 풀 쪼깜 멕이고 올라고라우."

"고로크롬 허게."

그날 밤이었다. 대숲 너머에서 여름에만 나타나는 쏙독새가 쏙쏙쏙 밤이 왔다고 알렸다. 그런데 달이 뜨면서 쏙독새는 멀리 날아가 버렸다. 쏙독새 소리는 더 이상 들리지 않았다. 안방준은 사랑방에 불이 꺼지는 것을 본 뒤 자리에 누웠다. 아내도 옆에서 저고리를 벗었다. 잠시 후 아내가 말했다.

"지 배 쪼깜 만져볼라요?"

"으째서 그란디."

"배가 볼록해라우."

안방준은 아내의 배 위에 손을 얹었다. 자신도 모르게 탄성이 흘러나왔다.

"아이고메, 애기가 생겨부렀소잉!"

"근당게라우."

"조심허씨요. 심든 일은 삼가허고."

"소문은 내지 마시씨요. 부끄럽그만이라우."

"아버님이 아시믄 젤로 좋아허실 것인디."

"배가 보름달멩키로 자꼬 불러지믄 저절로 아시겄지라우."

"그라겄소."

아내의 말대로 보름, 한 달, 두 달이 지나면서 안중관은 물론 집안 부엌데기 여종과 머슴들까지 아기를 가졌다는 것을 모두 눈치 채고 알았다. 안중관은 며느리가 부엌에 들어가는 것을 엄금했다. 부엌데기 여종을 불러 단단히 주의를 주었던 것이다. 안방준도 밤에 잠자리를 펴면서 아내의 건강을 살폈다. 그런데 아내 경주 정씨는 무인 집안의 혈통 때문인지 정신력과 체력이 강했다. 산달이 가까워지고 있었지만 조금도 힘들어 하지 않고 거뜬하게 하루하루를 보냈다. 식욕도 왕성해서 입덧이 심할 때만 빼고는 끼니를 거른 적이 한 번도 없었다.

한편, 보성향교에 불길한 소식이 들려왔다. 정여립이 변란을 일으켰다는 통문이 전해졌던 것이다. 정여립 모반은 통문의 내용대로 사실이었다. 안방준의 매형 이영남이 집으로 찾아와 장인 안중관에게 상의할 만큼 충격적인 사건이었다. 이영남은 장인 안중관에게 시종 굳은 표정으로 이야기했다. 안방준은 옆에서 매형 이영남의 이야기를 들었다.

체격이 건장하고 두뇌가 명석한 정여립은 진사시와 대과를 급제한 뒤 이이와 성혼의 격려를 받았다. 이이의 천거로 예조좌랑, 수찬을 제수 받았다. 그런데 수찬이 되면서 서인인 박순과 성혼을 떠나 동인의 영수 이발과 친숙하게 지냈다. 당시 선조는 서인의 영수 이이를 신임하던 때였다. 따라서 정여립은 선조의 눈 밖에 나서 주요관직을 얻지 못하다가 결국 고향으로 돌아오고 말았다.

그래도 정여립의 명망은 동인 사이에서 높았다. 진안 죽도에 독서당을 지어놓고 대동계(大同契)를 조직하여 매달 활쏘기대회를 여는 등 세력이 커져 갔다. 정해왜변 때는 전주부윤 남언경의 요청으로 대동계 조직원들을 동원, 출전하기도 했다.

이후 대동계의 조직은 전국적으로 확대되었고 모사(謀士)의 무리까지 끼어들었다. 신묘년(1589년)에 이들이 한강의 결빙기를 이용, 황해도와 호남에서 동시에 입경하여 대장 신립과 병조판서를 살해하고, 병권을 장악하기로 했다는 고변이 황해도관찰사 한준, 안악군수 이축, 재령군수 박충간, 신천군수 한응인 등의 연명으로 보고되어 대동계 조직원들이 차례로 붙잡혔다.

정여립은 급히 금구의 별장을 떠나 아들 옥남과 함께 죽도로 피신했다가 관군의 포위가 좁혀들자 자살하고 말았다. 이로써 그의 모반은 아무런 변호 없이 사실로 굳어져버렸다. 위관(委官)이 된 정철은 사건을 조사, 처리하면서 동인의 정예인사들을 거의 제거했다. 실제로 비참하게 숙청된 인사는 이발을 비롯하여 1천여 명에 달하였다. 이와 같은 비극적인 사건이 이른바 기축옥사(己丑獄事)였다.

이해 12월이었다. 정암수, 박천정·박대붕, 임윤성, 김승서, 양산룡, 이경남, 김응회, 유사경, 유영 등과 연명하여 이산해와 정언신, 정인홍과 유성룡 등은 나라를 병들게 하는 간인(奸人)이며 역당이므로 왕에게 멀리할 것을 청하는 상소를 올렸다.

이에 안방준의 매형 이영남은 보성 인근의 화순에 사는 정암수 등을 처벌하자고 청하는 상소 모임에 가려고 하던 중이었다. 안중관은 사위 이영남의 이야기에 가타부타 말하지 않고 입을 다물고만 있었다. 안중관의 속마음은 이영남이 동서분쟁에 가담하지 말기를 바랐던 것이다. 안중관과 이영남 사이에 어색하면서도 어정쩡한 침묵이 흘렀다. 안방준이 아버지 안중관의 속마음을 읽고는 말했다.

"매형, 공자님께서 말씸허셨지라우."

안방준은《중용》의 한 구절을 말하고 있었다.

사람마다 모두 자기는 지혜롭다고 한다. 그러나 쫓겨 그물이나 덫이나 함정에 빠져 들어가면서도 그것을 피할 줄 모른다.

또 사람마다 지혜롭다고 한다. 중용(中庸)을 선택하지만 그것을 한 달도 제대로 지켜내지 못한다.

人皆曰予知 驅而納諸罟擭陷阱 之中而莫之知辟也

人皆曰予知 擇乎中庸而不能其月 守也

"이 서방, 공부헌 사람이라믄 《중용》의 이 구절을 모르는 사람이 있겄는가? 공자님 말씸을 알기는 허지만 한 달을 지키지 못허는 것이 문제여."

안중관은 중용의 도를 알면서도 실천하지 못함이 문제라고 지적했다. 중용의 도란 넘치지 말고 모자라지도 않는 중(中)을 지키고 사는 것이었다. 공자는 그것이 바로 덕(德)이라고 규정했다. 그렇게 본다면 화순의 정암수를 탄핵하자는 편에 선 이영남은 옳고 그름을 떠나 중(中)에서 벗어나 있는 것이나 다름없었다. 안방준이 조심스럽게 말했다.

"매형, 동서 분당의 때를 맞아 역옥(逆獄)이 크게 일어나 무고헌 유생덜이 연루될 거 같그만요."

"처남 생각인가?"

"공자님은 때를 아는 것[時中]이 중용이라고 말씸했그만요."

"군자시중(君子時中)이라고 말씸했네."

"긍께 시방은 선비라믄 마땅히 입을 다물고 조용히 있어야 헐 거 같그만요."

안중관이 결론을 냈다.

"이 서방, 병을 핑계대고 나서지 말게."

"매형, 상소 모임에 참석허시믄 후일의 화(禍)가 미칠까 두렵그만요."

결국 이영남은 동료 유생들에게 칭병을 하며 상소 모임에 나가지 않았다. 그러나 모임에서 작성한 상소는 거침없이 선조에게 올라갔다. 상소를 본 선조는 연명한 유생들을 모두 잡아들일 수 없으니 정암수를 포함하여 10명만 추국하도록 명하였다.

이때 이영남은 동인 편에서 정암수 등을 탄핵하자는 모임에 들어가려고 했다가 안중관과 안방준의 말을 듣고 칭병하며 돌아섰던 것이다. 이영남이 소장을 올린 동인 편의 모임에 가담했더라면 이리저리 줏대 없이 흔들리는 선조에 의해 이영남 역시 붙들려 감옥에 갇혔을 터였다. 이영남은 두고두고 처남 안방준의 선견지명에 탄복했다.

이영남이 떠난 뒤 경주 정씨가 물었다.

"무신 일로 매부께서 오신게라우?"

"동인, 서인덜이 서로 옳다고 싸우는디 매형도 가담헐라고 허시길래 막았소."

"잘했그만이라우."

"보씨요. 전하께서 동인 편에 서믄 서인은 다 죄인이 돼야불고, 또 서인 편에 서믄 동인은 다 죄인이 돼야부는 시상인디 으디에 서야 옳은 것이겠소?"

"나서지 말아야지라우."

"시방 유생 정암수가 의금부 감옥에 있지만 은제 풀려날지 모르오. 더구나 유생 정암수는 보성에서 가차운 화순 선비가 아니요? 매형이

118

정암수를 탄핵하는 상소 모임에 가실라고 허는디 막았그만요."

"그런 디는 절대로 가지 마시씨요."

"맞소. 이럴 때는 중용의 도를 지킴서 사는 것이 지혜로운 일이요."

아내 경주 정씨 배는 더욱 불러 배에 바가지를 달고 다니는 것 같았다. 산달이 얼마 남지 않았다. 동짓달을 넘기고 섣달이 지나면 아기를 출산하는 산달이 되었다. 그날 밤 안방준은 자리에 누워 아내에게 말했다.

"아들일 거 같소, 딸일 거 같소?"

"아들이란 생각이 드는그만요."

"으째서 그렇소?"

"지 뱃속에서 꼬무락거리는디 으쩌다가 한 번씩 젊잖게 툭툭 차그만요."

"아기가 큰께 고러코름 움직이는 거 아니요?"

"엄니가 오빠덜을 낳을 때 아기덜이 그랬다고 허드랑께요."

"그라믄 아들 이름이나 몬자 지어놔야 쓰겄소."

"아버님께서 지으믄 으쩌겄소?"

"당연히 그래야제잉."

며칠 뒤. 안방준은 아침 일찍 아버지 안중관에게 문안인사 가서 아내와 나누었던 이야기를 소상히 전했다. 그러자 안중관은 미리 생각해 두고 있었던 듯 말했다.

"나는 덕이 부족헌 사람이니라. 긍께 손자는 덕이 두터웠으믄 좋겄다. 그렇다고 안덕이라 하여 덕을 드러내는 것도 이상허드라. 그래서 두터울 후(厚)자를 써봤다, 후지(厚之)가 으쩌겄느냐?"

"덕을 감추면서도 은근히 드러내는 후 자이그만요."

"나는 고로코름 지었은께 니가 알아서 허그라. 하나부지께서 살아 겨셨드라믄 더 좋게 작명허셨을지도 모르겄다."

"아니그만요. 후지가 너무 좋그만이라우."

안방준은 아버지 안중관으로부터 태어날 아들의 이름을 받고는 뛸 듯이 기뻤다. 마침 서설이 내리고 있었다. 흰 눈송이들이 난분분 난분분 나비가 날갯짓 하듯 내렸다. 안방준은 아내에게 태어날 아기 이름을 말했다.

"아버님께서 후지라고 지어주셨소."

아내 역시 볼록한 배를 만지며 좋아했다.

"오메, 복댕이멩키로 넉넉헌 이름이그만요."

"아버님께서 손자 이름을 미리 생각해 두셨는지 바로 말씀허시드만요."

"말씸은 허지 않으셨지만 솔찬히 지다리시는 거 같았지라우."

그날, 안방준은 눈 쌓인 어머니 진원 박씨 유택을 찾아가서 솔가지를 꺾어놓고 성묘를 했다. 그런 뒤 곧 손자가 태어날 것과 손자의 이름을 알려주었다. 흰 눈 위에 놓인 솔가지가 유난히 푸르렀다. 안방준의 눈앞에서 진원 박씨가 손자의 이름을 듣고 환하게 웃는 듯했다. 멀리서 누군가가 안방준이 있는 쪽으로 올라오고 있었다. 머슴을 앞세우고 오는 아버지 안중관이었다. 안중관 역시 손자의 이름을 정해놓고 아내를 먼저 생각했음이 분명했다.

선조 23년(1590). 안방준의 아내 경주 정씨는 첫아들 후지를 낳았다.

안방준이 18세가 되던 해였다. 안중관은 흐뭇하여 별채 창고문을 열었다. 그러자 집안 머슴들의 지게가 바빠졌다. 안중관은 오야마을은 물론 보성향교에 술과 떡을 바리바리 보냈다.

세 번째 스승 성혼

안방준이 매형 박종정을 두 번째 스승으로 삼은 것은 아버지의 영향이 컸지만 세 번째 스승 우계(牛溪) 성혼과의 만남은 아내 경주 정씨의 내조가 한몫했다. 안방준은 아내가 고마웠고 길 떠나는 발걸음이 가벼웠다. 그가 성혼을 만나기 위해 보성을 떠난 때는 선조24년(1591) 3월이었다.

안방준이 사랑방으로 들어가 아버지 안중관에게 큰절을 하고 나오자, 아내는 동구 밖 보성강 지천까지 따라 나오며 안방준의 손에 복주머니를 건네주었다. 복주머니 속에는 은비녀와 은반지가 들어 있었는데, 시집을 때 가져온 것이었다. 스승에게 가르침을 받고자 할 때는 정성스럽게 예물을 바치는 예를 치러야 했다. 그것을 유생들 사이에서는 지례(贄禮)라고 했다. 지(贄)는 예물인데 크게는 옥과 비단, 작게는 오리나 닭 같은 길짐승이었다.

"애기가 보고 짚어서 자꾸 눈에 어른댈 거 같소"

"잘 키우고 있을께라우. 공부만 허시씨요."

"파산까지는 쉬지 않고 걸어도 보름 이상 걸릴 것이오. 올라가는 동안 비가 내리지 않으면 좋겠소. 비가 오믄 낯선 마실로 들어가 발이

묶인께 말이요."

"장마철이 아닌께 걱정 마시씨요."

"오늘이 길일이라고 해서 떠나는디 3월이라 춥지도 덥지도 않을 거 같소만. 비도 읎을 거 같고."

"그래도 비가 오믄 맞지 말고 눈에 보이는 마실로 들어가시씨요. 날짜를 약속허고 가시는 것은 아닌께 말이요."

"이녁 말이 맞소. 성혼 선상님허고 뵙는 날짜를 정한 것은 읎소. 재작년에 대원사 우계정으로 내려와 겨시는 선상님께는 진작 인사를 드렸은께 또 갈 필요는 읎을 거 같소."

안방준으로서는 전주 위를 가본 적이 없었다. 조강(祖江, 한강) 위쪽에 있는 파산(현 파주)은 초행길이었다. 그런데다 우계 성혼과 편지를 주고받았던 사이가 아니었다. 성혼의 명성을 매형 박종정에게서 듣고 혼자서 흠모했을 뿐이었다. 더군다나 보성향교 유생들 말에 의하면 성혼 선생은 문하생들을 내보내고 강학을 하지 않은 지 10여 년이 지났다는 소문까지 돌았다.

그래도 안방준의 결심은 바위 같았다. 어떤 어려움이 있더라도 우계 성혼을 만나 가르침을 받고자 했다. 그런 결심에다 아내의 내조까지 더해져 집을 나서고 있는 셈이었다. 안방준은 자신의 은비녀와 은반지를 내준 아내가 더없이 고마웠다. 때가 되면 아내에게 반드시 금비녀와 금반지를 선물하겠다는 마음을 다지지 않을 수 없었다.

안방준은 광주에 도착했을 때 일부러 지산정사를 찾지 않았다. 매형을 만나면 또 하루가 늦어질 것 같았기 때문이었다. 광주향교로 가서 잠을 자고 이른 아침에 장성으로 떠났다. 향교에서 잠을 자보기는 처음이었지만 복주머니를 잃어버릴 위험이 없었다. 뿐만 아니라 광주 향교의 낯선 교생들이 따뜻하게 대해주었다. 파산 가는 지름길은 물론 어느 곳에 향교가 있다는 정보를 알려주기도 했다. 성혼은 율곡 이이 와 더불어 어느 향교를 가든 그곳의 교생들이 친견하고 싶어 하는 선 비였다. 그런 이유 때문인지 안방준은 마을보다는 향교에서 자는 것이 더 편했다. 물론 날이 어두워지는데도 향교가 나타나지 않으면 저녁연 기가 모락모락 올라가는 낯선 마을 유지 집을 찾아가 하룻밤 신세를 지기도 했다.

이윽고 안방준은 조강을 건너 낙산의 한 집에서 하루 동안 쉬었 다가 고양향교까지 가서 갑자기 내린 봄비를 피했다. 그곳 훈도가 물었다.

"누구헌테 배웠소?"

"지는 두 분의 스승이 겨십니다요. 한 분은 죽천 박광전 선상님이시 고, 또 한 분은 난계 박종정 선상님이십니다요."

고양향교 훈도는 박종정은 몰랐지만 박광전은 잘 알고 있었다.

"왕자사부를 지내신 분의 문하생이었다니 제대로 배웠겠소."

"죽천 선상님을 잘 아시는게라우?"

"그렇소."

고양향교 훈도는 정해년(1587)에 회덕향교 훈도를 지냈는데, 그때 박 광전이 회덕 현감으로 부임해 왔다고 했다.

"현감께서는 성품이 온화하고 부드러웠지만 공사의 시비를 가릴 때 는 엄하고 분명하게 해결하셨소."

"선상님께서는 왕자사부로 출사허시기 전까지는 수덕(修德)과 강학만 허셨지라우."

"그와 같은 바탕이 있었으니까 선정을 베푸신 것이오. 현감에서 파직될 때까지 2년 동안 고령에도 불구하고 고을 양민들을 위해 힘껏 공무를 보았다오."

회덕 현감에서 파직될 때가 박광전의 나이 64세였으니 고령이라고 할 수 있었다. 파직은 재상어사(災傷御使)가 자신의 지위를 남용한 결과였다. 그래도 박광전은 탄원하지 않고 재상어사의 감사결과를 받아들인 뒤 보성 대원사 밑의 우계정으로 귀향하고 말았다. 재상어사란 재해로 인한 곡식의 손상 상황을 현장에서 파악하고 처리하는 임금이 파견한 벼슬아치였다.

"그때 재상어사는 우준민이었는데, 올곧은 현감께서는 환대를 은근히 바랐던 그 어사에게 미움을 받아 그렇게 됐지요."

안방준은 고양향교에서 하룻밤을 묵은 뒤 다음 날 새벽에 바로 파산으로 향했다. 파산에 도착한 것은 4월 3일 정오 직후였다. 다행히 성혼이 사랑방에 있는지 여종이 개다리소반을 들고 나오고 있었다. 안방준은 문간채에서 마주친 중년 사내에게 자신의 이름을 댔다.

"우계 선상님을 뵈러 온 유생 안방준이라고 헙니다요."

"어디서 왔소?"

"전라도 보성에서 왔그만요."

"천리 밖 보성에서 왔는데 말을 타고 왔소?"

"아니그만요. 걸어서 스무하렛만에 왔지라우."

"잠시 여기서 기다려 보시오."

중년 사내는 성혼의 맏아들이었다. 맏아들이 사랑방 밖에서 말했다.

"아버님, 보성에서 손님이 왔습니다."

"알았다."

안방준은 성혼의 아들이 서 있는 사랑방 쪽으로 갔다. 성혼이 사랑방 문을 열고 나오자마자 안방준은 땅바닥에 큰절을 올렸다. 안방준은 파산에 온 용건을 말했다.

"선상님, 제자로 받아주시기를 청합니다요."

"강학을 접은 지 십여 년이 지났네."

"알고 왔습니다요."

성혼이 미소를 짓더니 고개를 저었다.

"내 몸이 병들었다는 것은 온 유생들이 다 아는 사실이네. 그러니 그대가 비록 멀리서 왔다고 하나 상견할 수 없는 일이네."

안방준은 발바닥에 생긴 물집이 따끔거리는 바람에 한 걸음 더 나아가 말했다.

"선상님께서 문 닫고 제자를 맞지 않는다는 사실을 소생도 알고 있습니다요. 그러나 선상님 댁에서 선상님을 친견했은께 지는 제자가 된 것이나 마찬가지입니다요."

그래도 성혼은 안방준의 청을 사양했다.

"내 사정이 이러하니 어찌하겠는가."

안방준이 물러서지 않고 다시 말했다.

"선상님, 가끔 사랑방 앞에 와서 배알허는 것조차 어렵겠는게라우."

안방준이 완강하게 버티자 성혼은 사랑방 문을 닫고 들어가 버렸다. 날이 어둑해질 때까지 안방준은 그 자리에 서 있다가 할 수 없이 부근의 청송서원으로 갔다. 청송서원은 성혼의 아버지 성수침을 모신 서원이었다. 성수침은 조광조의 제자로 학문과 효성이 뛰어나 유생들에게 지금까지 존경받는 선비였다.

청송서원에서 신세진 안방준은 이른 새벽에 성혼의 집 사랑방 앞으로 다시 갔다. 안방준은 그 자리에 서서 두 손을 맞잡고 날이 저물도록 버티었다. 그러자 성혼의 맏아들이 아버지 성혼에게 안방준의 정성을 보아서라도 제자로 받아주기를 간청했다. 이윽고 성혼이 비로소 지례를 허락했다.

사랑방 윗목에 앉은 안방준은 정식으로 성혼에게 큰절을 했다. 성혼이 말했다.

"유생들 눈이 있으니 공부는 서원에서 하고, 묻고 싶은 것이 있으면 이른 아침에 사랑방으로 오게."

"선상님, 고맙습니다요."

며칠 뒤. 성혼의 맏아들이 서원으로 찾아와 안방준에게 기쁜 소식을 전했다. 정오를 지나서부터 장맛비가 부슬부슬 내리는 오후였다.

"아버님께서 부르시오."

"예, 옷을 갈아입고 갈게라우."

안방준은 계곡으로 나가 흙 묻은 손발을 씻었다. 오전 내내 서원 마당에 난 풀을 혼자서 뽑았던 것이다. 안방준은 스승 성혼이 갑자기 부르는 것으로 보아 무언가 당부하려는 것 같아서 조금은 긴장했다. 그런데 성혼은 안방준을 보자마자 칭찬부터 했다.

"며칠 공부해 보니 사언의 견해가 고명하고 심오하네."

사언(士彦)은 이름 대신 부르는 안방준의 자였다.

"선상님 문하에서 공부허다 보니 비록 며칠 동안 짧은 기간이지만 몇 달을 공부헌 거 같그만요."

"그 까닭은 사언의 공부가 이미 군계일학의 수준에 올라 그런 것이네. 내 문하에서 몇 년을 공부해도 뜻을 밝히지 못하고 글자풀이만 하는 문하생이 있었다네."

"선상님께서 과분허게도 인정해주고 칭찬해 주신께 더 분발해야겠다는 생각이 듭니다요."

"사언의 독실함을 가상하게 생각지 않을 수 없네. 자, 이것을 받으시게."

성혼은 손수 쓴 '구방심(求放心)' 석 자와 자신이 간추린 《위학지방(爲學之方)》을 안방준에게 정표로 건네주었다.

안방준은 구방심이 《맹자》에 나오는 구절이라는 것을 바로 알았다. 즉 '잃어버린 마음 찾기'가 구방심(求放心)이었다. 맹자가 다음과 같이 말했던 것이다.

'사람들이 기르던 닭과 개가 도망가면 찾을 줄 알되 소중한 마음을 잃고서는 찾을 줄 알지 못하니, 학문하는 방법은 다른 것이 없다. 잃어버린 마음을 찾는 것일 뿐이다.'

지극히 가벼운 것들은 소중히 여기면서 정작 소중한 마음을 잃고 사는 현실을 개탄한 말이었다. 또한 《위학지방(爲學之方)》은 성혼이 주희의 글에서 위학에 절요(切要)한 것들을 발췌하여 그렇게 명명한 서책이었다. 성혼은 《위학지방》을 자신의 문하생들에게 학문의 출발로 삼게 했다. 아무튼 《위학지방》은 이이의 《격몽요결》과 함께 학문하려는 기호지역 후학들에게는 필수서책이라고 할 수 있었다.

안방준은 '구방심'과 《위학지방》의 구절들을 마음속에 깊이 새겼다. 이러한 안방준의 자세는 성혼에게 이심전심으로 전해졌다. 어느 날 성혼은 식사시간에 안방준을 불러 겸상을 했다. 문하생과 겸상한다는 것은 아주 이례적인 일이었다. 겸상은 가족 중에서 맏아들의 맏아들, 어린 장손하고만 해왔던 것이다.

그런데 식사를 하는 동안 안방준이 뜻밖의 행동을 했다. 자신의 밥 속에서 나쁜 쌀을 젓가락으로 집어냈다. 스승에게 결례가 될 수 있는 행동이었다. 성혼이 의아하게 생각하고는 물었다.

"나는 가리지 않고 먹는데 사언은 왜 그러한가?"

"예, 소생은 나쁘다고 이름 붙여진 것을 싫어하여 어릴 적부터 먹지 않았습니다요."

"배가 고파도 그랬다는 말인가?"

"예, 소생은 아무리 배가 고프더라도 먹지 않았지라우."

성혼이 놀라며 말했다.

"오호! 사언의 행동은 칭찬받아 마땅하군. 초지일관한다는 것이 얼마나 어려운 일인가. 그런데도 어린 시절부터 지금까지 그래왔다니 심지가 여간 굳은 사람이 아니네."

안방준이 쑥스러워하며 숟가락을 놓고 고개를 숙였다.

"선상님 칭찬을 받으니 밥이 넘어가지 않을 거 같습니다요."

"사언의 굳은 행동을 보니 내가 밥이 넘어가지 않네. 나도 그렇게 살아왔는지 부끄럽기도 하네."

"죄송허그만요. 어서 진지 드시지라우."

"하나를 보면 열 가지를 알 수 있다고 하였네. 나는 사언의 이 행동을 두고두고 잊지 않을 것이네."

"하찮은 것인디 과찬입니다요."

"하찮은 것이 큰 것의 바탕이 된다네. 하찮은 일을 지키지 못하는 사람은 큰일을 이루지 못하는 법이네."

성혼은 식사를 마치자마자 안방준을 서원으로 보내지 않고 사랑방으로 불러 들였다. 안방준은 사랑방으로 들어가 성혼과 마주앉았다.

"초지일관이 얼마나 어려운 일인지 아는가? 그래서 나는 초지일관이란 말을 함부로 쓰지 않았다네. 내가 그러하지 못했으니까."

"선상님 무신 말씀을…."

"나는 이곳을 찾는 손님들에게 사언의 행동을 본보기 삼으라고 자랑할 것이네."

"송구합니다요."

성혼과 안방준은 대화를 주고받으면서 사제의 정이 더욱 돈독해졌다. 만난 지 한 달도 안 됐지만 마치 십년 이상을 동고동락한 것 같은 사제 간이 되었다. 성혼은 자신을 찾아온 손님들에게 말하곤 했다.

"안방준은 나에게 배울 사람이 아니라 곧 나를 깨우칠 사람이오. 밥 속의 나쁜 쌀조차 입에 넣지 않았으니 마음으로 숭상하는 바를 어찌 알 수 있지 않으리오."

또 하루는 성혼이 안방준을 불러 《석담일기》을 주면서 말했다.

"요즘 시사를 보면 머잖아 대란(大亂)이 일어나 경기도가 당할 병화

(兵禍)가 반드시 다른 지역보다 더할 것이니, 사언이 이 책을 가지고 고향으로 돌아가 후세에 전하게."

"대란이란 뭣인게라우?"

"두만강 너머 오랑캐나 섬나라 왜국이 우리 조선을 침입할 것 같다네."

"《석담일기》에 그 내용이 들어 있습니까요?"

"그렇다네."

《석담일기(石潭日記)》는 율곡 이이가 30세 되던 1565년 7월부터 46세에 이르던 1581년 11월까지 약 17년간에 걸쳐 펼쳐진 주요 경연에서 군신 간에 논란이 되었던 당시의 주요 사건과 인물들에 관해 날마다 상세히 기록하고 평한 일기체의 서책이었다. 물론 성혼이 안방준에게 준 《석담일기》는 이이의 친필서책이 아니라 필사본이었다. 성혼의 문하생들 중에서 《석담일기》 필사본을 받은 제자로는 안방준이 유일했다.

스승의 편지

늦봄이었다. 파산에서 보성으로 내려온 안방준은 세 번째 스승께 이미 보낸 두 통의 편지 말고 또 무엇을 보낼지 궁리했다. 아내 경주 정씨와 상의했다. 아내가 먼저 생각해 낸 것은 소금에 절인 전복이었다. 노환을 앓고 있으니 기력을 회복하려면 전복이 좋다고 말했던 것이다. 안방준은 아내의 말을 듣고 보성읍성으로 의원을 찾아갔다. 의원 집은 북문에서 향교로 내려가는 길에 있었다. 어머니 진원 박씨가 염질로 고초를 겪을 때 몇 번 왕진 왔던 의원이었다. 의원은 안방준의 얼굴을 기억하고는 환자를 치료하는 병실로 맞아들였다.

"어르신께서 편찮으신가?"

"아니요, 뭣을 여쭤볼라고 왔그만요."

"아내 말인디요, 전복이 기력회복에 좋단디 맞는게라우?"

"임신 중인가? 입덧이 심허고 식욕이 읎을 때는 전복 한두 마리를 삶아서 묵으믄 효과가 그만이제."

의원은 안방준의 아내가 아기를 가졌다고 단정하고는 말을 계속했다.

"전복은 기운이 서늘해서 마음을 안정시켜주고, 기가 허해서 생기는 허열(虛熱)을 내려준다네. 글고 기운을 내게 허기 땜시 임산부에게 아주 좋다네."

"의원님, 지가 알고 잪은 것은 다르그만요. 과로로 기력이 떨어진 분께 뭣을 드시게 허믄 도움 될게라우?"

그제야 의원이 정색하며 안방준을 바로 응시했다.

"으떤 분이신가? 자넨 춘부장님은 아닌 거 같고."

"파산에 겨시는 우계 선상님이시그만요."

"춘추가 어쩌케 되시는가?"

"올해 오십칠 세시지라우."

"지병이 있으신가?"

"후학덜을 갈치시다가 심이 딸리다 본께 몸이 상허신 거 같그만요."

"역시 전복을 잡수시도록 허시게. 전복은 임산부에게도 좋지만 기력이 떨어진 노인에게도 그만이네."

"의원님, 시방은 전복철이 아닌디 으디 가서 구헐게라우?"

"한여름이 아니라서 구허기가 에럽겠네만 흥양으로 가보게. 소금에 절여진 전복이 있을 것이네."

"알겄그만요."

집으로 돌아온 안방준은 아버지 안중관에게 의원에게서 들은 이야기를 그대로 전했다. 그러자 안중관은 흥양 출신 머슴을 불러 심부름 시켰다.

"아버님, 전복 말고 선상님께 보낼 물건이 또 읎을게라우?"

그러자 안중관이 권한 것은 부채였다.

"곧 한여름이 오는디 더우를 이길라믄 부채 말고 뭣이 있겄느냐?"

"부채만 있다믄 말복 더우도 가차이 오지 못헐 거 같그만요."

"그뿐이냐. 부채가 있다믄 포리나 모기도 얼씬거리지 못허제."

"아버님 말씸대로 부채를 구해볼라요."

"부채는 나헌테 있다. 지난 시안에 머심이 맹근 합죽선 두 개가 있으니 그것을 보내거라."

홍양 출신 머슴은 사흘 만에 전복이 든 옹기단지를 들고 왔다. 안방준은 머슴에게 전복단지를 짚으로 싸게 하고, 합죽선 두 개는 장지로 둘둘 말아 대껍질로 만든 석작에 넣었다. 그런 뒤 한성을 오가는 인편에 부쳤다. 인편의 비용은 의외로 저렴했다. 사신 일행으로 갔다가 명나라에서 귀한 물건을 가지고 들어와 중인 거간꾼에게 넘기면, 거간꾼은 지방향교의 교수나 훈도들에게 몇 갑절의 값을 받고 팔았다. 거간꾼 입장에서는 편지나 간단한 물건을 전해주는 일은 욕심 부리지 않고 덤으로 했다.

보성향교를 오가는 거간꾼은 약속한 날짜에 파산으로 올라가서 안방준이 보낸 편지와 석작을 성혼 집에 전해주었다. 성혼은 제자 안방준의 정성스런 석작을 받고 감동했다. 부채는 당장 펴서 덮지 않은데도 흔들어서 바람을 일으켜 보았고, 전복단지는 맏아들과 아내를 불러 한동안 쳐다보았다. 파산에서는 평생 한두 번 먹을 둥 말 둥한 전복이었다. 성혼의 아내는 눈물을 흘리기조차 했다.

한 달 뒤. 성혼은 벼루에 먹을 갈았다. 자신을 아버지처럼 생각하는 안방준에게 답장을 쓰지 않을 수 없었다. 성혼은 지난봄에 함께 했던 안방준과의 기억을 떠올리며 한 자 한 자 꾹꾹 써내려갔다.

〈사언 받아보게(士彦 拜狀).

산중을 한 번 찾아주어 처음 만나 얘기할 때에

깊은 마음을 나누지 못하고 갑자기 이별하게 되니,

보답하는 정을 펼 곳이 없었네.

그런데 이번에 두 통의 편지를 잇달아 받고 보니,

사랑과 은혜가 더욱 지극하여 몹시 감탄하였네.

답장을 써서 사례하고 싶었으나

인편이 없어 지금까지도 보내지 못하였네.

매우 부끄럽네.

요즘 무더운 날씨에

어버이 모시며 학문하는 생활이 두루 평안한지?

그립기 그지없네.

나는 여름철 들어 가시나무처럼 말라

장차 죽을 듯하니 굳이 말할 것도 없네.

쇠잔한 몸에 병을 앓느라 정신이 어지러운데,

외람되이 천리 먼 곳에서 소중히 돌보아줌을 입으니,

그 살펴준 뜻에 어찌 보답해야 할는지.

가만히 보건대, 선비의 학문은

반드시 진실한 마음, 각고(刻苦)의 공부, 사우(師友) 간의 도움,

안팎의 수양을 갖춘 뒤에 터득함이 있을 것이니,

마땅히 먼저 자신의 기질(氣質)의 병폐를 살펴

사욕을 바로잡아 남은 것은 덜고 부족한 것은 채워야 하네.

그런 뒤에 근본이 점차 배양되고 행실이 점점 세워지면

고을이나 마을에서 행하여도 치욕을 면할 수 있네.

그대는 나이가 젊고 재능이 남달라

기운이 날카롭게 밖으로 드러나니,

이 세상을 살면서 덕을 편안히 하는 기초가 아닌 듯하네.

참으로 바라건대, 한마음으로 학문하되

반드시 효제(孝悌)와 충신으로 근본을 삼고

겸손과 졸눌(拙訥)로 바탕을 삼으며

침잠(沈潛)과 독실(篤實)로 공부를 삼아,

글을 부지런히 읽으면서 뜻을 사색하고

조행(操行)을 굳건하게 지킨다면,

맑고 밝은 아름다운 뜻으로 마침내 반드시 경지에 이를 것이네.

마음을 허락한 두터운 사이여서 외람된 말이 여기에 이르니,

매우 부끄럽네.

보내준 부채 두 자루와 전복은

매우 감사하지만 보답할 길이 없네. 살펴주게나.

병으로 피곤하여 이만 줄이네.

　　　　　신묘년(1591) 6월 27일 혼(渾) 씀.〉

성혼의 편지는 보성향교에 와 있었다. 편지 소식을 들은 안방준은

단숨에 보성향교로 달려갔다. 거간꾼이 향교교생들 앞에서 가지고 온 먹과 벼루 붓 등 진귀한 문방사우(文房四友)를 풀어놓은 뒤 호객하고 있었다.

"이것은 사향먹이오. 이 먹으로 사군자를 그리면 방안에 향이 그윽하다오."

향교교생들은 명나라에서 가져온 사향먹이 고가였으므로 구경만 했다. 사향수컷의 배꼽과 음경 사이에 있는 생식샘을 사향이라고 부르는데, 궁중 후궁들이 주머니를 만들어 차고 임금의 사랑을 구애하는 관능의 향이기도 했다.

명나라 단계 지방의 돌로 만든 단계벼루도 나와 있었다. 유생들이 갖고 싶어하는 천하제일의 단계벼루였다.

"벼루는 먹을 갈 때 물이 줄지 않고 소리가 나지 않는 게 상품이오. 또한 먹이 잘 먹고 붓을 상하지 않는 것이 상품벼루이지요. 먹은 잘 갈려야 하고 붓이 굴러가는 듯해야 상품벼루라고 할 수 있소."

향교교생들은 거간꾼의 말에 혼이 나간 듯했다. 모두가 넋을 잃고 군침을 흘렸다. 어떤 교생은 집으로 달려가 형제들을 데리고 오기도 했다. 그런데 언제나 그랬듯 최상품은 향교의 훈도나 교수가 가져갔다. 그들이 사용하기도 했지만 감사나 수령이 순시를 왔을 때 선물하기 위해 구입하곤 했다. 향교교생들이 구경만 한 채 흥정을 걸어오지 않자, 낯익은 거간꾼은 입맛을 쩝쩝 다셨다.

"좋은 벼루는 사람보다 좋은 붓이 먼저 알아본다오."

향교교생들이 벼루의 진가를 알아보지 못하는 것 같자, 거간꾼은 서둘러 보자기를 싸려고 했다. 다음 행선지는 낙안이나 흥양일 터였다. 그때 거간꾼이 안방준을 보고는 속주머니에서 편지 한 장을 꺼내 주었다.

"솔고개 선생님 옛 집에서 가져왔소."

경복궁 동십자각에서 인사동으로 넘어가는 솔고개에 성혼의 사저 가 있었다. 누군가에게 보낼 물품이 있으면 성혼의 아들이나 머슴들이 그곳에 놓아두곤 했다. 물론 율곡 이이의 사저도 부근에 있었으므로 물품을 그곳에 놓아두는 일도 더러 있었다.

"원각사 옆에 있는 율곡 선생님 댁에도 가서 물품을 가져올 때가 있었소. 허나 지금은 율곡 선생님이 타계하신 뒤라 그런 일은 없소."

율곡 이이의 사저는 인사동에서 청계천으로 가는 원각사 부근에 있었다. 인사동은 충훈부와 이문, 도화서가 있는 관가 마을이었고 중인들이 많이 살았지만 조광조와 이이 등 고관들의 사저가 자리한 곳이었다. 성혼은 이이와 한 살 차이로 죽마고우였기 때문에 이이의 사저에 편지 등 물품들을 놔두곤 했던 것이다.

성혼의 편지를 받아든 안방준이 거간꾼에게 물었다.

"보성향교에는 은제쯤 오시는게라우?"

"흥양에서 돌아오믄 삼사 일 후가 될 것이오."

"그라믄 그새에 우계 선상님께 보내는 편지를 갖다놓을게라우."

"그렇게 하시오. 내 잘 전하겠소."

안방준은 거간꾼에게 미리 사례를 했다. 머슴들이 만든 도롱이 한 벌과 삿갓 한 개를 거간꾼에게 주었다. 여름에는 갑자기 소나기가 내리므로 도롱이와 삿갓은 필수품이었다. 거간꾼은 힘센 군마를 타고 다녔고, 말고삐를 잡은 말구종은 수졸 출신으로 무예가 출중한 사람이었다. 뿐만 아니라 거간꾼은 호위궁사까지 한 명 데리고 있었으므로 도적들에게 봉변을 당할 염려가 없었다.

안중관은 안방준이 가지고 온 성혼의 편지에 얼굴 가득 미소를 지었다. 그러나 표정이 곧 굳어졌다.

"가시나무처럼 말라 장차 죽을 듯허다니 병이 깊은 모냥이다."

"오죽했으믄 강학을 십여 년 물리쳤을게라우."

그런데 안중관의 얼굴에 다시 미소가 돌았다. 안중관이 편지의 한 부분을 시조창을 하듯 소리 내어 읽으면서 말했다.

"한마음으로 학문하되 반드시 효제(孝悌)와 충신으로 근본을 삼고, 겸손과 졸눌(拙訥)로 바탕을 삼으며, 침잠(沈潛)과 독실(篤實)로 공부를 삼아, 글을 부지런히 읽으면서 뜻을 사색하고, 조행(操行)을 굳건하게 지킨다면… 니가 평생 가심에 말뚝멩키로 박아놓아야 헐 구절이구나."

"아부지, 지도 그 구절에 가심이 쿵쾅거렸어라우."

안중관은 사랑방 앉은뱅이책상에 올려놓은 뒤 읽고 또 읽었다. 성혼에게 아들 안방준을 보냈던 지난봄의 일이 큰 행운으로 느껴지기조차 했다. 뿐만 아니었다. '나이가 젊고 재능이 남달라 기운이 날카롭게 밖으로 드러나니, 덕을 편안히 하는 기초가 아닌 듯하다'는 내용은 칭찬만 받아온 아들이 참으로 새겨야 할 회초리 같은 훈계였다.

안방준이 거간꾼 편에 또 보낸 편지에 대한 성혼의 답장은 오동나무 이파리가 노랗게 물들어가는 늦가을에야 왔다. 초여름에 온 편지보다는 내용이 짧았지만 '독서에 열중하고 행실을 돈독히 하여 기질의

병폐를 바로잡아야 한다.'고 당부한 내용이었다.

〈사언에게 답장하네.
한 해가 저물어 가네.
먼 하늘가를 바라보지만 소식을 들을 길이 없었는데,
뜻밖에 편지를 받아 펼쳐 읽어보니 한없이 기쁘고 위로가 되었네.
다만 이 편지는 7월 22일에 발송된 것이었네.
그 후로 또 반년이 지났는데 어버이 모시면서
학문하는 생활이 어떠한지 모르겠네.
몹시 그립네.

나는 쇠약하여 병으로 신음함이 날로 깊어져
문을 닫은 외진 산중에서 조석 간에 죽기를 기다리고 있으니,
굳이 말할 것이 없네.
바라건대 그대는 나이가 젊고 뜻이 원대하니,
글을 부지런히 읽고 행실을 독실하게 하여
기질의 병폐를 바로잡아 말세의 풍속에서 행한다면,
덕이 진보되고 아울러 치욕을 멀리할 수 있을 것이네.
간절히 빌고 비네.

전일에 보내준 편지는
곧바로 답장을 써서 못난 자식에게 부쳐
송현(松峴, 솔고개)의 서울 집으로 보냈네.

남은 사연은 다른 편지에 쓰기로 하고 이만 줄이네.

　　신묘년(1591) 11월 19일 혼(渾) 씀.〉

　　안방준은 세 번째 스승 성혼이 당부하는 학문과 행실의 지침이 가슴에 더욱 사무치는 것 같고, 숙연한 감정이 들어 편지를 앞에 놓고 큰절을 올렸다.

왜군 침입

선조25년(1592) 봄.

안방준의 아내 경주 정씨는 둘째아들을 낳았다. 아기 이름을 미리 지어 놓았는데, 첫째아들과 달리 안방준이 작명했다. 첫째아들은 할아버지 안중관이 후지(厚之)로 이름을 지어주었는데 이번에는 안방준이 신지로 지어놓고 안중관과 상의했다.

"아버님이 지보고 알아서 허라고 말씸허시어 요로코름 지어봤그만요."

안중관은 손자 이름을 작명하곤 했지만 이번에는 안방준에게 지어보라고 했던 것이다. 이는 안방준의 나이가 스무 살이 되었고, 공부가 눈에 띌 만큼 깊어졌기 때문이었다. 서너 달 전부터 우계정에서 조양 집으로 와 있는 죽천 박광전을 문병 가서 만났는데, 그때도 박광전은 안방준이야말로 자신의 문하생들 중에서 고제(高第)라고 자랑했던 것이다. 고제란 학식과 품행이 뛰어난 고족제자(高足弟子)의 줄임말이었다.

"이름이 운명을 좌우허는 것인께 좋아야 허는 것이여."

"예, 몇 날 메칠 궁구허다가 신지(愼之)라고 지었그만요."

"일단 부르기는 수월허다."

"커감시로 몸가짐이나 언행을 조심허라고 삼가헐 신(愼) 자를 썼그만요."

"그렇다믄 솔찬히 잘 지은 이름이다. 인자 작명실력이 나보다 나은 것 같다."

"지가 어치께 아버님을 따라가겄는게라우."

"나는 지는 해가 아니겄느냐? 내 수염을 보거라."

안중관이 흰 수염을 만지면서 말했다.

"봉갑사, 대원사 스님덜은 흰 머리카락을 염라대왕 편지라고 허드라. 긍께 나도 인자 니 엄니헌테 갈 날이 가차와진 거 같다."

"아버님, 손자가 태어났는디 무신 말씸을 고로코름 허시는게라우."

"보성강을 나가 보아라."

"예?"

안방준은 밑도 끝도 없이 갑자기 '보성강을 나가보라'는 아버지 안중관의 말에 눈을 크게 떴다.

"뭣을 놀라느냐. 강물을 보라는 것이 아니라, 강가에 있는 갈대밭을 보라는 것이다. 갈대 순이 막 나오고 있다. 근디 그 에린 새끼 갈대 옆에 누렇게 마른 갈대덜이 있어야. 으째서 그란지 아느냐? 새끼 갈대덜이 다 자랄 때까지 버팀목이 돼줄라고 그런 것이여. 새끼 갈대덜이 다 자라고 나믄 그제사 부모 갈대는 맥읎이 넘어져부러. 내가 허고 잪은 얘기는 부모와 자식 간도 갈대와 마찬가지다, 이 말이여. 알겄느냐?"

"아버님 말씸 영념헐게라우."

안방준은 숙연한 마음이 들어 고개를 숙였다. 그제야 둘째손자 이름을 작명하지 않고 자신에게 맡긴 아버지 안중관의 마음을 알아챘다.

방안 분위기가 무거워지자 안중관이 일어섰다.

"원님이 열선루에 모이라는 전갈이 와서 나는 거그 갔다가 오마."

원님이란 보성군수 김득광이었다. 김득광 군수는 협조 받을 일이 있으면 보성의 선비와 유지들을 열선루로 불러 모아 당부하곤 했다. 이번에는 예고 없이 어젯밤에 군수 휘하의 군관이 달려와 알렸으므로 촌각을 다투는 일인지도 몰랐다. 몇 년 전 흥양 손죽도에 왜구들이 침입했을 때에도 급히 모인 적이 있었던 것이다.

안방준은 머슴에게 노환을 앓고 있는 아버지를 잘 모시고 열선루에 다녀오라고 일렀다. 다행히 말은 튼실했고 안장도 새것이었다. 늙은 말을 팔고 다섯 살 된 젊은 말로 바꾸어 놓았던 것이다. 따라서 안방준도 나들이 갈 때는 바뀐 말을 타기도 했다.

4월 20일 오전. 열선루에는 보성 선비와 유지들이 하나 둘 모여들었다. 열선루는 남문으로 들어서자마자 동헌 왼쪽 밑에 있었다. 동헌과 객사, 내아, 무기고, 군창 등은 모두 동헌 주변에 있었고, 향교는 북문 너머에 있었다. 향교는 교생들이 공부하는 곳이므로 번잡한 동헌에서 한참 떨어진 읍성 밑 오목한 산자락에 자리 잡을 수밖에 없었다.

온돌방이 하나 있는 열선루는 객사와 더불어 조정의 고관이 와서 하룻밤 머무는 곳이기도 했다. 객사의 방보다는 작지만 널따란 마루와 전망이 좋기 때문에 어떤 벼슬아치는 열선루를 더 선호했다. 여름 바람이 마루까지 불어와 시원했고, 가을밤에는 구들이 놓여 있어 춥지 않았다.

안중관은 보성 유지들이 올 때마다 일어나 반갑게 맞이했다. 진보

현감을 사직한 임계영, 함열 현감을 지낸 박광전, 훈련원 주부를 역임한 정홍수, 작년에 문과 급제한 정사제 등등을 오랜 만에 만나 안부를 나눴다. 특히 지팡이에 의지한 박광전은 고령에다 노환 중임에도 불구하고 나와 있었다. 박광전은 안중관을 보자마자 제자인 안방준의 근황을 궁금해 했다.

"사언은 잘 있는가?"

"파산을 댕겨 온 뒤부터는 행실이 독실해진 거 같그만요."

"우계께서는 '구방심'을 강조허시는 분이라서."

"그래서 그란지 방준이가 공부하려고 했던 첫 마음을 잃지 않을라고 노력허는 것이 보이드그만요."

"사언이 보고 짚그만잉."

그때 김득광 보성군수가 나타났다. 늙은 이방을 앞세우고 동헌에서 걸어내려 오고 있었다. 보성 선비와 유지들이 마루에서 일어나 군수를 맞이했다. 김득광은 마루에 올라서자마자 급보를 알렸다.

"왜군 선봉대 2만여 명이 부산포로 쳐들어왔소!"

열선루에 모인 사람들이 침입한 왜군의 규모에 놀란 채 김득광의 입을 주시했다. 김득광은 지휘봉 대신에 든 날창을 흔들며 말했다.

"정해년에 왜구들이 남해를 침입하더니 임진년에는 기어코 왜적들이 뭍으로 올라왔소. 부산진성과 동래성이 중과부적으로 함락당하는 등 조선군이 곤경에 처해 있소. 다만 다대진에서 윤흥신 첨사가 분투해서 왜적을 물리쳤소. 동래성에서는 관군, 성민, 노비 등 모두가 합심해 왜적에 대항했소. 비록 성을 내주었으나 조선인들의 혼은 꺾이지 않았소. 왜장 소서행장이 감동하여 송상현 동래부사를 가매장한 뒤 고개 숙이고 '조선충신 송공의 묘'라는 팻말을 꽂아주었다고 하오."

부산의 성들이 함락당했다는 소식을 들은 보성 선비와 유지들이 술렁였다. 얼굴색이 납빛으로 변한 박광전은 고개를 절레절레 흔들었다. 안중관은 주먹을 쥐고 부르르 떨었다. 좌중에서 탄식이 터져 나오자, 김득광이 진정을 시켰다.

"전하께서는 동래성이 함락되자마자 이일 순변사를 상주로 보냈다고 하오. 상주에서 조선관군이 북진하는 왜적을 막을 것이오. 또 신립 장수를 조령으로 정탐하러 보냈다고 하니 너무 걱정들 하지 마시오. 두 장수가 방어선을 치고 왜적을 물리칠 것이오."

임계영 전 진보 현감이 일어나 말했다.

"상주는 진보현 왼쪽에 있지라우. 동래성에서 왜적이 북진헌다믄 닷새 안에 도달헐 거리지라. 이일 순변사가 충청도 군사를 을매나 끌고 왔는지 궁금허그만요."

임계영이 이일 순변사가 징발할 충청도 군사숫자를 묻자 김득광은 대답을 확실하게 하지 못했다.

"순변사이니 군사를 차출할 권한이 있는 줄 알고 있소만 얼마인지는 모르겠소."

"상주성 군사는 오륙백 명일 것인디 이일 장수가 델꼬 오는 지원군이 많아야겄지라. 조정에서 주는 군사는 몇 십 명뿐일 것인께 지원군은 충청도 군사가 되겄지라."

임계영의 말에 김득광이 동조했다.

"옳은 말씀이오. 조정에서는 지원할 군사가 적을 수밖에 없을 것이오. 궁궐을 지켜야 하니까. 그렇다면 충청도 군사를 차출할 수밖에 없겠지요."

임계영의 지적은 정확했다. 왜군 선봉대 고니시 유키나가(소서행장)의 군사는 2만 명이나 되었다. 그러니 2만여 명의 왜군 공격을 상주성 관군 오륙 백 명으로 방어한다는 것은 불가능했다. 충청도관찰사 윤선각의 군사를 가능한 한 많이 차출해서 싸워야만 방어할 수 있을 터였다. 박광전이 옆 사람의 부축을 받고 일어나 말했다.

"나의 제자 안방준은 〈이대원전〉을 써서 왜적의 무도함을 환기시켜준 적이 있소. 인자 우리 모두는 심을 합쳐 왜적을 물리쳐야 허겠소. 이때 충의를 드러내는 것이야말로 전하께 충을 다하는 것이요, 조상님께 효를 다허는 것이 아니겠소?"

"죽천 말씸이 옳소!"

열선루 마루에 앉은 보성사람들이 박수로 응답했다. 그러자 김득광이 안도했다. 보성 선비와 유지들을 부른 목적이 바로 그것이었기 때문이었다. 김득광이 자신감을 되찾은 듯 말했다.

"우리 보성군은 왜적들이 넘보지 못할 것이오. 모두가 일심동체가 되었으니 감히 얼씬거리지 못할 것이오. 다행히 바다는 이순신 좌수사 님께서 철통같이 방어하고 있으니 안심하시오. 더구나 좌수사님께서 는 비밀리에 거북선을 건조해 놓았소. 왜적들이 거북이와 용처럼 생긴 거북선을 보면 전의를 잃고 혼비백산 할 것이오."

"거북선을 몰래 맨들었다는 말인게라우?"

훈련원 주부를 지낸 정홍수가 묻자, 김득광이 자신만만하게 말했다.

"왜적이 알면 안 되기 때문에 비밀리에 건조했소. 우리 보성군에서 는 거북선에 들어갈 널빤지를 보냈소. 약속한 날짜를 지키지 못해 좌수사님께서 질책하셨지만 어쨌든 보냈소. 전라도 이광 관찰사께서는 거북선 돛에 매달 천을 보내주셨소. 몇 달 전에 거제 현령으로 나간 선거이 장수는 문중에서 모은 백미 1백 석을 좌수영으로 보내 거북선 건조 목수들에게 나누어주게 했소."

박광전이 또 말했다.

"그렇다믄 전라도는 안전허겠소. 거북선이 남해를 지킨디 으디로 왜적이 들어오겠소."

"죽천 성님 말씸에 동의허요. 이순신 좌수사께서 제해권을 쥐고 있은께 바다는 걱정이 읎는디 뭍이 위태로와부요. 지가 보기에는 동래성이 왜적의 손에 들어갔다는 소문이 돌믄 상주성 관군의 사기가 땅에 떨어져불 거 같은디 어치께 싸울지 눈앞이 깜깜허요."

비관적으로 전망하는 임계영의 말에 박광전이 차분하게 말했다.

"전하께서 겨시는 곳은 조용헌께 지달려보시게. 어차든지 궁궐은 지켜져야 허고, 두만강 오랑캐를 토벌헌 기마부대 신립 명장수가 정탐을 나가 있다고 헌께 왜적이 더 이상은 북진허지 못허겄제."

김득광이 서둘러 모임을 끝냈다.

"나는 좌수영으로 지금 떠나야 하오. 우리 좌수영 수군은 경상도로 출진을 준비하고 있을 것이오. 그러니 여러분은 우리 백성들이 동요하지 않도록 잘 말씸해주시오. 그 사이에 급보가 있으면 향교에 통문을 보내겠소. 수시로 향교와 연락을 취하면서 만반의 준비를 잘 하시오."

김득광은 말을 마치고서는 군관이 끌고 온 군마를 타고 곧 사라졌다. 전라좌수영은 5관5포를 거느리고 있는데, 보성은 순천, 광양, 흥양, 여수 등과 같이 5관 중 하나였다. 따라서 보성군수는 이순신 좌수사 막하의 직속 부하였다. 잠시 후 여기저기서 비분강개하는 소리가 나왔다.

"아이고메! 왜국에 다녀온 황윤길 정사와 김성일 부사가 작년 3월에 서로 다른 의견을 내더니 이 무신 날벼락이요!"

"김성일 부사가 역적이요!"

"전하께서도 잘못이 크요! 황윤길 정사와 허성 서장관, 무관 황진은 왜적이 쳐들어올 것이라고 말했소. 근디 전하께서는 김성일 부사의 손을 들어주었소! 누구 잘못이 큰 것이요!"

"으디서 그런 말을 들었소?"

"작년 여름에 동복으로 부임해온 황진 현감이 좌수사께 헌 보고인디, 조양 대곡촌 사초마실에 살았던 이봉수 군관이 듣고서는 나에게 전해 주었소."

"나도 그 같은 말을 지난 3월에 휴가 나온 이봉수 군관헌테 들었네."

박광전도 조양 집으로 인사 온 이봉수 군관한테서 왜국 통신사 및 거북선 이야기를 들었던 것이다.

선조 23년(1590) 5월에 조선통신사 사절단이 왜국에 간 것은 세종 이후 150년 만의 일이었다. 조선 입장에서는 왜왕 도요토미 히데요시의 요청에 따른 것이었지만 실제로는 왜국 정탐을 위한 사절단이었다. 조선통신사 사절단은 정사 황윤길, 부사 김성일, 서장관 허성, 무관 황진 등 총 2백여 명 규모였다. 통신사 사절단은 대마도를 거쳐 6월에 오사카에서 고니시 유키나가의 영접을 받았고, 7월 말에 교토에 도착한 뒤 11월에 히데요시를 면담했다. 이후 선조24년(1591) 1월 대마도를 거쳐 3월에 한양에 복귀했다. 이때는 서인의 영수 정철이 귀양 가고, 동인인 영의정 유성룡 등이 권력을 잡은 상태였다.

통신사 정사와 부사가 어전으로 나아가 왜국의 정세를 보고했다. 서인인 정사 황윤길이 먼저 "도요토미 히데요시는 사납고 탐욕이 강한 군세를 내세워 외국을 노리는 자이며, 머지 않아 반드시 병화(兵禍)가 있을 것이니 대비해야 하옵니다."라고 보고하였다. 동인인 서장관 허성도 같은 취지로 보고했다.

그러나 동인인 부사 김성일은 "소신은 그런 정황을 발견하지 못하였는데, 황윤길이 장황스레 아뢰어 민심이 동요하게 되니, 도리에 매우 어긋나옵니다." 하고 반대의 말을 했다. 이에 선조는 동인인 김성일의 손을 들어주었다. 이때 판단을 잘못한 선조가 임금으로서 백성을 지키지 못한 채 원망의 말을 듣게 된 것은 너무도 당연했다.

안중관은 집으로 돌아온 뒤 안방준을 불렀다.

"방준아, 방금 보성군수한테서 왜군이 침입해 동래성이 함락당했다는 비보를 듣고 왔다. 장차 나라가 어치께 될지 한치 앞을 내다볼 수 읎으니 으짜끄나."

"아버님, 이럴 때는 어치께 처신해야 쓰겄는게라우?"

"우계정 하나부지께서 마침 조양에 와 겨신께 가서 여쭤보그라."

"우리 관군은 시방 으디서 싸우고 있는게라우?"

"분투허겄지만 내가 볼 때는 중과부적이다. 게다가 왜적덜은 전쟁 준비를 오래 했고, 우리는 그러지를 못헌 것이 한스러와분다."

"아버님, 시방 우계정 하나부지께 가볼게라우?"

"가봤자 오늘은 뵙기 심들 것이다. 오늘 열선루에 모인 사람덜 일부가 따로 만나 앞일을 의논헐 거 같드라."

"그럼, 내일 아칙에 가볼라요."

"아니다. 메칠 지다려 보믄 연락이 올 것인께 그보다 몬자 보성향교에 나가서 무신 통문이 오는지 지켜봄서 나한테도 알려주그라."

"예, 아버님."

"보성 유지덜이 가만히 있지는 않을 거 같다. 무신 결단을 내리고 말 것인께 지다려보그라."

"지도 어른덜 뜻에 따를랍니다요."

안방준은 격동하는 마음을 눌렀다. 자신이 몇 년 전에 썼던 〈이대원전〉을 생각하자 가슴이 뜨거워졌던 것이다. 그러나 안방준은 아버지 안중관의 당부대로 보성향교를 오가면서 추후 행동을 결정하기로 했다.

비보와 낭보

안방준은 보성향교에 가는 것이 두려웠다. 그곳에 오는 통문은 비보뿐이었다. 상주전투에서 이일 순변사의 관군이 왜군 선봉대에 공격 한 번 제대로 해보지 못한 채 성을 내줬다는 비보가 보성향교의 분위기를 침통하게 했다. 군사력의 열세에다가 여기저기서 징발해 급조한 관군으로는 이길 수 없었다. 용장이라던 이일의 처신은 비루하기조차 했다. 부하들의 시체를 보면서 변복하고 도망쳐 겨우 목숨을 건졌던 것이다.

뿐만 아니었다. 비보는 또 이어졌다. 며칠 뒤에는 신립 장수의 충주전투 참패를 알리는 비보가 또 날아왔다. 신립은 고니시 유키나가의 선봉부대를 충주 벌판으로 유인하여 자신의 특기인 기마전술로 왜군을 궤멸시키려고 했지만 하늘이 도와주지 않았다. 장맛비가 계속 내린 탓에 신립의 기마부대는 수렁이 된 벌판을 달릴 수 없었다. 신립의 기마부대는 벌판 수렁에 빠진 채 기동력을 잃고 왜군의 공격에 무너지고 말았다. 신립은 탄금대에서 피눈물을 흘리며 투신한바 이일이 보여주지 못한 조선장수로서의 충의는 보여 주었다.

또 하나의 비보는 한양 함락 소식이었다. 충주를 점령한 왜군은 거칠 것 없이 한양을 향해 북진했다. 장맛비가 세차게 내리는 4월 30일

새벽, 선조는 신하들을 거느리고 파천을 단행했다. 선조가 궁을 비우고 파천했다는 비보에 향교교생들 모두가 통곡했다. 조양의 박광전과 임계영도 식음을 전폐했고, 보성읍의 안중묵과 정사제는 울었다. 안방준은 이른 새벽에 문안인사를 하러 사랑방에 들자마자 아버지 안중관을 보고 눈물을 훔쳤다.

"아버님, 전하께서 한양을 버리고 임진강 쪽으로 가셨다고 허그만요."

"으째야쓰끄나!"

안중관은 아들의 문안인사를 받지 않고 북창을 바라보며 "아이고, 아이고" 하고 곡을 했다. 안방준은 일어나면서 한 마디 했다.

"우계정 선상님헌테 댕겨 올라요."

"그 어른인들 무신 수가 있겄냐."

안방준은 마구간으로 갔다. 박광전이 사는 조양 집에 가려면 말을 타야 했다. 그러나 안중관이 사랑방에서 나와 말렸다.

"방준아, 요런 때는 몸가짐을 삼가야 써."

"요새 건강이 안 좋으신디 걱정이 돼그만요."

"모다 비탄에 빠져 있을 것인디 가서 뭣허겄냐? 위로밖에 헐 것이 뭣이 있겄느냐."

"알겄그만요."

"쪼깜 지다려라. 슬픈 감정덜이 합쳐지믄 뭣이라도 헐 수 있는 심이 생기는 벱이다."

모두가 비탄에 빠져 있다가도 그런 감정들이 합쳐지면 다시 일어서는 힘이 생길 것이라는 안중관의 말이었다. 안방준은 별채 공부방으로 들어가서 필사본《예기》을 폈다.

몸이 위태로울지라도 그 뜻을 빼앗기지 않으며,

비록 위태로운 곳에 처할지라도 끝내 그 뜻을 펼친다.

身可危也, 而志不可奪也;雖危, 起居竟信其志

그러나 문장의 뜻이 평소처럼 눈으로 들어오지 않았다. 눈앞에서 어른거리기만 했다. 왜군 선봉대가 한양까지 올라와 임금이 궁을 버린 상황인데 오직 덕을 닦는 위기지학의 신념을 지켜낼지는 알 수 없었다. 안방준은 복잡한 마음을 추스르지 못한 채 하루 종일 별채 방에서 나가지 않았다. 아저씨뻘인 안중묵이 다녀간 후부터 아버지 안중관은 끼니때마다 아예 상을 물리치곤 했다. 하루는 안중묵이 안방준을 마을 밖으로 불러내 당부했다.

"사언이, 정신 바짝 차려야 허네. 시방은 붓을 놓고 칼을 들어야 헐 때네."

"아재, 당장 뭣을 몬자 해야 헐지 심란했는디 고맙그만요."

"우계정에서 필사헌《병서》를 꺼내봄서 말도 타고 활쏘기도 슬슬 해두믄 좋을 것이네."

왜군과 싸워야 할 시기가 다가오고 있으니《병서》를 읽고 승마와 궁술을 훈련해두라는 당부였다.

"아재는 은제 광주로 가실라요?"

"이광 전라도관찰사께서 근왕군을 모병헌다는디 내 자리가 있을지 모르겄네."

근왕군이란 도성을 수복한 뒤 파천 중인 선조를 호위하는 군사를 뜻했다. 그들의 거병 목적은 왜군 토벌보다는 임금의 파천을 돕겠다는 것이 먼저였다. 신하와 백성은 임금을 섬기는 군위신강(君爲臣綱)이 근본이고, 군신유의(君臣有義) 즉 임금과 신하 사이에는 의로움이 있어야 한다는 신념이 강했다.

한편, 보성향교로 오는 통문들 중에 비보만 있는 것은 아니었다. 이순신의 조선수군 함대가 5월 4일 전라좌수영을 떠나 5월 7일 옥포 바다에서 왜장 도도 다카토라가 거느린 왜수군에게 대승을 거두었다는 승전의 소식도 교생들에게 전해졌다. 그러니까 5월 7일 정오쯤 조선수군 함대는 옥포 포구에 정박하고 있는 적선 50여 척을 발견하고 재빨리 동서 일자대오로 포위한 뒤 맹렬하게 화포사격을 가했다. 조선수군 함대의 화포사격을 받은 적선 26척은 맥없이 옥포바다에 침몰했다. 나머지 왜선들은 포구를 빠져나가기에 급급했고, 살아남은 왜수군은 배를 버리고 거제도 산자락으로 달아났다.

옥포해전은 조선수군의 최초 승리였고 완벽한 대승이었다. 조선수군 1명이 부상당한 데 비해 왜수군은 전선 26척 격침에 4080명이 사망했던 것이다. 이로서 왜수군은 조선수군이 지키는 남해를 두려워했고, 이순신은 제해권을 갖게 되었다. 그런데 조선관군의 육전은 해전과 달리 졸전을 거듭했다. 선조는 왜군의 북진을 피해 임진강과 대동강을 건넜다. 선조의 어가(御駕)는 의주를 향해 줄행랑쳤다.

안방준은 오랜 만에 안중묵 집에 들렀다. 안중묵은 아직 근왕군에 자원하는 것을 망설이고 있었다. 전라도관찰사 이광은 근왕군을 모병하고 있었는데, 안중묵은 고개를 절레절레 저었다.

"사언이, 유랑민에다 바닷가에서 해초나 뜯어묵고 사는 보자기덜을 징발허고 있다는디 한 마디로 말하자믄 오합지졸이 아니고 뭣이 겄는가?"

"훈련을 시키믄 되겄지라우."

"한두 명도 아니고 만여 명이 넘는 장정덜을 어치께 훈련시킨당가. 무기도 그렇제. 갑자기 으디서 만 개의 활과 창을 구하겄는가."

"아재 밀썸을 듣고 본께 그라요잉."

"왜적은 조총을 쏴대는디 작대기나 돌멩이로 대적허겄는가. 택도 읎제."

"긍께 아재는 근왕군에 참가헐 생각이 읎그만이라우."

"아니, 나멩키로 병법을 쪼깜 아는 사람도 있어야겄제잉. 누군가는 농사꾼덜을 훈련시켜야 헌께 말이여."

전라감영에서는 남도근왕군을 가능한 한 많이 모병하려고 했다. 이광 관찰사는 남도근왕군 규모를 4만여 명으로 잡고 있었다. 4만여 명도 작다고 판단하여 전라방어사 곽영에게 장정들을 더 징발하라고 채근했다. 장년 농사꾼은 물론이고 전라도 각 고을의 젊은 향교교생들도 징발 대상이었다. 경상도에서 넘어온 피난민, 떠돌아다니는 유랑민, 노비, 보자기들은 가차 없이 붙잡혀 가서 남도근왕군이 되었다. 관아의 군사들이 하는 일이란 군사훈련보다 날마다 할당된 근왕군의 숫자를 채우는 것이었다.

어느 날 안중묵은 보성읍을 떠났다. 그러나 그가 어디로 갔는지는 아무도 알지 못했다. 할 수 없이 안방준은 보성향교와 박광전의 집을 드나들면서 바깥의 소식을 들었다. 그래도 믿을 수 있는 소식을 전해주는 곳은 보성향교였다. 몸이 불편한 교생 서너 명만 남은 보성향교의 늙은 훈도는 강학을 중지한 상태였다. 늙은 훈도는 안방준에게 늘 호의적이었다. 안방준의 학문이 향교교생들보다 훨씬 더 앞서 있기 때문이었다.

초여름에 날아온 향교 뒷산의 꾀꼬리 울음소리는 구슬펐다. 훈도의 표정은 몹시 어두웠다. 그가 무겁게 입을 뗐다.

"전라도에서 올라간 근왕군이 용인 광교산에서 왜적의 공격을 받고 뿔뿔이 흩어져버렸다네."

"근왕군이 도성도 수복허지 못허고 무너져부렀다는 말씸인게라우?"

안방준은 이미 안중묵에게 들었던 남도근왕군의 전투력을 알고 있었으므로 크게 놀라지는 않았지만 그래도 실망하지 않을 수 없었다. 권율이나 황진 같은 무관이 지휘하는 부대가 있어 중심을 잡아줄 것으로 믿었던 것이다. 더구나 남도근왕군은 북진하면서 충청도관찰사 윤선각, 경상도관찰사 김수가 이끄는 군사들이 합류하면서 5만여 명의 삼도근왕군으로 바뀌었고 맹주는 전라도관찰사 이광이 추대되었기 때문이었다.

삼도근왕군의 주둔지는 용인 광교산 산자락이었다. 그러나 급히 끌어 모은 삼도근왕군의 실제 모습은 엉망이었다. 왜적에 대한 경계는 소홀했고, 여기저기서 저녁연기를 피워 올리는 등 주둔지를 노출시켰다. 6월 5일 왜장 와키자카 야스하루는 1600명의 왜군 타격대를 거느리고 와서 삼도근왕군을 기습 공격했다. 저녁배식을 기다리고 있던 삼도근왕군은 한순간에 와해돼 버렸다.

　주둔지에서 떨어진 곳에 산개해 있던 광주 목사 권율과 동복 현감 황진의 군사만 무사했다. 두 장수는 전략과 전술을 알고 있었으므로 광교산 산자락에 모여 있지 않고 조금 떨어진 곳에서 은폐하고 있었던 것이다.

　"5월 하순에 담양 추성관에서 거병헌 고경명 담양회맹군은 7월 10일 금산전투에서 지고 말았다네. 제봉 의병장님은 왜적에게 물러서시지 않고 서 있는 자리가 죽을 자리라고 외침시로 순절허셨다네."

　순간 안방준은 매형 박종정의 안부가 궁금했다. 제봉(霽峰) 고경명의 제자이니 금산전투에 참전했을 것이 분명했다.

　"나주 금성관에서 일어난 김천일 의병군은 그나마 분전허고 있는갑네. 수원 독산성을 방어했고, 지금은 강화로 들어가 있는데 황해도까지 나아가서 유격전을 펴고 있당마."

　늙은 훈도는 안방준에게 장지 한 장을 내밀었다.

　"훈도님, 통문인게라우?"

　"아니네, 삼도공이 쓴 격문이라네. 한 번 보시게."

　안방준은 삼도(三島) 임계영이 쓴 격문을 읽어 내려갔다.

　〈오호라! 나라에서 믿는바 오직 삼남지방인데 경상, 충청은 이미 적의 소굴이 되고 호남이 겨우 한 귀퉁이를 보전하여 군량의 공급과 병졸의 징발을 모두 이곳에 의지하니 다시 일어날 기틀이 실로 여기에 있다 하겠노라(중략).

　적이 오는 길목의 방어가 소홀해 호서지방의 적이 호남을 석권할 기세이니 진실로 통곡할 일이로다. 지금이야말로 의사(義士)들이 일어서야 할 때가 아니겠는가? 적이 들어와 살육을 일삼으면 우리 불쌍한 생령(生靈, 백성의 목숨)들의 몸 둘 곳이 어디겠으며 처자식들은 또한 어떻게 될 것인가? 영남의 참상은 우리가 이미 들어서 아는 바이다(중략).

적세(賊勢)가 창궐하여 집이 불타 없어지고, 처자가 욕을 본 뒤에야 의사가 일어선들 때는 이미 늦다. 우리가 앞장서서 창의를 부르짖는 까닭은 첫째, 의사들의 뜻을 격동케 하자는 것이요, 둘째, 용부(勇夫)의 기를 떨쳐 백성들의 바라는 바를 이룩하자는 것이니 격문이 이르거든 즉시 일어서서 이달(7월) 20일 보성 관문(官門)으로 모일지어다. 한번 기회를 잃으면 후회가 막급할 것이요, 주인이 욕을 당하고 있는데도 구하지 아니하면 어찌 사람이라 하리오(하략).〉

훈도가 또 말했다.

"이 격문은 자네의 스승인 죽천에게도 가 있을 것이네. 죽천하고는 형제처럼 지내는 사이가 아닌가?"

"예, 잘 알고 있지라우."

박광전은 순창 군수로 나가 있는 임계영의 중형(仲兄) 임백영과는 이웃 마을에 살면서 무슨 일이든 의기투합해 왔던 지기였다. 그러니 박광전과 임계영 형제는 스무 살이 넘어서는 삼형제나 다름없이 서로 의지하고 마음을 나누는 사이였다.

다음날. 안방준은 스승 박광전의 집을 찾았다. 병문안이기도 했지만 그보다는 임계영의 격문을 읽고 의분이 솟구쳤던 것이다. 아버지 병간을 하고 있던 박근효가 안방준을 맞았다. 안방준은 박광전에게 큰절을 올렸다. 건강이 회복된 듯했지만 떨어진 기력은 어쩔 수 없었다.

"선상님, 강녕허신게라우?"

"제봉이 순절헌 마당에 무신 낙이 있겄는가. 다행히 삼도공이 내 대신 나서줄 거 같은께 마음이 놓이는그만."

"지도 삼도공 선상님 격문을 봤그만요."

"나도 한 장 썼어. 시방이 적기야. 삼도근왕군이나 제봉의 담양회맹군에서 싸우다가 고향으로 돌아온 산졸(散卒)들이 많거든. 그 자덜이 격문을 보기만 허믄 보성 관아로 모여들 것이네"

안방준은 그 자리에서 박광전이 쓴 격문도 읽었다.

〈임진년 7월 모(謀)일에 전 현감 박광전과 임계영 등은 능성현령 김익복과 함께 삼가 재배하고 여러 고을의 사우(士友)들에게 글을 드리노라.

아! 나라가 믿어서 걱정하지 않았던 것은 하삼도(下三道)가 있었기 때문인데, 경상도와 충청도는 이미 궤멸되어 왜적의 소굴이 되었고, 호남만이 겨우 한 모퉁이를 보전하여 군량의 수송과 정예병의 징발이 모두 이 한 도만을 의지하고 있도다(중략).

따라서 적이 들어오는 길목을 방어할 준비가 매우 소홀함에 호서(湖西)의 왜적이 이미 본도의 경계를 침범하여 석권하는 형세가 장차 이루어질 것이니, 저들을 이겨 수복하는 희망을 어찌 믿을 수 있겠는가? 나라의 일이 몹시 위태로워 참으로 통곡할 지경이니, 지금이 바로 의사들이 분발해야 할 때이도다(중략).

우리 도내에는 필시 누락한 장정과 도망친 군졸이 있을 것이니, 만약 식견 있는 선비들을 시켜 서로 불러 모아 권장하고 격려하며 힘을 합해 떨쳐 일어나, 스스로 일군(一軍)을 만들어 왜적이 향하는 곳을 감시하여 요충지를 굳게 지키게 한다면. 위로는 왕의 군사를 성원할 수 있을 것이요, 아래로는 한 지역의 생령(生靈)을 보호할 수 있을 것이로다. 이 기회에 힘껏 도모하여 영남사람처럼 되지 말지어다(중략).

격문이 도착한 날에 즉시 뜻 있는 사람들과 함께 온 고을에 알리고 깨우쳐서, 군사들을 기록해 가지고 이달 20일에 보성 관문 앞으로 모일 것을 호소하노라. 한 번 기회를 잃게 되면 후회한들 무슨 소용이 있겠는가? 임금님이 치욕을 당했는데도 구원하지 않는다면 어찌 사람이라 하겠는가? 처음과 끝을 생각하여 의병 일으킬 것을 여러분 모두 도모하기를 바라오.〉

안방준은 스승의 격문을 다 읽고 나서 입술을 깨물었다. 스승 박광전의 호소에 의분이 솟구쳤다. 비록 노환을 앓는 스승이지만 정신만은 개결하고 거룩했다.

전라좌의병

　보성 관아에 사십대 장년부터 젊은 20대 안팎의 장정들이 보성과 장흥, 능성에서 모여들었다. 농사꾼이 가장 많았다. 장정들은 손에 무기 대신 작대기, 쇠스랑 등을 들고 있었다. 능성 현령 김익복이 데리고 온 1백여 명의 장정들도 마찬가지였다. 삼도근왕군이나 고경명 휘하의 산졸들이 손에 든 것은 대부분 죽창이었다. 대나무 끝을 날카롭게 깎아 사뭇 위협적이었다. 그러나 보성 관아의 군사가 가지고 있는 칼과 창에 비하면 보잘것없었다.

　열선루에서는 보성과 장흥 선비들이 회의를 했다. 보성 출신 선비는 박광전, 임계영, 박근효와 박근제(박광전 아들), 안방준, 임제, 정사제, 소상진, 염세정, 김홍업, 선경룡, 김언립 등 12명이었고 장흥에서는 문위세(박광전 사위), 문영개와 문홍개(문위세의 아들) 백민수(문위세의 사위), 문원개, 문형개, 문희개, 임영개, 양간, 남응길 등 10명이 참가했다. 참석자들은 누구를 대장으로 추대할 것인가부터 논의했다. 가장 먼저 입을 연 임계영은 박광전을 추천했다.

　"모두가 존경허는 죽천공께서 의병대장을 하시믄 좋겠소. 여러분 생각은 으처요?"

"지 생각도 마찬가지그만요."

박광전의 제자 정사제가 동의했다. 장흥에서 온 사위 문위세도 박수로 동조했다. 박광전의 아들 박근효와 박근제는 의견을 내지 않고 지켜보기만 했다. 안방준도 입을 다물고만 있었다. 고령인데다 노환을 앓기 때문이었다. 이윽고 박광전이 말했다.

"나는 전장에 나갈 수 읎을만치 쇠약헌 몸땡이요. 목심이 아까와서 사양허는 것이 아니요. 왜적덜과 싸울라믄 몸도 마음도 건강해서 잘 통솔헐 사람을 대장으로 뽑아야 허요."

임계영이 물었다.

"죽천 성님, 그라믄 성님이 추천을 해주씨요."

"여러 사람의 말을 들어봤는디 삼도공이 적임자요. 인품과 학식이 뛰어날 뿐만 아니라 병법도 능허다고 헌께 말이요."

복내 출신 소상진과 장흥에서 온 문위세의 형제간인 문원개, 문영개, 백민수가 약속이나 한 듯 소리쳤다.

"죽천공 말씸이 옳소! 삼도공을 대장으로 추대헙시다!"

임계영은 참석자 모두의 추대로 전라좌의병 의병장이 되었다. 얼마 전 화순에서 최경회가 전라우의병 의병장에 오른 사실과 비교하면 앞서거니 뒤서거니 하는 셈이었다. 임계영은 즉시 종사관, 참모, 양향관(糧餉官), 훈련관을 지명했다.

군량미를 확보해서 공급하는 양향관은 문위세, 상소문과 의병일지를 쓰는 종사관은 안방준과 정사제 및 박근효, 대장의 지시를 각 부대로 연락하는 참모는 박근제와 임제, 전라좌의병 7백여 명을 훈련시킬 행수훈련관은 최억남이 맡았다.

종사관 안방준은 임계영에게서 첫 임무를 지시받았다.

"안 종사관은 체부를 댕겨오시게."

"예, 대장님."

"보성 관문에서 창의헌 전라좌의병이 남원으로 출병헌다고 체찰사를 뵙고 보고허게."

전라좌의병 창의와 출병을 체찰사 정철에게 보고해야 했다. 임계영은 보고할 사람으로 안방준을 지목했다. 참모들이 체찰사 정철이 있는 공산(公山, 공주)까지 가기를 부담스러워했던 것이다. 왜적이 금산과 무주까지 내려와 있으므로 위험했고, 참모들 모두가 공산까지의 지리에 밝지 못했기 때문이었다. 체찰사가 머물며 군사동향을 감독하는 주영(主營)을 체부(體府)라고 했다. 안방준은 주저하지 않고 말을 타고 공산의 체부로 달렸다.

전라좌의병을 상징하는 장표는 호랑이였다. 그리고 전라좌의병군은 자연스럽게 보성의병, 능성의병, 장흥의병으로 나누었다. 임계영은 참모를 불러 장표인 호랑이 호(虎)자를 세 개의 깃발에 표시하도록 했다. 길고 큰 깃발인 대기(大旗)에는 전라좌의병(全羅左義兵)이란 글씨를 쓰도록 했다. 이윽고 임계영은 열선루로 올라가 7백여 명의 의병들에게 외쳤다.

"막중헌 의병장 중책을 맡게 된 임계영이오. 나는 본시 활 쏘고 말달리는 재주가 읎고 병법도 잘 알지 못허니 이해를 구해불겠소. 의병을 지휘하여 왜적을 물리치는데 어찌 어려움이 읎겠소? 허나 내가 의병장이 된 까닭은 오직 충의지사의 마음을 격려허고 여그 모인 용사덜의 사기를 북돋기 위해서요. 왜적이 금산과 무주는 물론 조선 땅을 유린험시로 우리의 처자식을 살육헐 기세이니 당허고만 있을 수 읎는 일이 아니오? 우리에겐 한 번의 충성스러운 죽음이 있을 뿐이니 이것이 바로 임금님의 은혜에 보답허는 길이요, 땅을 물려준 조상님께 도리를 다허는 일이요. 우리는 시방 남원으로 올라가 왜적이 전라도로 내려오는 것을 막을 것이요."

전라좌의병은 곧 보성읍성을 벗어나 낙안으로 향했다. 낙안을 거쳐 순천부에서 군량을 모은 뒤 남원으로 출발할 계획이었다. 전라좌의병이라고 쓰인 대기와 호(虎)자 깃발이 앞장을 서고 임계영은 뒤따라오는 의병군을 지휘했다.

7월의 불볕더위에 나뭇잎들이 축축 늘어졌다. 산길을 오르는 의병군들은 비 오듯 땀을 흘렸다. 산길 벼랑 밑에 보성강의 지천이 흘렀지만 마음대로 이탈할 수 없었다. 그런데 고개를 하나 넘어가자 바람이 언뜻언뜻 불어왔다. 조양 들판을 건너오는 바닷바람이었다.

의병군은 이동하다가 십리쯤에서 잠깐잠깐 휴식을 취했다. 그때마다 임계영은 연락참모를 통해서 장흥의병과 보성의병, 능성의병에게 명을 하달했다.

"양민덜의 재물에 손을 대지 말라. 명을 어긴 자는 처벌을 면치 못헐 것이니라."

한여름의 낮은 길었다. 해가 기울 무렵, 낙안을 거쳐온 의병군은 순천에 도착했다. 순천은 남원으로 가는 중간요해지였다. 의병군은 순천에 진을 치고 머물렀다. 종사관과 참모들은 임계영 명의로 된 격문을 순천부 부근 고을까지 뿌렸다. 그러자 순천부 수성장으로 있던 장윤이 장정 3백 명을 이끌고 왔다. 장윤은 선조15년(1582)에 무과 급제한 전술과 전략에 능한 장수였다.

임계영은 장윤을 실질적으로 통솔하는 의병군 부장(副將)으로 명했다. 함경도에서 변장(邊將)으로 활약한바 있는 장윤이 합류함으로 해서 지휘체계가 한층 선명해졌다. 전라의병군이 8월 15일 남원에 도착했을 때 의병군의 숫자는 배로 불어나 2천여 명이나 되었다.

그날 밤 남원부사 윤안성은 두 의병장이 의기투합하도록 술자리를 주선했다. 전라우의병장 최경회가 먼저 남원에 와 있었던 것이다. 남원부사 주선으로 회동한 임계영과 최경회는 정사제와 박근효가 보는 앞에서 왜적을 무찌르는데 연합하기로 약조했다. 임계영이 말했다.

"호(虎)자 기와 골(鶻)자 기가 가는 곳에는 한 놈의 왜적도 얼씬거리지 못헐 것이요."

송골매 골(鶻) 자는 전라우의병 장표였다. 전라좌의병과 전라우의병이 힘을 합치면 어느 곳의 왜적이라도 물리칠 것이라는 말이었다.

닷새 후, 최경회의 전라우의병군은 금산, 무주의 왜적을 치기 위해 올라갔다. 전술에 능한 장윤이 그 이유를 임계영에게 보고했다.

"왜적은 금산전투에서 전라도의 고경명 의병군과 충청도의 조헌 의병군을 이기고 나서 간이 배 밖으로 나왔을 거그만요. 이치전투에서 권율 휘하의 조선관군에게 일격을 당헌 뒤 주춤허고 있을 뿐, 어차든지 전라도 공략을 헐라고 노리겄지라. 우리 의병군의 공격 시기는 지금이 적기지라. 권율 장수에게 패헌 왜적은 사기가 쪼깐 떨어져 있을 텐께 말이요."

"우리 의병군도 바로 북진헐 준비를 허씨요. 일휴당과 심을 합쳐야 헌께."

일휴당은 최경회의 호였다.

"남원으로 오는 동안 의병덜에게 전술훈련을 시킴서 행군했그만요, 긍께 따로 훈련시킬 필요는 읎을 거 같그만요."

다음날. 안방준이 공산에서 돌아왔다. 안방준은 바로 임계영의 군막으로 들어가 보고했다. 배석한 정사준이 보고하는 내용을 장지에 받아 적었다.

"대장님, 체찰사를 뵙고 왔그만요."

"고상했네. 체찰사께서는 무고허시던가?"

"예, 전라좌의병이 남원에서 장수로 올라가 왜적의 남하를 막을 것이라고 말씸드렸그만요."

"체찰사께서 뭣이라고 하던가?"

"우리 전략이 사리에 합당허다고 탄복허셨지라. 왜적을 경상도 쪽으로 퇴각시켜야 헌다고 말씸허시드그만요."

"한양 도성 방향보다 경상도 쪽으로 물리친 뒤 왜적을 모다 토벌해야 써."

임계영은 무과 급제자인 장윤이 보고한 대로 지휘했다. 의병장 임계영의 장점은 무관 출신인 장윤에게 전술과 전략을 맡기고 자신은 무기와 군량미를 지원하는 등 지휘 체계를 이원화하고 있는 것이었다. 고경명 의병장처럼 전술과 전략까지 단독으로 결정하고 지휘하지 않았다. 병법에 능하지 못한 의병장이 전투를 지휘할 경우 부하들의 희생이 많을 수밖에 없기 때문이었다.

이윽고 전라좌의병은 전라우의병과 합세하여 금산과 무주에 있는 왜적에게 타격을 가하기 시작했다. 그러자 왜적은 8월 하순 영동으로 퇴각하고 말았다. 전라좌우병 의병군의 첫 승리였다. 그때 경상우도 관찰사 김성일이 임계영에게 전령을 보내 한 통의 편지를 전했다. 편지 내용은 대강 이러했다.

〈김해와 부산을 친 왜적이 합세해서 깊숙이 내달으니 월성은 함락된 지 오래이고 영호남 경계까지 이르렀소. 군사를 이끌고 내려와 먼저 위급한 요충을 막아주시오.〉

때마침 체찰사 정철에게서도 영남을 도우라는 지시가 내려온바 임계영은 전라좌의병을 이끌고 영남으로 진을 옮기고자 결심했다. 남원을 지나 함양을 지나면서 용만(의주)에 머물고 있는 선조에게 상소문을 지었다.

〈전라좌의병장 신(臣) 임계영은 황공하옵게도 전하께 아뢰나이다. 뜻하지 않은 흉독(凶毒)이 성상의 밝은 시대에 생겨나 말로 다할 수 없는 욕을 당하시고 어가가 한양을 떠나 오래 계시는데도 어느 한 사람 칼을 잡고 일어서서 적을 대하지 않아, 여러 고을이 바람을 받아 쓰러지고 인심이 흉흉하여 물과 같이 흐르니…(중략)… 요행을 바라고 살기보다 차라리 죽기를 결심하고 신 등이 의병을 모아 남원을 거쳐 장수까지 올라와 주둔하며 무주의 적을 영동으로 쫓아 보냈습니다만 거리가 너무 멀어 완전 섬멸하지 못한 것은 신 등의 죄라서 만 번 죽어 마땅하옵니다.

사방이 다 왜적의 발아래 짓밟혔으되 오직 호남만이 유일하게 남은 것은 하늘이 도운바 우리 왕조[我朝]가 회복할 기틀을 마련해 주신 거라 생각하옵니다. 마땅히 어가를 따라갈 일이로되 경상우감사 김성일의 지원 요청도 있고 해서 부득이 동쪽으로 향하오나 마음만은 서쪽의 왕실에 있사옵니다.(후략)〉

임계영은 상소문을 종사관 정사제에게 보여주면서 말했다.

"정 종사관이 한 번 읽어보고 수정헐 곳이 있으믄 고치시요."

"구구절절 충의가 넘치는 상소문이그만이라우."

"그렇다믄 정 종사관에게 호위 군사를 두세 명 붙여줄 텐께 시방 임금님께 갖다 바치시요."

여러 명의 종사관 중에서 정사제에게 임무를 맡긴 것은 그가 작년에 문과에 급제한 문사이기 때문이었다. 선조를 배알하려면 적어도 문과 급제자가 되어야만 했던 것이다. 정사제가 의주로 떠난 뒤 안방준은 보성으로 향했다. 안중관이 위중하다는 소식을 연락참모 박근제가 전해주어서였다.

박근제의 주요임무는 군량미 확보를 위해 보성으로 가서 문위세 양향관을 만나는 일이었다. 지난 달 보성에 들렀을 때 매형 문위세를 만나 공무를 본 뒤 조양의 아버지 박광전과 오야마을 안중관의 안부를 살피기도 했던바, 박광전의 건강은 놀라울 정도로 좋아진데 비해 안중관은 몹시 위중했던 것이다.

안방준은 급히 보성으로 돌아가 아버지 안중관을 간병했다. 보성읍 의원을 찾아가 약제를 구해 아침저녁으로 탕약을 올렸다. 안중관은 아들이 옆에 있는 것만으로도 힘이 되는지 차츰 기력을 회복했다.

"아버님, 우리 의병군이 왜적을 영동으로 몰아냈어라우."

"아이고메, 잘헌 일이다."

"흉악헌 왜적을 물리쳤다고 허니 병이 금방 나을 거 같다."

실제로 안중관은 안방준이 고향에 온 지 두 달 만에 기력을 완전히 회복했다. 논밭으로 나가 머슴과 함께 추수를 할 수 있을 만큼 건강을 되찾았다. 세 명의 머슴 중에 두 명을 의병군으로 보낸 바람에 부엌데기 여종까지 일손을 돕는 가을걷이였다.

안방준이 전라좌의병 본진으로 돌아왔을 때는 10월 말이었다. 임계영의 상소문을 들고 의주를 갔던 정사제는 돌아와 있었다. 그러니까 정사제는 천신만고 끝에 10월 10일 의주에 도착하여 선조에게 상소문과 왜군 장수의 수급을 바치고 20일 만에 무사히 돌아온 셈이었다. 이제 전라좌의병은 거창을 지나 합천까지 진출하려고 했다. 경상도 의병장 정인홍과 합세하여 성주성을 치려고 했다.

성주성 공격은 두 번이나 실패한바 있었다. 정인홍, 김면 의병장 및 운봉 현감 남간과 구례 현감 이춘원 등이 합천에서 작전회의를 한 뒤 8월 21일 성주성 남쪽으로 진출했지만 개령에 주둔하고 있던 왜군이 공격해 왔기 때문에 중과부적으로 서둘러 후퇴한 적이 있었다. 정인홍과 김면은 흩어진 산졸들을 수습하여 9월 10일 다시 성주성을 공격했으나 실패하고 말았다. 사기가 저하돼 있었고, 공격 준비가 용의주도하지 못해서였다.

김면은 임계영과 최경회에게 또 다시 성주성을 공격하려고 하니 지원군을 요청하는 편지를 보냈다. 정인홍은 임계영에게 하루 동안 세

차례나 지원군 요청의 편지를 전령 편에 띄웠다. 드디어 임계영은 12월 1일 의병군을 이끌고 성주로 향했다. 이동 중에 왜적 일부가 성주성을 나와 개령을 가는 것을 알고 부상현에서 매복해 있다가 왜군 20여 명을 사살하는 전과를 올렸다. 성주성 안에는 왜적 6백 명이 주둔하고 있었다. 1만여 명에서 다 빠져나가고 일부만 남아 있었다. 반면에 의병군은 5천여 명으로 군세가 월등했다. 의병군은 성 밖에서 서두르지 않고 지구전을 폈다. 성 안의 왜적은 더 견디지 못하고 탈출하기 시작했다. 왜장이 서문으로 도망치려다가 팔이 부러져 성안으로 되돌아가기도 했다. 왜적들의 사기는 더욱 곤두박질쳤다. 12월 10일 의병장 작전 회의에서 총공격 일을 12월 14일로 잡았다. 그리고 왜군 지원군을 차단하기 위해 산길 요해지에 장윤을 보냈다. 과연 12월 13일 산자락에 매복하고 있던 장윤 의병군은 왜군 지원군 2백여 명을 죽이고 포로로 잡혀갔던 양민 4백여 명을 데리고 돌아왔다. 사기가 충천한 영호남 의병연합군은 14일 정오에 일제히 성을 넘어가 공격했다. 왜군 일부는 몰래 선산 방면으로 도망쳤다.

"왜적덜을 놓치지 말고 쫓아가 목을 베어 오라."

임계영의 지시를 받은 별장 소상진과 남응길이 왜군을 추격했다. 그러나 말을 타고 도망가던 왜군이 뒤돌아서 조총을 쏘는 바람에 소상진이 이마에 피를 흘리며 말에서 떨어졌다. 뒤이어 남응길도 총에 맞아 가슴을 움켜쥐고 전사했다. 임계영은 분개하며 눈물을 흘렸다.

마침내 왜군 잔병들은 더 버티지 못하고 선조26년 정월 보름날 한밤중에 성문을 열고 퇴각했다. 의병군은 왜군의 퇴로를 막지 않았다. 성주성 왜군과 싸운 지 세 번째 만에 승리한 전투였다. 임계영은 또 상소문을 올렸는데, 성주성 수복과 별장 소상진과 남응길의 전사를 알렸고 장윤과 최억남의 전공도 기록해 포상을 건의했다.

성주성에 주둔하던 전라좌의병은 선조26년(1593) 선산의 왜군도 토멸하기로 작전을 세웠다. 3월 26일 오전 10시를 기해 공격을 시작했다. 그러나 왜군이 성문을 열고 나오지 않자 전투는 이어지지 못했다 임계영은 4월 5일 가랑비와 안개로 앞이 잘 보이지 않는 날을 택해 다시 공격했다. 의병군 수백 명을 성 아래 매복시켜 놓고 꽹과리와 북을 쳐서 왜군을 유인했다. 그런 뒤 좌우에서 공격하니 왜군은 꼼짝 못하고 그 자리에서 당했다. 왜군 전사자는 무려 4백여 명이나 되었다.

결국 왜군은 더 버티지 못하고 4월 15일 아침에 상주와 함창 방면으로 퇴각하고 말았다. 이로서 선산, 개령, 성주 등의 왜군을 완전히 물리치자 피난을 떠났던 지역 양민들이 차츰 되돌아왔다. 종사관 정사제와 안방준, 박근효는 이와 같은 전공을 서로 의논하고 수정하면서 사실대로 낱낱이 기록해 의병장 임계영에게 올렸다.

2차 진주성전투

전라좌의병이 보성을 떠난 지 9개월째였다. 의병군은 다음 작전을 위해서 성주성에서 전열을 재정비하고 있었다. 안방준은 그동안 잊고 있었던 파산의 스승 성혼에게 편지를 썼다. 의병 소식과 스승의 안부를 묻는 편지는 양민 정군(鄭君)을 통해서 옷 한 벌과 함께 스승의 파산 집까지 보낼 수 있었다. 이에 성혼의 답장은 5월 중순쯤 안방준에게 전해졌다. 성혼이 답장을 쓴 날짜가 4월 29일이니 보름만의 일이었다. 안방준은 장맛비가 내리는 탓에 어둑한 임시군막에서 스승의 답장을 읽어 내려갔다.

〈사언에게 답장하네.
나는 좋지 못한 시대에 태어나서
이 난리를 만나 만 번의 죽을 고비에서 겨우 살아남았네.
그대의 편지를 거듭 읽고 나니 슬프면서도 위로가 되네.
의병에 종군하는 여러 상황이 대강 편안하다고 하니,
천리 멀리서 온 기쁜 소식으로 무엇이 이보다 더하겠는가.
나는 중병에도 죽지 않아 늘 이치를 거스를까 두려워했는데,

지금 이후로는 망국의 비통함까지 두루 맛보면서

온갖 고난을 겪을 것 같네.

지난해 10월 성천으로 들어갔고 11월에는 의주에 이르렀으며,

금년 1월에는 정주를 나와 3월에는 영유에 이르렀는데,

비변사 당상관으로 참여하고 있지만 병으로 봉직치 못할 만큼

뼈가 날로 앙상하고 바짝 여위어 지탱할 수가 없네.

도성을 수복할 날 기다렸다가 개천이나 수렁에서 죽으려 하네.

그런데 선왕의 침원과 두 능(陵)에

왜적이 저지른 변고는 신하로서 차마 말할 수 없는

지극히 애통한 일이어서 감히 정고(呈告)치 못하고

우선은 나와서 일을 보고 있네.〉

침원(寢園)이란 왕세자나 세자빈 및 왕의 친척 등의 산소(山所)를 뜻
했다. 그리고 벼슬아치가 휴가를 신청하는 일을 '정고'라고 했다.

〈편지로 의병 중에서 전투를 잘한 두 명장을 말하였는데,

진영에서 죽은 소상진은 이미 관직을 추증하였다고 하네.

전 만호 장윤은 반드시 의병장이 공적을 갖추어

조정에 아뢴 뒤에야 사실에 근거해 표창, 승진시킬 수 있고

지금처럼 편지만으로는 시행하기 어렵다네.

이는 병조(兵曹)에서 나온 말이네.(중략)

천병(天兵, 명나라 군대)은 개경을 수복했으면서도

조금 겁을 먹고 물러나 끝내 왜적과 화친을 맺었네.

도성의 왜적들이 강화(講和)에 따라 물러가자

관군과 천병은 이미 도성으로 들어왔다네.

원수인 왜적을 섬멸치 못하고 그들을 온전히 떠나게 하니,

분통이 터져 죽고 싶은 심정이네.(중략)

보낸 편지를 가지고 정군이 왔으나 병으로 만나지 못했네.

다시 오기로 했으니 응당 내 소회를 부쳐 돌려보낼 것이네.

남은 사연은 이만 줄이네.

바라건대 전쟁이 조금 진정되면 힘써 학문하고 자신을 아껴

덕과 학업을 닦아서 향리의 평범한 사람이 되지 말게나.

간절히 빌고 비네. 깊이 살펴주게나.

　　　　　　계사년(1593) 4월 29일 혼 씀.〉

안방준은 즉시 대장군막으로 가서 임계영에게 성혼의 편지 내용을 보고했다. 명나라 장수와 왜장 간의 강화에 따라 왜군들이 한양 도성을 물러갔으며, 장윤 부장의 전공은 병조 의견인데, 의병장이 직접 상소문을 올려야 표창하고 승진할 수 있다는 것을 알렸다. 장윤은 작년 12월 성주성전투의 전공으로 이미 사천현감에 제수됐지만 올해 치른 선산성전투의 공로는 반영이 안 된 상태였다. 임계영이 말했다.

"상소문을 쓰기는 쉬우나 갖고 올라가기가 심들어서 못허고 있는 것이네."

"아무 참모라도 갖고 올라가믄 되겠지라우."

"소상진 별장은 전사했기 땜시 바로 관직을 추증헌 거 같네. 올해 선산성전투에서도 전공을 세운 장윤 부장의 표창은 아조 까다롭그만. 장윤과 달리 한 번도 표창을 받아보지 못헌 최억남 별장은 섭섭헐 테고."

"글고 본께 최억남 별장도 베슬을 받아야겄그만이라우."

"그란당께."

"도성은 지가 댕겨올게라우?"

"왜적덜이 한양에서 물러났다고는 허지만 으디서 진을 치고 있는지 모르네. 긍께 위험허다네."

"한양 부근에 주둔허고 있겄지라우."

"상소 말고 다른 방법이 있는지 모른께 쪼깜 지다려 보게."

대장군막을 나온 안방준은 의병들이 성 밖으로 나가는 모습을 보고 미소를 지었다. 전투를 하기 위한 복장이 아니라 양민들의 일손을 도와주려는 모습이었다. 의병들 손에는 칼이나 창 대신에 호미와 괭이를 들고 있었다. 5월은 바쁜 농사철이었다.

보름 뒤. 안방준은 임계영의 부름에 대장군막으로 갔다. 대장군막에는 정사제와 박근효, 박근제도 먼저 와 있었다. 필시 참모들 간에 회의가 있을 것이 분명했다. 안방준을 보자마자 임계영이 말했다.

"도체찰사께서 남원에 와 겨신다는 연락을 받았네. 상소문을 하나 올릴려고 했는디 그럴 필요가 읎어졌네. 도체찰사께 보고서를 작성해서 올려도 된께 말이네. 보고서는 내가 새복에 썼네."

"도체찰사께서 남원에 무신 일로 오신게라우?"

"진주를 칠라고 허는 왜적덜 동향을 살필라고 오신 거 같네."

지난해 10월 김시민 막하의 진주성 관군과 성민들이 분투하여 2만

명의 왜군 공격을 물리쳤는데, 이번에 또 공격하는 것은 왜왕 도요토미 히데요시가 김시민의 목을 가져오라고 명을 내렸기 때문이었다. 그러나 김시민은 치열한 공방전을 벌이던 그때 순절하고 없었다.

"자, 도체찰사께 올릴 보고서를 한번 읽어보게."

"예, 대장님."

도체찰사 정철에게 올리는 보고서의 내용은 짧았다.

〈작년 11월 3일 이전의 전공에 대해서는 조정에서 은전(恩典)이 내렸으나 그 뒤의 공로는 아직도 이렇다 할 시상이 없으니 다시 한 번 살펴주시기 바랍니다. 특히 최억남은 장윤과 함께 많은 전공을 세웠으니 각별히 유념해 주셨으면 합니다. 계사년(1593) 5월 24일 전라좌의병 의병장 임계영 올림〉

작년 11월 3일 이전의 전공이란 금산과 무주전투에서 장수들이 세운 공로를 뜻했다. 그런데 작년 12월의 3차 성주성전투와 올해 3월과 4월에 걸친 선산성전투 승리에 대한 시상이 아직 없으며, 여러 전투에서 분투했던 최억남은 아무런 표창이 없으므로 살펴달라는 보고서였다.

드디어 전라좌의병은 6월 5일 함안으로 급히 내려갔다. 함안에는 창의사 김천일, 경상우병사 최경회와 충청병사 황진 등이 먼저 와 있었다. 진주성전투 전에 전략을 짜기 위한 회동이었다. 왜군 10만 명이 진주성으로 몰려오고 있으므로 화급했다. 창의사 김천일은 즉시 회의를

주도했다. 선조가 처음으로 제수한 창의사란 우두머리 의병장으로서
정2품 도원수 급이었다.

"정철 도체찰사와 권율 전라순찰사께서는 입성하지 말고 밖에서 싸
우라고 당부허요. 왜군이 대군이기 땜시 그란 거 같소. 곽재우, 정인홍,
김면 등 경상도 의병장덜은 두 분 의견에 동조허고 있소. 허나 우리덜
은 입성해서 성을 지켜야 헐 이유가 있소. 진주성은 호남으로 가는 관
문이요. 진주성이 넘어가믄 호남도 넘어가는 것이요. 긍께 우리덜은 진
주성으로 들어가 싸워야 허요."

"창의사 나리 의견을 따르겠소."

"그라믄 몬자 지휘체계를 정해야 허요. 여러분께서 의견을 내시요."

"창의사 나리께서 총대장을 허시고 나머지 직책은 직접 임명허시믄
으쩔께라우?"

"좋소."

그 자리에서 정2품의 김천일이 총대장, 종2품인 경상우병사인 최경
회가 부대장, 충청병사 황진이 순성장의 임무를 받았다. 순성장이란 군
마를 타고 성 안을 돌면서 군사들이 잘 싸울 수 있도록 독전하는 장수
였다. 그래서 독전장이라고도 불렸다. 그런데 임계영은 전라좌의병을
둘로 나누었다. 장윤이 지휘하는 정예 전투의병 3백 명이 입성하고, 나
머지 의병들은 임계영 막하에 남아서 군량 지원과 무기조달을 하기로
했다. 별장 최억남은 임계영을 보좌하는 쪽으로 정리했다.

회의가 끝나자마자 전라도 의병군들이 계속 합류했다. 광양에서 온
강희보와 강희열 형제의병장이 이끄는 의병군들은 범 표(彪)자 장표가
쓰인 깃발을 들고 있었다. 광주의 고경명 아들인 고종후 복수의병장,

강진의 황대중 의병장, 해남의 임희진 의병장, 영광의 심우진 의병장, 장성의 김극후 의병장, 정읍의 민여운 의병장, 태인의 이계련 의병장 등도 의병들을 이끌고 왔다.

총대장이 된 김천일은 망설이지 않았다. 전라도 의병연합군 선두에서 불편한 다리를 절룩이며 말에 올라탔다. 아들 김상건이 말고삐를 잡고 있었다. 말 등에 탄 김천일이 임계영에게 말했다.

"천군이 상주에 와 있다고 허요. 왜적덜이 천군의 군세를 안다믄 함부로 공격허지 못헐 것이오."

"진주성 관군과 의병, 성민이 안에서 지키고 뒤에서 황제님의 천군이 공격헌다믄 왜적덜은 버티지 못허고 물러갈 것이오."

최경회도 자신만만하게 말했다.

"왜적 10만이지만 우리는 6만이요, 천군은 4만이라고 허니 우리는 얼마든지 수성헐 수 있을 것이오."

김천일과 최경회는 명나라 이여송 제독의 군사 4만 명을 믿었다. 그들은 충주에서 상주까지 내려와 있었다. 김천일은 전라도 연합의병군을 거느리고 곧 진주성으로 향했다. 왜군부대들이 시시각각 이동해오고 있으므로 한시도 지체할 수 없었다.

김천일이 떠난 뒤 임계영은 최억남을 장윤이 맡았던 부장으로 임명했다. 정사제, 박근효, 안방준은 여전히 종사관으로서 임계영을 보좌했다. 그날 밤. 안방준은 대장군막으로 가서 임계영을 만났다.

"대장님, 드릴 말씸이 있그만요."

"뭣인가?"

"진주성에 있던 천군 20명이 성을 나갔다고 허그만요."

"그래서 으쨌다는 말인가?"

"이여송 제독의 군사가 우리를 돕지 않을 거 같아라우. 이 제독은 싸우는 시늉만 험시로 명으로 돌아갈 궁리만 허는 거 같아라우."

"이런 얘기는 함부로 허지 말게."

임계영은 안방준에게 입단속을 당부했지만 마음속으로는 자신도 이여송에 대한 의심을 지우지 못했다. 평양성전투에서 왜적을 몰살시킬 수 있었는데도 전투를 회피한 채 도망치는 그들을 살려주었던 것이다. 남의 나라 싸움에 끼어들지 않겠다는 것이 이여송의 태도인 듯했다. 왜장과 화친이나 교섭을 주도해온 이여송이었으므로 불신하지 않을 수 없었다.

안방준의 예감은 맞아떨어졌다. 이여송의 명군은 진주성으로 오지 않고 슬그머니 물러가버렸다. 천군이 지원군으로 올 것이라고 굳게 믿었던 김천일과 최경회는 낙심하지 않을 수 없었다.

진주성을 지키는 군사가 6만 명이라고는 하지만 대부분 무기를 다룰 줄 모르는 성민들이었다. 관군과 의병은 1만여 명에 불과했다. 반면에 왜군은 전투경험이 많은 10만 명의 대군이었다. 왜군은 진주성 밖의 해자를 흙과 돌로 메우면서 성벽 가까이 공격해 왔다.

겁이 많은 진주목사 서예원은 관군과 성민들을 하나로 묶지 못했다. 의병장들은 그를 믿지 않고 독자적으로 판단하며 수성전을 폈다. 그러나 중과부적이었다. 성 안을 돌며 싸우던 순성장 황진이 먼저 왜군의 조총을 맞고 쓰러졌다.

총대장 김천일은 성 안 지리에 밝은 서예원을 순성장으로 임명했으나 곧 장윤으로 교체했다. 그때는 이미 동문이 부서져 왜군부대가 괴성을 지르며 들어오고 있었다. 왜군과 정면으로 맞서 싸우던 순성장 장윤도 끝내 조총에 쓰러졌다. 장윤마저 전사하자 의병들은 왜군의 인해전술에 점점 남강 쪽으로 밀렸다. 김해 부사 이종인은 가까이 다가온 왜군 두 명을 껴안고 남강으로 뛰어들었다. 김천일도 촉석루 아래로 절룩거리며 내려갔다. 잠시 후, 퍼렇게 흐르는 강물이 김천일을 삼켰다. 이른 본 최경회도 자신의 몸을 남강에 던졌다. 김천일과 최경회를 따르던 부장과 별장, 의병군들이 남강에 뛰어들었다. 때 아닌 돌풍에 나뭇잎이 흩날리듯 했다. 9일 낮밤 혈전 끝의 비통하지만 거룩한 순절(殉節)들이었다. 6월 29일. 진주성 관군과 의병군, 성민들은 목숨을 아끼지 않고 분투했지만 왜군에게 성을 내주고 말았다.

성 밖에서 소식을 들은 임계영은 잠시 실신했다. 최억남의 부축을 받고 일어난 임계영은 땅바닥에 주저앉아 통곡했다.

"함께 싸우다 죽지 못헌 것이 한이로구나!"

그러나 임계영은 다시 일어나 의병들을 모으고 조직을 정비했다. 최억남을 부장으로 삼고 왜군에게 타격을 가할 전술을 궁리했다. 그러는 동안 비록 진주성을 내주었지만 9일 동안의 공방전에서 '왜군 3만여명 살상'이라는 보고를 받았다. 살아남은 진주성 성민이 가져온 첩보였다.

"대장님, 진주성 왜적덜이 거제와 고성으로 물러가고 있십니다."

"왜적덜도 피해를 크게 입고 버틸 자신이 읎어진 것이여."

임계영은 안도했다. 김천일의 판단이 옳았던 것이다. 김천일은 '지금의 호남은 국가의 근본이 되어 있고, 진주는 호남과 가까운 밀접한 곳이니 실로 순치(脣齒)의 관계이다. 진주가 없어지면 호남 또한 없어지고 말 것이다. 진주성을 비움으로써 왜적을 피할 수 있다는 것은 계책이 될 수 없다'고 주장했던 것이다.

임계영은 12월에 진을 하동으로 옮겼다. 가장 큰 이유는 전라도를 지키기 위해서였다. 다음해 2월 임계영은 왜군을 섬진강변으로 유인해 모래바람이 이는 순간 기습전으로 크게 이겼다. 그러나 4월에는 조정의 의병 통합지시로 김덕령에게 휘하의 의병을 넘겨준 뒤 햇수로 3년, 만 2년 만에 전라좌의병군을 해체하고 보성으로 돌아왔다. 종사관인 정사제, 박근효, 안방준도 김덕령 휘하로 가지 않고 임계영을 뒤따랐다.

편지와 누비솜옷

작년 겨울에 목화에서 뽑아낸 솜의 분량은 이불 한 채를 만들기에는 부족하고, 어른 누비솜옷 한 벌을 짓기에는 충분했다. 지난여름에 안중관이 머무는 사랑방에 이미 이불 한 채를 만들었기 때문이었다. 오는 가을에 목화밭에서 새 솜을 수확하겠지만 그것으로 옷이나 이불을 만들기에는 여유가 없었다. 안방준은 겨울이 오기 전에 누비솜옷 한 벌을 파산에 계시는 스승 성혼에게 보내려고 했다. 아버지 안중관에게 허락을 받아놓았으므로 손누비를 꼼꼼하게 잘하는 사람을 수소문했다. 물론 그 일은 주로 아내가 했다.

"시안이 오기 전에 보내야 허겠는디."

"이웃 마실까지 돌아댕겨 봐도 손누비를 꼼꼼허게 잘허는 아짐이 읎어라우."

"읍에 가믄 있을지 모르겄소. 사람덜이 많이 모여 산께."

"근디 지는 거그쪽 사람덜은 잘 몰라라우."

"아, 글고 본께 읍에 손누비 잘허는 사람이 있다는 말을 들은 것도 같으요."

"찾아보시씨요."

"향교에 나가서 한 번 알아볼텐께 임자도 또 알아보씨요."

"내년에는 아버님도 누비솜옷을 한 벌 해드려야 헌께라우."

아내는 시아버지 안중관의 생신날 선물로 누비솜옷 한 벌을 생각하고 있었다. 내년 여름까지 누비솜옷을 한 벌 준비해 두었다가 시아버지에게 드리려고 했던 것이 아내 경주 정씨의 속마음이었다. 늦가을부터 꺼내 입는 안중관의 헌 누더기 솜옷을 볼 때마다 공연히 죄를 짓는 듯했던 것이다. 게다가 안중관은 삭풍이 부는 한겨울만 되면 유난히 추위를 탔다.

안방준은 보성향교로 나가 손누비를 맵시 있게 잘하는 과수 집을 바로 찾아냈다. 바느질을 잘하는 과수 집은 바로 향교 건너편에 있었다. 알고 보니 주로 향교 교생들이 주문한 옷을 만들어주고는 생계를 꾸려온 과수였다.

향교에 갓 입학한 어린 교생을 앞세우고 과부 집으로 간 안방준은 바느질삯을 묻지도 않고 부탁했다.

"누비솜옷 한 벌인디 옷감과 솜은 갖다주겄소."

"요새 일꺼리가 읎었는디 고맙지라우. 난리가 남시로 일꺼리가 뚝 끊어져부렀지라."

"시방 바로 보내겄소."

어린 교생이 어깨를 으쓱하며 말했다.

"왜적허고 싸우고 오신 종사관님인께 잘해주쇼잉."

"내 옷이 아니라 스승님 옷이네."

"죽천 선상님 옷인게라우?"

"죽천 선상님도 내 스승님이고 파산에 겨시는 우계 선상님도 내 스

184

승님이네."

안방준은 집으로 돌아와서 바로 머슴을 시켜 보성향교 건너편 과수
집으로 옷감과 솜을 보냈다.

보름 후. 머슴이 보성읍성으로 나가 누비솜옷 한 벌을 찾아왔다. 이
미 바느질삯을 주었기 때문에 따로 셈할 필요는 없었다. 안방준은 즉
시 편지와 누비솜옷 한 벌을 한양 도성의 솔고개에 있는 성혼의 집으
로 보냈다. 난리 중이므로 파산의 집보다는 솔고개 집으로 보낼 수밖
에 없었다. 성혼이 어디에 있더라도 도성을 드나들며 솔고개 집에 다
녀가기 때문이었다. 아니면, 제자들이 이리 저리 옮겨 다니는 성혼에게
곡식이나 필요한 물건을 전해주기도 했던 것이다.

성혼의 답장은 을미년(1595) 이른 봄에 왔다. 실제로 답장을 쓴 때는
을미년 정월 하순쯤이었을 터였다. 안방준은 늘 그랬던 것처럼 스승의
답장을 서너 번이나 반복해서 읽었다. 행간마다 스승의 정이 듬뿍 느
껴졌다.

〈사언에게 답장하네.
계사년 봄에 영유(永柔, 평남 평원)의
행조(行朝, 행재소)에서 그대의 편지를 받아보았네.
읽어보니 반갑고 위로되어 곧바로 편지를 써서 사례하였네.
이후 2년 동안 남쪽 소식이 막혀 그리워할 뿐이었는데,
떠돌던 타향에서 그대 편지를 보게 될 줄 어찌 생각했겠는가.
펼쳐서 여러 번 읽고 감탄을 금치 못하였네.

편지는 두 통이었는데 모두
계사년 갑오년(1594) 10월에 발송한 것이었네.
두 통 잘 받았고, 내용이 간곡하여 더욱 감사하고 기뻤네.

어버이 모시고 두루 평안하다고 하니 난세에 좋은 소식이네.
이 밖에 무엇을 더 바라겠는가. 경하 드리네.
편지를 받은 뒤로 해가 바뀌었는데 어버이 모시는 일이
다복하리라 생각하네. 사모하는 마음이 더욱 깊네.

나는 아직까지 가쁜 숨을 연장하고 있네.
작년 9월 은명(恩命, 임금의 명령)을 받고 관직을 떠났네.
물러나 개천이나 수렁에서 죽어야 하는데
머물 곳이 없어서 임시로 연안(延安)의 해변에서 살고 있네.
가난과 질병이 서로 찾아들고 굶주림과 피곤이 심각하다네.
처자식이 천리 밖 의주에 있으니, 늙고 병든 이 외로운 신세는
장차 고향으로 돌아가 밭을 갈면서
아침저녁으로 죽기를 기다리려고 하네.
누추한 집은 옛터보다 어둡고 여우와 토끼가 뜰에 서성거리니,
인적도 없는 빈 골짜기에서 머물기는 어려울 듯하네.
근자에 또 내가 중죄를 얻을 것이라고 들었네.
지금 거적을 깔고 어명을 기다리고 있는데, 혹 전하의
너그러운 은총 입어 관작을 고쳐 양민 삼는 것으로 그친다면,
고향으로 돌아가 죽고 싶네. 이렇게 된다면 참으로 좋으리.〉

중죄(重罪)란 선조가 파천 중에 임진강을 건너갈 때 파산에 살던 성혼이 나와 보지 않았다는 것이었다. 그런데 사실인즉 선조의 행차가 지나간다는 말을 듣고 성혼은 곧바로 임진강 가로 달려갔으나 이미 나룻배가 끊겨져 건널 수 없었음이었다. 둘째는 성천에 있던 왕세자를 먼저 만나고 나중에 의주의 행재소로 와서 선조를 뵈었다는 것이었다. 이를 두고 참소하는 자들이 "성혼은 처음부터 기꺼이 난에 달려가지 않았다. 그가 입조한 것은 왕세자에게 양위하는 것을 도모코자 한 것이다."라고 모함하여 선조의 심기를 불편하게 했다. 이와 같은 오해와 모함으로 스승의 처지가 어려워질 것도 같아서 안방준은 안타깝고 답답한 나머지 눈물을 흘렸다. 그러나 성혼이 보낸 누비솜옷을 잘 받았다는 감사 표시에 눈물을 닦고 마음의 평정을 되찾았다.

〈늘 그대의 지극한 정을 입었는데
천리 먼 이곳까지 염려하여 새 누비솜옷을 부쳐주니,
은혜엔 감사하나 부끄러운 마음은 말할 수가 없네.
나는 그대에게 인사를 하나도 하지 못했건만,
그대의 두터운 마음은 갈수록 더욱 깊어지니,
보답할 길은 없고 다만 속마음에 깊이 간직할 뿐이네.
매우 감사하면서도 부끄럽고 한탄스럽네.
(중략)
지금 세상은 재앙으로 죽어나가고 사람마다 머물 곳을 잃어
길거리에서 떠도느라 굶주려 빈사상태에 빠져 있네.
그런데 그대는 고향 마을에 안주하며 머물러 살 곳이 있으니

매우 부럽고 경하해 마지않네. 오직 자신을 아껴서
어버이를 봉양하고 주경야독하여 학문에 힘쓰려는 뜻을
조금이라도 퇴보시키거나 옮기지 말게나.
나의 간절한 소망은 이보다 큰 것이 없네.(하략)

　　을미년(1595) 정월 20일 혼 씀〉

안방준은 '학문에 힘쓰라'는 성혼의 당부에 그동안 가지 않았던 우
계정을 생각했다. 대원사 초입의 우계정에는 첫 스승 박광전이 은거하
면서 강학을 열고 있었던 것이다. 안방준은 누비솜옷 한 벌을 준비해
우계정으로 향했다. 예전에는 걸어서 갔지만 이번에는 말을 타고 갔다.
보성읍성 오야마을에서 우계정까지 말을 탔지만 정오가 지나서야 겨
우 도착했다. 우계정 마루에 오른 안방준이 큰절을 한 뒤 보따리를 풀
면서 누비솜옷을 내밀었다. 박광전이 깜짝 놀랐다.

"다음부턴 이런 것은 가져올지 말게. 난리 중에 솜옷맹키로 귀헌 것
이 으디 있겠는가?"

"목화밭에서 나온 솜을 쬐끔썩 모아났다가 지은 옷이그만요."

"나는 고향으로 내려와 요로코름 잘 살고 있네. 허나 파산의 우계(牛
溪)는 안주허지 못허고 떠돌아 댕기는 처지라고 허니 을매나 고상이 심
허겄는가. 앞으로 솜이 더 생기거든 우계헌테 보내게."

"작년 가실에 누비솜옷을 우계 선상님헌테 보냈그만요."

"참말로 잘했네. 잘했어. 떠돌아 댕기는 사람덜을 보면 행색이 말이
아니네. 상거지가 따로 읎어. 옷이라도 반듯허게 입고 있어야 선비의
체통이 서지."

"옷이 체통을 세워준다는 말씸을 듣고본께 우계 선상님께 연민이 더 들그만요. 허지만 제자의 도리일 뿐이지라우."

"사서삼경을 앞뒤로 달달 외운다고 모다 사람이 되는 것은 아니네. 배우는 것보다 행허는 것이 에럽다네."

"배우기보다 행허는 것이 에럽다는 말씸, 영념허겄습니다요."

"시상이 혼탁헌 것은 좋은 말씸이 읎어서가 아니네. 공자 왈, 맹자 왈은 차고 넘치지. 도리를 실천허는 선비가 드물어서 혼탁헌 벱이여."

안방준은 박광전에게 송구할 만큼 칭찬받는다는 생각이 들어 화제를 돌렸다.

"선상님, 왜적이 다시 쳐들어오지 않을께라우?"

"왜적이 부산이나 울산 부근까지 물러가 있다고 허네. 긍께 다시 쳐들어올 수도 있는 것이네."

2차 진주성전투 이후 왜군 부대들이 왜국으로 철수하지 않고 울산성이나 부산성에 주둔하고 있는 것은 사실이었다. 왜수군도 마찬가지였다. 이순신 통제사가 남해의 제해권을 쥐고 있으므로 경상도 해안에만 웅거하고 있는 형국이었다.

"으째서 왜국으로 물러가지 않고 있을께라우?"

"왜왕이 철수 명령을 내리지 않은께 이러지도 저러지도 못허고 있을 것이네."

"지 생각으로는 또 다시 왜적덜이 쳐들어올 거 같그만요."

"왜왕은 야욕이 많아서 그렇다고 봐야 허네."

"왜적이 또 쳐들어온다믄 선상님께서는 어쩌케 허실랍니까요?"

"내가 여그 있는 것은 강학도 강학이지만 그때를 대비허고 있는 것이네."

"무신 대비를 허신다는 겁니까?"

"우계정이 의병창의소가 될 것이네."

"선상님께서는 짚은 뜻을 갖고 겨시그만요."

의병창의소란 의병을 모병하는 곳을 뜻했다. 그러니까 격문을 돌려 의병들이 모여들게 하는 곳으로 우계정을 활용하겠다는 것이 박광전의 계획이었다.

안방준은 성혼에게 또 편지와 함께 새 옷을 보냈다. 그러자 파산으로 돌아온 성혼이 병신년(1596) 8월 16일에 쓴 답장을 보내왔다. 안방준의 나이 24세, 정유재란이 발발하기 1년 전의 일이었다.

〈사언에게 답장하네.

어버이 모시고 학문하는 생활이 편안하고 좋은가?

천리 밖에서 그리움만 들 뿐 소식이 통하지 않으니 한탄스럽네.

나는 이제 고향땅으로 돌아왔으나

뼈만 앙상하게 남아 죽어가고 있으니 굳이 말할 것도 없네.

오늘 담양에 사는 김수재(金秀才)를 만났는데,

스스로 그대와 교분이 깊다고 말하기에

대략 이렇게 편지를 부쳐서 나의 깊은 정회(情懷)를 전하네.

갑오년(1594) 겨울, 연안에 있을 때 그대의 편지를 받아보았네.

아울러 새 옷을 받고도 사례하지 못하니 부끄러울 뿐이네.

살펴주게나. 삼가 편지를 보내며 이만 줄이네.

　　병신년(1596) 윤8월 16일 혼 씀〉

　박광전과 안방준이 평소에 나누었던 대화처럼 왜왕은 야욕을 곧 드러냈다. 강화교섭의 전권을 쥔 명나라 장수 심유경이 오사카로 건너가 왜왕 신하들과 강화교섭을 벌였으나 병신년 9월에 결렬되었던 것이다. 왜왕 도요토미 히데요시의 조건은 명나라 황녀를 후비(后妃)로 보내고 조선 남부 4개도를 왜국에 할양할 것 등 명나라와 조선이 용납할 수 없는 조건들을 제시한바 도저히 타결할 수 없었던 것이다. 그런데도 심유경은 교섭조건을 숨긴 채 명 황제와 왜왕을 동시에 기만하면서 차일피일 끌다가 파탄에 이른 결과였다.

　조선 역시 그동안 김응서와 고니시 유키나가, 사명대사와 가토 기요마사가 은밀하게 협상을 진행했지만 합의에 이르지 못했다. 왜측이 조선 왕자를 인질로 왜국에 보내라는 등 무리한 요구 조건을 제시했으므로 거절할 수밖에 없었던 것이다.

　결국 왜왕 도요토미 히데요시는 다시 조선을 침략하기 위해 정유년(1597) 2월 21일, 왜군 14만 병력을 편성한 뒤 재침략, 즉 정유재란을 일으켰다. 지병을 숨겨온 왜왕은 눈앞에 어른대는 염라대왕의 손짓을 보았지만 끝내 자신의 헛된 정복욕을 꺾지 못했다.

왜왕의 야욕

　　임진년에 침략한 왜군은 전라도만 점령하지 못했다. 경상도, 충청도, 경기도, 강원도, 황해도, 평안도, 함경도를 짓밟았지만 전라도만 그러지 못했던 것이다. 전쟁 초기에 이순신 전라좌수사가 남해의 해로를 틀어막았고, 권율 광주 목사가 이치전투에서 전주로 가는 육로를 방어했기 때문이었다.

　　지병을 숨겨온 왜왕 도요토미 히데요시는 조급했다. 그가 정유년에 재침을 명령한 이유는 한 마디로 전라도 정벌이었다. 그것이 아니라면 대규모 왜군부대를 전라도로 보낼 리가 없었다. 선조30년(1597) 8월부터 14만 왜군은 왜왕 히데요시의 명령에 따라 우군과 좌군으로 나누어 전라도를 향해서 진격을 시작했다. 7월 15일 칠천량해전에서 원균의 조선수군을 궤멸시킨 왜수군도 전라도 가는 육로로 올라와서 거침없이 진군했다. 안중묵이 우계정 박광전에게 달려와 전했다.

　　"선상님, 원균 통제사가 칠천량에서 대패했습니다요."

　　"왜적덜이 인자 맘 놓고 전라도로 쳐들어 오겄그만."

　　"남원성을 포위허고 있다는 통문이 향교에 왔어라우."

　　"그라믄 여그도 미구에 화를 입겄네."

"지 생각인디 여그도 두어 달이믄 왜적덜이 나타날 거 같그만요."

안중묵은 병서와 지리에 밝아 왜군부대의 이동속도를 감안해서 전라도 내륙지방에 도착할 때를 짐작할 줄 알았다. 보병부대의 하루 이동거리를 알고 있기 때문이었다. 왜군은 안중묵의 예상대로 움직이고 있었다.

"난 내일 조양 집으로 가서 집안도 정리허고 삼도공 문병도 댕겨와야겄네. 방준이도 따라갈랑가 모르겄네."

"왜적덜이 오믄 반다시 선상님 가족을 몬자 찾을 거그만요. 긍께 가족을 미리 피신시키는 것이 좋겄그만요. 사언(안방준)이도 마찬가지고요."

"의병에 나섰던 선비덜 가족을 몬자 붙잡아 가겄제잉."

"왜적덜이 우군, 좌군으로 나눠서 남원성까지 갔다고 헌께 일각이 여삼추여라우."

"고맙네. 자네는 우리 가족이 걱정돼서 여그를 왔그만."

"예, 선상님."

안중묵이 알려준 대로 왜군부대 우군은 총사령관 모리 히데모토, 선봉장 가토 기요마사와 구로다 나가마사, 나베시마 나오시게, 쵸소카베 모토치카가 이끄는 총 73,700명의 대군으로 울산 서생포에서 출발해 밀양, 합천을 거쳐 함양 황석산성으로 이동하고 있었다.

왜군부대 좌군은 총사령관 우키다 히데이에, 선봉장 고니시 유키나가와 시마즈 요시히로, 하치스카 이에마사로 편성하여 웅천에서 출발해 진주를 거치던 중 사천에 상륙한 도도 다카토라, 와키자카 야스하루, 가토 요시아키가 이끄는 수군과 합류해 총 56,000명의 군사로 섬진강을 따라서 하동을 거쳐 남원으로 진군 중이었다.

왜장 중에서도 좌군 선봉장 시마즈 요시히로(島津義弘)는 7천 명의 왜군을 이끌며 노략질과 온갖 만행을 저질렀다. 방화, 분탕질, 살육, 특히 왜왕에게 자신의 전공을 인정받고자 전라도 사람의 코를 베어 왜국으로 보냈다.

섬진강 외길에 있는 석주관은 비좁은 곳으로 인체의 목구멍 같은 요해지였다. 왜군이 구례, 남원으로 가려면 반드시 거쳐야 하는 관문이었다. 구례 현감 이원춘은 섬진강 외길을 타고 올라오는 왜군을 맞아 석주관에서 방어선을 쳤다. 의병장 왕득인도 50명의 군사를 이끌고 와서 석주관 주변 산자락에 매복시켰다. 그러나 구례 관군과 의병군은 왜군의 좌군에 맞서 싸우기에는 중과부적이었다. 왕득인은 전사하고 이원춘은 석주관 산자락에서 구사일생으로 탈출해 남원성으로 들어갔다.

좌군 선봉장 시마즈 요시히로는 악명이 높았다. 8월 7일 남원성의 길목인 구례로 들어가 읍성을 초토화시켰다. 그런 뒤 남원성으로 올라가 자신의 군사를 남원성 북문 앞에 배치했다. 동문은 하치스카 이에마사, 남문은 우키다 히데이에, 서문은 고니시 유키나가가 맡았다.

남원성은 조명연합군이 방어하고 있었다. 명나라 장수 양원이 거느린 명군 3천여 명, 전라병사 이복남 휘하의 조선 관군과 의병이 1천여 명, 조선 양민 7천여 명이 수성을 했다. 이춘원 광양 현감, 이원춘 구례 현감, 김경로 조방장, 마응방 진안 현감, 오응정 방어사, 임현 남원 부사, 이덕회 판관, 정기원 접반사, 황대중 의병장, 신호 별장, 조경남 의병장 등이 동서남북 성문을 지켰다.

왜군이 남원성으로 가 있는 동안 왕득인의 아들 왕의성은 의병을 일으켜 섬진강으로 올라오는 왜군의 군수물자를 차단하기 위해 석주관으로 갔다. 인근의 화엄사에서 승군 153명이 합세하고 군량미 103석을 가지고 와 사기가 잠깐 올랐다. 석주관과 연곡사 일대에서 왕의성 의병군과 화엄사 승군은 매복작전을 펼쳤다. 왕의성은 산 정상의 지휘부에서 그때그때 작전을 세우며 싸웠다.

그런데 남원성의 조명연합군은 더 버티지 못하고 8월 16일 성을 내주고 말았다. 극히 일부 관군과 의병들만 살아남고 대부분 전사했다. 이때 시마즈 요시히로는 성 밖의 조선 양민들을 붙잡아 왜국으로 보냈는데, 그중에는 도공들도 있었다. 박평의(朴平意)·심당길(沈當吉)을 비롯한 80여 명의 남원 도공들을 납치하여 끌고 갔던 것이다.

조선 양민들을 포로로 붙잡아 왜국으로 보낸다는 소문이 돌자, 전라도 출신의 의병지도자급 선비들 가족은 뿔뿔이 피신을 했다. 왜군들의 표적이 돼 있기 때문이었다. 박광전, 임계영, 문위세 등의 가족도 마찬가지였다. 우계정에서 온 박광전은 아내를 급히 피신시켰다. 부인 남평문씨를 장남 박근효와 함께 모후산으로 보냈으며, 조양 집은 차남 박근제와 머슴들이 지키게 했고, 자신은 이전과 같이 대원사 초입의 우계정으로 다시 돌아가 때를 기다리려고 했다. 박근제가 사랑방으로 들어오자 박광전이 말했다.

"삼도공 문병을 갔다가 우계정으로 돌아갈라고 헌다. 집안일을 니가 잘 처리허기를 바란다."

"별채 창고 쌀은 해마다 의병 모의곡으로 다 내보내불고, 보리쌀 멫 가마니허고 초여름에 캔 감자는 모다 대숲 땅굴에 옮겨놔부렀그만요."

마을 사람 중에 부자들은 왜군들의 노략질에 대비해서 집 뒤 대숲이나 산자락에 동굴을 파고 추수한 곡식을 옮겼는데, 박광전 집도 예외는 아니었다.

"전쟁에다 숭년이라서 마실에 굶는 사람덜이 있을 것이다. 보리쌀이라도 꺼내서 나눠주그라. 끼니 때 덜 묵으믄 된다."

"모후산으로 가신 엄니가 늘 머심을 시켜 갖다주고 그랬어라우."

"자손이 발복헐라믄 그래야 쓰는 벱이여."

"삼도공 어르신께는 은제 갈라요?"

"낼 갈라고 헌다. 방준이를 델꼬 갈라고 헌디 올랑가 모르겠다. 방준이 집도 심란허겄제잉."

"삼도공 어르신께서 빨리 병석에서 일어나 피신허셔야 허는디 걱정이어라우."

"왜적덜이 복수헐라고 안달이 났을 것인디 그래야제."

"삼도공께서는 젊은 시절에 유마사에서 공부헌 인연이 있은께 모후산으로 가실지 모르겄그만요."

"모후산은 산세가 험해 왜적덜도 함부로 접근허지 못헐 것이다. 그래서 니 엄니를 모후산으로 피신시킨 것이여."

왜군들이 보성에 온다면 전라좌의병 의병장이었던 임계영부터 찾을 것이 뻔했다. 그러니 누구보다도 먼저 은신해야 할 사람은 임계영이었다. 은신할 장소로는 산이 가파르고 골짜기가 깊은 모후산보다 더 좋은 곳은 없었다. 더구나 모후산은 보성에서 가까운 화순에 있는 산이었다.

196

다음날. 박광전은 차남 박근제를 앞세우고 임계영이 누워 있는 귀산촌으로 올라갔다. 조카 임제가 우계정으로 와서 전해준 대로 숨을 헐떡이는 임계영의 모습은 피골이 상접했다. 하루에 한두 번 넘기는 미음으로만 겨우 연명하고 있었다. 임계영은 박광전을 보고서도 일어나지 못했다.

"삼도공, 요로코름 누워 있는 줄 몰랐네. 시상이 이러허니 우계정에서 으디 댕기는 것을 삼가허고 있었다네."

"형수님도 으디가 편찮으시다고 조카가 그르드그만요."

"늙어서 그라제. 하늘이 부를 것 같아서 모후산으로 몬자 보냈다네."

"잘 허셨그만요. 흉악헌 왜놈덜을 피해서 잘 가셨그만이라우."

"삼도공, 요로코름 누워 있기만 헐랑가. 으디로 가서 몸을 보존해야 써."

"지도 형수님이 가신 모후산으로 가고는 잪은디 어치께 될지 모르겄그만요."

차남 박근제의 말이 맞았다. 임계영이 젊은 시절에 독학했던 모후산 유마사로 은신할지 모른다고 말했던 것이다. 박광전은 임계영이 이야기를 하는 도중에도 통증 때문에 고통스러운 표정을 짓곤 했으므로 위로의 말을 건네고는 일어났다.

"삼도공, 반다시 몸을 보전해야 허네. 임진년 때맹키로 앞으로도 의병을 모아 무도헌 왜적덜이 우리 땅에서 물러날 때까지 싸와야 허지 않겄는가. 보성 선비덜 충의를 어느 도적이 꺾을 수 있겄는가."

"죽천 성님, 반다시 그래야지라우."

가슴을 파고드는 통증을 참는지 미간을 찌푸리면서 임계영이 짧게 말했다. 박광전은 안타까움이 들어 자신도 모르게 눈물을 흘렸다. 임계영의 거동이 몹시 불편한 것으로 보아 머잖아 서로 다시 보지 못할 것만 같았던 것이다. 박광전은 침통한 마음으로 서둘러 임계영이 누워 있는 방을 나와 버렸다. 박광전이 고개를 흔들며 말했다.

"근제야, 삼도공이 에럽겠다."

"지도 뵙고 본께 그러시그만요."

박광전은 밖으로 따라 나온 임계영의 조카 임제에게 말했다.

"삼도공이 모후산 유마사로 가고 잪다고 허는디 은제 모실 참인 가?"

"죽천공 어르신, 지딜도 가마를 준비해 놓고 있그만요. 쪼깜만 기운을 내시믄 모후산으로 모실라고 헙니다요."

"빠를수록 좋아. 수고하시게."

조양 집으로 돌아온 박광전은 이틀 뒤 말을 타고 우계정으로 향했다. 마을을 떠나는 동안 자신도 모르게 자꾸 뒤돌아보았다. 또 다시 조양 집으로 돌아오게 될지 그러지 못할지 장담할 수 없어서였다. 그러나 그런 미련은 보성읍성 북문을 지나치면서 사라졌다.

보성읍성부터는 때마침 안방준이 마중을 나와 함께 걸었다. 안방준은 우계정에 있다가 보성읍성 우산리 집에 들러 부모와 하직하고 나오는 길이었다. 안방준이 말했다.

"어저께 삼도공 대장님을 뵐라고 보성에 왔그만요."

"나는 그저께 문병하러 귀산촌에 갔다가 왔네."

"근디 어저께 하마터믄 뵙지 못헐 뻔했어라우."

"무신 일이 있었는가?"

"선상님께서 빨리 피신허시라고 했다금서 대장님께서 막 모후산으로 들어가실 채비를 허고 겨셨어라우."

안방준은 종사관으로 있었기 때문인지 전라좌의병이 해산되었지만 임계영을 여전히 '대장님'이라고 불렀다.

"문병을 잘했네. 병이 중해서 말을 타고 가기는 에러울 것이고 아마도 가마를 타고 갈 것이네."

"노비덜이 가마를 멜라고 허드그만요."

"고로코름이라도 모후산으로 가니 인자 내 맴이 놓이네. 천우신조로 몸이 잘 보전된다믄 나와 또 다시 심을 합칠 것이네."

박광전은 이틀 사이에 임계영이 기력을 조금이라도 회복했다면 그것이야말로 천우신조라고 생각했다. 불과 사흘 전만 해도 임계영은 일어나 앉아있지도 못한 채 누워서 겨우 의사소통만 했을 뿐이었던 것이다.

"선상님, 병이 짚어서 삼도공 대장님은 나서서 싸우시기는 심들 것 같어라우."

"나서기만 해도 을매나 좋겄는가. 삼도공 맴과 달리 몸땡이가 따라주지 않은께 말이네."

"전라도 남원, 무주, 경상도 상주, 개령, 하동 등을 의병군을 이끌고 댕김시로 한시도 편헐 날이 읎었지라우."

"늙은 나이에 풍찬노숙했으니 몸땡이가 아조 상했겄제."

박광전과 안방준은 오후 늦게야 우계정에 도착했다. 우계정을 지키던 제자 두세 명이 박광전에게 큰절을 했다. 사변 중이었으므로 박광전에게 공부를 제대로 배우지 못한 어린 제자들이었다. 며칠 후에는 안방준이 모후산 유마사에서 임계영을 만나고 돌아왔다. 박광전이 임계영의 안부를 물었다.

"삼도공은 으쩌든가?"

"심신은 아조 쇠약했지만 맴은 평온허신 거 같드그만요."

"유마사는 삼도공의 옛 집 같은께 그럴 것이네."

"시 한 수를 지었다고 지에게 베껴 가라고 하셨어라우."

박광전은 안방준이 필사한 임계영의 시를 보고는 잠시 눈을 감았다.

젊은 날에는 태평했지만

늙어 쇠약해서 난리를 만났도다

푸른 강물에 뜬 백조야

난 너하고만 같이 놀련다.

小壯太平日

老衰戎馬時

滄江有白鳥

吾與爾相隨

늙고 병든 몸이 되어 싸움에 나서지 못하는 임계영의 안타까운 심정이 드러나 있고, 푸른 강물에 백조가 노닐 듯 사변이 없는 태평성대를 갈망하는 시였다. 박광전은 유마사로 들어간 임계영의 심정을 이심전심으로 공감했다. 천성이 병약한 약골인 데다 나이가 많아 걸핏하면 미질을 앓는 자신의 심정과 같았기 때문이었다.

한편, 왜군은 인해전술로 남원성을 공략한 여세를 몰아 8월 18에는 전주성에 무혈 입성했다. 인산인해의 왜군을 보고 놀란 전라감사 황신과 여러 고을 수령들은 성문을 열고 도망쳤다. 황신은 부안으로, 정읍 현감과 진원 현감 등은 성 밖으로 숨어버렸다.

소식을 전해들은 박광전은 통곡을 했다. 경기전 참봉을 지낸 자신이 태조 어진을 지키지 못했다는 자괴감이 들어 통곡하지 않을 수 없었다. 안방준도 따라서 흐느꼈다.

'아이고, 아이고!'

그런데 왜군의 북진은 뜻대로 되지 않았다. 명나라 지원군이 방어선을 치고 막아냈다. 한양 도성까지 거침없이 진격하던 왜군이 주춤했다. 9월 7일 왜군을 맞이한 명나라 군대가 직산에서 그들을 물리쳤던 것이다. 명군에게 일격을 당한 왜군은 물러설 수밖에 없었다. 9월 16일 정읍까지 남진한 뒤 왜장들끼리 작전회의를 했다. 그 결과 시마즈 요시히로 등 왜장 13명은 전라도에 남아 있기로 결정했다. 왜군의 가혹한 노략질과 무자비한 살상이 횡횡할 것이므로 호남 양민들에게는 두려움 그 자체였다.

보성향교 전소

안방준은 악몽에 시달리다가 한밤중에 일어나고 말았다. 대원사 경내는 차가운 심해처럼 고요했다. 가을바람이 개울물 흐르는 소리를 내며 불어가곤 했다. 경내 마당에는 무서리가 달빛처럼 한 켜 한 켜 쌓이고 있었다. 안방준은 악몽을 복기했지만 하나도 또렷하게 생각나지 않았다. 막다른길에서 밑도 끝도 없이 악귀들에게 쫓겨 다녔던 것이다. 안방준은 머리를 흔들며 악몽의 그림자를 지웠다.

대원사 객실에서 우계정으로 내려온 안방준은 박광전에게 문안인사를 올렸다. 벌써 망건을 높게 매고 앉아 있던 박광전이 말했다.

"웬일로 이른 새복에 내려왔는가?"

"간밤 악몽 땜시 머릿속이 복잡헙니다요."

"뭔 악몽이었는디?"

"기억도 잘 나지 않그만요. 악귀헌테 도망댕기다가 일어났어라우."

"악귀란 왜적덜 같은디 천지가 험악헌께 악몽을 꾸었겄제."

세상이 살벌해진 것은 사실이었다. 왜장 시마즈 요시히로 부하들이 전라도 각 고을로 들어와서 노략질을 하고 다니는 중이었다. 시마즈 요시히로는 왜왕 도요토미 히데요시가 가장 신뢰하는 장수였다. 2차 진주성전투에서 공성전을 지휘했으며, 칠천량해전에도 왜수군 공격부대와 합세하여 조선수군을 궤멸시키는데 공을 세운바 있었다. 특히 남원성전투에서는 선봉장으로서 무자비하게 조선관군과 성민들을 살상했던 왜장이었다.

"선상님, 지 집에 우환이 생기어 악몽을 꾸지 않았을께라우?"

"어버이 봉양에 으뜸 제자를 꼽자믄 사언(방준의 자)이제. 꿈에 악귀가 나타났다믄 필시 뭔가가 있는 법이지. 긍께 얼릉 집에 댕겨오게."

"선상님 말씸대로 집에 댕겨와야 지 맴이 편헐 거 같습니다요."

"조심허게. 왜적덜이 도적떼멩키로 몰려댕긴다고 헌께."

"아버님만 뵙고 바로 오겄습니다요."

"왜적덜이 보성읍성까지 왔을 거 같은께 허는 말이네. 조심허고 또 조심허게."

박광전의 허락을 받은 안방준은 대원사로 올라가 아침끼니를 먹는 둥 마는 둥했다. 왜군이 보성읍성까지 들어왔을 것 같다는 박광전의 걱정 때문이었다. 왜군이 보성읍성으로 정찰을 나왔다면 그냥 돌아갈 리가 없었다. 노략질을 하거나 무고한 양민을 살상한 뒤 어딘가로 사라졌을 것이었다.

보성읍성으로 가는 들녘은 추수철인데도 황량했다. 제철에 씨앗을 뿌리지 못했던 논밭들은 잡초가 웃자란 묵정밭으로 변해 있었다. 주인이 멀리 피난 갔거나 일손이 부족하여 논밭을 방치해버린 탓이었다. 안방준은 유시(酉時)쯤 보성읍성 북문에 도착했다. 때마침 길가에 늙은 농사꾼 하나가 지게를 받쳐놓고 있었다. 농사꾼이 안방준을 보더니 찡

굿 눈짓했다.

"무신 일인게라우?"

"흠…"

이번에는 손을 좌우로 젓기만 했다. 보성 관아 쪽으로 가지 말라는 손짓이었다. 그러고 보니 보성관아 쪽에서 긴 칼을 찬 왜군 두 명이 두리번거리고 있었다. 안방준은 보성 관아 쪽으로 가려다가 주춤했다. 북문 기둥에는 왜장 고니시 유키나가 이름의 방문(榜文)이 붙어 있었다. 왜장 고니시 유키나가가 전라도 양민들을 겁박하는 글이었다. 방문의 내용은 다음과 같았다.

〈하나, 조선 군현(郡縣)에서 지금 이후로는 사민(士民)과 백성 된 자는 각기 향읍(鄕邑)으로 돌아가 오로지 농사에 힘써라.

하나, 조선의 상관(上官)들을 곳곳에서 찾아내 잡아 죽여라. 그 처자와 따르는 무리(從類)들도 주살토록 하며, 상관의 집은 불을 질러 태워 없애라.

하나, 군현 안에서 사민과 백성이 상관들의 숨어 있는 곳을 고해바치는 경우 포상을 한다.

하나, 지금부터 죽을죄를 면한 군현의 양민들이 돌아와서 살지 않고 산곡(山谷)으로 가는 경우엔 모두 집을 불태우고 참살하라.

하나, 이 방문(榜文)을 어긴 왜졸(倭卒)을 주살할 것이며, 흉악한 짓이 발생하면 건건이 행장(行長, ·고니시 유키나가)에게 서면으로 보고하라.〉

안방준은 늙은 농사꾼에게 부탁했다.

"나는 죽천 선상님 제잔디요, 저 왜적덜이 이짝으로 오지 못허게 해주시씨요."

"으째서 그란가?"

"이 방문을 뜯어불고 잪어서 그라요. 왜왕이 우리 임금 행세를 허고 있는 것이 분해서 그라요."

"그런 글씬가? 나는 까막눈이어서 무신 뜻인지 몰랐네."

"왜적덜이 이짝으로만 못 오게 해주시씨요."

"내가 저놈덜을 저짝으로 델꼬 갈텐께 알아서 허게."

"어르신, 고맙그만이라우."

"오살 맞을 왜적놈덜!"

늙은 농사꾼이 땔나무가 얹힌 지게를 지고 일어났다. 그런 뒤 왜군을 향해서 갔다. 두 명의 왜군이 늙은 농사꾼에게 무언가를 묻고 있었다. 농사꾼이 왜국 말을 알아듣지 못하자, 차고 있던 칼끝으로 땅바닥에 글씨를 썼다. 그러나 문맹인 농사꾼이 글씨를 알 리가 없었다.

잠시 후. 왜군이 농사꾼에게 삿대질을 하며 사라졌다. 그제야 안방준은 농사꾼이 서 있는 곳으로 갔다. 왜군이 땅바닥에 쓴 한문글씨는 향교(鄕校)였다. 왜군이 찾고 있는 곳은 보성향교가 틀림없었다. 안방준이 농사꾼에게 말했다.

"왜적덜이 향교를 찾고 있그만이라우."

"으쩐 일이당가?"

"짐작이 가그만요."

"좋은 일은 아니겠제잉."

"왜적덜이 향교에 못된 짓을 할지도 모르겠그만이라우."

안방준은 임계영 막하에서 종사관으로 다니면서 왜군의 방화로 불타버린 향교를 몇 번이나 보았던 것이다. 무주, 상주, 개령, 성주 등 왜군이 침입한 곳의 향교는 모두 전소되고 없었는데, 왜장은 그런 식으로 야만스럽게 분탕질을 했다. 향교가 그 고을 의병장, 군관, 의병 참모들의 산실이라고 여겼기 때문이었다.

보성 관아는 텅 빈 채 가을바람에 낙엽만 뒹굴었다. 왜군이 무리지어 출몰하기 시작하자 보성군수와 아전, 군사가 모두 피신해 버리고 없었다. 임계영을 문병 왔을 때만 해도 그렇지 않았는데, 상황이 급박하게 돌변해 있었다. 왜군이 아직 나타나지 않은 대원사, 우계정 쪽과는 분위기가 판이하게 달랐다. 안방준은 먼저 집을 지키고 있는 머슴을 불러 아버지 안중관의 안부부터 물었다.

"아버님은 으디 겨신가?"

"뒷산 굴에 겨시그만요."

"강녕허신가?"

"기침 말고는 괴안찮아라우."

"다른 식구덜은?"

"요즘에는 모다 굴에서 살지라우. 밥은 화월이가 하루에 한 번썩 나르고라우."

화월이는 부엌데기 여종이었다. 원래는 이름이 없었는데 경주 정씨가 뒤늦게 지어준 이름이었다. 왜군이 자주 출몰하므로 절름발이 머슴만 집에 있는 모양이었다. 안방준은 머슴을 따라 뒷산 굴로 올라갔다. 때마침 아내 경주 정씨가 화월이와 함께 칡을 캐고 있다가 안방준을 먼저 보고는 잰걸음으로 걸어왔다. 아내와 화월이가 피신한 곳은 굴이라기보다는 큰 너럭바위 밑이었다.

"임자, 왜적덜 땜시 고상이 많소."

"지만 그런당가요. 모다 에럽지라. 아버님은 저짝 골에 겨시그만요."

아내는 피신한 사람답지 않게 눈빛이 맑았고 옷차림은 단정했다. 화월이에게 괭이를 건네받은 머슴이 캐다만 칡을 무 뽑듯 잡아당겼다. 그런 뒤 괭이로 흙을 더 파헤치자 어른 팔뚝만한 칡뿌리가 뽑혀졌다. 머슴이 칡뿌리를 경주 정씨에게 건넸다.

"해소지침 허시는 아버님께 칡을 다려드릴라고라우."

"임자 효도에 아버님께서 몸을 보존허고 겨신 거 같으요."

"후지와 신지가 지극정성이지라우."

"후지와 신지는 으디 있소?"

"아버님을 밤낮 교대로 모시고 있그만요."

아내가 앞서 걸었다. 안중관이 피신한 곳은 골짜기 위쪽의 천연 동굴이었다. 일부러 가족이 한군데 모여 살지 않고 흩어져 있었다. 천연 동굴은 아내와 화월이가 있는 너럭바위 밑보다 들이치는 비바람을 피할 수 있는 곳이었다. 아내가 아이들 이름을 부르자 후지와 신지가 굴 안에서 뛰어나왔다. 후지와 신지는 손에 책을 들고 있었다. 후지와 신지가 넙죽 엎드려 아버지 안방준에게 큰절을 했다.

"서책을 손에서 놓고 있지 않은 걸 보니 든든허구나."

"아부지, 우계정에서 오시는 길인게라우?"

"오냐. 집이 궁금해서 잠시 들렀다. 하나부지께서는 잘 겨시느냐?"

"예, 시방 주무시고 겨시그만요."

"하나부지 건강은 으쩌시냐?"

후지가 대답했다.

"해소기침이 심허셨는디 어제부터 많이 좋아지셨어라우."

"니덜 효도 덕분인 거 같다."

"아니지라우. 엄니 땜시 좋아지셨그만요. 근디 엄니는 지덜이 칡 캐
는 것을 아조 싫어허셔라우. 하루 종일 책만 보라고 허신당께요."

"사람이 되는 지름길은 책을 가차이 허는 것이니라. 긍께 그러지 않
았겄느냐."

이윽고 안중관이 굴 안에서 나왔다. 안방준은 아버지 안중관을 보자
마자 다가가서 큰절을 했다. 해소기침 탓인지 해쓱한 얼굴에 잔주름이
가득했다. 안중관이 말했다.

"우계정 선상님은 잘 겨시느냐?"

"예, 아버님께 안부 전해달라고 허셨습니다요."

"여그 오는디 왜적덜은 읎드냐?"

"보성읍성에 들어온께 보이드그만요. 으떤 촌로가 눈치를 주어서
피했어라우."

"고마운 촌로구나."

안중관은 쿨럭쿨럭 해소기침을 잠시 하더니 숨을 몰아쉬었다. 경주
정씨가 안방준에게 말했다.

"아버님, 쉬셔야겄그만이라."

"알았소"

안방준이 다시 아버지 안중관에게 큰절을 했다. 그러자 안중관이 짧
게 물었다.

"으쩐 일로 왔느냐?"

"문안 인사드릴라고 왔그만요."

안방준은 악몽을 꾸었다는 꿈 이야기는 하지 않았다. 해소기침을 겨우 진정시킨 아버지 안중관이 굴로 다시 들어가 쉬어야 할 것 같아서였다. 안중관은 고개를 끄덕이면서 돌아섰다. 안방준은 굴속의 아버지 침소를 살펴 본 뒤 나와서 아내 경주 정씨에게 말했다.

"시안에는 굴에서 사실 수 읎을 것이요. 어차든지 집으로 모셔야 헐 거 같소."

"지난 생신 날 누비솜옷을 해드린 것이 참말로 다행이어라. 산으로 올지 참말로 몰랐지라."

"다, 임자 선견지명 덕분이요."

"오늘은 늦었은께 우계정으로 가지는 않겄지라."

"낼 새복에 떠날라믄 집에서 자야겄소."

"조심허씨요. 왜적이 은제 나타날지 모른께라."

"걱정 마씨요. 머심멩키로 변복허고 잘텐께."

안방준은 오야마을 집에 도착하자마자 얼굴에 검댕을 묻히고 머슴의 누더기 옷을 빌려 입었다. 과연 초저녁이 되자 왜군들이 조선인 한 명과 함께 집안으로 들이닥쳤다. 안방준은 머슴과 미리 약속한 대로 벙어리 흉내를 냈다. 왜군이 안방준에게 무언가 다그칠 태도를 보이자, 다리를 절룩거리며 다가온 머슴이 조선인에게 말했다.

"벙어리 머심이어라우."

그가 물었다.

"주인은 으디 있는가?"

"진작에 피난 가불고 읎그만이라우."

조선인이 이 방 저 방을 수색하더니 왜군에게 뭐라고 보고했다. 그러자 왜군 가운데 한 명이 칼로 기둥을 쳤다. 그러자 나머지 왜군 두 명이 재빨리 사립문 밖으로 나갔다. 왜군은 그들의 앞잡이 노릇을 하는 조선인을 권농(勸農)이라고 불렀다. 방금 조선말을 통역하며 부역하는 그도 역시 권농이었다. 안방준은 그들이 사라지고 나자 손가락질을 했다.

"저런 놈을 순왜(順倭)라고 허제. 경상도에서 봤는디 전라도라고 읎겄는가."

"왜적덜이 분탕질 허고 있은께 꼼짝 마시씨요잉."

"향교가 걱정이네. 왜적덜이 으디서나 향교를 표적삼아 불을 지르드랑께."

안방준은 그렇게 말하면서도 마음속으로는 자신의 걱정이 기우이기를 바랐다. 그러나 걱정은 좀체 사라지지 않았다. 찬바람이 불어와 기온이 껑충 내린 한밤중까지 안방준은 잠들지 못하고 뒤척거리다가 마루로 나와 앉은 채 향교 쪽에 시선을 던졌다. 머슴이 간곡하게 하소연하는 바람에 방으로 들어와 누웠지만 잠은 저만큼 달아나버렸다.

그런데 닭 우는 소리가 들려오는 꼭두새벽이었다. 머슴이 방문을 잡아당기며 숨넘어가는 소리로 외쳤다.

"불이, 불이 났그만이라우!"

"으디서?"

안방준은 즉시 방을 나와 향교 쪽을 바라보았다. 타오르는 불길이 꼭두새벽을 훤하게 밝히고 있었다. 걱정했던 대로 향교 쪽이었다. 안방준은 머슴을 앞세우고 향교로 달려갔다. 양민들이 벌써 달려와 향교 담장 밖에서 발을 동동 구르고 있었다. 왜군은 이미 그 자리를 피해사라지고 없었다. 누군가가 소리쳤다.

"왜적놈덜 짓이요!"

"베락 맞을 왜적놈덜 짓이요!"

불길은 향교 교생들이 공부하는 명륜당과 동재, 서재를 벌서 태우고 내삼문을 넘어 공자 위패가 봉안된 대성전으로 옮겨 붙고 있었다. 안방준은 부르르 떨면서 입술을 피가 나도록 깨물었다. 뜨거운 화기가 훅훅 뻗치자 양민들이 향교 담장 밖에서 더 멀리 물러섰다. 안방준도 양민들에게 떠밀렸다. 그때 숯덩이가 된 명륜당 기둥들이 우지직 우지직 무너져 내렸다. 주저앉는 명륜당을 바라보던 양민들이 땅바닥에 주저앉아 통곡했다. 보성읍성은 꼭두새벽 내내 울음바다가 되었다. 눈물을 훔치던 양민들은 날이 밝아서야 하나 둘 흩어졌다.

채정해 형제

꼭두새벽 공기는 차가웠다. 살얼음 같은 냉기가 목덜미를 파고들었다. 마당에는 무서리가 내려 하얗게 번뜩였다. 가을의 새벽공기는 살갗에 소름을 돋게 했다. 이윽고 먼동이 터오자 웅크리고 있던 어둠이 교활하게 뒷걸음질 쳤다.

오야마을 집으로 돌아온 안방준은 멍하니 마루턱에 앉아 신발을 벗지 못했다. 조금 전의 큰 충격 때문에 어디로 가야 할지 방향감각을 잃어버렸다. 일단 날이 샐 때까지 방에 있어야 할지, 뒷산 굴에 있는 아버지에게 달려가야 할지, 우계정으로 가서 전소된 향교 소식을 먼저 알려야할지 판단을 못했다. 잠시 정신을 잃어버린 듯 마루턱에 앉아 꼼짝을 못했다. 머슴이 다가와 말했을 때에야 정신을 차렸다.

"새복에 그라고 겨시믄 고뿔 걸려라우."

"내가 시방 이라고 있을 때가 아니그만잉."

"아직 준비도 안 했는디 으디로 가실라고라우?"

"어치께 밥이 넘어가겠는가. 자네는 얼릉 아부지께 가서 향교가 타부렀다고 알려부러. 나는 시방 우계정으로 갈랑께."

안방준은 개울로 나가 세수를 했다. 보성강으로 손금처럼 뻗은 개울이었다. 찬물을 이마에 뿌리자 정신이 번뜩 들었다. 지금 어떻게 행동해야 할지 판단이 섰다. 안방준은 혼잣말로 중얼거렸다.

'죽천 선상님께 몬자 알려야제. 향교를 애끼셨던 선상님께서는 크게 낙심허시겠지만 숨길 수는 읎지 않는가. 그래, 시방 바로 우계정으로 가야제.'

안방준을 뒤따라온 머슴이 말했다.

"방금 준비했어라우. 어저께 남은 식은 밥으로 맹근 주먹밥인께 가시다가 드시씨요."

"피신을 안 허고 성주신멩키로 집을 지켜준 자네가 고맙그만. 근디 내 묵을것까지 챙기는 것을 보니 자네는 전생에 나허고 성제간이었는갑네."

"아이고메. 지같은 천헌 것이 어치께 성제이겠는게라우?"

"선한 것에 어찌 신분의 차이가 있겠는가. 맹자님께서는 사람이란 본래 다 착허다고 말씸허셨네."

"그라믄 사람이란 본래 다 같다는 말씸인게라우?"

"본성이란 선허다는 것이여. 어차든지 자네가 나를 위해 주먹밥을 가져왔은께 밥값은 내고 갈라네."

"지는 밥값을 생각허고 가져온 것은 아닌디요."

"바로 그 마음을 선하다고 허는 것이여. 맹자님께서 그 예를 다음과 같이 들었네. 들어볼랑가?"

안방준이 개울물을 두 손바닥으로 훔쳐서 입안을 행군 뒤 말했다. 머슴이 한쪽 다리가 불편해지자 절룩거리는 다리를 앞으로 뻗었다. 안방준은 불손한 듯한 머슴의 행동에 개의치 않고 맹자가 제자 공손추에게 한 말을 나직이 읊조렸다.

　사람마다 사람에게 차마 하지 못하는 마음이 있다고 하는 까닭은,
　이제 어떤 사람이 문득 한 어린아이가 우물 속으로 빠지는 것을
보고
　모두 깜짝 놀라서 측은한 생각을 갖게 되는 것이니
　이는 어린아이의 부모와 친교를 맺으려 하는 까닭도 아니며
　마을 사람과 친구들에게 칭찬을 들으려 하는 것도 아니며
　나쁜 소문이 날까봐 그것을 꺼려해서 그러는 것도 아니다.
　이로 말미암아 보건대 측은하게 생각하는 마음이 없다면 사람이 아
니다.
　所以謂人皆有不忍人之心者
　今人 乍見孺子將入於井
　皆有怵惕惻隱之心
　非所以內納交於孺子之父母也
　非所以要譽於鄕黨朋友也
　非惡其聲而然也
　由是觀之 無惻隱之心 非人也

　"측은지심이 생겨나 애기를 구하려고 허는 마음이 바로 선이 아니
고 뭣이겠는가."
　"무신 말씸인지 모르겄그만요."
　"자네는 내가 밥 굶는 것을 생각허고 이미 주먹밥을 준비했으니 그

것이 바로 선한 사람의 마음이라는 것이네."

머슴은 안방준에게 큰 칭찬을 듣고는 뒷머리를 긁적이며 부끄러워
했다. 안방준은 곧바로 대원사 초입의 우계정으로 향했다. 그런데 예
전에 다니던 보성강 지류 둑길로 가다가 복내에서 능성 쪽으로 발걸음
을 옮겼다. 멀리 보이는 재 하나를 넘으면 바로 능성이었다.

안방준은 능성 가는 산길을 잰걸음으로 걸었다. 바람재마을 풍산(豊
山)에 은둔해 살고 있는 용연(龍淵) 채정해(蔡庭海) 좌윤을 만나기 위해
서였다. 채정해는 보성향교를 15세에 입학하여 10여 년 동안 한 해도
거르지 않고 공부한 끝에 선조 즉위년인 29세 때 생원시에 합격한 수
재였다. 그러니까 채정해는 누구보다도 보성향교에 애교심이 강한 교
생 중 한 사람이었던 것이다. 50대 후반인 채정해는 안방준에게 아버
지뻘 연배였다.

채정해는 보성향교 교생들 사이에서 본받고 싶은 대선배였다. 안
방준도 채정해를 존경하기는 마찬가지였다. 안방준이 태어나기도
전에 벌써 생원시에 합격했으니 우러러볼 수밖에 없는 대선배였던
것이다.

채정해가 초로의 나이인 54세 때 임진왜란이 발발했는데, 그가 전장
에 나가지 않고 몇 달 동안 은둔해 있었던 것은 지병 때문이었다. 붓 대
신 칼을 들지는 못했지만 그의 호소로 군량미 수백 석이 모여 전라감
영으로 보냈다. 뿐만 아니라 전라순찰사 휘하의 광주목사 권율이 군사
를 거느리고 전장터로 출정하려고 하자, 여러 고을 향교에 격문을 띄
웠다. 뜻을 둔 장정 칠팔백 명이 바람재마을로 모여들었다. 집안의 자
제와 종들도 장정 무리에 섞였다. 채정해는 대부분 농사꾼인 장정들을

바로 전라감영으로 보내지 않고 동생들에게 훈련받도록 했다.

특히 첫째동생 채종해(蔡宗海)는 쉰을 바라보는 마흔 아홉인데도 형 채정해의 뜻을 받들어 처음부터 의진(義陳)에서 활동했다. 채종해는 형과 달리 병서나 병법을 즐겨 읽어왔고 남다른 담력을 가지고 있어 무인 기질이 강했다. 임란이 발발한 이후 두 형제는 자주 만나서 나라와 집안 걱정을 많이 했다. 장정 5백 명이 넘어선 그날도 채정해가 동생을 불러 말했다.

"장정덜 훈련은 잘 돼가고 있는가?"

"예, 성님."

"모다 농사를 짓다가 온 사람덜이라 오합지졸이겄제."

"근디 인자는 솔찬히 군사티가 나그만요. 어저께도 용시암 들판까지 나가서 죽창 들고 공격 훈련을 했어라우."

"장정덜을 훈련시킬 사람은 동상뿐 또 누가 있겄는가."

"아이고메, 성님. 농사꾼이라도 무재(武才)가 있는 사람은 많어라우."

"근디 말이여, 나라가 풍전등환디 내가 이라고 있을 때가 아니란 생각이 자꼬 드는구만."

"성님, 무신 말씸이요?"

"원근각처 장정덜허고 집안의 머심덜이 모다 요로코름 훈련허고 있는디 나만 빠졌으니 맘이 심란해서 그라네."

"성님 몸이 성치 않은께 그라지라우. 글고 성님은 집안의 대를 이어가야 허신께 어치께 보믄 새옹지마지라우."

"요런 때 새옹지마를 쓰믄 내가 부끄러와져부러. 모다 전장터로 나가 싸우는디 나만 못난이멩키로 탕약냄시나 풍김시로 있은께 답답허

단마시."

"걱정허지 마씨요. 지가 성님 몫까지 싸울 것인께."

"동상은 원래 병법에 밝고, 용기가 남다른께 내가 감영으로 올라가라고 권했는디, 나만 요러고 있는 것이 영판 부담시럽당께."

"성님, 근디 지가 전라감영으로 가드라도 누구에게 가는 것이 좋을게라우?"

"순찰사 휘하로 들어가지는 말게."

"순찰사 휘하에 여러 장수덜이 있을 것인디요잉."

"권율 광주목사에게 가야 배울 것이 많겄제."

채정해가 동생 채종해에게 권율에게 가라고 한 것은 이유가 있었다. 임진왜란 초기부터 전라도 순찰사는 이광이었고, 전라방어사는 곽영이었다. 임진년 5월 26일 이광은 전라도, 충청도, 경상도의 연합군인 삼도근왕군의 총사령관이 되어 한양을 수복하려고 북진했다. 그때 광주목사 권율은 곽영의 중위장 자격으로 군사를 거느렸다.

삼도근왕군이 수원쯤에 이르자, 이광과 곽영은 용인에 진을 친 소규모 왜군을 치자고 했다. 그러나 권율은 "왜적의 대군이 코앞에 있는 상황에서 굳이 소수 적과의 싸움에서 병력을 소모하지 말고 조강(祖江, 한강)을 건너 임진강을 막아서 서쪽 길을 튼튼히 하여 군량미를 운반할 수 있는 도로를 확보한 뒤 적의 동태를 살피면서 조정의 명을 기다립시다."라고 신중론을 폈다.

그래도 이광과 곽영은 권율의 전략을 듣지 않고 무시했다. 결과는 임진왜란 초기 조선군 최대의 참패였다. 삼도근왕군의 궤멸 속에서도 권율은 수원에 머물며 휘하의 부하들을 온전히 수습하여 무사히 후퇴했다. 그런 뒤 광주와 남원에서 1천여 명의 군사를 모병해 동복현감 황진과 다시 북진했다.

"삼도근왕군이 모다 떼죽음을 당헐 때 권율 목사만은 부하덜을 잘 단속하여 모다 살았단 마시. 장수가 자신의 목심만치 부하덜을 소중허게 생각헌 결과가 아니겠는가."

"긍께 성님께서는 이광 순찰사 밑으로 가지 말고 권율 목사의 군사가 되라고 허시는그만요."

"부하덜을 모다 살린 권율 목사를 믿을 만허지 않은가."

그러나 두 형제가 이와 같은 이야기를 하고 있을 때는 금산에서 왜장 고바야카와(小早川隆景)부대가 고경명의병군을 격퇴한 뒤 전주성까지 공격하려고 전열을 정비하고 있던 무렵이었다. 적정을 파악한 권율과 황진은 급히 전주로 오는 길목인 이치로 1천여 명의 군사를 이끌고 갔다. 무슨 일이 있더라도 전주성은 왜장에게 내줄 수 없었다. 한양이 실제 조선의 수도라면 전주는 이태조의 선조들이 살았던 정신적인 수도였기 때문이었다.

이윽고 이치에 매복하고 있던 권율의 1천여 명 군사는 고바야카와가 이끄는 2천여 명의 대군과 맞서 싸웠다. 전투 중에 황진이 적의 총탄에 맞아 조선군의 사기가 잠시 저하되었지만 군마를 탄 권율 목사가 선두에서 독전을 외치면서 끝내 기적적인 승리를 이끌어냈다. 이로써 왜장 고바야카와는 전주성 진격작전을 포기하지 않을 수 없었고, 한동안 다른 왜장들도 전라도를 넘보지 못했다. 전공을 크게 세운 권율은 전라순찰사로, 황진은 충청병사로 특진했다.

선조25년(1592) 가을.

채종해가 의병 칠팔백 명을 이끌고 전주감영에 도착했다. 마침 전라도순찰사는 이광이 물러가고 이치전투에서 승리한 권율로 바뀌어 있었다. 권율은 전라감영에 머물지 않고 또 다시 북진을 준비하고 있었다. 그러니까 채종해는 조금만 늦었어도 권율을 만나지 못할 뻔했던 것이다. 채종해는 형이 자신에게 준 글을 권율에게 보여주었다. 권율은 채정해의 글을 보자마자 얼굴에 미소를 지었다. 채정해가 동생 채종해에게 준 글은 절절한 충언이었다.

〈지금은 뜻 있는 선비가 몸을 바쳐 인(仁)을 이룰 때이니

어찌 본성을 지닌 사람으로서 위태로운 임금의 처지를 보고만 있겠는가.

전투를 위해 반드시 힘껏 도모하고 준비하여 공을 이루도록 하라.

나는 여기 남아 원조하도록 하겠노라.〉

권율이 물었다.

"필시 그대의 형님은 보통 선비가 아니오. 그대의 형님은 어떤 분이오?"

"성님의 자는 경유(景遊), 호는 용연이그만요. 중종임금님 때 태어나셨는디 기해(己亥, 1539년) 생으로 정묘년에 생원시를 합격한 분이어라우."

"기상이 괴오하고 학문이 깊고 두터운 분 같소."

"성님은 도학선비답게 실천이 없는 학문은 죽은 학문이라고 늘 말

씸했그만요."

"글을 보니 알겠소."

"델꼬 온 의병덜은 지가 멫 달 동안 훈련을 시켰그만요, 긍께 모다 순찰사 나리 휘하에 두시믄 으쩔게라우?"

"무슨 훈련을 시켰소?"

"활쏘기도 허고 죽창으로 창술을 시켰지라우."

"좋소. 그대를 나의 별장에 임명하겠소. 그대가 데리고 온 군사들을 거느리시오."

채정해가 모병한 의병들은 즉시 채종해 별장의 소속이 되었다. 그날 밤 권율이 전령을 시켜 채종해를 불렀다. 채종해는 전령을 따라서 권율이 기거하는 내아 방으로 갔다. 내아 방에는 술상이 차려져 있었다. 채종해가 무릎을 꿇고 앉자마자 권율이 술잔을 내밀었다. 그제야 채종해가 자신을 소상하게 밝혔다.

"본관은 평강이고 자는 수보, 호는 지암(芝庵)이어라우. 태어난 곳은 산양(山陽, 보성 별칭)이고라우, 봉사(奉事)를 지낸 조부님이 산양에 터를 잡았고 부친(蔡希玉)께서는 참봉을 지냈그만요."

"지암을 마주하고 있으니 문득 선비 집안의 가풍이 역력히 느껴지오. 나는 오늘 그대와 같은 충의가 넘치는 별장을 얻었으니 참으로 흐뭇한 날이오."

힘이 장사인 채종해는 권율이 주는 대로 술을 받아 마셨다. 채종해는 술을 십여 잔 마셨지만 조금도 자세를 흐트리지 않았다. 그런 그의 모습을 지켜 본 권율은 더욱 믿음이 가는지 기밀을 말하기도 했다.

"모레 새벽에 출병할 것이오. 일단 수원 독성산성에 임시 진을 칠 것이니 그리 아시오."

"예, 순찰사 나리."

어느 새 권율은 대취하여 좌우로 흔들리는 몸을 바로 잡으려고 애를 썼다. 채종해가 말했다.

"순찰사 나리. 모레 출병허실라믄 몸을 애끼셔야 헙니다. 오늘은 여그서 술상을 물리치시는 것이 으쩌겄습니까?"

"좋소."

내아 방문을 열고 나오는 채종해의 모습은 조금도 흐트러짐이 없었다. 마치 술이 아니라 물을 마신 사람 같았다. 그러나 채종해의 얼굴에는 불콰한 술기운이 맴돌았다.

이틀 후 자정 무렵.

권율은 명나라에서 지원군이 추가로 5만여 명이 온다는 소식을 전령에게 보고를 받았다. 이에 권율은 날이 밝자마자 명군과 합세해 한양을 탈환할 목적으로 2,300명의 관군과 1천 명의 의병, 5백 명의 승병을 이끌고 한양으로 향했다. 채종해 별장은 형 채정해가 모병한 의병 8백여 명을 따로 별동대처럼 거느리고 선두를 지켰다. 그러다가 권율의 지시로 직산에 이르러 잠시 머물렀다. 그때 도체찰사 정철의 명령이 떨어졌던 것이다. 군량미 조달, 운반 등에 어려움이 있으니 돌아가 감영을 지키는 것이 좋겠다는 명령이었다. 그러나 권율은 잠시 주저하다가 북상하라는 행재소의 또 다른 명령을 받고 북진하는 동안 불어난 1만 명의 군사들을 이끌고 계속 북쪽으로 이동했다.

그러다가 문득 앞서 용인에서 참패한 삼도근왕군을 떠올리며 북상하는 작전을 멈추었다. 그런 뒤 수원 독성산성으로 들어가 군사들에게 휴식을 준 다음 독성산성의 진지를 보수하고 보강했다.

독성산성전투

선조25년 늦가을.

한양에 있던 왜군 총대장 우키다 히데이에(宇喜多秀家)는 권율의 조선군이 독성산성에 주둔하고 있다는 정보를 입수한 뒤 휘하의 왜군부대를 내려 보냈다. 후방 지원군과의 단절을 우려하는 한편 군량미와 무기 등의 수송이 여의치 못할 것을 우려해서였다. 왜장 우키다는 왜군부대를 나누어 오산 등 세 곳에 삼진(三陣)을 만들었다.

왜군은 성을 바로 공격하는 공성전보다 지구전을 택했다. 독성산성에 물이 부족하다는 사실을 알고 있었던 듯 제방을 쌓아 독성산성 밑으로 흐르는 물길을 막았던 것이다. 그러나 성을 포위한 지 한 달이 지났지만 권율의 군사는 요지부동이었다. 권율이 단단히 지시를 했기 때문이었다.

"왜적은 우리 산성에 식수가 부족하다는 것을 알고 있다. 군사 1만 명이 주둔하려면 산성 아래 냇물이 필요하다는 것도 알고 있다. 그래서 제방을 쌓아 물길을 막은 것이다. 허나 물이 부족하다는 낌새를 조금도 보이지 말라."

"순찰사 나리, 유격전으로 왜적에게 타격을 입힌 뒤 제방을 끊고 물길을 되찾아야 합니다.”

생김새가 우락부락하게 생긴 별장이 유격전을 펴자고 주장했다. 한 달은 견뎠지만 더 이상 지나간다면 군사들의 전투력이 크게 저하될 것이 틀림없었다. 그래도 권율은 섣불리 유격전을 펴지 않았다. 뿐만 아니라 소수의 왜군들이 독성산성 밑을 들락거리며 유인전술을 썼지만 부하들에게 대응하지 말라고 했다. 그 대신 권율은 채종해 등 별장들을 부르더니 기발한 위장전술을 지시했다.

“왜적이 잘 보이는 산성 위에 군마를 끌고 오라.”

“순찰사 나리, 왜 군마를 산성 위에 세웁니까?”

“군마뿐만 아니라 군량미도 산성 위로 가져오라.”

제방을 무너뜨려 물길을 되찾아오자는 별장들은 도무지 권율의 지시를 이해할 수 없었으므로 모두가 의아해 했다. 채종해도 마찬가지였다. 성 밖으로 나가 유격전 한 번 펴보지 못해 답답하던 차에 이제는 어리둥절하기까지 했다. 그래도 군사들은 권율의 엄한 지시를 선선히 따랐다. 말구종 군사는 군마의 고삐를 잡았으며, 힘이 좋은 군사들은 쌀가마니를 등에 지고 산성 위로 올랐다. 권율이 또 다시 지시했다.

“바가지에 쌀을 담아 군마 등에 쏟아 부어라. 멀리서 왜적이 보면 군마를 씻기는 것으로 알 것이다. 알겠느냐!”

이른바 세마(洗馬) 위장전술이었다. 그제야 별장들은 고개를 끄덕거렸다. 이치전투에서 매복전술로 승리했던 것처럼 이번에는 위장전술로 왜군의 판단을 혼란스럽게 하려는 권율의 작전이었다. 권율의 예상대로 성 밖에 있던 왜군들은 포위를 풀었다. 포위작전만으로 조선군을 유인할 수 없다고 판단했던 것이다.

224

권율은 포위작전으로 나왔던 왜군이 물러가자 기회를 놓치지 않았다. 한밤중에 채종해 등 별장들을 불렀다.

"채 별장이 왜군 1진을 타격하고, 제 별장들은 군사들과 함께 제방을 무너뜨리고 오라."

채종해는 곧바로 군사를 거느리고 잠든 왜군 1진을 기습해 수십 명을 살상하는 전과를 올렸다. 왜군 군막에 불을 지르자 서쪽과 동쪽에 있던 왜군 2진과 3진도 혼비백산하여 반격을 해오지 못했다. 그 사이에 권율의 군사들은 왜군이 만든 제방을 터서 물길이 독성산성 밑으로 콸콸 흐르게 했다. 먼동이 트기 전에 벌인 기습작전은 전광석화처럼 끝났다. 권율의 명을 받은 별장과 군사들은 한 명의 사상자도 없이 독성산성으로 복귀했던 것이다.

사기충천한 독성산성 군사들은 그날 새벽 이후부터는 마음 놓고 유격전과 기습전을 펼쳤다. 게다가 전라도사 최철견이 군사를 이끌고 올라와 조선군 전력은 더욱 배가되었다.

이에 왜장 우키다는 독성산성을 함락시키는 것이 어렵다고 판단했는지 왜군 진지들의 목책을 불살랐다. 목책을 태우는 연기가 독성산성에서도 보였다. 군사들이 함성을 질렀다. 채종해도 두 손을 번쩍 들고 소리쳤다.

"와아! 와아!"

진지의 목책을 불사른다는 것은 후퇴를 뜻했다. 권율은 비로소 자신의 장기인 매복전을 구사했다. 기병 1천 명을 한양으로 퇴각하는 왜군보다 먼저 달려가 퇴각로의 숲에 매복시켰다. 왜군 선발대를 먼저 궤멸시키고 나서 뒤따라오는 왜군을 후방에서 치는 일종의 양면작전이었다.

채종해는 자신의 군사가 기병이 아니었으므로 여러 별장들과 같이 왜군을 뒤에서 타격하는 임무를 맡았다. 어느 새 의병출신인 채종해 군사도 여러 번 전투를 치르면서 정예병 못지않게 전투에 임했다.

"절대로 몬자 화살을 쏘지 말라."

"예, 별장님. 지시를 내릴 때까지 꼼짝 않고 있을게라우."

"여그서 우리가 전과를 올리믄 임금님도 포상을 내릴 것이여."

"상 받을라고 싸운다요? 우리 성제 부모를 죽인 왜적을 없애불라고 싸우는 것이제."

"아따, 자네는 으디서 왔는가? 똑 소리 나부네. 그라제, 왜적은 철천지웬수넘덜이여. 긍께 우리 땅에서 쫓아내부러야 써."

채종해 군사의 적개심은 하나같이 이글거리는 잉걸불 같았다. 그래서인지 왜군을 두려워하지 않은 채 목숨을 아끼지 않고 싸웠다. 창을 들고 적진으로 먼저 달려가는 군사를 채종해가 가까스로 붙잡을 때도 있었다.

"적이 방심헐 때 쳐야제 대책읎이 달려가믄 쓴당가. 불길에 뛰어드는 불나방멩키로 말이여!"

퇴각하는 적을 치는 작전은 공성전이나 수성전보다 쉬웠다. 적의 사기가 꺾여 있기 때문이었다. 한양으로 가는 길목 숲에 매복해 있던 독성산성 기병은 왜군 선발대를 한 명도 남기지 않고 목을 베었다. 또한 후방에서 왜군을 쫓아가 치던 독성산성 보병도 큰 전과를 올렸다. 왜장 나카가와 히데마사를 생포해 행재소로 압송했고, 퇴각하는 왜군 3천 명 이상을 사살했다.

행재소에서 전과 소식을 보고받은 선조는 별장들에게 포상할 것을 약속하고, 권율에게는 선전관을 내려 보내 어검(御劍)을 하사했다. 채종해는 자신이 어검을 받은 것처럼 기뻐했다.

"채 별장, 전하께서 하사한 어검이오. 한 번 만져보시오."

"순찰사 나리. 영광이그만요."

어검은 칼집에 용이 새겨져 있고 손잡이에는 구름이 양각돼 있었다. 길이는 3자 정도로 긴 장검이었고 활처럼 구부러진 곡도였다. 채종해는 칼집에서 장검의 손잡이를 잡는 순간 등골이 서늘해짐을 느꼈다.

"칼은 칼집에 있을 때 더 무섭다네."

"칼끝이 으디로 향할지 모른께 그라겄지라우."

다른 별장들도 돌아가면서 어검을 만지며 황공해 했다. 사실 어검은 임금으로부터 부여받은 권위의 상징이었다. 누구든 명을 거역한 자는 현장에서 어검으로 즉시 목을 벨 수 있었다. 어검에 군율(軍律)을 바로 세우라는 임금의 명이 새겨져 있기 때문이었다.

며칠 뒤.

별장 채종해는 새벽에 대장군막으로 갔다. 새로 합류한 장수와 별장과 부장이 참석하는 작전회의가 예정돼 있었다. 수원부사 조경(趙儆), 전라병사 선거이(宣居怡), 전라도사 최철견, 전라우수사 신여량, 승장 처영(處英) 등 장수들이 다 모이자 권율이 입을 열었다.

"명나라 지원군 선발대가 곧 도착한다는 보고를 받았소. 우리 조선군은 명군과 합세하여 한양 도성을 수복할 것이오. 우리는 한양 서쪽으로 이동할 것인데, 왜군의 눈에 띄지 않도록 각별히 조심해야 하오."

"한양 서쪽 으디로 진을 옮길라고 헙니까?"

"일단 양천(陽川)으로 군사를 이동해 방어선을 칠 것이오. 그리고 양천에서 군사를 나누어 한 부대는 금주(衿州, 시흥)로 보내고, 또 한 부대는 조강을 따라가다가 서쪽 안현(鞍峴)으로 잠입시킬 생각이오."

이에 조방장 조경이 반대했다.

"안현은 왜적이 공격하기에 용이한 곳입니다. 허나 행주산성은 바닷물이 들어올 때는 섬이 되어 방어하기에 수월합니다. 바닷물이 해자 역할을 해주기 때문입니다. 게다가 행주산성은 식수와 군량미 조달, 교통이 원활하면서도 매복, 웅거하기에 좋은 요충지입니다."

채종해도 조경의 의견에 동조했다.

"바닷물이 해자 역할을 헌다는 행주산성은 천혜의 요새이그만요. 나리, 그곳에서 왜적을 만나 싸운다믄 반다시 승리헐 거그만요."

잠시 후에는 선거이가 말했다.

"소장은 금주에 머물며 한양에서 오는 왜적을 1차로 방어해불겄습니다. 그라믄 우리 주력군이 안현에 있든, 행주산성에 있든 전력이 약화된 왜적을 맞이하므로 대적허기가 용이허겄지라."

"좋소. 식수와 군량미 조달, 교통이 원활하면서도 매복, 웅거하기에 좋다는 조방장을 행주산성으로 먼저 보내겠소."

조방장은 독성산성전투 때 수원부사로서 관군을 지원했던 조경(趙儆)이었다. 조경은 권율 휘하로 들어와서 주로 전술을 조언하는 조방장 역할을 했다. 권율은 그에게 군사 몇 백 명을 주면서 행주산성으로 먼저 가 방비대책을 세우라고 지시했다.

"순찰사 나리, 방비대책의 하나로 바닷물이 빠질 때 육지와 연결되는 산성 북문 앞에 급히 목책을 세우겠습니다."

"나도 행주산성이 독성산성 못지않은 곳으로 알고는 있소. 그러니 먼저 가서 방비대책을 철저하게 세우시오."

"예, 순찰사 나리."

작전회의 끝에 권율이 직접 군사를 나누어 부대를 편성했다. 독성산성에는 소수의 군사를 대군처럼 위장하여 남게 하고, 양천에서 주력군사 가운데 4천여 명은 선거이가 통솔하게 했다. 그리하여 선거이가 금주로 군사를 거느리고 가서 한양 관악산 산길을 넘어 내려오는 왜군부대에 맞서 방어하도록 했다. 권율 자신은 채종해 등의 별장과 함께 군사를 거느리고 조경이 기다리고 있는 행주산성으로 이동하기로 약속했다.

장수들은 전날 작전회의 결과에 따라 다음날 동트기 전에 은밀하게 각각 지시받은 장소로 이동했다. 왜군이 눈치채지 못하도록 꼭두새벽에 행군했다. 날이 밝아지자 독성산성의 군사들은 아침을 짓는 것처럼 산성 안 여기저기에서 연기를 피워 올렸다. 권율과 선거이, 신여량, 최철견, 처영 등은 양천까지 군마를 탔고 채종해, 이인걸, 조여충, 함여립과 나머지 군사들은 잰걸음으로 이동했다. 일부러 군마 발굽에는 헝겊을 씌웠다. 왜군 경계병들이 말발굽 소리를 듣고 이동작전을 눈치 챌 수 있기 때문이었다.

꼭두새벽부터 시작한 군사작전은 대성공이었다. 장성출신 전라소모사 변이중(邊以中)이 지키고 있는 양천에 도착할 때까지 아무런 교전이 없었던 것이다. 권율은 어떤 작전이든 지체하지 않았다. 전라병사 선거이가 지휘하는 군사 4천 명은 금주 관악산 밑으로 보냈고, 자신은 승장 처영, 별장 채종해와 함께 3천 명의 군사를 거느리고 조강을 따라 이동하다가 행주 덕양산으로 올라갔다. 한편, 창의사(倡義使) 김천일(金千鎰)은 강화(江華), 충청감사 허욱(許頊)은 통진(通津, 김포)에서 각각 권율을 지원하기로 했다.

행주산성 북문 초입에는 목책들이 가지런히 박혀 있었다. 목책 작업은 아직도 끝나지 않았는지 군사들이 들것으로 목책을 나르고 있었는데, 소리치며 감독하는 장수는 조방장 조경이었다. 조경이 권율을 보고는 뛰어왔다.

"순찰사 나리. 서북쪽 외성 밖에는 목책을 다 둘렀습니다."

"군사들이 나르고 있는 목책은 무엇이오?"

"북문 앞에만 목책을 이중으로 두르려고 합니다."

"방비가 철저한 것 같소. 명나라 지원군만 온다면 더할 나위가 없겠소."

"소장도 명군이 오기를 학수고대하고 있습니다."

권율은 덕양산 산정으로 올라가 지형정찰을 한 뒤, 변이중이 보낸 화차(火車)와 40대, 신기전(神機箭), 총통 등 무기를 서북쪽 능선에 집중 배치했다. 행주산성의 남쪽 조강변과 동쪽 창릉천변은 절벽과 경사가 심해 왜군의 침투가 거의 불가능하므로 무기를 거치할 필요는 없었다. 경사가 완만한 곳은 서북쪽인데 계곡과 계곡 사이에 능선이 길게 이어져 능선 자체가 토성 역할을 했다.

뿐만 아니라 권율은 내성에서 떨어진 가장 취약한 서북쪽 자성(子城)에는 승장 처영이 이끄는 승군을 배치하고, 무과출신 무장현감 이충길을 북문 장수로 삼았다. 내성은 조방장 조경, 최철견, 신여량 등이 방어하고 권율은 덕양산 산정 지휘소에서 총지휘를 했다.

군사들의 정위치도 지시했다. 주력부대의 군사들은 서북쪽 외성에 일자대오로 서게 했고, 적이 쉽게 침략할 것 같은 계곡과 능선에는 보성인 채종해와 함덕립, 영암인 이인걸, 완주인 조여충 등의 별장과 활을 잘 쏘는 궁사들을 배치했다.

그런데 며칠 뒤 명군이 1월 28일 벽제관 숫돌고개에서 왜군에게 패하고 말았다는 비보가 날아왔다. 권율은 비보가 믿기지 않았다. 선조 26년 1월 8일 조명연합군이 평양성을 탈환한바, 이여송의 명군은 그 여세를 몰아 한양으로 내려오던 중이었던 것이다. 그런데 이여송의 명군은 왜군에게 일격을 당한 뒤 개성과 평양으로 후퇴했으므로 그들과 합세하여 한양을 수복하겠다는 작전은 요원해져버린 셈이었다. 권율은 또 다시 장수들을 덕양산 산정 지휘소로 불러 작전회의를 했다.

"명군을 기대하기가 어렵게 됐소. 이제 한양수복작전은 조선군 단독으로 할 수밖에 없는 상황이 됐소."

"명군은 왜적과 싸우기를 꺼려한다는 소문이 있소. 그런 명군과 어찌 힘을 합쳐 왜군을 이길 수 있겠소."

"이여송의 명군이 조선을 위해 목심을 아끼지 않고 싸와줄 리가 없지라우."

채종해의 말에 함덕립이 맞장구를 쳤다.

"맞그만요, 물러서서 싸우는 시늉만 내겠지라."

이인걸과 조여충은 이를 부드득 갈았다. 권율이 단호하게 말했다.

"나는 왜적의 동태를 살피기 위해 정탐 군사를 한양으로 보내겠소."

실제로 권율은 작전회의가 끝난 뒤 바로 날랜 군사 수십 명을 선발하여 한양으로 보냈다. 그런데 정탐 군사는 2월 11일 무악재까지 나온 왜군 선봉대에게 발각되어 8, 9명의 사상자를 내고 말았다. 5, 6백 명의 왜군 선봉대는 권율의 정탐 군사를 추격하여 행주산성 부근까지 쫓아왔다. 왜군 선봉대가 물러가지 않고 행주산성 서북쪽을 포위하면서 전운이 감돌았다.

다음날 2월 12일. 한양에 주둔하고 있던 왜군 부대들이 드디어 움직이기 시작했다. 행주산성을 공격하기 위한 이동이었다. 이치전투와 독성산성전투에서 권율에게 패한 왜장 우키다는 설욕전을 펴고자 한양에 주둔하고 있는 왜군들에게 총동원령을 내렸다. 행주산성의 군사는 3천여 명인데 반해 왜군의 총병력은 3만여 명이나 되었다.

행주산성전투

먼동이 트려면 두어 식경은 더 기다려야 했다. 산자락 계곡에는 아직도 어둠이 고여 있었다. 강바람이 헐벗은 나뭇가지를 흔드는 꼭두새벽이었다. 북풍은 잦아들었지만 서쪽에서 불어오는 강바람은 사나웠다. 군사들은 목을 잔뜩 움츠린 채 내성과 서북쪽의 토성과 자성(子城), 북문을 지키고 있었다. 특히 왜군의 공격이 예상되는 북문과 서쪽 토성에 군사를 집중 배치했다. 자성은 승군이 방어했다. 남쪽 조강과 동쪽 창릉천의 경사면은 가파르므로 왜군이 그쪽에서 공격하기는 어려웠다.

전라도에서 온 별장들은 주로 토성에서 수비했다. 토성과 자성, 그리고 북문은 내성을 지키는 1차방어선이었다. 충청도 의병장 출신 젊은 별장이 불만을 터뜨렸다.

"우덜은 총알받이구만유. 내성의 베슬아치덜 총알받이란 말이쥬."

채종해가 주의를 주었다.

"무신 말인가? 왜놈과 싸우는디 토성이든 내성이든 따져서 뭣허겄는가. 왜놈을 으디서든 죽이믄 그만이제."

별장들은 교대로 순성장이 되어 밤새 토성 초소와 진지를 순찰하면서 의병출신 군사들을 격려했다. 그러나 너럭바위 뒤에서 화톳불을 피우려는 군사를 발각하고는 엄하게 주의를 주었다.

"여그서 불을 피우믄 왜적에게 우리덜 위치가 드러나부러. 긍께 춥드라도 참어야제. 느그덜 땜시 토성이 몬자 뚫려서야 되겄는가!"

"바우 뒤라서 안 보일 것이라고 생각했그만요."

"밤에는 콩알만헌 불빛도 십리를 가는 거여."

권율의 전령도 수시로 별장들에게 다가와 명을 전달했다.

"토성 별장들은 인시(寅時, 오전 3-5시)에 북문으로 모이라고 하오."

먼 데서 첫닭 우는 소리가 들려왔다. 채종해는 함덕립 별장을 앞세우고 북문 쪽으로 걸었다. 함덕립은 고향이 같아선지 채정해를 유독 따랐다.

"성님, 오늘 새복에 전투가 있을 것이라고 허는디 참말로 그럴께라우?"

"북문 앞쪽으로 왜적덜이 세 부대로 나누어 진을 치고 있는 것으로 봐서 그럴 거 같은디잉."

"싸울라믄 빨리 싸우고 끝내부렀으믄 좋겄그만요."

"불안해서 그란가?"

"성님은 불안허지 않은갑소잉."

"나는 집을 떠날 때 목심을 나라에 바쳐부렀네. 성님께서 '몸을 바쳐 인(仁)을 이룰 때'라고 말씸허셨는디 잊히지가 않네."

"참말로 나라에 몸을 바친다믄 인을 이룰께라우?"

"나라에 충(忠)을 다해야 대장부겄제. 학문과 덕으로 인을 이룬 선비를 대장부라고도 허고."

"긍께 성님, 학문과 덕이 얕은 우리덜은 충을 다혀야 인을 이루는 것이그만요."

채종해가 함덕립의 어깨를 툭 치며 말했다.

"뭣이든 절절허믄 다 통허는 벱이여. 아마도 우리 성님도 그런 뜻으로 내게 '몸을 바쳐 인(仁)을 이룰 때'라고 말씸했을 것이네."

함덕립은 비로소 이해가 됐는지 이를 꽉 물었다. 뒤따르던 조여충이 점잖게 한 마디 했다.

"성님 말씸이 맞소야."

조여충은 완주사람으로 일찍이 무과 급제하여 주부를 지낸 바 있는데 말을 잘 타고 활을 잘 쏘는 장부였다. 그러니까 채종해, 이인걸, 함덕립, 조여충 등은 모두 전라도 의병장 출신으로 군사들이 '호남 4별장'이라고 불렀다. 그리고 네 사람 모두 하나같이 용기 있고 무재가 뛰어나 권율이 아꼈다. 네 사람에게 왜군과 접전을 벌이게 될 토성을 맡긴 것은 그들의 용맹을 믿기 때문이었다.

북문 안쪽에는 벌써 내성에서 내려온 조경, 신여량, 최철견 등이 한 손에 칼을 쥐고 서 있었다. 자성을 지키는 승장 처영은 승군 5십여 명을 데리고 오는 중이었다. 북문을 수비하는 군사들은 이미 도열해 권율을 주시했다. 이윽고 채종해 등 '호남 4별장'이 나타나자 권율은 지체하지 않고 무겁게 말했다.

"적세를 자세히 살펴본다면 그 양과 질에서 맨손이나 다름없는 우리가 당해 낼 도리는 없다! 그렇다면 무엇으로 제압해 이길 것인가. 오직 한 가지, 죽음으로써 나라의 두터운 은혜에 보답하는 길밖에는 없도다!"

북문 멀리 세 곳에 진을 치고 있는 왜군은 3만 명의 대군이었다. 행주산성을 지키는 관군, 의병, 승병을 모두 합쳐 3천여 명인바, 10대 1로 조선군이 열세를 면치 못했다. 그러나 권율은 남아의 기상을 강조했다.

"진정한 남아는 의(意)와 기(氣)만 생각할 뿐이지, 어찌 공훈과 명예를 먼저 논하랴! 천 사람이 한 마음으로 서로 죽기를 맹세하자!"

조선군의 함성소리가 북문을 넘어 왜군 진지까지 퍼져나갔다.

"적들은 날이 밝기를 기다리고 있다. 준비한 주먹밥을 든든히 먹고 각자 위치로 가라. 우리는 하늘이 도와 반드시 이기고 말 것이다. 장수들은 부하들의 목숨을 자신의 목숨처럼 아껴야 한다. 싸우되 적이 죽고 우리가 사는 싸움을 해야 한다. 알겠는가!"

권율 옆에 서 있던 이충길 북문장이 칼을 높이 치켜들고 소리쳤다.

"우리들은 이때를 기다렸소. 처영 승장님의 짧은 법문을 듣는 것이 어떻겠소? 듣고 나면 용기백배할 것이오!"

그러자 처영은 미리 준비했던 것처럼 바로 법문을 했다.

"나는 팔도도총섭 사명대사님의 제자 처영이오. 우리는 생사를 넘나드는 싸움터에 있소. 생과 사가 다르다고 생각하면 싸움이 두려울 것이오. 허나 생과 사가 하나라고 생각하면 죽음이 두렵지 않을 것이오. 뜬구름 같은 인생, 나라를 위해 바친다면 이보다 더한 영광이 어디 있겠소? 가장 잘 사는 것은 가장 잘 죽는 일이오. 관세음보살 나무아미타불!"

처영은 생과 사가 같다는 생사일여(生死一如)를 법문했다. 장수와 별장, 그리고 군사들이 합장했다. 누군가는 처영을 따라서 '관세음보살

나무아미타불"하고 창불(唱佛)했다.

어느 새 먼동이 터왔다. 군사들의 번득이는 눈빛만 보이더니 이제는 얼굴의 이목구비가 드러났다. 창릉천 너머 하늘은 벌써 놀이 물들고 있었다. 그러고 보니 북문 밖의 왜군 진지들도 어슴푸레 보였다. 군마를 탄 왜군 기병들이 공격준비에 돌입한 듯했다.

행주산성의 조선군들도 일제히 방어태세를 갖추었다. 권율은 군마를 타고 최후 점검을 했다. 토성 진지와 북문에는 이미 화차와 신기전이 거치돼 있었다. 변이중의 화차는 조선군 소총인 승자총통 40여 정을 장치하여 연속사격이 가능했다. 또 신기전은 1백여 발을 장착한 뒤 한번에 15발씩 연속사격을 할 수 있었다. 석탄(石彈)을 쏘는 수차석포 옆에는 돌들이 수북하게 쌓여 있었다. 여러 진지와 북문에는 이삼 일 동안 내성 무기고에 있던, 대완포구(大碗砲口)로 발사하는 비격진천뢰(飛擊震天雷)와 각종 총통 등이 옮겨와 있었다.

채종해는 둥근 박처럼 생긴 비격진천뢰를 처음 보고 놀랐다. 선조 24년 화포장 이장손(李長孫)이 발명하였기 때문에 널리 알려진 무기는 아니었다. 토성과 내성 사이에는 방화용수를 채운 여러 개의 가마솥이 군데군데 놓여 있었다. 왜군의 화공에 대비한 조치였다. 군사들도 왜군의 화공에 맞서 젖은 수건과 재가 들어 있는 주머니를 한 자루씩 허리에 찼다. 채종해가 그러한 모습의 군사들을 보고 웃었다. 그러자 영암 출신 이인걸 별장이 말했다.

"성님, 전운이 감도는디 웃음이 나오요?"

"군사덜 모습이 동냥치도 상동냥치 같으네. 근디 동상은 우리 군사덜 모습을 보고 울어야 헌단 말인가?"

"시방 왜적놈덜이 쳐들어올라고 헌께 드리는 말씸이지라우."

"진작 나라에 내놓은 목심, 뭣이 두렵다는 것인가. 참말로 웃음을 참는 것도 에럽그만잉."

그때였다. 북문 쪽에서 효시가 연달아 날아올랐다. 효시란 적이 나타났을 때 쏘아 올리는 화살인데, 뭉툭한 화살 끝에 피리처럼 구멍이 나 있어 날아갈 때 날카로운 소리가 났다. 날이 밝자마자 왜군 기병 1백여 명이 북문 앞 목책까지 달려와 괴성을 질렀다. 조선군은 왜군에게 적수가 되지 못한다는 심리전술이었다. 북문장 이충길이 '얼마든지 공격하라'는 표시로 화살을 쏘아 기병 한 명을 쓰러뜨렸다. 그래도 왜군 기병들은 북문 앞 목책까지 반복해서 내달리곤 했다.

그러는 사이에 왜군들이 행주산성 북문과 서북쪽 능선을 몇 겹으로 에워쌌다. 왜군의 1차 공격 선봉대장은 고니시 유키나가였다. 그는 조총부대를 앞세웠다. 고니시는 목책 앞까지 조총부대를 보낸 뒤 보병을 보냈다. 조총부대는 북문을 향해 일제히 총을 쏘며 공격했다. 그러나 이충길 북문장의 지시를 받는 조선군의 응전도 거셌다. 화살이 조총부대 머리 위로 비 오듯 쏟아졌다. 왜군이 뒤로 물러났지만 활은 조총의 총알보다 더 멀리 날았다.

고니시 군사는 평양성에서 패배한 탓에 벽제관 전투에 참여하지 않았다가 행주산성에서 설욕전을 하고자 선봉대로 나섰는데, 조선군의 수성이 예상보다 강하자 조총부대장이 먼저 당황했다. 고니시가 조총부대장 고니시 사쿠에몬(小西作右衛門)에게 명령했다.

"목책을 넘어가라!"

"이중목책입니다."

고니시 유키나가의 가신으로 고니시 성을 받은 사쿠에몬이었다. 부산진성, 동래성, 탄금대 등 어디서든 조총부대장으로 나섰던 사쿠에몬이 진퇴양난에 빠지자, 설욕전을 펴려고 했던 고니시는 목청이 찢어질 만큼 소리쳤다.

"엄호하고 있으니 목책을 넘어가라!"

그러나 조총부대는 사상자만 냈다. 활을 맞고 쓰러진 왜군들이 땅바닥에 뒹굴었다. 고니시는 눈앞이 노래졌다. 이중목책을 넘어간 왜군들이 하나같이 피투성이로 뒹굴었다. 조선군이 성 위에서 화차, 수차석포, 총통을 일제히 발사했던 것이다. 이윽고 고니시 왜군은 두어 식경만에 궤멸 상태가 돼버렸다. 조총부대장 사쿠에몬이 군마에서 떨어지자 고니시는 공격중지 명령을 내렸다.

잠시 조총 소리가 멈추었다. 그러나 2차 왜군부대는 북문을 돌아 서쪽 토성 양쪽으로 공격했다. 왜장 이시다 미쓰나리(石田三成)와 마에노 나가야스(前野長康)가 진두지휘했다. 그런데 조선군의 진지에서는 능선을 올라오는 왜군의 공격대오가 훤히 보였다. 때문에 신기전이나 화차가 공격해 오는 왜군을 향해 불을 뿜었다. 함덕립이 채종해에게 다가와 말했다.

"성님! 왜놈덜을 이 잡데끼 허요잉."

"정신 채리소, 왜놈덜이 시방 저짝에서 시꺼멓게 올라오고 있은께."

그래도 왜군들은 전력의 우세를 믿고 공격해 왔다. 이인걸이 채종해에게 달려와 흥분했다.

"성님, 이러다가 토성이 뚫겄는디요, 으쩔께라우?"

"음마, 저짝에 멫 놈이 달려오네, 애기화살 쪼깜 줘보소."

애기화살이란 편전의 다른 말로 관통력이 좋고 빠르게 날았다. 반면에 긴 화살인 장전은 멀리 날아가는 강점이 있었다. 채종해가 편전을 쏘자 앞서 올라오던 왜군이 정통으로 맞고 쓰러졌다. 함덕립도 시위를 당겼다. 그러나 왜군을 빗맞혔는지 거꾸러졌다가 다시 일어나 도망쳤다.

"성님 궁술은 이순신 장군님도 알아줘야겠그만요."

"자네는 무과급제했담서 으째서 저 우두머리 왜놈을 살려주는가?"

"지가 실력이 읎는 것이 아니라 왜놈이 오늘 운이 좋은 것이지라우. 하하하."

그때 권율이 군마를 타고 지휘소에서 내려왔다.

"채 별장, 왜장 같은 저 놈도 죽이게."

"예, 순찰사 나리."

채종해와 이인걸, 함덕립이 동시에 권율이 가리킨 왜장을 향해서 화살을 날렸다. 그러자 누구의 화살이 꽂혔는지는 모르지만 피를 뿌리며 가슴을 움켜쥐었다. 왜장이 부상을 당하자 그제야 왜군들의 기세가 꺾였다. 토성을 넘어올 것 같았지만 뒷걸음질치더니 퇴각했다. 채종해를 비롯해 '호남4별장'은 군사들과 함께 함성을 질렀다.

이번에는 왜장 구로다 나가마사(黑田長政)가 나섰다. 그의 군사는 북문을 공격했다. 누대를 만들어 그 위에 수십 명의 조총수가 성벽 위에 있는 조선군을 쓰러뜨렸다. 그러자 내성에서 온 조경이 지자총통 등을 쏘도록 화포장에게 명했다.

"발포하라!"

뿐만 아니라 성 밑까지 접근한 왜군들에게 대완포구(大碗砲口)로 비격진천뢰(飛擊震天雷)를 쏘았다. 비격진천뢰가 천둥소리를 내며 터지자 구로다 부대 왜군들은 혼비백산했다. 구로다도 별 수 없이 많은 사상자만 내고 후퇴했다. 왜군의 공격을 지켜보던 왜군 총대장 우키다 히데이에가 물러선 왜장들에게 욕설을 퍼부었다. 그러면서 그 자신이 직접 나섰다.

총대장이 지휘하자 왜군들의 사기가 다시 올랐다. 우키다는 경사가 완만한 서북쪽을 공략했다. 왜군들도 죽음을 무릅쓰고 달려들어 토성 일부를 돌파했다.

비로소 조선군 가운데 일부가 동요했다. 우키다의 부장 토가와 다찌야스(戶川達安)는 벌써 내성까지 접근하고 있었다. 채종해는 내성을 돌아보는 순간 조총의 총알이 자신의 귀를 스치는 것을 느꼈다. 귀를 만지자 붉은 피가 묻어났다. 그때 권율이 내성 밖에서 소리쳤다.

"발포하라!"

이윽고 우키다가 총통 파편을 맞고 쪼그려 앉았다. 왜군의 총대장이 부상을 당하자 조선군의 사기가 다시 올랐다. 조선군으로서는 천운이었다. 총대장 우키다의 부상이 아니었다면 내성까지 돌파당할 뻔했던 것이다. 온갖 공격전술이 먹혀들지 않자 왜장 키카와 히로이에(吉川廣家)는 화공으로 공격했다. 갈대다발에 불을 붙여 바람 부는 방향으로 던졌다. 서풍은 토성 한쪽을 태웠다. 그러나 조선군은 허리에 찬 젖은 수건으로 얼굴을 감싼 채 미리 준비한 방화수로 산불을 껐다. 그러는 사이에 왜장 우키다는 군마가 넘어지는 바람에 크게 다쳤다.

그러자 왜장 모리 모토야스(毛利元康)는 전략을 바꾸었다. 서북쪽의 자성(子城)을 점령하려고 맹공격을 가했다. 1천여 명의 승군들은 승장 처영의 지시를 받아 성벽을 기어오르는 왜군에게 재를 뿌려 눈을 뜨지 못하게 한 뒤 돌을 날렸다. 마침내 모리의 왜군은 더 이상 공격을 못하고 물러갔다. 모리를 대신해서 왜장 고바야카(小早秀包)와 다카가게(小早川隆景)가 또다시 자성을 공격했다. 결국 자성에서 내성으로 가는 길이 뚫렸지만 권율은 급히 자성으로 지원군을 보내 방어했다.

지원군으로 온 채종해와 이인걸, 함덕립, 조여충 별장은 칼을 들고 왜군과 백병전으로 맞섰다. 자성 위에서는 승군들이 활을 쏘았고, 아녀자들이 치마폭에 든 돌을 던졌다. 석양이 기울 무렵에야 드디어 왜군들이 물러가기 시작했다. 채종해, 이인걸, 함덕립, 조여충은 도망가는 왜군들에게 활을 쏘았다.

그때였다. 도망가던 왜군 일부가 갑자기 뒤돌아서 조총으로 그들을 겨냥했다. 앞서가던 함덕립이 먼저 총알을 맞고 쓰러졌다. 이인걸이 함덕립을 쫓아가다가 그 역시 총알을 맞았다. 조여충도 앞에 있는 두 사람에게 달려가 엎드렸지만 총알이 그의 이마를 뚫었다. 이인걸과 조여충은 바로 숨이 끊겼다. 채종해도 벌떡 일어난 뒤 함덕립에게 가서 소리쳤다.

"동상덜, 우리가 이겼네! 왜놈덜이 도망치고 있네!"

"이겼지라우. 나도 보고 있지라우."

함덕립이 숨을 헐떡이며 말했다. 그가 다시 말했다.

"성님이 말씸했지라우. 요로코름 죽는 것도 인(仁)을 이루는 것이라고."

"암은, 그라고 말고."

그 순간 왜군이 쏜 총알이 이번에는 채종해의 배를 관통했다. 채종해의 입에서 붉은 피가 꾸룩꾸룩 흘러나왔다. 채종해가 함덕립에게 혼잣말 하듯 중얼거렸다.

"저 소리가 무신 소린가?"

행주산성 산정 지휘소에서 장수와 군사들이 외치는 함성소리였다. 권율은 눈물을 흘리고 있었다. 충청수사 정걸과 경기수사 이빈이 화살을 가득 선적한 배를 조강 나루터에 막 정박시켰다는 소식과 창의사 김천일이 군사 3천여 명을 거느리고 행주산성 후방에 와 있다는 소식이 전령을 통해 전해졌던 것이다.

왜군은 더 이상 버티지 못했다. 해가 지고 땅거미가 깔리자 왜군은 네 곳에 시체를 모아 불태우고는 한양으로 퇴각했다. 다음날, 장수들이 권율에게 전과를 보고했다.

조선군의 완벽한 대승이었다. 왜군 총대장 우키다 히데이에를 비롯해서 키카와 히로이에, 이시다 미쓰나리, 마에노 나가야스 등 4명의 왜장이 중상을 입었고, 왜군 사상자는 무려 1만여 명이나 되었던 것이다.

바람재마을 충의

바람재마을 앞 들판은 길고 넓었다. 보성강 지류에서 시작하여 능성으로 넘어가는 고갯길까지 이어지고 있었다. 일손이 부족한 탓에 이제야 듬성듬성 벼 베기가 시작되고 있었다. 어디선가 참새 떼가 날아와 농사꾼들이 흘린 벼이삭을 쪼았다. 참새 떼는 농사꾼들이 들녘에 세운 허수아비를 무서워하지 않았다. 안방준은 바람재마을 초입에서 걸음을 멈추었다. 마을 뒷산에서 함성소리가 들려왔다. 환청인가 싶어 다시 귀를 기울였지만 장정들이 내지르는 함성이 틀림없었다.

그때 볏단을 지게에 진 늙은 농사꾼이 지나치고 있었다. 농사꾼의 다리가 젓가락처럼 말라 곧 쓰러질 것만 같았다. 안방준은 농사꾼의 손에 든 콩대 묶음을 빼앗아 들었다. 그러자 늙은 농사꾼이 말했다.

"고맙소잉, 근디 으디로 가요?"

"용연 선상님헌테 가그만요. 선상님 댁이 으딘가요?"

"쩌어기 산자락에 있는 큰집이요."

"마실 뒤에서 들려오는 거 같은디 무신 소린가요?"

"젊은 장정덜이 모여서 훈련허고 있는 갑소."

"용연 선상님께서 시키시는그만요."

"그 양반은 몸이 안 좋아서 못시키고 종질이 나서서 그라요."

늙은 농사꾼은 느티나무 등걸에 지게를 바치고 땀을 들였다. 안방준은 농사꾼이 말한 채정해 집으로 올라갔다. 사립문은 열려 있었다. 사람들의 출입이 빈번한 듯했다. 안방준은 사립문 안으로 들어가 마당에서 인기척을 냈다.

"어르신 겨십니까요?"

"누군게라우?"

사랑방 쪽에서 중년 사내의 목소리가 들려왔다.

"지는 삼도 대장님 휘하에서 종사관을 지낸 안방준이라고 헌디 어르신을 뵐라고 왔그만요."

그제야 사랑채 문이 열렸다. 방을 나온 사람은 채정해의 사촌동생 아들인 채은남(蔡殷男)이었다. 안방준보다 열대여섯 살 많아 보였고 체격이 우람하여 목소리가 우렁우렁했다.

"들어오씨요. 어르신께서 몸이 불편허신께 용건만 간단허게 말허고 가씨요."

"알겄그만요."

채정해가 누워 있다가 일어나 안방준을 맞이했다.

"무신 일로 왔는가?"

"예, 어르신께 급히 알려드릴 일이 있어서 왔지라우."

"그라믄 내 종질, 은남이허고 쪼깜 더 얘기헌 뒤에 자네가 가져 온 소식을 듣겄네."

채정해의 목소리는 너무 작아서 귀를 기울여 들어야 했다. 노환을 오랫동안 앓아온 탓에 입술을 움직이는 것조차 힘들어했다. 채은남은 당숙인 채정해에게 미처 못 했던 말을 마저 했다.

"당숙 어른 격문을 보고 모인 장정덜에게 마실 뒷산에서 훈련을 시킨 지 보름이 지났그만요. 왜적덜이 호남으로 쳐들어 온당께 은제 여그까지 올 줄 모르겄그만요."

"오늘까지 모인 장정은 몇 명이나 되는가?"

"오십 명이 조금 넘그만요."

"잘 훈련시켜야 써. 곧 출병헐지 모른께. 군량미는 걱정허지 말고. 내가 창고 쇳대를 종질에게 한 개 맽길 텐께 말이여."

"아이고메, 당숙 어른. 장정덜이 알믄 사기가 충천헐 거 같그만요."

"은남이 얘기를 들은께 그란지 나도 심이 나는그만."

창고 열쇠를 받아든 채은남은 엄숙한 표정을 짓더니 말했다.

"당숙 어른, 저 또한 용사(勇士)인디 한 무리 의병을 이끌고 나라 은혜에 보답허는 것이 본래 소원이지라우."

"그래, 은남이 자네를 믿네."

채은남이 사랑방을 나가자 그제야 채정해가 물었다.

"무신 소식을 갖고 왔는가?"

"어르신께서 놀랠까 두렵그만요."

"괴안찮네. 나는 요로코름 은거해 사는디 뭣을 더 바라고 살겄는가. 모다 내려놓았네."

사랑방 윗목에는 돈재(遯齋)라고 쓴 판자 조각이 놓여 있었다. 돈(遯) 자는 숨을 돈 자였다. 채정해는 은거를 강조해서 자신의 호를 하나 더 작호(作號)한 셈이었다. 그러나 돈재란 호를 새로 창안한 것은 아니었다. 조선 성종 때 하동에서 능성으로 들어와 살았던 김종직의 제자 정여해의 호도 돈재였던 것이다. 정여해는 김종직의 제자들이 연산군 때 무오, 갑자사화에 연루되어 모두 죽거나 유배를 가자, 그 자신은 능성 집에 돈재라는 패를 걸고 사헌부지평 벼슬을 제수 받았지만 연산군의 패악질을 거부하며 끝내 출사하지 않았던 도학자였던 것이다.

"어르신, 제가 흠모허는 도학자도 호가 돈재였그만요. 성종, 연산군 때 능성에 살았던 분이었지라우. 정암 조광조의 스승 김굉필허고는 동문수학헌 친구였고요."

"한훤당은 순천으로 유배를 와서 죽었지."

한훤당은 김굉필의 호였다. 비로소 채정해가 안방준을 낯익은 손님 처럼 맞이해주었다. 안방준은 채정해가 마음의 문을 열고 있다는 것이 느껴졌다. 노환을 앓는 사람답지 않게 얼굴에 조금씩 활기가 일고 있 었다.

"어르신께서 돈재라고 작호허신 뜻을 짐작허겠그만요."

"능성의 돈재 어르신은 점필재 김종직 선생의 문하생 중에 상례제 일이라고 불렸다네. 새옹지마라고 헐 수 있제. 연산군 폭정이 극에 달 았을 때 돈재 어르신의 부모님이 연달아 돌아가셨어. 줄초상이 난 거 제. 그 핑계로 출사허지 않고 여섯 해 동안을 부모님 유택 옆에서 시묘 살이를 허셨다고 그래."

채정해는 뜻밖에도 정여해에 대해서 소상하게 알고 있었다. 안방준 은 능성에서 살았던 정여해가 실천유학을 중시하는 도학자로서 김종 직의 제자라는 것 정도만 알고서 흠모해왔지 깊숙하게는 몰랐던 것 이다.

"연산군이 점필재 제자덜을 다 잡아들이고 유배를 보냈는디 돈재 어르신만은 으쩌지 못했제. 근디 시묘살이를 시늉만 헌 것이 아니라 밤낮으로 부모님 유택 옆에서 살음시로 불효자라 하여 무염식을 했다고 그래. 말이 무염식이지, 소금이 일체 안 들어간 음석이라 맛이 읎은께 생키기 심들었겄제. 풍찬노숙이나 다름읎는 6년 시묘살이를 다 마치고 나서는 풍병이 들어 골골 고상허시다가 유명을 달리허고 말았어. 그래 점필재 제자 중에 상례제일이라고 허는 거여."

채정해는 길게 말하면서 목이 마른지 앉은뱅이책상 위에 놓인 자리끼를 안방준에게 달라고 손짓을 했다. 안방준은 작은 사발에 든 자리끼를 채정해에게 두 손으로 공손하게 바치듯 주었다. 자리끼는 달달한 꿀물이었다. 입이 작은 항아리에는 벌꿀이 들어 있었다. 자리끼로 목을 축인 채정해가 다시 말했다.

"나는 정여해 도학자와 매월당 김시습이 주고받은 시를 외우고 있다네. 매월당이 정여해 도학자 능성 집을 찾아와 며칠 쉬었다가 간 것 같아. 두 분의 시에 한 점 티끌도 읎는 것 같아서 시를 외울 때마다 내 머릿속이 가실하늘맹키로 개운해진다네."

동봉스님께

운수승으로 세속의 정 잊은 지 몇 해나 되었습니까?
객창에서 밤마다 신선 사는 마을을 꿈꾸셨겠지요.
스님 그리워서 저 멀리 동봉의 달을 생각하며
병든 이 몸의 가지가지 수심을 시에 담아 전합니다.

寄東峯僧

雲水忘情閱幾秋
客窓夜夜夢浮邱
憑君遙憶東峯月
爲報病夫萬曲愁

김열경은 답시를 보내오

고향 떠나 관동을 유랑한 지 사십 년
금강 보리심에 신선 사는 마을 아님이 없었다오.
동봉에 비치는 달빛은 앞 왕조부터의 일이거니
운수납자가 어찌 딴 수심을 두려워하겠습니까.

附金悅卿答韻

流落關東四十秋
金剛無處不丹丘
東峯月色前朝事
衲子何曾刦外愁

동봉(東峯)은 김시습의 호이고 열경(悅卿)은 그의 자였다. 그러니까
정여해가 김시습과 헤어지고 난 뒤 해인사 동봉암에 머물고 있는 김시

습에게 편지로 시를 보내자, 김시습에 답시를 보낸 것인데, 서로의 시가 맑기 그지없었으므로 채정해가 자주 읊조리곤 했다는 고백이었다. 안방준은, 채정해가 왜 1백여 년 전의 인물인 정여해의 호를 빌려 자신의 아호로 삼았는지 충분히 이해할 수 있었다.

안방준은 문득 17세 무렵의 일이 떠올랐다. 선조22년(1589)에 정여립의 변란이 일어났을 때, 매형 이영남이 정암수 편에 서려고 하자, 만류한 적이 있었던바 역옥(逆獄)이 일어나면 무고한 사람까지 연루되어 화를 당할까 봐서 그랬던 것이다.

그런데 그때 처신이 가장 힘들었던 사람은 바로 채정해가 아닐 수 없었다. 채정해와 정여립은 생원시 합격 동기였던 것이다. 그러나 채정해는 일부 대신들에게 평이 좋은 정여립을 가까이 하지 않았는데, 특별한 이유는 없었지만 잘나가는 동기의 힘으로 출세하고 싶지 않았기 때문이었다. 채정해는 빛이 나지 않는 한직의 벼슬이지만 묵묵히 받았을 뿐이었다. 생원시에 합격하고 나서 학행(學行)으로 추천받고, 이어 봉사(奉事)를 거쳐 통훈대부 군자감 부정(副正)에 올랐지만 별다른 욕심이 없었던 것이다.

그런데도 정여립은 채정해를 끌어들이어 사욕을 취하고자 했다. 그러나 채정해는 정여립의 야심을 알고서 접촉하기는커녕 더 멀리했다. 할 수 없이 정여립이 그의 측근인 지함두를 보냈지만 채정해는 그 역시 배척했다. 지함두가 두세 번 더 찾아왔지만 끝내 만나주지 않고 물리쳤던 것이다.

"어르신께서 기축년에 으째서 정여립을 멀리 하셨는지 알 거 같어라우. 어르신 뜻이 이미 지 맘에 들어와 있었는지 지도 지 매형을 충고

헌 적이 있그만요."

"정여립의 평가는 뒷날 달라질 수도 있겠지만 동서 분당의 시기에 살고 있는 우리덜은 언행을 늘 살얼음 밟데끼 해야 허네. 고것이 중용의 길이네."

"예, 영념허겄그만요."

"근디 나에게 알려줄 소식이 있다고 했는디 뭣인가?"

"어르신, 놀래지 마시씨요. 노환을 앓고 겨신께 맘이 조마조마허그만요."

"괴안찮네. 나는 살 만치 산 사람이 아닌가."

안방준은 채정해와 이야기하는 동안 그의 정신력이 의외로 강하다는 것을 느꼈다. 향교가 전소됐다는 소식을 듣고 충격은 받겠지만 그 이상의 사고는 나지 않을 것 같았다.

"예, 말씸드리지라우."

"쿨럭쿨럭."

안방준은 채정해가 잔기침을 하는 동안 잠시 기다렸다가 말했다.

"오늘 새복에 향교가 불타부렀그만요. 왜적놈덜 짓이지라우."

"조선 선비덜 정신을 아조 말살헐라고 헌 숭악헌 짓거리네. 그란다고 우리덜 정신이 읎어지겄는가."

"어르신께 젤로 몬자 알려드렸그만요. 존경허는 어르신이신께라우."

채정해는 잠시 턱과 입술을 떨었지만 의기가 솟구치는 듯 말투는 더욱 또박또박해졌다.

"왜적덜이 물러가고 나믄 반다시 향교를 복원허고 말겄네."

"어르신, 지도 심을 보탤랍니다."

"암은, 보성 유생이라믄 모다 나서야제."

의기가 솟구쳐 힘을 주어 말하는 채정해의 눈은 어느새 흐려졌다. 눈가에는 벌써 눈물이 흘렀다. 안방준은 슬그머니 일어났다.

"어르신, 몸을 잘 보존허셔야 헙니다요."

"알겠네."

안방준은 바로 사랑방을 나왔다. 그제야 방 안에서 울음소리가 났다. 채정해가 보성향교 전소 소식에 비통함을 참지 못하고 꺼이꺼이 우는 소리였다. 안방준은 좀 전에 만났던 채은남이 생각나 풍산 쪽으로 올라갔다. 바람재마을에 들어섰을 때 장정들이 훈련하는 기합소리가 들려왔던 산자락이었다.

채정해 집에서 뒷산 쪽으로 조금 올라가자 죽창을 들고 훈련하는 장정들의 모습이 보였다. 좀 더 다가가자, 채은남이 장정들의 훈련을 중지시켰다. 채은남이 장정들에게 안방준을 소개했다.

"전라좌의병 대장님을 모셨던 안방준 종사관이시다!"

"아이고메, 반갑그만이라우!"

"안방준이요! 바람재마실 채씨 가문의 충의를 보고, 나라의 은혜에 보답허겠다고 모여든 여러분을 본께 든든허기 짝이 읎소."

훈련하는 장정들의 숫자는 오십 명 안팎이었다. 소나무 그늘에 앉아 있는 장정도 있었다. 창술을 훈련하다가 죽창에 다친 장정이었다. 무술에 조예가 깊은 채은남이 실전하듯 강훈련을 시키고 있기 때문이었다.

채은남의 아들 채명헌(蔡明憲)은 전령을 맡고 있었는데, 장정들이 훈련하는 동안에는 끼니때마다 배식을 담당했다. 배가 불러야 훈련을 잘 받는다는 아버지 채은남의 지론에 따라 직접 배식을 맡아 장정들의 사기를 드높였다.

안방준이 자리를 뜨려 하자 채은남이 말했다.

"바람재마실 의병덜은 오늘 군량미가 해결됐은께 곧 능성 쪽으로 가서 왜적을 막을 것이요."

당숙인 채정해에게 곡식 창고 열쇠를 받았으므로 출병을 망설이지 않겠다는 종질 채은남이었다.

"무운을 빌께라우."

"어젯밤에 현몽을 했소. 적장의 신검(神劍)을 탈취허고 목을 벴소. 왜적덜이 나더러 비장군(飛將軍)이라고 허고 신장(神將)이라고 불렀소. 하하하."

안방준은 채은남의 기백으로 보아서 간담이 서늘해진 왜군 무리가 반드시 비장군, 신장이라고 부를 것만 같았다. 그러나 왜군을 대적하기에는 5십여 명 정도의 의병으로는 역부족일 듯했다.

"장정덜을 더 모아서 출병허믄 으쩌겄는게라우?"

"내가 죽으믄 아들 명헌이가 후군(後軍)을 거느리고 진격허기로 했소."

채은남은 이미 작심하고 있었다. 군량미를 확보했으므로 왜군들이 나타났다는 능성 쪽으로 당장 출병하려고 했다. 채은남의 두 눈은 적개심으로 이글거렸다.

공분(公憤)

　안방준은 보성강으로 흘러드는 대원사 초입의 개울둑에서 옷을 벗었다. 채정해 집에서 한걸음에 오다보니 온몸이 땀으로 젖었다. 바지저고리는 문덕 고갯길에 올랐을 때 흙바람을 맞아 갑자기 황토먼지가 달라붙어 더러웠다. 얼굴도 고되게 흙구덩이를 판 사람처럼 궁상맞게 보였다.

　10월 초의 개울물은 차가웠다. 그래도 안방준은 차가운 개울물에라도 몸을 씻어야 했다. 꾀죄죄한 모습으로 스승 박광전을 뵐 수는 없었다. 선비는 밤이나 낮이나, 누가 있던 없건 간에 의관을 바르게 하고 곧은 자세여야 한다는 말을 스승 박광전으로부터 귀에 딱지가 앉을 만큼 들었던 것이다. 그러니 스승의 눈에 자신의 꾸꿈스러운 모습을 보일 수는 없었다. 안방준은 수심이 조금 깊은 곳까지 들어가 얼굴과 몸을 씻었다. 피라미들이 종아리를 간지럽게 했다. 스님 세 명이 탁발하고 대원사로 돌아가는 듯 나타났다. 개울물에 잠깐 몸을 담갔는데도 얼굴에 소름이 돋았다. 두 다리 사이에서 덜렁거리던 남근도 자라목처럼 움츠러들었다. 안방준은 개울물에서 나와 바지저고리를 털었다. 다행히 석양은 산 위에 떠 있었다. 햇볕은 물 묻은 몸을 그런대로 말려주었고, 날빛은 아직 환했다.

　몸을 씻은 안방준은 다시 우계정으로 가는 산길을 걸었다. 산모퉁이를 하나 돌아가자 조금 전에 보았던 스님들이 나타났다. 그들은 반석에 앉아 탁발한 쌀을 꺼내놓고 등겨를 고르고 있었다. 안방준은 낯이 익은 스님들이어서 그냥 지나치지 않고 합장했다.

　"스님, 안녕허신게라우?"

　"인자 탁발도 못허겄어라우."

　"왜놈덜 땜시그만요."

　"곡성까지도 탁발을 댕겼는디 인자 동복을 넘어갈 수 읎어라우."

　"동복에 왜적덜이 있는게라우?"

　"왜적덜이 동복 관아를 뺏아부렀는갑소. 사람덜이 그짝으로는 가지 않습디다. 무서운께 그라겠지라우."

　"보성에도 왜적덜이 나타났그만요."

　"인자 중덜도 탁발만 험시로 살 것이 아니라 싸울 때가 된 것 같소야. 나라가 읎으믄 중노릇이 무신 소용이 있겄는게라우."

　"고마운 말씸인디 스님덜은 백성덜을 위해 기도를 잘 해주시믄 되겄지라우."

　"며칠 전에도 주지스님허고 대중덜 간에 의논이 분분했그만요. 대중덜은 나가 싸우자고 허고, 주지스님은 수행하고 기도허는 것이 중의 본분사인께 절을 지키자고 헙디다."

　"스님 말씸이 옳그만요. 누구든 나라의 은혜를 입고 사는 것이 분명허고, 누구나 임금님의 신하된 백성이니 심을 합쳐 싸와야 헐 때그만요."

안방준은 대원사 대중스님의 말에 가슴이 뭉클했다. 절에 남아 염불하고 기도만 하는 주지스님보다 탁발을 나다니는 대중스님들이 더 깨어 있었다. 탁발을 다니면서 노략질과 분탕질을 하는 왜군의 만행을 목격했기 때문에 스님이지만 충의가 생긴 것이 분명했다.

비단 대원사 대중스님들만 그런 것은 아니었다. 봉갑사 대중스님들은 이미 순천의 의승장 삼혜스님에게 달려가 전라좌수영의 의승수군이 됐고, 흥양의 능가사 대중스님들 역시 의승장 의능 막하에서 이미 의승수군이 되어 활약하고 있었다. 더구나 전라좌수영에는 스님들의 거처인 의승청이 설치되어 의승장들은 수승(首僧)이라고 불리며 이순신 장군의 지시를 받았다. 전라좌수영에서 가장 먼 천봉산 유곡에 자리한 대원사의 대중스님만 의승청이 설치된 사실을 모르고 있었다.

"근디 우리 중덜이 활을 쏠 줄도 모르고, 칼을 쓸 줄도 모르는디 무신 심이 될지는 모르겠어라우."

"스님덜이 나서주믄 큰 도움이 되지라우. 지가 경상도에서 임계영 대장 막하에서 왜적덜과 여러 번 싸워봐서 아는디 스님덜만치 지리에 훤헌 사람은 읎당께요. 탁발을 댕김시로 으디에 마실이 있고, 산 으디에 재가 있는지 귀신맹키로 잘 아시드랑께요. 지리를 모르믄 적을 칠 수 읎지라우."

"허긴 지리에 우리 중덜맨치 밝은 사람은 읎겄지라우. 하하하."

안방준은 스님의 웃음소리를 듣고는 일어났다. 스님들도 탁발한 쌀 속에서 등겨를 다 골라냈는지 바랑을 추스르려고 했다.

"스님, 스승님이 지다리고 겨실지 모른께 얼른 올라갈라요."

"그라시지라우."

스님들은 탁발을 만족할 만큼 했는지 느긋했다. 등겨 고르는 일을
사미승에게 맡기지 않는 것만 봐도 여유가 있어 보였다. 반석은 세 스
님이 각자 다른 방향으로 탁발을 나갔다가 만나는 곳인 것도 같았다.
동복의 왜적 동향을 알려준 스님은 그쪽으로 탁발을 나갔을 터였다.

우계정에는 뜻밖에도 박사길(朴士吉)이 와서 마루에 앉아 있었다. 반
면에 박광전은 출타하고 없었다. 박근효 형제도 보이지 않았다. 박사
길이 환하게 웃으면서 안방준을 맞았다.

"동상, 아무도 읎는디 으쩐 일이당가?"

"지도 외출했다가 돌아오는 길이그만요."

"죽천 선상님을 뵈러 왔다가 요로코름 마루에 앉아서 지다리고
있네."

"성님은 그 동안 어치께 지내셨는게라우?"

"산중에 들어가서 오소리맹키로 숨어 지냈그만. 근디 왜적덜이 분
탕질 험시로 댕긴다고 헌께 가만히 지낼 수 읎어서 나왔네."

박사길 역시 임계영 휘하에서 별장으로 활약했던 동지였다. 선조23
년(1589)에 사마시에 합격한 유생이었다. 그러나 전라좌의병에 자원해
무주와 금산에서 적정을 정찰하는 임무를 맡았고, 상주와 개령에서 별
장으로 전투를 치렀기 때문에 이제는 문인이라기보다는 무인에 가까
웠다.

"성님, 죽천 선상님이 우계정을 비우는 일이 읎는디 이상허요."

"그란가? 근효, 근제도 읎그만잉."

"필시 집안에 일이 있어 비운 것이 아닐께라우?"

"대원사 스님덜에게 물어보믄 알겄제."

그때 우계정 아래 숲길에서 인기척이 들려왔다.

"선상님이 오시는 것 같그만요."

"내려가 보세."

그러나 박광전이 아니었다. 판관을 지냈던 송홍렬과 참봉 박관의 손자 박훈이었다. 두 사람 모두 안방준보다 나이가 많은 보성향교 출신으로 낯익은 유생들이었다.

"성님덜, 무신 일이요?"

"보성향교가 불타부렀네."

"지도 알고 있그만요."

박사길만 모르고 있었다. 박사길이 흥분하여 소리쳤다.

"무도헌 놈덜! 어치께 공자님을 모신 대성전을 불태울 수 있단 말인가!"

"죽천 선상님을 모시고 나가서 싸웁시다!"

송홍렬이 박사길의 말에 맞장구를 쳤다. 과묵한 박훈은 입을 꾹 다물고 있다가 박광전을 찾았다.

"근디 죽천 선상님은 으디 겨시오?"

"우리가 왔을 때도 우계정은 비어 있었그만요. 긍께 지가 시방 대원사로 가서 알아보고 올라요."

"이럴 때가 아닌께 얼릉 알아보고 오시게."

나이가 가장 어린 안방준이 대원사로 나섰다. 마침 대원사 주지스님이 안방준을 보더니 다가왔다.

"스님, 선상님이 으디 겨신지요?"

"보살님이 위중허신 거 같으요. 큰 자제분이 와서 모후산으로 가셨다오."

"모후산이라믄…."

"보살님이 피신허고 겨신 디라고 들었소."

"알고 있그만요. 근효 성님께서 몸이 편찮으신 사모님을 모시고 있었지라우."

정유년에 왜군이 재침하자 박광전은 병든 아내 남평 문씨를 모후산으로 보냈던 것은 사실이었다. 그러니까 장남 박근효는 모후산에서 병환중인 어머니를, 차남 박근제는 우계정에서 덕(德)을 닦는 아버지 박광전을 봉양하기로 했던 것이다.

"종사관님, 저녁공양을 허고 내려가지라우."

"아니그만요. 사모님이 위독허시고, 스승님이 모후산에 가 겨신다고해서 그란지 생각이 읎그만이라우."

대원사 주지스님은 안방준을 종사관이라고 불렀다. 예전에는 박광전이 우계정에서 안방준의 호나 자로 불렀는데, 전라좌의병에 가담하고 돌아온 이후부터는 '안 종사관'이라 불렀기 때문이었다.

우계정으로 내려온 안방준은 박사길과 송홍렬, 박훈에게 스승의 우울한 소식을 전했다.

"사모님이 위독허시어 모후산으로 가셨그만요."

"모후산으로 가실 정도면 사모님이 아조 위중허신 것 같네."

"그런 거 같그만요. 평소에는 근제 성님이 왔다갔다 험시로 사모님 소식을 전해주었는디 스승님까지 가셨다고 헌께 말이요."

"아이고메, 이 일을 으째야쓰까?"

우계정에 모인 보성 유생들 모두가 고개를 숙인 채 침통해 했다. 우계정 옆으로 흐르는 개울물 소리가 차갑게 들릴 뿐 그들 사이에 한동안 침묵이 드리워졌다. 박사길이 우계정에 온 이유는 의병을 창의해서 박광전을 의병장으로 추대하려고 했던 것인데, 박광전을 만난다고 하더라도 차마 그 말은 꺼내지 못할 것 같아서였다. 아내가 위독하여 마음이 심란한데 떨치고 일어나 의병장을 맡아 출병할 사람은 아무도 없을 터였다. 그런 심정은 송홍렬이나 박훈도 마찬가지였다.

그러나 안방준은 그들과 다르게 생각했다. 모후산의 사모님이 위독하기는 하지만 지금 어떤 상태이고, 특히 박광전이 어떻게 결심할지 모르므로 섣불리 예단하는 것은 무리라고 판단했던 것이다. 안방준은 분위기를 누그러뜨리기 위해서 말했다.

"성님덜, 밥 묵는 것이야말로 대사(大事)라고 했지라우. 여그서는 대원사에서 끼니를 해결했그만이라우. 긍께 시방 대원사로 올라가지라우. 가믄 주지스님이 잠잘 별채 객실도 내줄 것인께."

"동상 말이 맞네. 무신 일이든 밥을 묵어야 심이 나서 헐 수 있는 벱이네."

"알았네. 죽천 선상님께서 여그 오실 때까지 이러고 있을 수만은 읎네, 그라믄 대원사로 가 있겄네."

송홍렬과 박훈은 곧 우계정에서 일어나 대원사로 올라갔다. 그러나 박사길은 우계정에서 자겠다고 남았다. 박사길은 우계정을 찾아온 자신의 뜻이 좌절되지 않을까 하여 얼굴에 낙심한 빛이 가득했다. 안방준이 위로를 해주어야 할 정도였다.

"성님, 죽천 선상님이 오실 때까지는 미리 결론을 내지 않는 것이 으쩔까요?"

"동상은 시방 그것을 말이라고 허는가!"

"위독허신 사모님이 천우신조로 좋아지실 수도 있지 않겄는게라우."

"고로코름 좋아지신다믄 을매나 다행이겄는가. 내가 생각헐 때는 아조 에럽겄네. 눈앞에 어둔 그림자가 자꼬 어른거린단 마시. 우리 하나부지 돌아가실 때도 그랬어."

안방준은 박사길이 몹시 침통해 하므로 입을 다물었다. 차가운 개울물 소리가 좀 전보다 더 가깝게 귓가를 맴돌았다. 우계정 마루 밑에서는 귀뚜라미가 귀똘귀똘 하고 울어댔다. 박사길이 우계정까지 한걸음에 달려온 것은 보성향교가 불타버렸기 때문이었다. 그런 심정은 안방준도 마찬가지였다. 보성향교의 전소는 향교를 출입했던 유생들에게 공분과 왜군에 대한 적개심을 심어주기에 충분했다.

어느 새 자정 무렵이 되자 달빛이 우계정 방문으로 비쳤다. 중천에 떠 있던 달이 구름을 헤치고 나와 달빛을 뿌리고 있었다. 안방준은 박사길이 이따금 뒤척이는 바람에 신경이 쓰였다. 안방준이 참지 못하고 누운 채로 말했다.

"성님, 자요?"

"아니."

"성님 맴을 짐작허겄그만요. 복내 바람재마실 둔재 어른을 뵈었는디 똑같은 심정입디다."

"둔재 어른이 누군디?"

"지가 태어나기도 전에 사마시에 합격헌 분이지라우."

"용연 어른 아닌가?"

"맞그만요. 은거허심서 호를 둔재로 바꽜드라고요."

"보성향교 대선배님이시제."

"그 어르신께서 허신 말씸인디 난리가 끝나믄 반다시 복원허신다고 형마요. 그래서 지도 심을 보탠다고 했지라우."

"동상만 보탤 것이 아니라 우리 모다 나서야 헐 것이네."

"왜적덜이 불태웠은께 더 좋은 자리에 대성전부터 지어야지라우."

"동상 말이 맞네."

안방준과 향교를 복원하자고 약속하면서 박사길은 조금 진정했다. 마음이 편안해졌는지 안방준보다 먼저 코를 골면서 웅크린 채 새우잠을 잤다. 정작 안방준은 잠을 이루지 못했다. 밤하늘 멀리 날아가는 억새 잎이 서걱거리는 듯한 기러기 날갯짓 소리가 귓속을 파고들었다. 결국 안방준은 첫닭이 우는 꼭두새벽까지 뒤척거리다가 방문을 열고 나갔다. 우계정 마당은 된서리가 내린 데다 달빛이 켜켜이 재여 흰 무명천을 펼쳐놓은 듯했다. 개울물은 돌돌돌 쉬지 않고 흘렀다. 그때 방에서 박사길이 나왔다.

"동상은 으째서 한잠도 못자고 있는가?"

"성님, 시상은 혼란헌디 우계정 주변은 변함이 읎그만요. 새복의 정갈헌 모습을 보고 있자니 눈물이 날라고 허그만요."

"요로크롬 깨깟헌 모습에 재를 뿌리는 왜적덜이 있으니 어치께 공분이 솟구치지 않겠는가."

그때였다. 우계정 아래 푸르스름한 산길에서 인기척이 났다. 두 사람의 목소리가 들렸다. 안방준은 목소리만 듣고도 그들이 누구인지 금세 알았다.

"아이고메, 선상님허고 근제 성님이그만요."

"희안허네. 우리덜이 선상님 이야기를 많이 했더니 들으셨는가 보네."

안방준과 박사길이 개울을 건너 마중을 나갔다. 앞서 걸어오던 박근제가 두 사람을 보더니 눈물을 주르르 흘렸다. 순간 안방준은 사모님이 돌아가셨구나 하고 느꼈다. 남평 문씨의 죽음은 사실이었다. 박광전이 담담하게 "근제 엄니가 저 시상으로 가부렀네." 하고 말했다.

의(義)와 자비

　　우계정 앞산과 뒷산이 새벽빛으로 푸르디푸르게 일렁거렸다. 동녘
의 날빛이 다가오는 동안 어둠이 물러가고 있었다. 차남 박근제를 앞
세우고 모후산에서 걸어왔던 박광전은 우계정 앞에서 아내 남평 문씨
를 또 떠올렸다.

　　'임자는 성품이 온유허고 생각이 짚어서 시부모를 효성으로 섬겼고,
종덜을 온화허게 대했으며, 친척에게는 사랑을 다허고 궁핍한 자에게
는 구휼을 마다허지 않았으니, 사람덜이 모두 참말로 천생 배필이다,
라고 허지 않았던가.'

　　안방준이나 박사길 등에게는 아내 이야기를 더 이상 하지 않았다.
이미 마음속으로 비장하게 결심했기 때문이었다. 전라도로 남하한 왜
군에게 속수무책 당하지 않겠다는 각오가 서 있었던 것이다. 안방준
은 무슨 소식부터 먼저 알려드릴까 잠시 망설이다가 보성향교부터
꺼냈다.

　　"우리 향교를 왜적덜이 불질러부렀그만요."

　　"뭣이라고!"

　　"향교가 불타는 것을 지 눈으로 봤고, 박 별장 성님도 봤다고 허그

264

만요."

　박광전은 걸음을 비틀거렸다. 박사길과 박훈이 얼른 박광전을 부축했다. 박광전이 자신의 가슴을 손바닥으로 소리나게 쳤다. 숨이 막히는 듯 날숨을 길게 뱉어냈다. 안방준이 박광전을 위로했다.

　"선상님, 바람재마실 용연 어르신께서 시상이 조용해지믄 향교부터 복원허시겄다고 지헌테 말씸허셨그만요."

　"채정해 군자부정을 만났그만."

　"예."

　"채 선비라믄 약조를 지키겄제."

　박사길이 말했다.

　"지도 심을 보태겄습니다요."

　"안 종사관은 물론이고 박 별장 등 모다 심을 보태 공자님을 모시는 대성전부터 반다시 복원해야 허네."

　안방준과 박사길의 위로에 박광전은 다시 평상심을 되찾았다. 그제야 안방준이 사모님인 남평 문씨의 조문에 대해서 박광전에게 여쭈었다.

　"선상님, 사모님께서 돌아가셨는디 허락허신다믄 모후산으로 가서 조문허고 얼릉 돌아오겄습니다요."

　"상례를 지키지 못헌 사람이 무신 일을 잘허겄는게라우. 허락해 주시지라우."

　송홍렬도 하소연하듯 말했다. 그러나 박광전은 조문을 허락하지 않고 유예시켰다.

　"그대덜 말이 일리는 있지만 더 화급헌 일은 왜적을 토벌허는 것이

네. 그래서 근효헌데 초장을 부탁허고 왔네. 나중에 선산으로 귀장허
믄 그때 조문해도 될 것이니 그리 아시게."

"예, 죽천 어르신."

실제로 박광전은 왜군을 토벌하는 일이 더 화급하다고 판단하여 장
남 박근효에게 초장을 당부하고 우계정으로 왔던바, 초장이란 가매장
이나 다름없었다. 박광전은 왜군이 조선 땅에서 사라지고 나라가 평화
로워지면 그때 가서 망자(亡者)가 된 아내를 선산으로 귀장하리라고 생
각했던 것이다.

천봉산 너머에서 아침 해가 솟았다. 그제야 박광전이 박사길을 보면
서 물었다.

"박 별장은 우계정에 왜 왔는가?"

"나라 일이 이 지경에 이르렀는디 신하된 지가 어찌 앉아서 죽음을
지다릴 수 있겠습니까? 마땅히 의병을 일으켜 임금님과 나라를 위해
죽는 것이 옳다고 생각헙니다요."

"지덜도 박 별장의 생각과 다를 바 없그만요."

박사길, 송홍렬, 박훈 등이 우계정으로 온 것은 박광전을 의병장으
로 추대하기 위해서였다. 지역에서 존경받는 인물이 의병장이 되어야
만 의병들이 모여들기 때문이었다. 그러나 박광전은 힘없는 늙은이였
으므로 지난 전라좌의병이 거병했을 때처럼 후방에서 지원하는 역할
을 맡으려고 했다.

"나는 노환이 오래 되어 적과 싸울 때 도움이 되기는커녕 누가 될 수
있네. 그러니 그대들 중에 전투 경험이 많은 사람을 대장으로 추천해
야 허네."

박광전이 박사길을 보면서 말했다. 박사길이 아침 햇살에 눈이 부신 듯 잠시 침묵했다가 자신의 소신을 밝혔다.

"죽천 어르신, 지덜이 앞으로 나가 싸울랑께 어르신은 뒤에서 큰산 맹키로 겨시기만 허믄 됩니다요. 부디 대장님이 돼주시지라우."

안방준도 박사길의 청에 한 마디를 보탰다.

"선상님께서는 호남의 어르신으로 유생덜에게 신망을 얻은 지 오래 그만요. 원컨대 의병장 추대를 허락하시지라우. 지금은 여러 유생덜 청을 수락허실 때입니다요."

판관을 지냈던 송홍렬도 말했다.

"대원사 스님덜 얘기로는 왜적 우두머리가 동복에 있다고 허그만 요. 동복 관아가 왜적 손에 넘어가부렀지라우."

"보성향교를 불태운 왜적덜이 그 우두머리 부하덜일 것잉마."

박광전은 동복관아를 점거하고, 보성향교까지 불태운 왜장이 부하들이라고 단정했다. 잠시 후 박광전이 우계정 방으로 들어가 벽에 걸려 있던 활을 들고 나왔다. 그런 뒤, 안방준, 박사길, 송홍렬, 박훈 등에게 단호한 말투로 선언했다.

"그대들의 청을 받아들이겠네. 나는 시방부터 붓 대신 활을 들 것이네."

박광전의 말이 떨어지기가 무섭게 모두가 땅바닥에 엎드렸다. 그러자 박광전이 천지신명에게 소리쳐 고했다.

"난리는 날로 급박해져부렀고 내 병세는 날로 무거와지니 죽천 박광전은 장차 나가 싸우다가 죽을 것이오. 아직 한 줄기 목심이 붙어 있으니 심껏 왜적덜과 싸우지 않을 수 읎소이다. 맹세코 죽천 박광전은 왜적덜과 같은 하늘 아래서 살 수 없다는 것을 천지신명께 고허나이다."

"일찍이 지는 삼도공 대장님께 목심을 맽긴 바 있그만요. 지금부터는 죽천공 대장님께 지 목심을 맽기겠습니다요!"

"지 목심도 대장님 것이그만요."

"지 목심도 대장님 것이그만요."

땅바닥에 엎드려 있던 유생들 모두 박광전에게 목숨을 아끼지 않고 왜적 무리를 응징하겠다고 맹세했다. 그러자 박광전이 왜 왜적과 싸워야 하는지, 그 이유를 명명백백하게 밝혔다.

"조선의 혼이 서린 향교를 불태우고, 노략질도 모자라 양민덜을 살상헌 왜적덜하고 어치께 같은 하늘 아래서 숨 쉬고 살겄는가! 교화가 불가능헌 야만인이 분명허네. 왜적 원수가 조선 땅에 단 한 명도 발붙이지 못허도록 우리덜이 시방 토멸에 나서야 허지 않겄는가!"

우계정은 즉시 의막(義幕), 즉 의병청으로 바뀌었다. 박광전은 의병장으로서 자신을 찾아온 유생들에게 임무를 명했다. 선봉장에 박사길, 전략을 짜는 부장에 전 판관 송홍렬, 공문을 작성하는 종사관에 차남 박근제와 안방준, 후방에 남아 고을 수령들과 연락을 취하는 연락참모에 장남 박근효를 임명했다.

그러자 임무를 맡은 의병간부들 모두가 박광전의 격문을 가지고 보성의 여러 고을로 가서 의병을 모병하기로 했다. 우계정을 떠나기 전에 각자 어떤 방식으로 모병할지를 박광전에게 보고했다.

"지는 전라좌의병 출신인 산졸덜을 모아오겄습니다요"

"박 별장의 말이라믄 믿을 것이네. 얼릉 모아오게."

안방준이 말했다.

"대장님, 대원사 대중스님덜 대부분이 공분을 느끼고 있그만요. 긍께 대장님 한 마디면 의병에 가담헐 거그만요."

"알았네, 그래도 주지스님께 허락을 받아야겄제. 우리덜 끼니를 해결해 주신 분인께 오해허지 않게 말이여."

"지는 양민이나 유랑민덜을 모아 오겄습니다요."

"송 판관 그러시게. 마침 농작물 수확이 끝나서 다행이네."

"아부지, 지는 조양 집으로 가서 노비덜을 델꼬 올라요."

"조양 집이야 한 사람만 있으믄 된께 그리 하거라."

곧바로 박광전을 의병장으로 추대한 의병간부들은 모두 여러 방향으로 떠났다. 박사길은 전라좌의병이 해산했을 때 보성으로 돌아온 산졸들을 찾아나섰다. 박근제는 조양 집으로 가서 집에 남아 있는 노비들을 데리러 갔다. 안방준은 복내로 가서 채정해에게 부탁하여 훈련받고 있는 장정들을 만나려고 했다. 채은남은 이미 서른 명의 장정들을 이끌고 능성으로 싸우러 갔기 때문에, 후군 20여 명이 남아서 훈련하고 있을 터였다.

박광전도 대원사 스님들을 의병으로 편입하기 위해 대원사로 올라갔다. 주지채에 있던 주지스님이 마루에서 내려와 박광전을 맞았다.

"죽천 어르신, 그렇지 않아도 소승이 우계정으로 내려갈라고 헐 참이었습니다요."

"주지스님, 동복에 왜장이 거느리는 왜적덜이 와 있다고 허요."

"대중스님덜 얘기인디 왜장이 악질 중에 악질이라고 헙니다요. 대중스님덜이 모다 나가서 싸우겄다고 해쌓는디 지도 오늘 새복에 생각을 바꽜습니다."

"생각을 어치께 바꽜다는 거요?"

"소승은 수십 년 동안 절밥을 묵고 살면서도 자비를 잘못 알고 있었 그만요. 누구든 측은허게 생각허는 것을 자비로 알고 있었는디 오늘 새벽기도 때 대웅전 부처님께서 지 생각을 봐꽈주셨지라우."

"나무로 조성헌 대웅전 부처님이 말을 했다고라?"

"사실이그만요. 소승이 왜 거짓말을 허겄습니까요?"

"허허허."

박광전은 헛웃음을 치면서 반신반의했다. 그러나 주지스님은 대웅전 부처에게서 '자비가 무엇인지'를 생생하게 들었던바, 자(慈)는 중생을 측은하게 여기어 자애롭게 품는 것이고, 비(悲)는 중생의 옳지 못한 바를 바로잡는 행위라고 크게 깨우쳤던 것이다. 그러고 보니 주지스님 자신은 '자(慈)'의 마음에서 염불이나 기도만 해왔고, 대중스님들은 '비(悲)'의 마음에서 왜적과 싸워야 한다는 입장이었던 셈이었다. 실제로 대웅전 부처가 주지스님에게 벼락같은 큰 깨달음을 준 사건이 아닐 수 없었다.

"죽천 선상님, 지도 나서겄습니다요. 어찌 대중스님덜이 나가 싸우겄다고 허는디 지만 기도 염불허겄다고 절에 남아 있겄는게라우."

"삼도공 임계영이 전라좌의병 대장으로 출병헐 때, 지는 늙고 몸이 아파 후방에 남아서 의곡을 모아 보냈던 일이 있그만요. 긍께 스님도 절에 남아 그런 일을 해주시지라."

"아이고, 대장님께서 소승에게도 역할을 주시니 감사헙니다요."

"주지스님, 대원사 경내를 의병덜 훈련터로 잠시 사용해도 되겄는 게라?"

"암은요, 지가 의병덜 훈련헐 때 끼니도 책임지겄습니다요.

박광전은 우계정으로 내려오면서 마음속으로 탄복했다. 맹자의 의(義)와 부처의 자비는 계합하는 바가 있었다. 맹자의 의(義)란 어려운 이들을 구하려는 측은지심(惻隱之心)과 선하지 않음(不善)을 미워하는 수오지심(羞惡之心)인바, 주지스님이 대웅전 부처로부터 들었다는 자비와 맹자의 의(義)와 똑같다는 사실을 박광전은 깊이 자각했던 것이다.

다음날. 안방준은 장정 20여 명을 데리고 우계정으로 돌아왔다. 장정들은 모두 죽창을 하나씩 들고 있었다. 동복왜군에 대한 첩보도 채정해에게 들었던 대로 박광전에게 보고했다.

"동복관아를 점거허고 있는 왜장의 이름을 알았그만요. 시마즈 요시히로라고 헙니다요"

안방준은 시마즈가 왜왕 도요토미 히데요시에게 호랑이를 잡아 가죽을 보내곤 하여 신임을 얻은 왜장이란 보고도 덧붙였다. 시마즈가 동복에 진을 치고 있는 이유도 보고했다. 시마즈는 명량해전에서 이순신 통제사의 조선수군에게 왜수군 부대가 참패한 것을 복수하려고 동복에 진을 치고 있는 것이었다. 그러니까 시마즈는 화순, 보성을 지나 이순신 통제사의 조선수군이 주둔한 목포나 해남으로 가려고 전력을 보강하고 있는 중이었다.

송홍렬과 박사길, 박훈도 며칠 만에 수십 명의 양민들과 함께 우계정으로 돌아왔다. 의병의 숫자는 순식간에 1백여 명으로 늘어났다. 적막했던 대원사가 날마다 북적북적했다. 의병들은 새벽부터 박사길과 송홍렬의 지휘를 받아 공격과 방어 훈련을 했다. 함성과 기합소리가 우계정까지 들려왔다. 우계정 부근의 산자락에는 노랗고 붉게 물든 늦가을 단풍이 장관이었다. 바위를 부딪치며 흐르는 개울물 소리도 기세 좋게 여물었다.

우계정은 이른 아침에 회의를 하는 대장군막이기도 했다. 선봉장 박사길, 부장 송홍렬, 종사관 박근제, 안방준 등은 이른 아침마다 회의를 했다. 송홍렬이 회의를 시작하자마자 말했다.

"동복 왜장이 시방 왕 행세를 험시로 밤낮으로 노략질헌다고 허요. 긍께 얼릉 몰아내야 양민덜이 편헐 거 같으요."

"왜적을 동복에서 물리치지 않으믄 전라도 땅에 왜적덜 패악질이 극에 달헐 거그만요."

안방준이 송홍렬의 의견에 동조했다. 그러자 박광전이 결연한 말투로 말했다.

"인자 좌고우면허지 않겄네. 선봉장은 당장 출병헐 텐께 의병덜을 대원사 마당에 집합시키게."

"예, 알겠습니다. 대장님."

즉시 박사길과 박훈은 송홍렬을 따라 대원사로 올라갔다. 종사관 박근제는 박광전의 의관을, 안방준은 박광전의 칼과 활을 챙겼다. 이윽고 박광전은 대원사 마당에 열을 맞추어 선 의병들 앞으로 갔다. 의병들은 대부분 죽창을 들고 있었다. 전라좌의병 출신인 산졸들은 활을 들었는데, 전투경험이 있어선지 중년의 농사꾼들과는 눈빛이 달랐다. 집합한 의병들을 사열한 박광전이 이윽고 명령을 내렸다.

"왜장 시마즈는 동복 관아를 불법으로 점거허고 있다. 긍께 우리는 여그서 지체헐 이유가 읎다. 나는 반다시 왜장 시마즈를 사로잡아 복수헐 것이다. 다시 한 번 임무를 부여허겄다. 선봉장에 전투경험이 많은 박사길, 전술과 전략을 세우고 판단하는 부장에 전 판관 송홍렬, 공문을 작성허는 종사관에 박근제와 안방준, 후방에서 고을 수령들과 공문을 주고받는 연락참모에 박근효를 임명헌다. 여기서 창의헌 우계정 의병덜은 1당 100으로 싸와 나라에 공을 세우고 불구대천 원수를 무찔러 조선의 수모와 치욕을 씻기 바란다. 알겄느냐!"

"예, 대장님!"

드디어 박광전의병군 1백여 명은 대원사를 떠났다. 탯줄 같은 십리 숲길을 지나 보성강 지류를 건너 동복으로 향했다. 보성강은 점점 더 넓어지고 물빛은 시퍼레졌다. 북쪽으로 방향을 튼 강물은 유장하고 도도하게 흘러갈 터였다.

왜장의 앞잡이, 순왜(順倭)

박광전 의병군 1백여 명은 보성강 상류를 따라서 서진했다. 세곡을 모아둔 창고나 관아에 있는 군량미를 보관한 군창의 상태를 점검하곤 했다. 그러나 관리가 허술한 세곡창고는 이미 문이 열려진 채 바닥에 쥐똥만 뒹굴고 있었다. 다만 서너 군데의 관아 군창은 굳게 잠겨 있었다. 크나큰 자물쇠가 걸려 있었고, 수령의 관인이 찍힌 문서가 군창 문에 붙어 있어 누구도 접근할 수 없기 때문이었다.

관아의 수령과 아전들은 대부분 피신하고 없었다. 들판에는 늙은 노파들이 나와서 마지막으로 추수하고 있었는데, 젊은 장정들은 한 명도 보이지 않았다. 청년들 모두 군사로 차출됐거나 의병에 가담하여 집을 떠났음이 분명했다. 늙은 노파들이 의병군을 보고는 그들이 먹을 새참을 가져왔다. 그러나 박광전은 선봉장과 부장을 불러 지시했다.

"농사꾼덜이 배고파서 묵는 새참을 받지 말게. 그들이 주는 물 한 바가지도 받지 말라. 우리 의병덜은 양민을 보호허고자 나라에 목심까지 내놓은 사람덜이네."

"예, 알겠습니다요"

"양민덜을 보호허지 않는 의병이 있다믄 왜적이나 다름읎는 것이네."

박광전의 지시는 단호했다. 양민들에게 곡식을 주지는 못할망정 가져오지 말라는 지시였다. 이러한 박광전의 태도는 금세 소문이 났다. 농사꾼들이 의병군에 가담해 왔다. 동복이 가까워지자 의병군의 숫자는 2백여 명으로 불어났다. 선봉장 박사길은 생각지도 못했기 때문에 놀라지 않을 수 없었다.

"대장님, 이런 일은 첨 보그만요. 삼도공 대장님 휘하에서 무주, 금산, 개령, 성주 등을 댕겨봤지만 농사꾼들이 자원해서 몰려온 일은 드물었지라우."

부장 송홍렬도 사기가 한껏 고무되어 말했다.

"사실 1백 명 가지고는 무신 작전이든 큰 싸움허기가 숩지 않지라. 근디 2백 명이 돼분께 매복전이나 기습전은 헐 만허겄그만이라우."

"모다 그대덜 덕분이네. 농사꾼덜에게 인심을 잃었다믄 누가 의병이 될라고 허겠는가."

그러나 안방준은 의병의 숫자가 불어나서 좋기는 했지만, 한편으로 부담이 되는 상황을 박광전에게 보고하지 않을 수 없었다.

"대장님, 군량미를 더 많이 확보해야 헐 거 같습니다요. 의병덜이 불어나고 있기 따문이지라우. 관아 군창은 열기가 숩지 않그만요."

수령의 관인이 찍힌 군창 문은 함부로 열 수 없었다. 수령의 관인은 관찰사는 물론 병조까지 보고하고 취한 조치이기 때문이었다. 그런데도 엄금조치를 취해놓은 군창 문을 연다는 것은 조정의 명을 어기는 도둑질나 다름없는 일이었다.

"안 종사관 고민을 이해허지 못헌바는 아니네."

"관아 군창 문만 열어도 군량미 걱정은 덜어도 될 것인디 아숩그만요."

그런데 박근제는 관아 군창 문을 여는 것에 반대했다.

"의병덜을 위해 선의로 군창을 열었지만 도망친 수령들이 악의를 품고 모함헐 수 있지라우. 그때는 대장님이 화를 입겄지라우."

"설마 대장님을 도적수괴로 몰지는 않겄지라우."

"대장님께 공이 돌아가는 것을 시기헌다믄 그럴 수도 있당께요. 도망친 수령들이 그라고도 남을 것입니다요."

박근제는 아버지 박광전을 모함할 수령들이 반드시 나타날 것이라고 믿었다. 그들은 왜군을 피해 도망친 죄가 있으므로 군창을 지키려고 애썼다는 정상참작이라도 받으려고 할 것이기 때문이었다. 박사길이 흥분했다.

"왜적보다 더 고약헌 베슬아치들이요!"

군창 문을 열자는 의견과 손대지 말자는 주장이 팽팽히 맞섰다. 이제는 박광전이 어느 쪽이든 단안을 내려야 했다. 잠시 후 박광전이 참모들에게 말했다.

"우리는 나라의 은혜를 갚고자 목심을 내놓은 사람덜이다. 긍께 군창의 곡식을 사용허는 것은 당연헌 일이다. 수령이 읎으니 문을 부수었을 뿐인 것이다. 죄가 있다믄 관아의 물건을 파손헌 것밖에 또 뭣이 있겄는가. 의병덜에게 포상은 못해줄 망정 배를 고프게 해서야 대장이 어찌 낯을 들고 댕기겄는가. 긍께 참모덜은 당장 관아의 창고 문을 열그라! 책임이 있다믄 대장인 내가 다 질 것인께."

박광전이 단호하게 명하는 순간 종사관인 박근제의 낯빛이 어두워졌다. 왜군이 전라도로 들어오자마자 피신해버린 수령들이 분명 아버지 박광전을 모함하고 괴롭힐 것이기 때문이었다. 안방준이 박근제를 위로했다.

"근제 성님, 대장님 말씸이 옳그만요. 충의로 나선 의병덜을 위해 군창 문을 여는 것인께 너무 걱정 마씨요."

"나는 아무래도 대장님께서 곤욕을 치르실 거 같아서 맘이 쪼깜 거시기 허네."

"고약헌 일이 생기드라도 하늘이 본 일인께 대장님의 진심은 반다시 드러나겄지라우."

"동상은 잘 몰라서 그란디 혹시라도 그런 일이 생기믄 대장님은 홧병이 나서 맴을 크게 상허실 것잉마."

박근제의 말도 일리는 있었다. 안방준이 스승 박광전을 우계정에서 모셨다고는 하지만 박광전의 속마음은 자식들보다는 속속들이 알지 못할 터였다. 박근제가 주장을 꺾지 않고 낙담하고 있자 안방준이 또 말했다.

"근제 성님, 우리는 대장님의 명을 따르는 의병이요. 긍께 너무 표나게 의견을 내지는 마씨요."

"동상이 내 걱정해주는 것을 으째서 모르겄는가. 근디 쪼깜만 지다리믄 의곡이 여기저기서 올 것인디 안타까와서 그라네. 나허고 의병을 모은 안억(安嶷)이도 의곡을 모아서 보내기로 했다네."

"허기사 복내 용연 어르신께서도 의곡을 보낼 것이 확실허지라. 더구나 거그서 온 의병도 스무 명 남짓 된께라우."

그때 선봉대 탐망군 의병이 관아에 붙인 왜군 대장의 방문(榜文)을 가지고 왔다. 왜장 고니시 유키나가 이름으로 붙인 일종의 포고문(布告文)이었다. 안방준은 탐망군 의병에게 받은 방문을 박광전에게 건네주었다. 박광전이 보자마자 혀를 찼다.

"아조 왕 행세를 허고 있그만!"

"지는 똑같은 방문을 보성읍 북문에서 봤그만요. 얼릉 뜯어서 찢어부렀지라우."

박광전이 방문의 한 구절을 중얼거리며 이맛살을 찌푸렸다.

〈하나, 조선의 상관(上官)들을 곳곳에서 찾아내 잡아 죽여라. 그 처자와 따르는 무리(從類)들도 주살토록 하며, 상관의 집은 불을 질러 태워 없애라.

하나, 군현 안에서 사민과 백성, 상관들이 숨어 있는 곳을 고해바치는 경우 포상을 한다.〉

"안 종사관, 내 지시를 전달허게. 방문을 발견허는대로 즉시 뜯고 태워불게."

"예, 참모덜에게 전달허겄습니다요."

"글고 의병덜에게 잠시 휴식을 주게. 그 사이에 참모덜하고 작전회의를 해야겄네."

안방준은 종사관이자 전령인 박근제에게 박광전의 명을 전했다. 그러자 박근제는 선봉대와 본대, 후방경계대를 오가며 박광전의 명을 전달했다. 선봉대는 창랑천 부근까지 가 있었다. 창랑천을 건너면 동복 옹성산이었다. 대원사 스님들로 짠 후방경계대는 보성 유지들이 보내는 군량미를 기다리느라고 일부러 천천히 행군해왔으므로 보성강 상류를 지나 사평천을 막 건너고 있었다. 스님들이 바랑을 메고 있는 것은 군량미를 나누워 담기 위해서였다. 사평천에서 북서쪽으로 직진하면 왜군들이 점거한 동복관아를 피해서 옹성산으로 들어갈 수 있었다.

전령 박근제의 연락을 받은 참모들이 모였다. 본대 부장 송홍렬과 별장 박훈, 후방경계대 승장 천봉(天鳳)스님이 의병들을 숲속에 은폐시킨 뒤 달려왔다. 선봉대장 박사길만 늦어지고 있었다. 그는 벌써 옹성산이 보이는 곳까지 올라가 있었다. 박광전이 참모들의 표정을 살피면서 말했다.

"참모덜 얼굴을 본께 더 심이 나네. 충의가 넘치니 무서울 것이 무언가. 시방 모여라고 헌 것은 우리 의병진을 으디에다 칠지 최종적으로 결정헐라고 허네. 선봉장헌테는 옹성산을 미리 얘기했네만 더 좋은 디가 있으믄 시방 바꿀 수도 있네."

박사길이 말했다.

"왜적덜에게 첩보가 흘러갔을 수도 있응께 주둔지를 바꾸는 것이 으쩔께라우?"

"박 부장에게만 알렸고, 선봉대 의병덜에게는 발설치 말라고 단단히 말했네."

"그라믄 다행이고라우."

대원사 승장 천봉스님이 말했다.

"거그 산에 옹성산성이 있다고 들었는디 시방도 허물어지지 않고 있는지 모르겄그만요."

"옹성산성보다는 쬐깐헌 절이 있다고 허는디 거그다가 대장막사를 칠라고 허요.”

“좋지라우. 한산사라고 허는디 스님이 멫 명 있응께 대장님을 도와
주겄지요.”

“대원사에서 온 스님 의병덜허고도 잘 통허겄그만.”

“긍께 한산사에 대장막사를 칠라고 허신 구상은 탁월허시그만요.”

“하하하. 스님헌테 칭찬을 받은께 더 심이 나부요.”

부장 송홍렬이 동조했다.

“지도 옹성산에 진을 치는 것이 최선이라고 생각허그만요. 첫째는
창랑천이 해자맹키로 방어선이 될 것이고, 둘째는 한산사에서 식수를
용이허게 구헐 수 있을 것이고, 셋째는 진지가 절벽 우에 있으므로 방
어허기에 용이헐 것이기 따문입니다요.”

박광전이 작전회의를 서둘러 끝냈다.

“자, 시방은 전시중이네. 회의는 짧을수록 좋아. 그라믄 각자 위치로
돌아가게.”

“예, 대장님.”

그때였다. 늙은 노인이 지팡이를 짚고 나타났다. 안방준이 노인을
맞았다. 노인은 차가운 늦가을 날씨인데도 헐렁한 무명 잠방이를 걸치
고 있었다. 노인이 비틀거리며 박광전 앞에 섰다.

“무신 일이요?”

“대장님께 긴히 드릴 말씸이 있어서 왔그만요.”

“얼릉 말해 보씨요.”

노인은 말하기조차 힘든지 모기만한 소리로 말했다.

“동복 사는 생원 김우추를 반다시 붙잡아 죽여야 헙니다요.”

"이유가 뭐이요?"

노인은 그렁그렁 가래 끓는 소리를 내더니 말했다.

"자손 대대로 잘 묵고 살드니 난리가 난께 인자 왜장에게 붙어서 아부허고 있습니다요."

"간에 붙었다 쓸개에 붙었다 허는 놈덜이 많지라."

"붓을 든 사람이 그렇께 더 참을 수 읎습니다요."

"배운 것이 많은 유생이 그라믄 악질이 분명허요. 반다시 응징헐 텐께 돌아가씨요."

박광전은 노인을 위로하며 보냈다.

"보아허니 끼니도 에럽겄네. 군량미 몇 됫박 퍼주게. 신고를 했응께 포상을 해야겄네."

박근제가 즉시 군량미를 자루에 담아 가져왔다. 그러나 노인은 절대로 받지 않았다. 화를 내기까지 했다.

"지는 거지가 아니지라우. 왜적보다 더헌 놈을 신고하러 온 것뿐이요."

"아따, 받으씨요. 대장님이 포상으로 주는 쌀인께라우."

노인은 지팡이를 짚더니 뒤도 돌아보지 않고 비틀거리며 걸어갔다. 박광전이 박근제에게 지시했다.

"저 노인 집까지 따라가서 주고 오그라."

"예, 대장님."

이번에는 안방준에게 지시했다.

"김우추가 정말 그런 사람인지 확인해보그라. 목심이 붙어 있는 문제인께 신중해야 써."

"초저녁에 나가 확인허겄습니다요."

"사실이라면 의병덜이 보는 앞에서 주살헐 것이네."

실제로 그날 초저녁에 안방준은 박근제와 함께 그 노인 집을 찾아
갔다. 그런 뒤 노인에게 동복향교 교생이 사는 곳을 물었다. 그러자 노
인은 바로 옆집에 동복향교 교생이 산다고 알려주었다. 그런데 동복향
교 교생은 안채 뒤에 판 땅굴에서 살고 있었다. 낮에는 땅굴에서 피신
해 있다가 밤이 되면 안채에서 먹거리를 챙겼다. 노인이 교생 집까지
안내했다. 마침 안채로 나온 교생을 노인이 안방준과 박근제에게 소개
했다.

"이분덜은 의병덜이네. 자네에게 물어볼 것이 있다고 허네."

"예. 선상님."

향교 교생은 노인에게 깍듯하게 말했다. 그러고 보니 노인은 평범하
게 농사를 지어온 양민이 아닌 듯했다. 학식이 깊은 유생 같았다. 박근
제가 교생에게 물었다.

"노인장은 뉘시오?"

"아이고메, 아조 오래 전 청년 때 사마시에 합격허시고 성균관 유생
이 되셨는디 병으로 귀향허시고 만 우리 선상님이어라우."

"그라시그만요."

안방준이 고개를 끄덕이자 박근제가 말했다.

"동상, 확인헐 것도 읎네. 김우추를 당장 붙잡아야겄네."

동복향교 교생이 김우추의 패악질을 상세하게 말했다.

"생원 김우추가 시마즈 요시히로에게 보낼 글을 지가 옆에서 직접

보았그만요."

"막지 그랬소?"

"김우추는 교활하여 지를 고발헐 것이 틀림읎어서 못했그만이라우."

"알았소, 김우추가 왜장에게 아부허는 글을 뭣이라고 썼는지 말해보시오."

교생은 김우추의 아부 글을 또박또박 박근제와 안방준에게 알려주었다.

〈누구나 부리면 백성이요, 누구나 섬기면 임금이니 동복이 왜국의 한 호(戶)로 편입돼 성인(聖人)의 백성이 되기를 바랍니다.〉

두 사람은 즉시 박광전에게 돌아와 보고했다. 그러자 박광전은 부장 송홍렬을 불러 추상같은 어조로 명했다.

"생원 김우추를 당장 붙잡아 오게. 나는 대장으로서 김우추가 나라에 은혜를 입고도 큰 죄를 저질렀으니 의병덜이 보는 앞에서 참수형으로 다스릴 것이네."

그러나 송홍렬은 동복의 김우추 집으로 바로 달려가지는 못했다. 날이 칠흑같이 깜깜해졌고, 무엇보다 옹성산으로 먼저 올라간 승장 천봉 스님에게서 소식이 없기 때문이었다.

동복적벽전투

옹성산 협곡에 자리한 한산사는 작은 절이어서 의병군 대부분은 노숙을 했다. 나무 밑이나 바위 옆에서 떡갈나무 낙엽을 긁어모아 이불처럼 덮고 잤다. 밤바람이 차가웠지만 그래도 낙엽 무더기 속은 따뜻했다. 왜군에게 의병군 위치가 드러날 것이므로 화톳불은 일체 엄금했다. 한산사 초입의 창랑천과 절 위 능선에 배치한 경계군사는 삼교대를 시켰다. 참모들은 밤새 순찰을 돌면서 경계군사의 사기를 북돋우며 긴장을 놓지 않도록 했다. 이른 새벽에 탐망군사 몇 명을 데리고 갔던 박사길이 돌아왔다. 동복관아를 점거한 왜군의 동태를 정찰하기 위한 작전이었다.

박광전은 선봉장 박사길이 무사히 돌아오자, 참모들을 불러 작전회의를 했다. 박사길이 먼저 왜군 동태부터 보고했다.

"왜적놈덜은 으디로 이동할라고 그란지 진이 허술허그만요. 경계병도 한둘만 세우고 모다 해시(亥時, 오후 9-11시)만 되믄 불을 끄고 자불그만요. 긍께 우리덜이 공격헌다믄 해시까지 지달려야 헐 거 같아라우."

"경계병은 어느 쪽에 있든가?"

"관아 정문에 두어 명이 있든디 경계 시늉만 허고 있드그만요. 조총을 지팽이 삼아 자울자울 졸고 있드랑께요."

"왜적덜은 해남으로 갈라고 헌다는 첩보가 있네. 동복이 중간주둔지인 셈이제. 긍께 경계가 허술헌 모냥이네."

박근제가 말했다.

"근디, 대장님. 김우추는 은제 체포헐랍니까?"

"어저께가 좋았는디 캄캄해서 놓쳐분 것 같다. 허나 반다시 붙잡아 주살헐 것인께 지달리그라."

부장 송홍렬이 의견을 냈다.

"작전은 하나로 집중허는 것이 좋겄지라우. 김우추 생포보다는 동복관아 습격이 몬자라고 생각허는디 으쩔게라우?"

"부장 성님, 의견이 일리가 있그만요. 김우추는 은제라도 처벌헐 수 있응께 동복관아를 몬자 탈환허는 것이 급선무지라우."

송홍렬의 의견에 안방준이 동조하자 박사길이 말했다.

"종사관 동상 말이 맞네. 김우추를 잡으러 댕기다가 우리덜 작전이 탄로날 수 있응께 동복관아부터 기습허는 것이 합당헐 거 같네."

박근제는 아버지 박광전의 안위에 관련된 작전이었으므로 적극적으로 나서지 않았다. 다만 그에게 말할 차례가 돌아와 한 마디 했을 뿐이었다.

"삼도공 대장님헌테 배운 건디 기습전은 빠를수록 좋고 철수는 신속해야 헙니다요."

"박 종사관 말대로 날이 새기 전에 철수해야 피해가 읎겄제. 적은 반다시 지원군을 부를 텐께."

박사길이 말을 마치고 입을 다물자 박광전이 명을 내렸다.

"공격 시간은 오늘 밤 해시다. 나는 대장막사에 있을 것이고, 후방에
서 박 별장은 도망치는 왜적을 죽이고, 천봉스님 승군은 무기를 지원
해주씨요. 송 부장과 박 선봉장은 동복 관아 앞뒤에서 공격허게."

"예, 대장님."

동복관아 기습전은 송홍렬 부장이 박사길의 임무였던 선봉장을 맡
았다. 박사길은 동복관아 후문으로 돌아가 선봉장의 공격지시가 떨어
지면 작전에 들어가기로 했다. 박훈과 천봉의 승군은 후방을 맡았다.
박훈 별장은 참퇴군을 맡아 도망치는 왜군을 사살하고, 천봉의 승군은
화살이나 창 등 무기를 선봉대에 지원하기로 했다. 특히 꽹과리를 들
고 있는 승군도 있었는데, 기습전 중에 꽹과리를 쳐서 왜군의 사기를
꺾으려는 심리전의 일환이었다.

송홍렬은 동복관아 정문 쪽으로 의병군을 이끌고 이동했다. 반면에
박사길은 우회해서 동복관아 후문 쪽으로 갔다. 선봉군은 활을 들고,
참퇴군은 죽창을 들고 뒤따랐다. 승군은 목탁 대신 활과 창, 꽹과리를
들고 발걸음소리를 죽이며 다가갔다. 동복관아 주변은 숯덩이처럼 컴
컴했다. 불빛 한 점 보이지 않았다. 송홍렬이 관아 앞 느티나무까지 접
근해서 정찰을 한 번 한 뒤 돌아와서 의병군들에게 지시했다.

"다행이다. 경계병 두 명이 졸고 있다. 내가 장검을 쳐들믄 공격허라."

"예."

송홍렬은 참퇴군 별장 박훈에게도 지시했다.

"왜적을 쫓아가지는 마시게. 대오가 흐트러지믄 안 된께. 앞에서 오
는 왜적만 죽이게."

"예, 부장님."

이윽고 송홍렬이 장검을 번쩍 들었다. 그러자 옆에 있던 안방준이 가장 먼저 불화살을 쏘았다. 불화살은 일제히 동복관아로 날아갔다. 급조한 불화살이었지만 먼 거리가 아니었으므로 목표물 부근에 떨어졌다. 때마침 서풍이 거세게 불었다. 관아의 초가부터 불이 붙어 불길은 순식간에 기와집인 동헌까지 번졌다.

"불화살을 계속 쏴라!"

기습을 당한 왜군들이 혼비백산하여 이리저리 뛰었다. 활을 소진한 송홍렬의 의병군은 일단 뒤로 빠졌다. 대신 참퇴군 별장 박훈이 도망치는 왜군 10여 명을 죽창으로 찔러 죽였다. 천봉의 승군은 송홍렬의 의병군에게 활과 창을 건네주고는 꽹과리를 미친 듯이 쳐댔다. 후문 쪽에서 불화살을 쏘던 박사길의 의병군도 불길이 뜨거워지자 뒤로 물러섰다. 몸에 불이 붙은 왜군 수십 명이 땅바닥에 나뒹굴었다. 그들은 하나같이 전복을 입지 못한 채 속옷바람으로 비명을 지르며 죽어갔다.

기습전 작전은 완벽했다. 송홍렬은 즉시 부하들에게 철수를 지시했다. 왜군이 대오를 갖추기 전에 신속히 빠져나가야 했다.

"나를 따라부러라. 왔던 길로 돌아가야 헌다잉."

창랑천변 모래밭으로 돌아오자 먼동이 텄다. 각 조장들이 인원을 점고했다. 나이가 가장 많은 송홍렬에게 보고했다. 안방준이 선봉군 인원을 점고한 뒤 먼저 말했다.

"선봉군 이상 읎소"

박사길이 말했다.

"후면 공격군 이상 읎소"

박훈도 말했다.

"참퇴군 이상 읎고라우, 왜적 10여 명을 처단했그만이라우."

승장 천봉스님도 보고했다.

"승군 이상 읎소."

"왜적덜은 시방 난리가 났을 것이여. 은제 여그로 쫓아올지 모른께 산에 오르드라도 긴장을 뇌서는 안돼야. 허나 왜적이 옹성산으로 오르기는 심들겄제. 올라오는 길이 쫍고 사방이 절벽인디다 창랑천이 해자 역할을 헌께 말이여."

선봉군이 뒤로 빠졌을 때 참퇴군에 들어와 왜군을 주살했던 안방준은 강물에 피 묻은 손을 씻었다. 그러자 의병들 모두가 손에 묻은 피를 닦아낸 뒤 세수를 했다. 강물에 들어가 물장구를 치는 의병들도 있었다. 첫 전투인 기습전의 성공으로 의병군은 왜군에 대한 두려움을 떨쳐버렸다.

한산사에서는 스님들이 나서서 쌀밥에 소금으로 간을 맞춘 주먹밥을 해놓고 있었다. 주먹밥을 마루에 쌓아놓았는데 부잣집 봉분들 같았다. 기습전 중에 박광전 의병장에게 보고하기 위해 일찍 돌아온 박근효와 박근제도 스님들과 함께 주먹밥을 만든 듯 앞치마를 두르고 있었다. 박광전이 왜군에게 일격을 가하고 돌아온 의병들을 칭찬했다.

"해남까지 탁발 나갔다가 돌아온 여그 한산사 스님 말인디 이순신 장군은 13척으로 왜선 133척을 격퇴시켰다고 헌다. 나도 미리 첩보를 들어 알고는 있었지만 스님 말을 들은께 사실인 거 같다. 긍께 우리라고 왜적을 무찌르지 못할 것은 읎다. 나는 우리 의병덜을 믿는다. 시마즈 왜군을 동복에서 격퇴허고 말 것이다."

사기가 오른 의병군들은 주먹밥을 두꺼비 파리 잡아먹듯 먹어치웠다. 그런 뒤 나뭇가지로 얼기설기 엮은 초막으로 들어가 휴식을 취했다. 벌써 코를 골며 꿀잠에 떨어진 의병도 있었다. 그러나 박광전은 참모들을 불러 긴장을 놓지 말라고 명했다.

"동복 왜적덜이 반다시 보복헐라고 올 것이네. 긍께 방비를 철저하게 허고 있어야 써. 옹성산으로 올라오는 산길에 의병군을 매복시키게. 글고 크고 작은 돌땡이들도 산길 초입에 쌓아두고. 돌땡이를 굴리믄 화포보다 위력이 더 클 거네."

"왜적덜이 이짝으로 오겄지라우. 옹성산 뒤로는 산세가 험헌께 포기허고 방금 대장님이 말씸허신 산길로 오겄지라우."

박사길의 말에 송홍렬이 동조했다.

"산길을 내주믄 의병군은 갈 디가 읎지라우. 긍께 의병군 전부를 산길 양쪽에 삼대맹키로 배치해 불랍니다요."

박광전이 참모들에게 명했다.

"옹성산에 진(陣)을 친 까닭은 사즉생(死卽生), 죽을 자리로 알고 찾아왔는디 으디로 가서 숨겄는가? 여그서 심을 다해 싸와야제. 우리도 이순신 통제사맹키로 대승을 거둬불세."

"예, 영념허겄습니다요."

"근제는 매복군으로 들어가 심을 보태그라."

박광전은 안방준과 박근제에게도 지시했다.

"종사관덜은 서로 상의해서 동복관아 전투를 한 점 거짓 읎이 사실대로 상소문에 남기거라. 조정에 알려서 의병덜이 상을 받도록 헐텐께."

"예, 본 대로만 기록허겄습니다요."

초막에서 잠을 자던 의병들은 아침 해가 창랑천에 햇살을 뿌릴 때쯤 일어났다. 창랑적벽은 빛을 받아 홍보석처럼 더욱 붉었다. 의병들은 송홍렬, 박사길, 박훈의 지시를 받아 옹성산 초입에 크고 작은 바위를 쌓았다. 조총으로 공격하는 왜군에 맞서 석탄(石彈)으로 맞서기 위해서였다. 박근효는 대장막사인 한산사에 남고, 안방준과 박근제는 매복작전에 가담했다.

의병들의 얼굴에는 두려운 기색이 조금도 없었다. 동복 왜군에게 일격을 가한 전투 경험 때문이었다. 일부 의병군은 왜군이 나타나기만을 기다렸다.

"음마, 왜적이 은제 온당가? 훤헐 때 싸우는 것이 진짜 싸움인디. 깜깜헐 때는 헛주먹질헌 거맹키로 답답허드라고."

떠들던 의병이 갑자기 입을 다물었다. 경계군사 몇 명이 달려왔다. 옹성산성에서 망을 보던 경계군사 조장이 박광전에게 보고했다. 마침 박사길과 송홍렬이 박광전의 지시를 받기 위해 와 있다가 함께 들었다.

"왜적덜이 송장메뚜기떼 맹키로 느자구 읎이 오고 있어라우."

"으디로 오고 멫 명이 오더냐?"

"창랑천 쪽으로 오고, 숫자는 우리 의병군 수십 배그만요."

박광전이 말했다.

"두려워 마라. 우리는 한 사람이 천 명을 막을 수 있는 유리헌 곳을 차지허고 있느니라. 이순신 통제사가 왜적을 이긴 것도 명량이 쫍았기 때문이니라. 거그는 쫍은 바다고, 여그는 쫍고 가파른 산길이니라."

박사길과 송홍렬, 뒤늦게 온 박훈, 안방준 등도 전의를 다졌다. 마침내 왜군부대가 창랑천 모래밭을 시커멓게 덮었다. 그런데 왜군들은 바로 의병군을 공격해 오지 않았다. 모래밭에서 심리전을 폈다. 조총을 허공에 대고 쏘아대거나 괴성을 지르며 정오를 넘겼다. 박광전이 참모들에게 지시했다.

"심리전에는 심리전으로 응수허게. 우리도 북과 꽹메기를 쳐서 맞대응허게."

"왜적덜이 숫자로 우리를 기죽일라고 저러코름 육갑을 떠는 모냥입니다요."

"맞네. 그란다고 우리 의병군이 물러서겄는가."

의병군이 북과 꽹과리를 쳐대며 맞대응하자, 그제야 왜군들이 괴상한 행동을 멈추었다. 마침내 왜군들이 미시(未時, 1-3시)가 지나자마자 좁은 산길을 일자진(一字陣) 대오로 공격해 왔다. 의병군들이 바위 뒤에 숨어 있으므로 조총을 쏘아도 소용없었다. 왜군 선봉군이 산길에 완전히 들어왔을 때에야 박광전이 명을 내렸다.

"바우를 굴려부러라. 돌땡이를 던지거라."

바위가 쿵쿵 벼락 치는 소리를 내며 산길 밑으로 굴렀다. 등에 깃발을 꽂은 왜군 선봉장이 바위를 맞고는 즉사했다. 그러자 왜군들이 선봉장을 들쳐 메고 물러났다. 바위와 석탄에 왜군들은 맥없이 창랑천 모래밭으로 후퇴했다. 물러서는 왜군을 보고는 승군들이 꽹과리와 북을 치며 함성을 질렀다. 왜군의 조총은 무력했다. 의병군은 단 한 명도 부상당하지 않았다. 왜군은 신시(申時, 3-5시)가 지나자 다시 공격해 왔다. 그러나 왜군을 한 번 격퇴시킨 의병군은 요령까지 생겨 바위와 돌멩이를 아끼면서 방어했다. 왜군들이 산길에 서서 우왕좌왕할 때까지 기다렸다가 바위를 굴리고 돌멩이를 던졌다. 오후 내내 일진일퇴를 거듭했지만 왜군은 의병군의 방어에 막혀 산길을 뚫지 못했다. 모래밭에 쌓아놓은 왜군의 시체는 백여 구가 넘을 듯했다. 송홍렬의 전령과 탐망군 조장이 말했다.

"저놈덜 시신을 탈취헐께라우?"

"뭣헐라고 위험허게 그란당가."

"왜적덜 귀때기를 잘라 소금에 절여 조정에 올릴라고 그라요."

"포상 받을라고 그렁마."

"목심이 왔다갔다 허는디 뭔 포상 욕심을 부리겄는게라우. 저놈덜이 우리 백성 코빼기를 베갔응께 우리도 저놈덜 귀때기를 잘라불겄다는 말이지라우."

그러나 박광전이 만류했다.

"왜적덜이 그냥 물러가지는 않을 것이다. 우리를 유인헐라고 그란지 모릉께 지켜봐야 써."

전투 경험이 많은 박사길이 말했다.

"시신을 쌓아놓은 것은 후퇴헐 모냥입니다요. 시신을 어처께 들쳐메고 댕기겄습니까요. 긍께 여그서 태와불고 후퇴헐 거 같그만요."

"캄캄헐 때까지 지달려보믄 알겄제잉."

과연, 박사길 말대로 왜군은 저물녘이 되자 시신을 태우기 시작했다. 시신이 타는 노린내가 산길까지 올라왔다. 의병들은 코를 막고 다녔다. 안방준은 박광전의 신중한 판단을 전적으로 믿었다. 그러나 송홍렬은 철수하는 왜군을 쫓아가 타격을 가하자고 말했다.

"사기가 떨어진 왜적덜을 그냥 철수허게 놔두지 말아야 헙니다요. 저놈덜은 우리 양민을 죽인 원수가 아닙니까요."

"시방까지만 해도 우리는 이순신 통제사가 명량에서 대승헌 것맨치 우리도 버금가는 승리를 했네. 과유불급, 지나침은 미치지 못함과 같은 것이네.《중용》에 나와 있지 않은가. 왜적덜은 시방 독이 잔뜩 올라 있을 것이네. 긍께 지달렸다가 치세."

박광전의 지시로 의병군은 한산사 진 밖으로 나가지 않았다. 창랑천까지도 내려가지 않고 숲속에 은폐해 있었다. 탐망군을 적진에 내보낸 뒤에도 이틀을 기다렸다. 그런데 뜻밖에도 왜장 시마즈가 거느린 왜군이 경상도로 철수하고 있다는 보고를 받았다. 박광전은 안도의 한숨을 길게 내쉬었다. 병서에도 싸우지 않고 이기는 것이 최상의 승리라고 했던 것이다. 시마즈는 고니시 부대가 순천에 주둔하고 있으므로 경상도 지역으로 후퇴할 수밖에 없었다.

마침내 박광전도 겨울이 다가오고 있기 때문에 의병군을 잠시 해체했다. 그러나 의병진은 그대로 우계정에 두었다. 왜군이 언제 또 다시 화순, 보성으로 쳐들어올지 모르기 때문이었다.

동행

마침내 이순신 통제사는 노량해전에서 왜군의 숨통을 끊어버렸다. 왜군 잔병은 왜국으로 살아서 도망치기에 급급했다. 박광전은 이러한 낭보를 접하지도 못한 채 정확히 1년 전에 장성에서 눈을 감았다. 동복 적벽전투에서 시마즈 왜군을 격퇴시켰지만 무고에 휘말려 전라감영 으로 올라가 조사를 받고 돌아오다 절명했던 것이다. 그런데 다음해에 성혼이 병고에 시달리다가 작고했다. 안방준으로서는 3년 만에 두 스 승을 잃은 셈이었다.

이 무렵 셋째아들 심지(審之)가 태어났다. 그래도 안방준은 잠시도 얼굴에 희색을 나타낼 수 없었다. 다음해에는 어머니 양씨의 상을 당 했기 때문이었다. 3년 뒤 상복을 벗자마자 이번에는 아버지 안중관의 상을 당했다.

안방준은 아버지 삼년상을 마친 뒤에야 스승 박광전의 서원을 세우 는 일로 도내에 통문을 돌렸다. 슬픔에 빠진 채 할 일을 마냥 뒤로 미루 는 것도 선비의 도리가 아니라고 생각했던 것이다.

〈이 통문은 홍문관, 사헌부, 사간원이 합사로 소장을 올려 죽천 박

선생의 사우 건립을 청하기 위한 것입니다. 삼가 생각건대, 선생의 뛰어난 도와 높은 덕은 실로 백대의 큰 스승이 되고 일세의 흠모와 추앙을 받았음은 오늘날 다시 말할 필요가 없습니다.

(중략)

근자에 선생이 갑자기 돌아가시니 산악이 무너져 대지에 우러러 볼 곳이 없고 강하가 메말라 만물이 혜택을 받을 수 없게 되었습니다. 사문(斯文, 유학)이 땅에 떨어져 세상의 도가 손상되었으니, 우리 사림들의 한없는 슬픔이 어떠하겠습니까? 국가에서 유현(儒賢)을 숭상하여 보답하는 것과 후학이 선사(先師)를 바라보고 의지하는 것은 반드시 사우(祠宇)를 세워 영령에게 제사를 지내는 데 있는데, 우리 고을을 돌아보면 느끼는 바가 있습니다.

(중략)

임진년과 정유년의 왜란에 거듭 의병을 일으켜 의병장이 되어, 적의 급소를 누르고 적의 창칼을 막아 세 번이나 승리하였습니다. 이로 인하여 병을 얻어 돌아가시니, 절의를 지키다 순국한 마음을 바로 중봉(重峯, 조헌), 제봉(霽峯, 고경명)의 어진 마음과 서로 비슷하여 떠들썩하게 온 나라가 칭송하고 있습니다.

그와 같은 도덕과 그와 같은 절의를 그대로 묻어두어 먼 훗날까지 일컬어지지 않게 놔둘 수 없으니, 서원을 세워 숭상하고 떠받들어 추모하는 뜻을 나타내는 것은 참으로 사문(斯文)의 훌륭한 일입니다. 우리 고을의 용산(龍山)은 선생이 독서하고 강학하던 곳이므로 우리들이 서로 발의하여 장차 원우(院宇, 서원과 사우)를 세우려고 하는 것입니다. 이는 한편으로는 선생의 높은 덕을 흠모하여 사림을 일으켜 세울 곳으로 삼기 위해서입니다.

그러나 이 일은 우리 고을에서만 사사로이 할 것이 아니라, 마땅히 공자를 추종하는 많은 선비들과 함께 할 것이기에 통문을 내어 알리니, 여러 고을의 선비들은 흔쾌히 따라야 할 것입니다.(하략)〉

이때가 안방준의 나이 35세 때의 일이었다. 이 일로 안방준은 왜란 중에 스승을 잃은 비통함에서 어느 정도 자위했다. 다음해에 선조가 승하했지만 두 스승의 작고와는 비교할 바가 못 되었다. 선조가 승하했을 때는 군정(郡庭)으로 들어가 애도만 하고 말았던 것이다. 더구나 넷째아들 익지(益之)가 태어나 마음을 수월하게 다잡을 수 있었다.

익지가 걸음마할 무렵이었다. 안방준은 가족을 이끌고 한양으로 올라갔다. 분위기를 바꾸어 선비로서 활로를 찾기 위해서였다. 한양으로 올라가 정착한 곳은 낙산 매계동(梅溪洞)이었다. 이때부터 안방준은 주로 성혼 문하의 덕망 있는 선비들과 교유하며 덕을 닦았다. 이항복, 이시백, 오윤겸, 김자점 등을 찾아가거나 매계동 집으로 초대하여 스승 성혼의 학문을 논하였다. 특히 안방준은 자신보다 나이가 11살 많은 이성(李城)과 가까이 지냈는데, 이성은 안방준을 아우처럼 대했던바 두 사람은 지근거리에서 여생을 함께 보내기를 약속하기까지 했다. 생원시에 합격한 이성은 전생서 봉사(奉事)로 봉직하고 있었는데, 성품이 곧고 청렴해서 당상관들이 자기사람으로 끌어들이려 했지만 서인 계열인 그는 당쟁에 말려들지 않았던 것이다.

안방준이 서울에 온 지 2년 만이었다. 다섯째아들 일지(逸之)가 태어났고, 성혼 문하의 동문 선배들의 권유로 조헌의 《항의신편(抗義新編)》

을 편수하고 화공을 시켜 여덟 가지 사적을 본떠 그리게 하였다. 안방준은 발문을 다음과 같이 썼다.

〈나는 선생의 문하에 들어가 덕의(德義)를 보지는 못했지만 일찍부터 그 가풍과 의리를 흠모하였는데, 순절했다는 소식을 들은 뒤로는 더욱 간절하게 추앙하게 되었다. 그의 유문(遺文)과 사적이 세상에 많이 전해지지 않아 혹 오래되면 없어질까 염려되어 여러 해 동안 탐문해서, 겨우 봉사(封事)와 잡저(雜著) 약간 편을 얻어 분류해 전집을 만드니 모두 6권이었다.

1권은 시무를 아룀[陳時務], 2권은 사우를 구함[救師友], 3권은 조정을 논함[論朝政], 4권은 왜와 단절할 것을 청함[請絶倭], 5권은 의병을 일으킴[擧義兵], 6권은 잡저이다. 장차 이를 동지들에게 전하여 불후를 도모하고자 하나, 요즘 선생을 깎아내리는 자가 지위가 높은 근신(近臣)이요, 원수처럼 여기는 자들이 나라에 그득하니 백년 뒤 의논이 결정되기 전에 가벼이 타인에게 보여줄 수 없다.

이에 그 가운데서 청절왜(請絶倭), 거의병(擧義兵), 소장(疏章) 및 격서(檄書)를 추리고 비문(碑文)과 언행을 덧붙여 따로 한 책을 만들어《항의신편》이라 부른다. 그리고 여덟 가지 사적을 뽑아 화공 이징(李澄)을 시켜 그림을 그리게 하고 이를 책머리에 두어 보는 사람으로 하여금 직접 보고 생각하게 하니. 어리석은 지아비나 지어미일지라도 사모하는 마음이 솟아 떨쳐 일어날 수 있을 것이다. 노천(老泉)이 말한바 '상(像) 또한 도움이 없지 않다' 함이 이것이다.(하략)〉

그런데 한양에서 동문 선배들을 만나 덕을 닦겠다는 안방준의 꿈은 산산이 부서졌다. 이른바 계축옥사가 일어났기 때문이었다. 옥사는 이미 예견된 것이나 다름없었다. 광해군이 즉위했을 때 대북인 이이첨, 유몽인 등은 실세가 되어 왕위 계승권의 분쟁으로 장차 위협이 될 수 있는 선조의 적자 영창대군을 제거하기로 모의했다. 그러던 차에 조령에서 박응서 등이 은(銀)상인을 죽이고 은6,700냥을 약탈한 사건이 발생했다. 이이첨 등은 이 사건을 역모사건으로 몰았다. 불행하게도 광해군의 친국 중에 고문을 이기지 못한 박응서는 약탈한 은으로 역모자금을 마련해 무신 정협 무리를 회유한 뒤 영창대군을 옹립하려 했으며, 그런 뒤 인목왕후가 수렴청정하려 했다고 거짓으로 자백했던 것이다.

이로 인해 영창대군을 낳은 인목왕후의 아버지 김제남과 그의 세 아들이 사사되면서 인목왕후의 친정은 멸문되다시피 했다. 영창대군은 폐서인이 되어 강화도로 유배를 가서 위리안치 되었고, 남인 혹은 서인이었던 신흠, 서성, 한준겸, 이항복, 이덕형, 이원익, 허욱, 한응인, 심희수 등도 몰락하여 대북이 정권을 장악했다. 특히 영의정과 좌의정, 육조판서 또한 대북에 완전히 넘어갔다. 대북 세력의 주축인 이이첨은 예조판서 자리를 차지했다.

계축년(1613) 늦가을에 안방준은 고향 보성으로 내려갈 뜻을 굳혔다. 대북 이이첨, 유몽인 등이 설치는 한양에서 더 머무를 수 없었던 것이다. 이성은 안방준의 낙산 매계동 집에 들러 서인의 몰락에 대해서 분통을 터뜨리곤 했다. 안방준 역시 비분강개하지 않는 날이 없었다.

"백형 성님, 기가 맥혀부요. 여그 매계동에 사는 사대부 자제덜이 이 판서에게 편지를 보냈다고 허요."

백형(伯瑩)은 이성의 자였는데, 그의 아버지는 명종 때 종2품의 대사헌을 지낸 이언충(李彦忠)이었고, 어머니는 성수침의 손녀였다. 그러니까 성수침의 아들인 성혼은 이성의 스승이자 외종숙이었다. 명륜동과 낙산 매계동에 사대부들이 많이 살고 있는 이유는 자제들 교육 때문이었다. 성균관이 명륜동에 있었던 것이다.

"사언 아우님, 무슨 편지를 보냈다는 말인가?"

"지를 교관(敎官)으로 삼기를 청했다고 허요."

"향교에서 유생들을 가르치는 교수(敎授) 삼기를 청했겠지. 교관이란 직은 없네."

교수란 종6품의 관직이었다.

"지가 한양에 온 뜻은 동문 선배덜을 만남서 덕을 닦고자 왔는디 이이첨 같은 역적에게 베슬을 받는다믄 쓰겄는게라우? 그러느니 차라리 고향으로 돌아가불라요."

"사언 아우님, 내려간다믄 나와 함께 가세. 우리는 여생을 지근거리에서 같이 보내기로 약속하지 않았는가."

"지는 고향이지만 성님은 타향이라서 외롭지 않을게라우?"

"사언 아우님을 자주 만나는 곳이라면 상관없네. 우애가 깊으면 고독이 차지할 자리가 없을 테니까. 하하하."

한양을 떠나겠다는 이성의 의지는 생각보다 강했다. 광해군 즉위 때부터 계속되는 당파싸움의 비루한 꼴을 보고서는 몹시 곤혹스러워했던 것이다. 광해군 옹위세력이었던 대북의 기자헌, 이이첨, 유몽인, 정인홍 등은 소북 영수이자 선조의 적자 영창대군을 지지했던 유영경을 제거했다. 그러더니 서인과 남인인 이원익, 이항복, 이덕형, 심희수 같은 대신들을 차츰 축출하고서는 마침내 계축옥사를 일으켜 조정을 장악했던 것이다.

"나도 사실은 말이네, 며칠 전에 이이첨이 밤에 변복을 하고 우리 집을 찾아왔다네. 줄을 잘 대면 벼슬이 높아질 수 있는데, 왜 그 길을 외면하느냐고 회유하더군."

"그래서 뭣이라고 했는게라우?"

"간에 붙었다가 쓸개에 붙는 이이첨 같은 자에게 어찌 속아 넘어가겠는가."

"성님 맘은 참 바우 같그만요."

"사언 아우님은 나보다 더 흔들리지 않을 것 같은데."

"성님, 지는 한양 땅을 다시는 밟지 않을라고 허요. 대북 역적덜에게 잘 보일라고 신발이 닳도록 사는 곳이 한양이드그만요."

"갈 데는 정해져 있는가?"

"죽천 선상님이 강학을 여셨던 우계정 가차운 곳이 좋겠지라우. 물이 넉넉한 강이 있고 덕스러운 산이 있는 절경들이 많지라우. 지난해 꿈에 본 절경도 있는디 아조 선명허그만요. 우계정에서 멀지 않은 곳이지라우."

"그런 곳이라면 나도 얼른 보고 싶네. 아니, 거기서 살고 싶네."

"지는 두문불출하고 있다가 곧 내려갈라요. 긍께 성님도 준비허시씨요."

두 사람은 이심전심으로 해가 바뀌기 전에 한양을 떠날 것을 결심하고는 밤늦게 헤어졌다. 그런데 무슨 영문인지 예조판서 이이첨은 서인인 안방준을 천거하려고 했다. 임란 때 두 번이나 의병군 종사관으로 나서서 전공을 세운 안방준의 충의를 높이 샀기 때문이었다. 이번에는 처남 정사립이 이이첨의 말을 전했다. 이이첨이 정사립을 불러 파격적인 제안을 했던 것이다.

"그대의 매부가 죽은 스승이 모함을 당하고 있기 때문에 벼슬에 뜻이 없다고 했을 것이네. 만약 사언이 나를 보러 온다면 내 마땅히 우계의 원통함을 씻어줄 것이니 그대는 내 뜻을 전하게. 그뿐인가. 내 사언에게 사헌부 대관(臺官)의 벼슬길을 열어주도록 청할 것이네."

이처럼 이이첨이 정사립을 통해 회유했지만 안방준은 듣지 않았다. 이에 이이첨은 한찬남을 또 보냈지만 안방준은 그를 피해버리고 말았다. 안방준이 이이첨의 천거를 거절했다는 소문이 돌았다. 그러자, 이정구, 오윤겸 등 온화한 동문 선배들이 안방준의 신변을 걱정하기도 했다.

"반드시 환란이 있을 것이니 가벼이 거취를 말게."

그래도 안방준은 귀향의 뜻을 꺾지 않았다. 이에 안방준의 거취를 걱정하던 동문 선배 이정구가 송별의 시를 주었다.

매계동에 있는 손님
종일 사립문 빗장을 걸었네
푸른 산엔 띠집 하나요
흰머리엔 현묘한 글이 많았네
혼탁한 세상에 서글픈 분개
우울한 시절 그대 홀로 깨었구려
그윽한 정취는 아는 이 없어

천년이라 함께 숨어 지낼 뿐.

(하략)

有客梅溪洞 柴門盡日扃

靑山一茅宇 白首太玄經

混世悲孤憤 憂時且獨醒

無人識深趣 千載共沈冥

(하략)

겨울 들어 처음으로 첫눈이 내렸다. 가늘고 성기게 포슬포슬 내리는 포슬눈이었다. 안방준은 이정구가 준 송별의 시를 바랑에 넣고 한양을 떠났다. 이성도 동행했다. 겨울철이었으므로 가족은 한양에 두고 두 사람만 조강(祖江, 한강)을 건넜다. 안방준 바랑에는 이정구와 홍준의 송별시가, 이성의 바랑 속에는 터 잡을 자리에 필요한 은이 서너 줌 들어 있었다.

포슬눈은 천안을 지나면서 함박눈으로 변했다. 두 사람은 주막으로 들어가 눈도 피할 겸 하룻밤을 묵었다. 객지로 떠나는 이성은 마음이 착잡한지 잠을 이루지 못하고 자꾸 뒤척거렸다.

"성님, 잠이 안 오요?"

"조부님 유택이 있는 선산을 두고 대대로 살던 한양을 떠나려고 하니 마음이 허허로워서 그러네."

"조부님께서 명종 임금님 때 대사헌을 지내셨다고 했지라우?"

"맞네. 세종 임금님 때 영의정을 지낸 직(稷) 자 할아버지 6대 손이시라네."

다음날 날씨는 안방준의 귀향길을 도와주었다. 눈구름이 사라지고 겨울철답지 않게 포근했다. 해가 떠 어젯밤에 쌓인 눈을 녹여주었다. 삭풍도 잦아 마치 이른 봄이 앞당겨 온 것 같았다.

보름 후.

두 사람은 나룻배를 타고 보성강을 건넜다. 강을 건너면서 안방준은 한곳을 뚫어지게 쳐다보았다. 꿈속에서 보았던 조용하고 깊숙한 마을과 똑같았다. 학문을 연마하고 수덕하기에 더 없이 좋을 것 같은 우산(牛山)마을이었다. 그러나 안방준은 우산마을로 먼저 가지 않고 대원사로 올라갔다. 이성이 대원사에 머물면서 마음에 드는 곳에 터를 잡아야 하기 때문이었다. 인연은 참으로 묘했다. 이성은 대원사로 가는 도중에 죽산마을에서 넋을 잃었다.

"성님, 으째서 그랴요?"

이성은 죽산마을을 쳐다보느라고 걸음을 떼지 못했다. 죽산마을은 대숲에 둘러 쌓여 있었다. 엊그제 내린 눈으로 산야가 흰빛 일색인데, 죽산마을 둘레만 송죽의 기상처럼 청청했다.

"사언 아우님, 아무래도 나는 저 마을에 터를 잡아야 할 것 같네."

"형님, 대원사에 머물면서 결정하셔도 늦지 않겠지라우."

두 사람은 우계정을 거쳐 대원사로 올라갔다. 우계정은 박광전이 눈을 감은 뒤부터 강학을 폐쇄한 탓에 지붕 한쪽이 허물어지고 있었다. 안방준은 우산마을에 머물면서 반드시 우계정을 예전 모습대로 손보리라고 마음먹었다.

우산전사(牛山田舍)

우산마을 앞으로 작은 개울이 하나 흐르고 있었다. 개울물은 식수가 가능할 만큼 맑고 청량했다. 안방준은 마을 사람에게 밭을 사들여 집을 짓기 시작했다. 뿐만 아니라 뜨는 달을 바라볼 수 있는 개울 동쪽에 축대를 쌓아 한 그루의 소나무와 매화 여덟 그루를 심었다. 이른바 고송팔매(孤松八梅) 뜰이었다. 집 이름은 밭에 지은 거처란 뜻으로 우산전사(牛山田舍)라고 불렀다.

우산마을은 깊은 산중 후미진 곳으로 가난한 농사꾼들이 옹기종기 모여 사는 산촌이었다. 마을이 생긴 이래 안방준 같은 큰 선비가 들어온 것은 처음이었다. 순진한 마을 사람들은 선비가 무엇을 하는 사람인지 잘 알지 못했다. 그런데 마을사람 중에 유독 거칠고 상스러운 무뢰배가 하나 있었다. 그는 안방준에게도 텃세를 부리듯 멋대로 심술을 피우고 방자하게 행동했다. 마을사람들은 그를 상것이라고 불렀다. 그런데 그가 안방준에게도 무례하게 굴자, 마을사람들은 고을 수령에게 글을 올려 그의 버르장머리를 고치고자 했다.

"선비님, 저 상것을 혼구녕 내줍시다요."

"어치께 혼을 내준다는 거요?"

"원님께 글을 올려야지라우. 지덜이 어치께 심으로 저놈을 누를 수 있겄는게라우."

안방준이 손사래를 쳤다.

"원한은 원한을 낳는 벱이요. 긍께 고런 방법보다는 나헌테 맽겨주씨요."

"선비님께서 그랑께 참고 지켜볼라요."

이에 고자질 잘하는 사람이 무뢰배에게 가서 안방준과 마을사람들이 주고받은 이야기를 전했다. 그러자 무뢰배가 믿지 못하겠는 듯 콧방귀를 뀌었다.

"내 눈으로 봐야 믿제."

"아이고메, 지가 고자질했다고 허지 마쑈."

"걱정 말어. 여그 감이나 가져가."

"감나무는 우리 옆집 밖에 읐는디 으디서 땄소?"

"내 눈에 비치믄 다 내 것이제 니것 내것이 있간디."

"아이고메, 난 욕 묵기 싫소. 안 가져갈랑께 그리 아쑈."

고자질한 마을 사내가 도망치듯 뒷걸음질치더니 사라졌다. 잠시 후 무뢰배가 엉덩이를 털며 일어나 성큼 안방준 집으로 갔다. 마침 안방준이 가을 햇볕을 쬐며 책을 보고 있다가 무뢰배를 맞이했다.

"으쩐 일인가?"

"마실 사람덜이 원님에게 글을 올릴라고 했다는디 사실인게라우?"

"한 마실에 살믄서 그라믄 쓰겄는가. 모다 오순도순 살아야제."

"지를 모함헐라고 허는디 어치께 성질을 죽이고 살 수 있당가요?"

안방준이 웃으며 말했다.

"자네 맘을 다른 사람 밑으로 내려놔불게. 고것을 스님들은 하심(下心)이라고 허네. 고것이 바로 유생덜이 말하는 인(仁), 즉 너그러움이네. 두 사람 간에 너그러움이 넘친다믄 다툴 일이 읎겄제잉."

"고럴께라우?"

"오늘부터 당장 고로코름 해보게. 남보다 몬자 인사허고, 남이 심든 일을 허믄 몬자 가서 돕고, 남이 슬퍼허믄 같이 슬퍼허고 말이네. 고로코름 허다보믄 남덜이 자네를 달리 볼 거네."

무뢰배는 생전 처음으로 들어보는 안방준의 말에 감동했다. 서 있는 마당에서 넙죽 큰절을 했다.

"지는 오늘부터 선비님 일이라믄 무조건 달려와서 헐 거그만요."

"새로 지은 집이라서 헐 일이 태산이지."

그는 약속대로 날마다 우산전사를 찾아와 청소는 물론 허드렛일을 했다. 그가 갑자기 돌변한 것을 본 마을사람들은 비로소 안방준에게 집안의 대소사를 의논하며 의지하곤 했다. 심지어 병이 날 때도 처방을 해달라고 찾아오기도 했다.

안방준은 한양의 일을 까마득하게 잊고 두문불출한 채 집필에 전념했다. 가족이 한양에서 이미 모두 내려왔기 때문에 특별한 걱정거리도 없었다. 심리적으로 안정이 되자 그동안 미뤄두었던 글을 다듬고 보완했다. 그러다 보면 시간이 흐르는 개울물처럼 빠르게 지나가기 때문에 하루가 늘 짧았다.

우산전사를 지은 지 두 해 만에 《호남의록(湖南義錄)》과 《임정충절사적(壬丁忠節事蹟)》, 《삼원기사(三冤記事)》를 집필했다. 《호남의록》은 전라 우의병장이었던 최경회 이하 16명이 절의를 위해 순절한 기록이었고,

《임정충절사적》은 동래부사 송상현 및 8명의 충절을 사실에 입각해서 쓴 서사였다. 또《삼원기사》는 김덕령 의병장, 김응회 별좌, 김대인 의병장이 모함을 당해 원통히 죽은 것을 매우 애석하게 여기어 쓴 기록이었다.

이후 6년. 안방준은 조헌의《동환봉사(東還封事)》를 편수했다. 발문에 《동환봉사》를 편수하게 된 이유를 다음과 같이 밝혔다.

〈우리 소경(昭敬: 선조 시호)대왕 7년 갑술(1574)년에 중봉 조(趙) 선생이 질정관(質正官)으로 명나라 수도로 가서 중국의 문물제도가 융성함을 주의 깊게 보고, 우리나라에 시행하여 본받게 하고자 하여 돌아온 뒤 상소문 두 장을 쓰니, 곧 사무에 절실한 것 8조와 근본에 관계된 것 16조가 들어 있다.

(중략)

나는 약관 때부터 선생을 흠모하여 추앙하기를 태산북두처럼 여길 뿐만 아니었다. 항상 사적이 없어져 전해지지 못할까 두려워하여 여러 해를 탐문하였으나, 겨우 유문(遺文) 약간 편을 얻어 분류해 전집을 만들고 판각하여 널리 배포해 불후(不朽)를 도모하여 했다. 그러나 권질(卷帙)이 너무 많아 작업이 어려웠기 때문에 우선 그중에서 왜와 단절할 것을 청한 봉사(封事: 임금에게 글을 올리는 일)와 의병을 일으킬 때의 봉사 등 여러 편과 편지와 언행록을 뽑아,《항의신편》이라 제목을 붙여 세상에 간행했다. 이제 또 그 두 편의 상소문으로 별도의 한 책을 만들어《동환봉사》라 이름을 붙였다. 훗날 선생을 알고자 하는 사람이《항의신편》에서 선생의 굳센 충정을 보고, 이《봉사》중에서 경륜의 큰 뜻을 살펴볼 수 있다면, 비록 반드시 전집을 두루 보지 않더라도 선생의 대략을 알 수 있으리라.(하략)〉

다음해, 그러니까 인조 원년에는 병조판서 김류에게 편지를 보냈다. 조헌의 세 아들이 각각 옥천과 문의, 황간에서 문전걸식하다시피 살고 있음을 보고 하소연하는 편지였다. 김류가 현인을 좋아하고 의인을 숭상하는 기풍을 추앙하였기에 반정(反正)한 지 한 달이 지났건만 현인을 포상하고 은전이 그들에게 주어졌다는 소식을 듣지 못했다며 조헌의 세 아들을 살펴달라는 부탁이었다. 뿐만 아니라 '요즘 오랑캐(청나라)가 틈을 엿보니 서북쪽이 걱정스럽습니다. 인심을 모으고 군병을 훈련시키는 것이 급선무인데 수령은 여전히 탐학(貪虐)을 일삼고 백성은 그 은택을 입지 못하니, 이는 합하(閤下: 김류) 동료들의 책임이 아니겠습니까?' 하고 원망 섞인 내용도 보냈다. 그러자 김류의 답장이 다음과 같은 요지로 왔다.

〈성근하고 간절한 취지로 부족한 바를 교시하니, 보잘것없는 내가 어쩌다가 이를 그대에게 얻었는지? 삼가 받고 보니 감격하여 뭐라 말해야 할지 모르겠습니다. 요즘 인심이 위태롭고 국사가 다난한데 게다가 수해와 한해가 연거푸 닥쳐 걱정해야 할 일이 한두 가지가 아니니, 비록 관중과 제갈량으로 하여금 담당케 하더라도 능히 해낼 수 없을 것인데, 나 같은 썩은 인재가 어찌 담당할 수 있겠습니까? 종일 걱정하고 두려워하지만 어찌할 바를 모르겠습니다. 중봉의 여러 아들을 위해 힘껏 도모하지 않는 것은 아니나 실권이 타인에게 있어 말이 먹혀들지 않으니, 의리를 중시하고 선(善)을 베풀기를 좋아하는 사람을 쉽게 얻을 수 없습니다.〉

한양에서 안방준을 찾아오는 이들도 적지 않았다. 그들 중에서 암행어사 장유는 우산전사에서 하루를 보냈다. 개울가 반석에 앉은 장유는 안방준이 힘주어 하는 말에 귀를 기울였다.

"나라가 유신(維新)해야 헐 시기를 맞아부렀소. 참으로 짚고 원대헌 정책을 때에 맞게 강구허지 않으믄 안 되겠소. 인심을 수습허고 군병을 훈련시키는 것이 뭣보다 급선무가 아니겠소? 바라건대 공은 조정에 돌아가 여러 재상덜허고 논의해서 실행허기를 바라요."

다음날 장유는 안방준과 헤어지기 전에 시를 지어 주었다.

10년 전 이별을 추억하며
하늘 끝 숨어사는 곳을 찾으니
깊은 골에 시냇물소리 고요하고
아담한 집에 등불 그림자 공허하네
나라를 위한 마음은 열렬하고
교우를 논하느라 수염이 성기네
한평생 무릎을 감싼 뜻을
새 글에 나타내길 아끼지 마오.
相憶十年別 天涯問索居
溪聲遠壑靜 燈影小齋虛

報國心腸熱 論交鬚髮疎

平生抱膝意 莫惜著新書

인조반정으로 성혼의 제자들도 광해군 때와 달리 관직에 속속 진출했다. 대표적인 사람이 이정구였다. 인조 2년, 안방준의 나이 52세 때 정월이었다. 인조가 안방준에게 동몽교관(童蒙教官)을 제수했다. 그러나 안방준은 출사하지 않고 우산전사를 지켰다. 그러자 동문선배 이정구가 편지를 보냈다. 그는 예조판서 자리에 올라 있었다.

〈교관은 사표(師表)가 되어야 할 자리이므로 조정에서 특별히 선택하게 됩니다. 우리 부서에서 공을 으뜸으로 천거하였으니, 옛 친구를 위해 속히 서쪽을 향해 웃고[西笑] 자신의 뜻을 꺾지 마십시오.〉

안방준은 이정구의 짧은 편지에 답서를 보냈다.

〈초봄에 성은을 입어 어린이를 훈계하는 벼슬을 제수 받았습니다. 스스로 생각하건대, 저는 초야에 묻힌 용렬한 사람으로 젊어서 병을 앓고 독서를 폐하여 평이한 문구도 대부분 통하지 못해, 한 집안의 자질(子姪)들도 스스로 가르칠 수 없어 모두 바깥의 스승[外傅]에게 나가도록 하는데, 하물며 감히 헛되이 분수를 모른 채 얼굴을 쳐들고 서울의 글방 한 자리에 있으면서 효선(孝先: 동한 때 선비, 변소의 자)은 배만 살쪘다는 조롱을 달게 여기겠습니까?〉

8월에는 사포서 별제를 제수 받았지만 역시 나아가지 않았다. 병조 판서에서 이조판서로 자리를 옮긴 김류의 천거였다. 그도 역시 안방준에게 편지를 보내 천거의 이유를 밝혔다.

〈사포서 벼슬은 낮은 직책이라 참으로 현자를 대우하는 도리가 아니나, 관례를 따라 임금께 천거했으니 마음이 몹시 부끄럽습니다. 잠시 은둔하려는 뜻을 돌려 성시(城市)로 발걸음을 해준다면, 자나 깨나 기다리는 마음에 족히 위안이 될 것입니다.〉

다음해 또 사포서 별제를 제수 받았다. 이번에는 동문선배인 오윤겸이 이조판서가 되어 안방준을 천거했다. 오윤겸이 경연 자리에서 "벼슬을 구하려고 세도가를 찾는 풍조가 만연한데도 초연히 물러간 사람은 오직 이 한 사람뿐입니다." 하고 인조에게 건의하자 "이 사람은 나도 들어서 알고 있으니 경 등이 먼저 거두어 쓰도록 하라."고 윤허했던 것이다. 그러나 53세의 안방준은 또 출사하지 않았다.

한여름인 8월에 또 다시 인조는 오수도 찰방을 제수했다. 이번에도 이조판서 오윤겸이 천거한 결과였다. 안방준은 몇 번이나 벼슬을 거절한 탓에 어쩔 수 없이 상경했다. 성은(聖恩)을 여러 번 입고도 한 번도 사은숙배(謝恩肅拜)를 하지 못하여 매우 송구했기 때문이었다.

마침내 안방준은 인조가 신하들을 불러 정사를 논하는 정전으로 들어가 성은에 큰 절로 사례한 뒤 곧 오수역으로 내려갔다. 마지못해 부임한 오수도 찰방 자리였다. 안방준으로서는 생애 첫 벼슬이었는데, 전혀 자신의 성정에 맞지 않았다. 인수인계 중에 역리에게 보고를 받는 일이나, 역졸들을 점고하는 것이나 도무지 감흥이 일지 않았던 것이다. 할 수 없이 19일째 되는 날 안방준은 단안을 내렸다. 관직을 버리고 우산마을로 돌아가기로 결단했던 것이다.

안방준은 무슨 일이 있더라도 상경하지 않으리라고 스스로 자신과 약속했다. 이정구가 역사를 편찬하는 일을 맡아 잘못된 역사를 바로잡고자 스승 성혼의 《석담일기》를 보내달라고 했을 때도 자신이 들고 상경하지 않는 대신에 인편으로 부쳤던 것이다. 우산전사에 보관하고 있는 것보다는 사고(史庫)에 넣어두는 것이 안전할 것 같아서였다.

〈초야에서 보관하다가 혹여 파숙(坡塾: 파주의 글방)처럼 실수로 불이 나는 변고를 면치 못할 수도 있으니, 차라리 사고에 넣는 것이 나을 듯도 싶습니다. 그 외에 비판하는 논의나 욕을 먹는 따위를 어느 겨를에 근심하겠습니까?〉

인조 4년(1626), 안방준은 54세가 되었다. 그동안 집필만 마쳐놓고 미뤄두었던 《호남의록》을 간행했다. 향교 교생들에게 나라를 위해 순절한 충신들의 절의를 보여주기 위해서였다. 간행 일로 옛 집에 가 있는 동안 마음의 벗 송갑조가 옥천에서 찾아와 만나지 못한 일도 있었다. 송갑조가 우산전사에 '신교(神交; 정신적인 교분)가 이미 오래 되었으니 어찌 얼굴을 보지 못했다 하여 정의(情意)에 손상이 있겠는가?'라는 짧은 편지를 남겨놓고 갔는데, 안방준은 그와 정담을 나누지 못한 것을 한스럽게 여겼다.

정묘호란

눈발이 소금을 흩뿌리듯 날리는 오후였다. 말 두 마리가 사평 쪽에서 송광사 가는 오솔길로 달려왔다. 대원사 초입을 지나 작은 고개 하나를 넘으면 우산마을이었다. 말들은 갈기를 휘날리며 달렸다. 눈발 때문에 말에 탄 두 사람은 얼굴을 잔뜩 찌푸리고 있었다. 한 사람은 김덕령 아우인 김덕보이고, 또 한 사람은 광주목 경양역 찰방이었다. 두 사람은 우산전사에 있는 안방준을 만나러 가는 중이었다.

눈발은 대원사 초입부터 더 거세졌다. 얼굴에 달라붙은 눈발 때문에 두 사람은 고갯길에서 더욱 눈을 찡그리면서 소리쳤다.

"이럇! 이럇!"

광주목에서부터 달려온 말은 작은 고갯길이었지만 힘들어 했다. 머리를 쳐들고 가쁜 숨을 몰아쉬었다.

"이놈아, 고개만 넘어가면 내리막길이다."

앞에서 달리는 경양역 찰방이 혼잣말로 중얼거렸다. 그는 판서 이정구나 오윤겸의 편지를 안방준에게 전해주기 위해 역참 역리와 함께 우산전사를 들른 적이 있었던 것이다. 한겨울의 풍경이라고 해서 지세가 달라진 것은 없었다. 눈 쌓인 산과 들은 제 자리에서 허옇게 엎드려 있었다. 고갯길에 올라서서야 찰방이 몹시 힘들어하는 김덕보에게 말했다.

"저 산모퉁이를 돌아가면 오른쪽에 우산마을이 있습니다. 그래도 말이 젊기 때문에 여기까지 빨리 달려온 것 같습니다."

"아따, 심드요. 진시에 출발했는디 빠르긴 빠르요."

경양역에는 젊은 준마도 있고, 늙은 말도 있었다. 늙은 말은 주로 역졸들이 타고 다녔고, 훈련이 잘된 준마는 찰방 몫이었다. 준마는 멀리 달려도 지치지 않았다. 사실, 김덕보를 태운 말은 찰방이 탄 준마에 비하면 힘이 많이 떨어졌다. 고갯길까지 달려오는 동안 김덕보가 탄 말은 지쳐서 여러 번이나 쉬었던 것이다. 물론 오랫동안 병을 앓은 김덕보도 힘들기는 마찬가지였다.

내리막길에서는 굳이 고삐를 잡아당기지 않아도 말들이 수월하게 달렸다. 말발굽소리가 또각또각 눈 덮인 골짜기로 울려 퍼졌다. 말들의 다리 힘이 아직 남아 있다는 증거였다. 찰방은 목적지를 눈앞에 두고 여유가 생겼는지 또 입을 열었다.

"나라가 풍전등화인데 여기 산골은 아주 평화롭습니다."

"어치께 알겠소?"

"오수도 찰방 나리께서 나라의 소식을 알게 된다면 큰 충격에 빠질지도 모르겠습니다. 어떻게 말씀을 드려야 할지 난감합니다."

"내가 운을 뗄 텐께 그때 말씀허씨요."

나라의 소식이란 후금 군사가 압록강을 건너와 보름 만에 평양성이 함락된 사변을 뜻했다. 경양역 찰방은 광주목사보다 더 빨리 나라의 소식을 접했다. 나라의 공문이 역참으로 먼저 내려와 각 고을로 전달

되기 때문이었다.

이윽고 두 사람은 우산전사 초입에 이르러 말에서 내렸다. 마침 우계정에 갔다가 돌아온 안방준의 다섯째 아들 안일지를 만났다. 안일지가 찰방을 알아보고 말했다.

"찰방 나리, 일지그만요."

"오, 자네가 어찌 나와 있는가?"

"우계정에서 돌아오는 길이어라우."

"아버님 좀 뵈러 왔네."

"몬자 핑 가서 말씸 드릴께라우."

"그래주면 고맙겠네."

안일지는 열네 살이었다. 아버지 안방준에게 공부하지 않고 우계정으로 갔다. 몇몇 학동이 우계정으로 훈장을 모셔와 공부했다. 그런데 우계정 강학은 훈장 사정으로 중지할 사정에 놓여 있었다. 다섯째 아들 안일지가 손님이 왔다고 알리자, 넷째아들 안익지가 먼저 사랑방에서 나왔다. 안익지는 몸이 부실한 약골이었으므로 우계정을 드나들지 못하고 아버지 안방준 옆에서 때때로 공부하는 처지였다. 안방준이 토방까지 내려와 두 손님을 맞았다.

"어서 오씨요. 찰방 나리는 을매만이요?"

"오늘은 김덕령 의병장님 아우 분을 모시고 왔습니다."

"그 성님에 그 아우님이시겄지라."

"오수도 찰방 나리, 과찬이시그만요."

경양역 찰방이나 김덕보는 안방준을 오수도 찰방이라고 관직을 넣어 예우했다. 그런데 안방준은 생애 첫 벼슬인 오수도 찰방을 자랑스럽게 생각하지는 않았다. 제수 받은 벼슬을 마냥 거부하기가 부담스러워 어쩔 수 없이 출사한 자리였기 때문이었다.

두 손님을 사랑방으로 안내한 안방준은 김덕령의 원통한 이야기를 쓴《삼원기사》부터 화제를 꺼냈다.

"대장님은 지하고도 인연이 크그만요."

"그라겄소. 전라좌의병 대장님 부하덜 일부분이 우리 성님 휘하로 들어왔응께."

"임금님 명이었지라. 지는 그때 신분이 삼도공 대장님을 보좌허는 종사관이라서 함께 보성으로 왔지만요."

"어저께까지 모시던 삼도공 대장님을 쉽게 바꾸기가 에러웠겄소."

김덕보는 나이가 안방준보다 두 살 위였다. 그런데 얼굴은 열 살 위처럼 보였다. 김덕보는 지병을 앓고 있어서 그런지 눈빛만 살아 있을 뿐 사색을 띤 얼굴은 쭈글쭈글 볼품이 없었다. 그의 두 형은 나라가 위기에 처했을 때 충의를 다한 이력이 있었다. 임란이 일어나자, 큰형 김덕홍은 광주에서 의병을 일으켜 맹주 고경명과 함께 금산전투에서 전사했다.

둘째 형 김덕령은 순절한 형 김덕홍의 뒤를 이어 의병을 모병하여 창의했다. 그때 담양부사 이경린(李景麟)과 장성부사 이귀(李貴)는 전라관찰사에게 김덕령을 장군으로 천거했다. 특히 이경린은 창과 칼 등 전투 장비까지 내주면서 격려했다. 그의 의병 활동은 형에 대한 복수의 성격이 짙어 복수장(復讐將)이라고 할 만했다.

거병 직후 김덕령은 도원수 권율로부터 초승장(超乘將)이란 칭호를 받았다. 분조(分朝)를 이끌던 광해군은 김덕령에게 익호장(翼虎將)이라는 칭호를 내려주었다. 김덕보는 형들이 의병을 일으켰을 때 노모를 모시고 집에 머물러 있어야 했으므로 출병은 못했다.

그런데 불행하게도 익호장으로서 전공을 세웠던 김덕령은 두 차례에 걸쳐 옥사에 연루되었고, 선조29년(1596) 이몽학의 난이 일어났을 때 무고를 당해 화를 면치 못했다. 안방준이 《삼원기사》를 쓴 이유는 김덕령의 한을 풀어주기 위해서였다. 이에 김덕보는 항상 안방준에게 고마움을 느꼈고, 그래서 찰방에게 부탁하여 우산전사를 함께 찾아온 것이었다. 안익지가 소반에 홍시를 몇 개 들고 왔다. 찰방이 말했다.

"지난번에 봤을 때보다 몸이 많이 좋아진 것 같네."

"아니그만요. 가실에는 아조 심들었어라우."

"자네 둘째 형이 능주 품평에서 의원을 한다고 하지 않았나? 형이 시킨 대로 몸을 관리하다 보면 반드시 좋아질 걸세."

경양역 찰방이 안익지를 위로했다. 안익지가 방에서 나가자, 김덕보가 말했다.

"성님의 원통함을 풀어주는 글을 써준 은혜를 어치께 갚으믄 쓰겄소?"

"지가 헐 일을 했을 뿐이지라. 글로 남겨놔야만 은젠가 때가 되믄 억울함이 씻겨지겠지라."

"참말로 뭣으로 갚아야 헐지 모르겄소"

찰방이 김덕보에게 눈짓을 주었다. 위급한 나라의 소식을 안방준에게 알리겠다는 눈짓이었다. 김덕보가 찰방의 뜻을 알고 입을 다물었다. 찰방이 말했다.

"나리, 놀라지 마십시오. 오랑캐가 압록강을 넘어 쳐들어왔습니다."

"뭣이라고라!"

안방준이 눈을 크게 뜨며 놀랐다.

"우리 군사가 방비를 못허고 패했다는 말인게라?"

"3만 후금군에게 중과부적인 듯합니다."

"폴시게 암행어사 장공(張公: 장유)께 오랑캐 침입에 대비해서 우리 군병을 훈련시키는 것이 급선무라고 했는디 병조에서는 그동안 방비 허지 않고 뭣을 했다는 말인게라!"

서인 출신들이 대부분 명나라와 가까이하고 금나라와 멀리하는 친명배금(親明排金)을 주장해왔듯 안방준 역시 그랬다. 안방준은 후금을 오랑캐라고 부르는데 주저하지 않았다. 김덕보가 말했다.

"광해군 시절에는 국경이 조용했는디 조정이 편헐 날이 읎소."

"그 말씀은 맞습니다."

김덕보의 말에 찰방이 점잖게 맞장구를 쳤다. 찰방이 안방준에게 정묘호란의 배경에 대해서, 안방준이 미처 몰랐던 사실까지도 상세하게 말했다.

"후금은 원래 명나라를 치려고 했습니다. 그러나 뒤에 있는 우리가 두려웠던 것입니다…"

후금은 광해군8년(1616)에 여진족이 만주에 세운 나라였다. 그런데 광해군은 후금과 너무 밀착하지도 않고 소원하지도 않는 불가근불가원(不可近不可遠)의 등거리 외교정책으로 큰 마찰 없이 지낸 것은 사실이었다. 그러나 광해군 뒤를 이은 인조는 금나라를 배척하는 '향명배금(向明排金)' 정책을 표방했다. 요동(遼東)을 수복하려는 모문룡(毛文龍) 장군이 거느리는 명나라 군대를 평북 철산의 가도(椵島)에 주둔하는 것을 허락하고 군사원조까지 하고 나섰던 것이다. 그러자 명나라 본토를 치기 위해 준비중이던 후금은 전략을 바꾸었다. 배후를 위협하는 조선을 먼저 정복하여 후환을 없애고자 했다. 또한 후금은 명나라와의 전쟁으로 국경이 막히어 물자부족에 시달리고 있었기 때문에 이런 난제를 강제로라도 조선과 통교(通交)함으로써 타개해야 할 필요가 있었던 것이다. 때마침 반란을 일으켰다가 후금으로 달아난 이괄의 잔당들이 광해군이 부당하게 폐위되었다고 호소했고, 조선의 군세가 약하니 속히 조선으로 쳐들어갈 것을 종용하여 후금 태종은 마침내 조선 침공의 명을 내렸음이었다.

찰방은 종이를 꺼내 자신이 적어온 글을 보면서 안방준에게 보고하듯 말했다.

"후금을 세운 누르하치의 조카이자 누르하치의 동생 슈르가치의 장남 아민 장수는 3만 6천 명의 기병을 이끌고 1월 8일에 심양을 출발했다고 합니다. 사르후 전투에서 항복한 강홍립 장수를 길잡이로 삼아 압록강을 건너 1월 14일에 의주성을, 1월 15일에는 정주성을, 1월 21일에는 안주성을, 1월 23일에는 평양성을 점령했다고 합니다."

도원수 장만이 휘하의 관군을 지휘하며 평산에서 방어선을 치고, 평양성을 지키고자 목숨을 아끼지 않고 수성전을 폈으나 중과부적이었다. 후금군에게 평양성을 내어주고 개성으로 본진을 후퇴시키지 않을 수 없었다.

"이럴 수가 있소! 세상에 보름 만에 무도헌 오랑캐가 평양까지 내려왔다니요."

"관군은 밀리기만 했던 것 같습니다. 그러나 우리 의병이 후금군 배후에서 공격하니 개성으로 진격을 못하고 있는 형국입니다."

찰방의 말은 사실이었다. 무관 정봉수(鄭鳳壽)는 의병을 모아 평안도 철산 용골산성에서 후금군과 맹렬한 전투를 벌였다. 또한 평안도 용천의 이립(李立)도 의병을 모아 후금군 뒤에서 매복전과 기습전 등으로 타격했다.

"우리 조정의 전략은 뭣이오?"

"저의 좁은 소견으로 말씀드리자면 지구전을 펴려고 하는 것 같습니다. 임금님과 조신(朝臣)들은 강화도로 피신하고, 소현세자님은 분조를 만들어 전주로 피난할 것이라고 합니다."

안방준이 김덕보에게 말했다.

"성님, 이 일을 어찌해야 쓰겠는가요? 우리가 시방 이러고 있을 때가 아닌 거 같그만요."

"나는 내 몸땡이가 한스러울 뿐이오. 성덜이 거병했을 때는 노모를 모시느라고 나서지 못했고, 오늘에 이르러서는 몸땡이가 병들었으니 으찌헐 바를 모르겠소."

"나라의 은혜를 입은 선비로서 지는 당장 의병을 창의헐라요."

"나는 직접 나서지는 못허드라도 심 닿는 대로 도울 텐께 나서주씨요."

"성님과 심을 합쳐도 모자랄 판에 성님께서 병이 들어 그라신다니 가심이 무너지그만요."

경양역 찰방이 김덕보를 보면서 말했다.

"광주목에서 우산전사를 오신 이유를 이제야 알겠습니다. 오수도 찰방께서 의병장이 돼주시기를 바라는 마음으로 오신 것이 아니겠습니까?"

"맞소. 나라가 풍전등환디 어치께 편지 한 장으로 부탁허겄소."

"성님, 불편허신 몸으로 여그까지 와주신 맘을 이해허요."

"거병을 권유허는 편지를 썼지만 도저히 보낼 수 읎었소. 내가 나서지 못허는 형편인디 무신 염치로 편지만 보내겄소?"

이번에는 경양역 찰방이 안방준을 보면서 말했다.

"오수도 찰방 나리, 저는 오늘 두 분이 말씀하시는 것을 보고 충의와 절의가 무엇인지 새삼 가슴에 사무칩니다."

"일찍이 지의 첫 스승 죽천공 선생은 '우계정 의병덜은 1당 100으로 싸와 나라에 공을 세우고 불구대천 원수를 무찔러 조선의 수모와 치욕을 씻기 바란다.'고 말씸허신 바 있소. 인자 지가 의병덜을 모아 똑같은 명을 내려야 헐 때인 거 같소."

안방준의 말을 듣고 있던 김덕보가 눈물을 주르르 흘렸다. 경양역 찰방 역시 가슴이 뜨거워져서인지 벌떡 일어나 소리쳤다.

"저도 칼을 잡고 나서겄습니다."

"오늘부터 우산전사는 의병 창의소가 될 거요. 당장에 오야마실에 있는 아들부터 불러 도모헐 것이요."

안방준은 몸이 허약한 넷째아들은 열외로 하고, 나머지 세 아들들에게 의병을 모병하는데 전력을 다하라고 당부할 작정이었다. 찰방이 사랑방 밖으로 눈길을 주었다. 눈이 내리는 둥 마는 둥 성글어져 하늘이 우물처럼 파랗게 드러나 있었다. 말이 잘 달려만 준다면 캄캄해지기 전에 광주목에 도착할 것도 같았다.

"이제 돌아가야 할 것 같습니다."

"나라가 위태로와서 붙잡지는 못허겠소"

김덕보가 일어나면서 앉은뱅이책상 위에 편지 한 장을 놓았다. 원래는 광주에서 띄우려고 했던 편지였다. 안방준은 두 손님을 사립문 밖까지 배웅하고 돌아와 편지를 꺼내 보았다. 편지의 요지는 다음과 같았다.

국난을 극복하는 데 함께 힘을 합쳐야 하지만 병이 악화되어 행하지 못하니 이해를 바란다는 것과 가능한 한 신속하게 모병하여 출병하는 것이 나라를 구하는 대사(大事)라는 것 등이 쓰여 있었다. 또한, 자신은 나서지 못하지만 수십 명의 친인척 가노(家奴)는 물론 수백 명의 장사(壯士)를 모집한 뒤, 전구(戰具)를 갖추어 보내겠다고 약속했다. 또 남평 출신의 송격(宋格)은 가재를 털어 쌀 50석을 보낼 것이며, 향리에서 130석을 모아 안방준에게 보낼 것이라고 전했다. 안방준은 군사와 군량미가 거병 전부터 갖추어진 것에 몹시 만족했다.

의병군 해산

인조와 신하들은 급히 한양을 떠나 강화도로 피신했다. 소현세자는 완주로 내려와 분조(分朝)를 이끌었다. 인조는 군사를 모병하기 위해 정경세와 장현광을 경상좌우도 호소사로, 김장생을 충청도와 전라도 양호(兩湖) 호소사로 임명했다. 뿐만 아니라 의병과 군량미를 강화도로 보내라는 교서를 각 고을 수령에게 보냈다.

이에 김장생은 전라도 여산에 의병청을 설치하고 공문을 띄웠다. 그런데 안방준은 김장생의 공문을 받아보기 전에 이미 우산전사를 의진(義陣)으로 바꾸고 보성과 화순, 장흥 향교에 격문을 보내 의병들을 모병했다. 안방준의 장남과 차남이 각 고을의 향교와 관아를 돌았다. 그 결과 우산전사에 수십 명의 의병들이 모였다. 마을 고샅길이 의병들로 북적거렸다. 그래도 모병한 의병이 1백 명도 되지 못해 아쉬웠다. 장남 안후지가 말했다.

"아버님, 모병하기가 수월치 않그만요. 죽천공 어른을 따랐던 의병덜은 모다 나이가 들었고, 향교에 젊은이덜이 읎어라우."

"그래도 지성이믄 감천이라고 했어야."

"지 나이 또래도 가뭄에 콩 나데끼 드물드랑께요."

"허긴 니도 서른 일곱이 아니냐, 심껏 싸울라믄 젊은 장사덜이 그만이제."

차남 안후지도 엇비슷한 말을 했다.

"능주에서는 쌍봉마실에서 지헌테 약을 지은 사람 서너 명 말고는 읎그만이라우."

"걱정허지 말그라. 광주에 가믄 수백 명 의병이 나를 지다리고 있을 것이다."

안방준은 김덕보의 편지 내용을 믿었다. 군사와 군량미가 확보돼 있으므로 안방준은 출병을 서둘렀다. 아침끼니를 해결한 의병들이 우산전사 마당에서 보성, 능주, 장흥이라고 쓴 깃발들 뒤에 줄을 섰다. 깃발을 들지 않은 의병들은 모두 죽창을 들고 서 있었다. 안방준이 손에 칼을 든 채 우산전사 마루에서 토방으로 내려와 소리쳤다.

"그대덜도 알다시피 오랑캐 적장 아민이 후금 군사 3만여 명을 이끌고 압록강을 건너 우리나라를 침공해부렀다! 우리 군사는 오랑캐 숫자에 밀려 의주, 용천, 선천을 거쳐 청천강 밑에 평양까지 내주었다. 임금님은 강화도로 피신하시고, 세자 저하는 완주로 피난 오셨다고 헌다. 이런 수모가 으디 있겄는가! 나는 그대덜에게 죽천공 대장님의 말씀을 빌려 외치겄느니라. 의병덜은 1당 100으로 싸와 나라에 공을 세우고 불구대천 원수를 무찔러 조선의 수모와 치욕을 씻기 바라느니라. 알겄는가!"

"예! 대장님!"

수십 명의 의병들이 일제히 복창했다.

"선봉장, 부장, 종사관 등의 직책은 광주에서 정허겄느니라. 광주에 가믄 수백 명 의병덜이 우리를 지다리고 있을 것이니라."

"예, 대장님. 우리덜은 목심을 나라에 내놨응께 대장님 맘대로 허시지라우."

마당에 선 의병들 중에 누군가가 소리쳐 말했다.

"시방 바로 행군헐 것이니라!"

안방준은 광주까지만 임시로 장남을 선봉장으로, 차남과 삼남을 종사관으로, 막내를 연락관 전령으로 삼았다. 몸이 부실한 넷째아들 안익지는 우산전사에 남았다. 어차피 군사가 많아지는 광주에서 전투경력, 무관경력, 문관경력 등을 참조해서 다시 진용을 짜야 했다.

다행히 날은 포근했다. 겨울의 끄트머리답게 우산전사 뜰의 매화나무 여덟 그루 가지마다 꽃망울이 부풀어 올라 있었다. 안방준은 장남 안후지가 보성 옛집에서 가져온 말을 타고 선두를 지키며 사평 쪽으로 행군했다. 대원사 초입을 지날 때는 만감이 교차했다. 대원사에서 숙식하며 우계정 박광전에게 공맹의 글을 배우던 어린 시절이 주마등처럼 떠올랐다. 그러나 안방준은 감상(感傷)에 젖어 있을 때가 아니라며 고개를 흔들었다.

"대오를 흩트리지 말라. 선두는 후미가 따라붙을 때까지 천천히 반보(半步)하그라."

이윽고 우산전사를 떠난 의병들은 광주에 도착했다. 전령 안일지가 먼저 말을 타고 달려가 광주목에 의병 거병한 사실을 알렸으므로 임시 주둔지에서 김덕보가 보낸 의병들과 합세할 수 있었다. 김덕보의 제자가 안방준을 맞이했다.

"목사님은 분조에 올라갔그만요. 분조대장을 맡을지 모르지라우."

"으째서 혼자 왔는가?"

"선상님께서는 목심이 경각에 달려 여그 오지 못했그만요. 대신 지가 의병덜을 끌고 왔그만요."

"몸이 아조 편찮으신가?"

"오늘 낼을 장담헐 수 읎어라우."

"허허, 이 급헌 판국이라 문병헐 수 읎으니."

"가 보셔야 소용 읎어라우. 자리에 누우신 지 메칠 됐그만요."

그는 무등산 풍암정에서 김덕보에게 글을 배운 제자였다. 김덕보는 둘째형 김덕령이 억울하게 죽자, 무등산으로 들어가 풍암정에서 은둔하며 제자들을 한동안 길렀던 것이다.

"허허."

"선상님 뜻은 속히 진격허라는 것이어라우. 긍께 문병허시는 것보다 고것이 더 중허지라우."

"알았네."

그때 경양역 찰방이 안방준에게 편지를 한 장 전해주었다. 양호 호소사가 된 김장생이 안방준에게 보낸 편지였다.

〈나라가 매우 급박하니 다시 무슨 말을 하겠는가? 내가 늘그막에 쇠잔한 몸으로 외람되이 잘못된 어명을 받았으니 헤아리지 못함이 심하였구려. 가히 할 수 없는 것은 이 어려운 때를 맞아 의병을 규합하는 일이니, 참으로 인망(人望)이 없다면 불가능할 것이네.

삼가 생각건대, 공이 나라의 두터운 은혜를 받고 의롭게 먼저 국난에 임하니, 만일 의병을 모으고자 한다면 공이 아니고 그 누구이겠는 가? 비록 피하려고 해도 그렇게 할 수 없을 것이네.

삼가 바라건대, 의리로 떨쳐 일어나 대장군의 깃발을 세우고 향병(鄕兵)을 이끌어, 몸을 굽혀 나와 함께 근왕(勤王)을 도모하는 것도 또한 아름답지 않겠는가? 나의 큰 소망에 힘써 부응해 준다면 매우 다행이 겠네. 공을 의병장으로 삼았음을 이미 임금님께 장계로 알렸네.〉

안방준은 김장생의 편지를 읽고 나서는 혼잣말을 했다.

'의병장은 반다시 일도(一道)의 많은 선비덜이 장수노릇을 헐 만허다고 추대해야 받는 것인디, 내가 감히 맡을 것이 아니여.'

그러나 이제 안방준은 나라가 인정하는 의병장이라고 할 수 있었다. 고을을 지키기 위해 거병한 향토의병 중에서 스스로 의병장이 된 선비도 있었지만, 안방준의 경우는 호소사 김장생이 임금에게 장계를 올렸기 때문이었다.

안방준 의병군은 곧 분조가 있는 완주로 향했다. 사기가 오른 의병군은 절도 있게 행군을 시작했다. 초봄이라고는 하지만 날이 아침저녁에는 차가웠으므로 의병들은 행군 중에 화톳불을 피워 몸을 녹이곤 했다. 장성에서는 의병들을 훈련시키기 위해 하루를 묵었다. 의병들을 두 부대로 나누어 산능선까지 오르내리면서 공격과 수비를 반복했다. 안방준은 전투경험이 풍부한 까닭에 선봉장이나 부장 역할을 하면서 농사꾼 출신 의병들을 훈련시켰다.

창술과 검술, 활쏘기 훈련도 따로 시간을 내어 반복했다. 의병들은 농사꾼 티를 점점 벗어나 정예군사로 변했다. 단순히 행군만 하는 것이 아니라 훈련까지 겸하니 가능한 일이었다. 의병들은 갑자기 모병한 군사이므로 그럴 수밖에 없었다.

안방준 의병군은 훈련을 하면서 이동했기 때문에 광주에서 출발한 지 10여 일 만에 완주 분조를 눈앞에 두었다. 그런데 분조 대장 하나가 안방준에게 다가와 말했다.

"수고가 많소. 허나 의병군이 강화도로 가기는 힘들겠소."

"무신 말씸이오?"

"오랑캐 군사가 황주에 이르러 부장 유해(劉海)가 강화도로 들어가 우리 임금님께 화약을 맺자고 청했다고 하오."

"그라믄 어치께 되는 것이오?"

"화약이란 서로가 필요하니까 맺는 것이오."

그는 광주목사(廣州牧使)를 지낸 유비(柳斐)였다. 전의를 다지며 거병했던 안방준으로서는 기가 막히고 맥이 풀렸다. 훈련을 시켜온 의병들의 눈빛을 보니 더욱 그랬다. 그래도 분조로 들어가 무군사(撫軍司)를 통솔하는 이원익에게는 보고해야 했다. 무군사는 분조에서 모병과 군사훈련을 지휘감독하기 위해 설치한 최고 기구였다. 분조 대장 유비가 안방준을 이원익에게 안내했다. 이원익이 반갑게 맞아주었다.

"대장, 어서 오시오."

"대감님을 여그서 뵙다니 영광이그만요."

"내가 분조 대장을 시켜 부른 이유는 다른 것이 아니오."

"무신 말씸인게라우?"

"대장은 임란 때 전라좌의병 종사관으로서 전공을 많이 세웠다는 얘기를 전해 들었소. 우리나라가 이 난국을 타개하려면 어떠한 계책이 필요하겠소? 그것을 듣고 싶어 대장을 부른 것이오."

"지는 일찍이 암행어사 장유가 지 처소를 찾아와 만났을 때 '나라가 유신해야 할 때를 맞아 깊고 원대한 정책이 때에 맞게 강구하지 않으면 안 되니, 인심을 수습하고 군병을 훈련시키는 것이 오늘의 급선무'라고 말한 적이 있그만요."

"대장의 두 가지 생각에 동감이오. 나라는 지금 무엇이든 새롭게 바뀌어야 할 때인데, 하나는 멀리 내다보면서 깊고 원대한 정책을 세워야 되는 것이고, 또 하나는 아무리 평화로운 세상이라도 외침에 대한 방비로 항상 군병을 훈련시켜야 한다는 의견에 공감하오."

이원익이 탄복하며 말했다.

"대장의 말이 시의(時宜)에 참으로 적합하므로 마땅히 장계로 아뢰어 때를 기다렸다가 채용하겠소."

"외람된 말씀이나 지는 출사허지 않고 산중에서 수덕(修德)험시로 살기를 바랍니다요."

그러나 이원익은 옆에 있던 이조참의 이성구에게 방금 주고받은 대화를 상세히 기록해 두도록 시켰다. 이원익은 안방준 의병군이 곧바로 북진하는 것을 막았다. 분조를 경비하면서 강화도 행조(行朝)의 명을 기다리라고 지시했다. 조선과 후금 간에 화약이 성사되는 형국에 이르렀기 때문이었다.

안방준 의병군은 차츰 사기가 떨어졌다. 고작 분조를 경비하기 위해 출병했는가 하고 불만을 터뜨리는 의병도 생겨났다. 분조와 전라감영 체찰부를 오가며 상황을 살피던 안방준도 마음이 불편했다. 그래도 안방준은 반가운 지인 송갑조를 만난 것에 위로받았다.

우산전사까지 내려왔다가 안방준을 만나지 못하고 간 송갑조가 산관(散官)으로 무군사 이원익의 막하에 배속되어 왔기 때문이었다. 안방준은 송갑조와 여러 날을 함께 보내면서 회포를 풀었다.

마침내 조선과 후금 간에 화약이 성사될 무렵, 행조에서 의병군을 해산하라는 명이 내려왔다. 행조의 명이니 안방준은 받아들일 수밖에 없었다. 의병군들을 모아놓고 해산식을 가졌다.

"우리는 행조의 명을 따라야 한다! 오늘부터 의병군을 해산한다. 우리는 나라의 부름이 있으면 또다시 거병할 것이다!"

"오랑캐를 죽이지 못헌 것이 한스럽그만요!"

불만을 터뜨리는 의병도 있었지만 사기가 극도로 저하된 대부분의 의병들은 무덤덤하게 받아들이고는 맥없이 흩어졌다. 활 한 번 쏘아보지 못하고 고향으로 돌아가려고 하니 몸에서 기운이 빠져나갔던 것이다.

안방준도 이제 분조를 떠나야 했다. 송갑조를 만나 작별하려고 했다. 송갑조는 사세가 여의치 않아 무군사에 더 머물러 있어야 할 처지였다.

"수옹(睡翁, 송갑조의 호), 나는 인자 분조를 떠나야 허요."

"산관인 나는 무군사의 명에 따라야 하오. 여기 더 있겠지만 오래 갈 것 같지는 않소. 화약이 곧 성사된다고 하니 말이오."

"으디에 있든 청안하씨요."

안방준은 의병군의 남은 양식을 송갑조에게 주면서 손을 부여잡고 눈물을 흘렸다. 송갑조는 소리 내어 울었다.

후금군 부장 유해가 화약을 맺기 위해 강화도로 들어간 것은 정묘

년 2월 9일이었다. 후금의 요구는 명나라 연호 '천계(天啟)'를 쓰지 말
것, 조선 왕자를 인질로 보낼 것 등이었다. 이에 조선은 다음과 같은 조
건을 내걸고 3월 3일 정묘조약을 맺었다.

1. 화약 후 후금군은 즉시 철병한다.
2. 후금군은 철병 후 다시 압록강을 넘어오지 않는다.
3. 양국은 형제국이 된다.
4. 조선은 후금과 화약을 맺되 명나라와 적대하지 않는다.

다만, 조선은 실제로 왕자를 보낼 수는 없었다. 대신 종실인 원창군
(原昌君)을 왕의 동생으로 속여 인질로 보냈고, 그러자 후금군은 즉시
철수했다.

한편, 3월에 분조를 떠나 고향으로 돌아가게 된 송갑조가 안방준에
게 편지를 보냈다.

〈다행히 형을 배웅하며 여러 날 감화를 받으니 평생 흠모하던 마음
을 넉넉히 채웠으나, 항상 이별할 때를 생각하면 사람을 서글프게 만
든다오. 나라의 일이 망극한 지경에 이르니 말하려면 통곡이 앞서오.
오랑캐 사신 유해 등 13명이 강홍립과 함께 다시 찾아와 자리에 나아
가 맹세하도록 협박하니, 이달 초 3일에 임금께서 몸소 나아가 분향하
고, 대신(大臣) 여덟 명이 백마의 피를 마셔 서약을 굳게 하였다고 하오.
고금 천하에 어찌 이런 일이 있었겠소? 이 망극한 치욕은 만고에 씻기

어려우니, 다만 내가 일찍 죽지 못해 이런 일이 귀에까지 미치게 된 것을 한탄할 뿐이오. 한갓 분개함이 무익하니 입산을 결심하여 여생을 마칠 것이오. 곧 귀향하여 몸을 감출 만한 곳을 잡은 뒤에 형이 거처하는 곳으로 달려가 다시 속마음을 말하고자 하나, 어찌 기필(期必)할 수 있겠소〉

편지에는 송갑조의 눈물 자국이 얼룩져 있었다. 안방준 역시 그의 편지에 뚝뚝 눈물을 떨어뜨렸다. 늦가을에 들어서야 안방준은 평상심을 되찾고 그동안 미뤄왔던 집필 작업에 박차를 가했다. 12월에 24세 때 썼던 《진주서사(晉州敍事)》를 다시 보완하고 수정하는 작업부터 했다. 선조26년(1593) 6월에 벌어진 제2차 진주성전투를 이항복의 《오성일기(鰲城日記)》를 참고하고 고증하여 날짜별로 상세하게 기록한 글이 《진주서사》였던 것이다.

고용후 구명운동

우산전사로 돌아온 안방준은 마음이 심란해지면 고송팔매 뜰을 거닐곤 했다. 지난 일인데도 정묘호란의 수모가 자꾸 떠올랐던 것이다. 조정의 친명배금 방향이 과연 옳았는지 가끔 상념에 잠기곤 했다. 명나라와 의리를 지키는 것도 중요하지만, 명나라 장수 모문룡 군대가 후금군 침공을 유도한 원인도 있었기 때문이었다.

오랜 만에 동문선배 이성이 우산전사로 찾아왔다. 입춘이 10여 일지난 뒤였다. 안방준이 의병을 거병하기 전후에는 여러 번 만났지만 정묘호란이 발발한 지 2년 만이었다. 그동안의 나라 사정이 궁금했기 때문에 우산전사를 찾아왔을 터였다.

"백형 성님, 송구허그만요. 지가 찾아가 나라 사정을 말씸드렸어야 헌디 이런저런 잡사로 못했그만요."

"아우님은 손님이 많지 않은가."

"산중에 틀어박혀 책 읽고 수덕(修德)허고 사는 것이 젤로 좋지라."

"대감들이 알아보고 의병장으로 추대한 아우님은 나와 달라. 요즘은 무슨 생각을 하고 있는가?"

"후금 오랑캐가 으째서 쳐들왔을까 허는 생각이 자꼬 나는그만요."

"분조를 다녀왔으니 나보다 아우님이 소상히 알고 있을 것이네."

"아이고메, 백형 성님. 지가 직접 협상화약에 참가헌 것도 아니고 모다 들은 얘기이지라."

"강화도를 드나든 사계(沙溪; 김장생 호), 완평부원군(完平府院君; 이원익) 같은 재상을 만났으니 나보다 소견이 깊지 않겠는가."

"대감들에게 얘기를 듣긴 했지라."

"아우님 소견을 좀 듣고 싶네."

"아무리 생각해도 모문룡 요동 도사(都司)가 후금군 침공에 빌미를 준 거 같그만요."

"어서 얘기하시게. 궁금해서 아우님을 찾아왔다네."

안방준은 마침 모문룡에 대해 생각했던 바가 있어서 말머리를 바로 꺼냈다. 이성은 나라 소식에 굶주렸다는 듯 안방준의 입을 주시했다. 안방준은 개울물이 흐르는 것처럼 거침없이 호란 전후를 이야기하기 시작했다.

모문룡이 조선과 악연을 맺은 것은 인조가 즉위하기 2년 전, 광해군 13년 때로 거슬러 올라갔다. 후금이 명나라 요동을 공격하자, 이때 요동 도사 모문룡은 평안도 철산군 앞바다에 있는 가도(椵島)로 쫓겨 왔다. 그런데 조선 조정은 신흥국가인 후금이 두려워서 견제할 목적으로 모문룡 군대가 가도에 동강진을 치고 전쟁을 준비하는데 비밀리에 후원했다. 실제로 1만 명의 모문룡 군대는 후금이 장악한 요동 해안은 물론 요하를 거슬러 올라가 내륙의 후금군을 공격했다. 그러자 마침내 후금군은 눈엣가시처럼 여겼던 모문룡 군대를 제거하기 위해 대군을 이끌고 압록강을 건너왔던 것이다.

그런데 막상 후금군이 쳐들어오자 조선의 기대와 달리 모문룡 군대는 공격은커녕 가도에서 신미도(身彌島)로 물러가 수수방관했다. 그러다가 조선과 후금 간에 화약을 맺고 후금군 주력부대가 철수할 때 가도로 돌아와서 석방한 조선 포로를 붙잡아 참수하고, '오랑캐 대군에게 승리했다'며 명나라 조정에 허위보고하기도 했다.

뿐만 아니라 군량미가 떨어지면 평안도 육지로 올라와 약탈을 자행하곤 했다. 이렇게 되자 조선 조정에서도 모문룡을 점차 기피했다. 후금군 또한 배후에 모문룡 군대가 있으므로 철병 약속을 어기고 압록강 이남에 소부대를 주둔시켰는데, 조선에서는 화약을 위반했다고 항의했다. 사실 후금의 심양은 조선에서 5백여 리 떨어진 곳이라서 후금군 주력부대가 수도를 비우고, 내몽골 지역의 유목 부족들을 정복하려면 배후의 모문룡 군대를 신경 쓰지 않을 수 없었던 것이다.

어쨌든 모문룡은 비참하게 죽었다. 명나라 황제는 그에게 총병좌도독(摠兵左都督)이라는 관직을 주어 요동으로 침입하는 후금을 막으려 했지만 무모한 전투로 실패를 거듭한 데다, 그가 천자 행세를 하는 등 오만방자해지자 책임을 물었다. 황제의 명을 받은 요동 경략(經略) 원숭환이 여순 근처의 쌍도(雙島)로 그를 유인하여 죽였던 것이다. 정묘호란 2년 후의 일이었다.

안방준의 이야기를 다 듣고 난 이성이 혀를 차면서 말했다.

"쯧쯧. 명나라와 우리, 후금 등 삼국에서 버림받은 모문룡이군. 사필귀정이네."

"백형 성님, 우리와 후금은 억지로 화약을 맺었어라."

"아우님 얘기를 듣고 보니 그런 생각이 드네. 후금이 본시 치려고 하는 나라는 명나라가 아닌가. 우리는 후금이 우리 땅에서 빨리 물러가기를 바랐고."

"바로 그거지라. 후금이 명나라를 치고 나믄 그 다음은 우리 차례란 생각이 드는그만요."

"또 후금이 쳐들어온다는 말인가?"

"후금이 명나라 본토를 침공허고 나믄 뒤가 걱정되겠지라. 배후가 으디겄소? 늘 명나라 편에 선 조선이겠지라."

"아우님 말도 일리가 있네만 아직 오지 않은 일이네."

"그래도 조정에서 외침에 대비허지 않으믄 안되겠지라. 2년은 지났 그만요. 택당공(澤堂公)께 그런 지 생각을 편지에 써서 보낸 지가."

"나도 아우님 말에 백번 동감이네."

이성은 날이 저물려고 하자 서둘러 우산전사를 나섰다. 그래도 이성의 집이 우산전사에서 십리 안팎에 있었기 때문에 굳이 잰걸음으로 갈 필요는 없었다. 쉬엄쉬엄 가도 저물기 전에 갈 수 있는 거리였다.

2년 전, 안방준이 택당 이식(李植) 대사간에게 우국충정의 편지를 보낸 것은 사실이었다. 그때 11살 아래인 이식이 깍듯한 말로 답장을 보낸바 그 내용은 다음과 같았다.

〈어제 교시한 것은 바야흐로 글의 초를 잡아 두 아문(牙門; 대장의 軍門)에 전했고, 또 격문을 써서 감사(監司)를 통해 두루 일깨워서 여러 군(郡)으로 하여금 적이 퇴각했다 하여 안심하지 말고 각자 분의(奮義; 義를 떨침)를 생각하도록 했습니다.(중략)

요즘 화의(和議)가 결정되어 흉악한 군대는 물러갔다 하나, 앞으로 닥쳐올 근심을 예측할 수 없습니다. 존장(尊丈)은 천하의 인걸입니다. 바라건대 도를 좇아 덕을 기르며 조금 기다리시고, 지난번 조정에 여러 부서의 잘못이 있다 하더라도 진퇴를 결정하지 않으신다면 천만 다행이겠습니다.〉

　　'진퇴를 결정하지 않으신다면 천만 다행이겠습니다.'라는 글은 은근히 벼슬길에 나서라는 말이었다. 4월에는 김장생의 문인인 조익(趙翼)의 답장을 받았다. 편지를 보낸 지 몇 달 만이었다. 작년에도 조익의 편지를 받았는데, '고매한 기풍을 추앙한 지 매우 오래되었는데…'라고 시작한 그 내용이 너무 절절해서 안방준은 편지의 줄거리를 다 기억할 정도였다. 아무튼 4월에 보내온 답장의 요지는 다음과 같았다.

　　〈형이 보내준 편지에서 시사(時事)를 깊이 우려하였으니, 비록 시골에 묻혀 있으나 세상을 잊은 적이 없음을 알 수 있습니다. 삼가 탄복하고 또 탄복합니다.〉

　　안방준이 우려했던 시사란 당시 나라를 떠들썩하게 한 역옥(逆獄)을 뜻했다. 즉 유효립의 모반사건이 조정을 시끄럽게 했던 것이다. 인조6년에 유효립이 광해군을 태상왕으로 삼고 인성군 공(珙)을 추대하려고 음모한 사건이었다. 인조반정 후 유배되었다가 대북파의 여당과 제휴하여 거사를 추진하려다가 발각되어 처형되었던 것이다.

7월에도 홍문관 부제학에 오른 조익은 안방준이 '서문'을 부탁하며 보낸 《호남의록》을 정독하고 나서 답장을 보냈다.

〈형이 보내주신 《호남의록》을 이미 한 번 정독했습니다. 남방에 열 몇 명의 의사(義士)의 충성과 절의가 열렬하였음을 볼 수 있었습니다. 참으로 백대(百代)에 존경하는 마음을 일으킬 만합니다. 형이 열심히 모아 이 기록에 나타내지 않았다면, 그 전할 만한 의열(義烈)의 자취가 없어지지 않았을까 싶습니다. 군자는 타인의 선행을 즐겨 말하는 것을 귀하게 여기니, 형의 뜻은 참으로 옛 군자에 부끄럽지 않으며, 이 열 명의 의로운 혼백도 저 세상에서 감탄할 것입니다.〉

다음해, 안방준 나이 59세 때는 조정의 영상(領相)이자 동문선배인 오윤겸에게 편지를 보내 조정에서 물러날 것을 강권했다. 당쟁이 점점 심해지고 있기 때문에 그를 진심으로 흠모하는 마음에서 그랬다. 그러자 오윤겸이 답장을 보냈는데 그 줄거리는 다음과 같았다.

〈비천한 내가 작년 7월에 관직을 그만두고 국사를 끊은 채 병으로 칩거한 지 한 해가 지났네. 소장(疏章)을 세 차례나 올려 물러나기를 청하였으나 전하의 윤허를 입지 못하다가, 올 초여름에 비로소 성묘할 기회를 얻어 선인(先人)의 묘 아래로 돌아가 숨어 시골에서 생을 마치기로 기약하였다네.

그런데 이 크나큰 슬픈 소식(인목대비 별세)을 듣고 허겁지겁 서울로 들어와 상복을 입은 뒤 문득 돌아가지 못하였으나, 우둔하고 졸렬한 나의 직분은 끝내 변할 수 없네. 연전에 그대의 정이 담긴 편지를 받아 보았는데 자상한 내용으로 가득 차, 이를 읽고 음미하기를 여러 차례 반복하였네. 만약 지극한 마음으로 아끼지 않았다면 어찌 여기에 미쳤 겠는가? 참으로 이를 두고 '멀리 떨어져 있어도 마음이 들어맞아 꾀하 지 않아도 말이 한 가지이다.'라고 말하는 것이니, 감탄하고, 또 감탄하 였네.〉

　인조10년 4월 안방준은 또 다시 벼슬을 제수 받았다. 이번에는 제원 도 찰방 벼슬이었다. 그러나 안방준은 출사하지 않았다. 그럴 마음이 쌀 한 톨만큼도 없었다. 자신에게 주어진 일이 있다면 나라의 목숨을 바친 충신 자제들을 구제하는 것이었다. 고경명의 아들 고용후(高用厚) 도 안방준으로서는 적극 변론하고 싶은 자였다. 당시 고용후가 명나라 수도에 갔다가 조정으로 돌아오면서 뇌물죄를 범해 옥에 갇혔던바, 안 방준이 구명하기 위해 애를 썼던 것이다. 안방준은 바로 서인의 영수 였던 이이의 문인인 윤방에게 편지를 썼다. 이에 윤방의 답장이 왔는 데 그 요지는 이러했다.

　〈오늘 받은 편지 내용에 국가가 절의를 배양하여 권장하는 일은 실 로 세도(世道)에 관계된다 하니, 나도 몰래 무릎을 치며 탄복하였소. 고 용후의 한 몸뚱이는 하늘이 반드시 제봉(제봉(霽峰; 고경명)의 충의를 위 하여 머물러 있게 하는 것이네. 삼가 연평(延平:이귀 호)에게 부친 편지를 읽어보니, 통달한 식견으로 정성껏 돌보려는 그대의 성대한 뜻을 볼 수 있었네. 내 마땅히 명심하여 혹 임금을 대할 기회가 있으면 성의를

다하여 한 번 호소해 보리다.〉

이귀 역시 성혼 문하에서 공부했으므로 윤방과는 같은 서인이었다. 그러니 안방준이 동문선배인 이귀에게 보낸 고용후를 변론하는 편지를 윤방도 볼 수 있었을 것이었다. 윤방이 영상 자리에 오르자 안방준은 또 고용후를 구명하는 편지를 써서 보냈다.

〈요사이 겨울의 한기가 매서운데도, 삼가 합하께서 다복하시리라 생각합니다. 간절한 제 마음도 바라보니 그지없이 위로가 됩니다. (중략)

제봉 고경명의 절의와 공렬(功烈; 큰 공적)은 오히려 10세(世) 동안 자손을 용서해야 할 것입니다. 그의 아들 용후의 사람됨이 볼품없어 범한 죄가 비록 무거우나, 옛날 충신을 대우하는 도리로 헤아려보면 1세(世)에 용서하더라도 누가 옳지 않다 하겠습니까? 그런데 해가 지나도록 감옥에 갇히고 여러 해 귀양살이를 하는데도 아직 경연 석상에서 한 사람도 구제를 청했다는 소식을 듣지 못했으니, 오늘 이후에 선(善)을 행하려는 자의 기를 꺾을까 두렵습니다.

일찍이 선대 조정에서 동래부사 송상현의 아들 인(仁)이 장물죄를 범해 장차 죽게 되자, 선왕께서 특별히 석방을 명하시면서 말하기를 "송상현은 죽음으로 나에게 보답했으니 나는 그의 아들을 상현에게 보답하겠다."라고 하였습니다. 대저 제봉의 절의는 송동래(宋東萊)에게 부끄럽지 않고 공렬은 그보다 뛰어나니, 합하는 이 일을 탑전(榻前; 어전)에서 아뢰어 우리 전하의 덕으로 하여금 진실로 선왕의 포충(褒忠; 충성을 칭찬함)하는 성대한 뜻에 부합토록 하신다면 무척 다행이겠습니

다.(중략)

연평께서 살아 계실 때 소생이 편지를 보내 구해주길 청하니 그분의 답장에 이르기를 "제봉 집의 일은 결코 마음에 잊지 않고 있네. 이제 두 글을 보았으니 마땅히 힘을 다해 주선하겠네…"라고 하였습니다.

그런데 연평께서 답장을 보낸 조금 뒤에 갑자기 돌아가시니 남쪽의 식견 있는 선비들이 모두 애석해 했습니다. 이제 삼가 연평께 올린 편지의 본고(本稿)를 합하께도 함께 드리니, 잘 살펴보십시오. 합하의 현인을 좋아하고 이로움을 숭상하는 기풍을 믿고서 이러한 미친 말을 떠벌렸으니 땅에 엎드려 죄주기를 기다립니다. 황송합니다.〉

결국, 안방준이 이식과 윤방에게 편지를 여러 차례 보냈던 까닭에 마침내 고용후는 감옥을 벗어났다. 안방준의 구명운동으로 화를 면하게 된 것이었다. 후에 고용후가 안방준에게 시 두 수를 주면서 고마움을 표했다.

평생의 벗 안사언이여
어디가 우산 땅인가
서글피 얘기를 나누는 오늘밤
등불 아래 눈물만 저절로 흐르고,
平生安士彦 何處是牛山
惆悵今宵語 燈前淚自潸

귀뚜라미 가을소리를 울리니

내 말은 그대에게 출발하네

취중에 손을 한 번 나누니

내 마음 알손 밝은 달이어라.

秋聲蟋蟀在 我馬爲君發

醉裏一分手 知心有明月

당파싸움 와중에도 고용후 구제운동을 하면서 홀로 수덕하는 안방준에게 조익이 또 다음과 같은 요지의 편지를 보냈다. 당시 대신들의 행태를 개탄하면서 안방준이 그립다는 내용이었다.

〈세상 사이에 동지(同志)들은 매우 적고, 요사이 사대부 중에서 좋은 생각을 가진 사람을 더욱 얻기 어렵습니다. 이 때문에 천리 밖에 있는 우리 형을 바라보기를 굶주리고 목마른 듯 할뿐만 아니라, 화합할 길이 없으니 또한 목을 빼 탄식할 뿐입니다.〉

매화정

인조13년(1635) 초봄.

겨울을 난 안방준은 그동안의 고집을 꺾고 거처를 옮기려고 생각했다. 우산전사가 은둔하기는 좋지만 몸이 아프면 의원을 찾아 불러오는데 힘들었기 때문이었다. 5년 전에도 뒤통수에 생긴 부스럼병인 발제창(髮際瘡)을 심하게 앓았는데 겨우 의원을 불러와 치료했던바, 하마터면 목숨을 잃을 뻔했던 것이다. 그럼에도 불구하고 안방준은 우산전사에서 있는 듯 없는 듯 살겠다고 고집했으나 아들들이 나서서 반대했다.

"아버님, 그때는 의원을 잘 만나 병이 나았지라우."

"나 땜시 니덜이 고상했제."

"자식이 고상허는 것은 당연허지라우. 근디 의원을 델꼬 올라믄 여그까지는 너무 멀당께라우. 긍께 의원이 사는 가차운 곳으로 이사 가셔야 헌당께라우."

"니는 내가 으디로 가야 헌다고 생각허느냐?"

"지가 사는 오야마실로 오셔야지라우. 의원이 가차운데 있은께 말이요."

"한 번 떠난 마실인디 돌아가기가 거시기허다야."

장남 안후지가 말하는 그때란 5년 전 안방준이 발제창을 앓았던 무렵이었다. 영험한 의원을 찾지 못해 겨울에야 치료했는데, 뒤통수에 큰 침을 찔러 피고름을 뺐던 것이다. 의원도 처음에는 부위가 위험한 곳이었으므로 큰 침을 놓을지 말지 망설였고, 약시중을 들던 여종은 발을 동동 굴렸던 것이다.

"그라믄 아버님, 염두에 둔 곳이 있으신게라우?"

동복에서 온 셋째아들 안심지가 물었다. 이에 안방준은 대답을 못했다. 아들들이 우산전사를 떠나야 한다고 강권해서 이사할 생각만 했지 막상 장소를 정해둔 것은 아니었기 때문이었다. 그때 능주 품평에 사는 둘째아들이 말했다.

"아버님, 지 옆으로 오시믄 으쩔께라우? 명색이 의원이라는 지가 아버님께 약시봉을 못해 늘 죄송했그만요."

"어치께 니 옆에서 성가시게 살았느냐? 의원 노릇을 허는 것도 심들고 바쁠 것인디 말이다. 애비가 보탬은 되지 못헐 망정 짐이 돼서야 쓰겄냐."

"짐이라니요. 아버님을 모시지 못허믄 평생 후회허겄지라우. 효도헐라고 해도 부모는 지다려주지 않는다는 말이 있지 않습니까요."

의원을 하는 안신지도 어느 새 오십을 바라보는 초로의 나이였다. 더 나이 들기 전에 부모를 모셔보고자 하는 것은 인지상정이었다.

"니 말도 일리는 있다만 니 옆으로는 가지 않겠다."

"아버님, 십리 안팎이믄 가찹지도 멀지도 않는 거리겠지라우."

"그래?"

안방준은 아들과 십리쯤 떨어져 산다면 덜 부담스러울 듯했다. 더구나 넷째아들 안익지가 병명을 알 수 없는 병을 앓고 있으므로 의원인 둘째아들이 수시로 오갈 수 있는 거리에서 살아도 좋을 것 같았다.

"한 번 생각해 보마."

"아버님, 동상 생각이 효성스럽그만요. 글고 넷째도 병이 낫을라믄 신지 동상을 자꼬 만나야 헐 것 같고라우."

"알았다. 근디 여그 우산전사는 누가 지켜야 쓰겄냐?"

"지가 남아야겄지라우."

막내인 다섯째 아들 안일지가 바로 대답했다.

"으째서 그러냐?"

"지는 우계정에서 더 공부해야 쓰겄그만요."

"좋은 생각이다."

안방준은 아들들의 의견을 받아들였다. 입춘이 지나자마자 능주 쌍봉마을 초입에 터를 잡았다. 개울을 바라볼 수 있는 배산임수의 지세였다. 야트막한 앞산과 뒷산 사이에 개울이 흘렀다. 쌍봉마을은 중종 때 양팽손이 학포당이란 집을 짓고 살았던 유서 깊은 마을이었다. 더구나 첫 스승 박광전이 학포당까지 와서 양팽손 문하에서 공부했던 곳이기도 했다.

쌍봉마을 초입에서 둘째아들 안신지가 사는 품평까지는 십리가 못 되었다. 위급한 일이 생기면 바로 오갈 수 있는 거리였다. 그런데 안방준이 이사를 하겠다고 결심한 것은 자신만을 위한 것은 결코 아니었다. 약골이던 넷째아들 안익지가 고약한 병에 걸린 것이 결정적인 이유였다. 안방준 자신은 60년 이상을 살았지만 넷째아들은 겨우 32살

밖에 되지 않았으므로 측은한 마음이 들었던 것이다.

일단 터가 정해지자, 안방준이 묵을 집은 1달 만에 대들보가 올라갔다. 둘째아들 안신지가 능주 품평에 토박이처럼 거주하며 의원으로서 명성을 얻고 재산도 모았기 때문에 목수와 인부들을 불러오기가 쉬웠던 것이다. 평소에 목재를 쌓아두고 있던 도편수는 인부들을 데리고 두 달 만에 본채와 별채를 완성했다. 본채는 초가삼간 집이었고, 별채는 골방에 창고 하나가 딸린 오두막이나 다름없었다. 밤에도 횃불을 밝히면서 서둘렀기 때문에 장마가 오기 전에 겨우 공사를 마친 셈이었다.

안방준은 집 이름을 지으려고 며칠을 고민하다가 마당가에 있는 묵은 매화나무를 보고는 결정했다. 처음에는 정사(精舍)라는 말을 붙일까 하다가 누구라도 편안하게 오갈 수 있는 정(亭) 자를 붙이기로 한 뒤 매화정(梅花亭)이라고 지었다.

집을 지은 뒤라서 널빤지 조각은 많았다. 안방준은 벼루에 먹을 갈았다. 그런 뒤 2자쯤 되는 널빤지에 집 이름을 행서(行書)로 썼다.

매화정(梅花亭).

그러자 능주의 여러 마을에서 유생들이 찾아왔다. 유생 중에서도 안방준에게 강한 인상을 준 사람은 청풍에서 온 양주남(梁柱南)이었다. 이목구비가 또렷한 그는 20대 중반의 청년으로 학문을 배우고자 하는 의욕이 넘쳤다. 우산전사에 남은 다섯째아들 안일지 또래인데, 태도가 꼼꼼하고 진지했다.

"선상님, 뵙고 잪어서 불쑥 찾아왔그만요."

"그래? 향교 출입은 했는가?"

"시방도 능주향교를 댕기고 있습니다요."

"뭣을 배움시로 익히고 있는가?"

"공맹의 도는 산과 바다와 같아서 끝이 읎그만이라우."

"학문의 끝은 수덕(修德)이네. 수덕의 길에 들어선 사람은 끝을 보고 있는 사람이지."

"어치께 제 입으로 수덕을 말허겄습니까요. 남덜이 지를 가리켜 수덕허는 사람이라고 말해야지라우."

"그런 생각을 가지고 있다믄 자네는 내 옆에 있을 자격이 있네."

"지를 제자로 받아주시겄다는 말씸으로 들겄습니다요."

"하하하."

양주남은 안방준이 하는 말을 하나도 허투루 듣지 않았다. 머릿속에 다 암기하려는 듯 한마디 한마디를 새겨들었다. 안방준은 양주남의 그런 태도가 마음에 들었다.

"자네가 지니고 있는 서책은 뭣인가? 《논어》인가, 《중용》인가?"

"아니그만요. 거룩헌 공자님 책을 어치께 겨드랑이에 끼고 댕기겄습니까요. 이것은 지가 그때그때 보고 느낀 것을 적은 잡글이그만요."

"일기 같은 것이그만."

"예, 그렇습니다요."

"나도 기록허기를 엥간히 좋아허는 사람인디 자네도 나와 비슷허군."

이후 양주남과 양지남 등이 매화정을 드나들며 안방준에게 학문을 익히고, 이외에도 능주 사람인 이위, 원리일, 정영, 정문웅, 송응축, 민간, 김여용, 김영 등이 찾아오곤 했다. 한편, 안방준은 넷째아들 안익지의 병을 낫기 위해 약시봉하는 처녀를 구해 별채 골방에서 살게 했다.

그런데 처녀의 정성이 지극한 나머지 안익지는 차츰 건강을 회복했다. 처녀는 꼭두새벽부터 약탕기에 약을 달였고, 의원인 안신지에게 약을 타러 보름 터울로 품평을 바지런히 오갔던 것이다. 하루는 안익지가 아버지 안방준에게 새벽문안 인사를 드린 뒤에도 사랑방을 나가지 않고 입을 쭈뼛쭈뼛 했다.

"헐 말이 있느냐?"

"예."

"무신 말이냐?"

"우리 집에 들어온 처녀 말인디라우, 지 병이 나서가는 것은 품평 둘째성님 처방이 크고, 그 다음으로는 처녀 정성이라고 생각허그만요."

"나도 처녀를 고맙게 생각허고 있다. 근디 으쨌다는 것이냐?"

"알고 본께 처녀 집안도 웃대에서는 베슬을 지냈드그만요. 지금은 몰락해서 가난허지만 말이요."

"니가 처녀 집안까지 알아본 것을 보니 무신 맘을 묵고 있는지 알겠다."

그제야 안방준은 아들과 처녀 사이에 정분이 싹트고 있음을 눈치챘다. 약시봉을 하는 처녀와 아침저녁으로 만나다 보니 눈이 맞은 것이 분명했다. 안익지는 자신의 병을 낫게 하기 위해 꼭두새벽부터 정성껏 약을 달이는 처녀가 눈에 들지 않을 수 없고, 처녀 또한 안익지를 지켜보니 몸이 부실해서 그렇지 그의 성품이 착해 자신도 모르게 정이 들었음이었다. 안방준으로서도 두 사람의 혼사를 반대할 이유는 없었다. 안익지의 나이도 혼기를 한참 놓친 32살이었던 것이다.

"오냐. 몬자 가족덜 의견도 들어보고 시기를 알아볼란다. 긍께 당분간은 입을 다물고 있그라."

"예, 아버님."

안방준이 입을 다물고 있으라고 당부한 것은 허락한 셈이나 다름없었다. 사랑방을 나온 안익지는 바로 별채로 가서 처녀를 만났다. 그런 뒤 방금 일어났던 일을 낱낱이 다 전해주었다. 그러자 처녀는 눈물을 흘리며 방으로 들어가 버렸다.

안방준은 매화정 짓는 일과 유난히 무더웠던 한여름 무더위 때문에 한동안 잊고 있었던 예조판서 조익에게 편지를 보냈다.

〈서늘한 가을입니다. 삼가 영형(令兄; 벗의 높임말)의 기거(起居; 일상생활)가 여러 모로 좋으리라 생각합니다. 구구한 내 마음도 바라보니 위로가 됩니다. 나는 쇠약한 병이 날로 깊어 죽을 날이 멀지 않았습니다. 죽기 전에 한 번 보기를 날마다 희망하지만, 경향(京鄕)이 멀리 떨어져 몽매(夢寐)간에도 이르지 못하니 어찌하겠습니까? 그러나 사모하는 정성은 감히 대군자(大君子)에게 소외될 수 없습니다.

두서너 해 전에 추상(楸相; 추탄 오윤겸)과 주고받은 편지를 삼가 별지에 적어 보내니 유념하여 살펴주시길 바랍니다.

온종일 낚싯대 드리우고 푸른 물살 굽어보니

물고기 향기로운 먹이를 탐하여 덥석 바늘을 삼키네

앞 물고기 낚아 올리는데 뒤의 물고기도 올라오니

한가로이 이끼 낀 바위에 기대어 한바탕 웃어본다.

盡日垂竿俯碧流 魚貪芳餌竟呑鉤

前魚登釣後魚進 閒倚苔磯笑未休

이 시는 내가 일찍이 어떤 사람에게 들었는데 누가 지은 것인지 모르겠습니다. 혹자는 '유진사(柳進士)가 지었는데 그의 이름은 또한 전해지지 않는다'고 말하는데 형이 들어 안다면 알려주십시오.

지금 그곳에 찾아간 양지남(梁砥南)과 상사(上舍) 주엽(朱曄)은 뜻을 같이 하는 벗입니다. 형과 내가 절친하다는 얘기를 듣고 이 기회에 배알코자 하니, 옛 친구를 대신하여 앉혀놓고 한 말씀을 내려줌이 어떨는지요?〉

양지남과 주엽이 조익의 답장을 받아왔는데, 특히 주엽은 조익에게 2년 전에도 안방준의 편지를 가지고 상경한 적이 있었다. 그때 조익이 답장을 주엽 편에 보내면서 그의 인품을 보고 칭찬한바 '주생(朱生)은 참으로 좋은 선비입니다. 연달아 만나보게 되었는데 이제 떠나가니 매우 서운함을 느낍니다. 소과(小科; 생원시)에만 합격하고 용방(龍榜; 문과 합격자 명단)에서 떨어졌으니 한탄할 일입니다.' 하고 격려를 아끼지 않았던 것이다. 안방준은 조익의 편지를 보고 또 보았다.

〈추상과 주고받은 편지를 받아보니, 교도(交道; 사귀는 도리)의 지극함과 고계(古戒; 옛 사람이 남긴 훈계)의 충정을 볼 수 있습니다. 이는 옛 사람들이 하는 일인데 오늘날에 보게 되니 매우 훌륭합니다. 참으로 면류관을 벗을 겨를도 없이 떠나고 싶지만, 사세(事勢)에 매우 곤란한 점이 있습니다. 그러나 노형이 일깨워준 뜻을 어찌 감히 잊겠습니까? 편지의 절구(絶句)는 일찍이 들어보지 못했으나 필시 고매한 인물의 작품인 듯합니다. 거듭 읊어보며 감탄할 뿐입니다.

중봉(重峯) 선생의 지극한 충성과 위대한 절의는 오형(吾兄; 친한 지인)의 편집에 힘입어 밝게 드러나 백대(百代)에 전할 수 있으니, 이는 참으로 형의 높은 의리가 옛 사람에게 부끄러움이 없으며 이 세상에 커다란 공적을 남긴 것입니다. 다만 행장이 빠져 후인이 선생의 진학(進學)과 행의(行義)의 전말을 자세히 볼 길이 없으니, 바라건대, 행장 혹은 연보를 다시 짓는 것이 어떤는지요? 중봉의 평생은 형이 반드시 자세히 들었을 것이기 때문에 이를 형에게 바라는 것입니다.〉

한편, 안방준은 《혼정편록(混定編錄)》을 편찬하기 시작했다. 동서 분당 이후 사론(士論)이 갈라져 올바름을 미워하는 무리들이 성혼과 이이, 두 선현을 비방하여 헐뜯음이 끝없었기 때문이었다. 안방준은 제자들에게 "시비(是非)는 비록 한때 섞일 수 있으나 공론(公論)은 저절로 백세(百世)에 정해진다."고 하면서 선조 을해년(1575)부터의 양쪽 글을 모으고 추려 나갔다.

병자호란

매화정으로 이사한 다음해인 인조14년(1636)이었다. 정묘호란이 발발한 지 9년 만이었다. 조정이 또 격랑으로 빠져들었다. 2월에 후금의 사신 잉굴다이[龍骨大]와 마푸타[馬福大] 일행이 왔다. 그들은 만주와 몽골 부족장들이 후금의 왕 홍타이지에게 올린 황제라는 존호의 글을 보이면서 조선도 이같이 하라고 요구했다. 몇 년 전에도 후금의 사신이 와서 '형제지맹(兄弟之盟)'을 '군신지의(君臣之義)'로 바꾸자고 강요했던 바, 이는 조선을 신하의 나라로 삼으려는 굴욕적인 요구였던 것이다. 뿐만 아니라 명을 정벌할 병선을 보내라고 강요하기도 했다.

조정에서는 두 파로 갈렸다. 후금을 배척하자는 척화론(斥和論)과 전쟁을 피하자는 주화론(主和論)이 그것이었다. 홍익한, 윤집, 오달제는 강경한 척화파였고, 최명길, 이식 등은 주화파였다. 이에 인조는 척화파의 손을 들어주었다. 후금의 사신을 접견하지도 않았고, 사신이 가지고 온 후금의 국서도 거부했다.

4월이 되자 후금은 국호를 청(淸)이라 바꾸고 황제 존호를 썼으며 연호도 숭덕이라 했다. 청 태종 홍타이지는 조선의 도전하는 태도에 분을 참지 못했다. 빠른 시일 안에 조선을 정벌하려고 대규모 군사를 정비했다. 이는 최명길이 아픈 몸을 이끌고 인조에게 진언했던 그대로였다.

"오랑캐 사신이 곧장 돌아갔으니 맹약을 저버릴 것이 틀림없습니다. 전쟁의 단서를 확실히 볼 수 있으니, 청컨대 먼저 큰 계책을 정하여 미리 공격과 방어의 계책을 강구하소서."

그러나 주화파와 득세한 척화파의 갈등은 조금도 수그러들지 않았다.

매화정을 드나드는 안방준의 지인들도 나라 소식을 듣고 걱정을 태산같이 했다. 안방준은 후금을 오랑캐라고 여기어 왔으므로 청나라를 좋게 보지는 않았다. 그러나 제자 중에는 최명길의 태도에 호의적인 사람도 있었다.

"이번뿐만 아니라 지난 호란 때도 최 대감은 오랑캐와 화친을 주장했지라우. 조정의 중론은 오랑캐와 싸우자는 척화였는디 오직 최 대감만 현실을 받아들이자고 했지라우. 싸와서 이길 수가 읎는디 척화를 주장허믄 불쌍헌 우리 백성만 죽는다는 주장이었지라우."

"오랑캐가 우리보다 강허다는 것을 몰라서 척화를 허자는 주장이 아니겄지라우. 명나라와 의리를 지키는 것이 도리인께 그라지라우."

"최근 향교에 돌아댕기는 최 대감 편지 구절을 보믄 공감허지 않을 수 읎그만요."

최명길이 친구 장유에게 보낸 편지의 한 구절이 그가 주화론을 펴는 논리였다. 틀린 말은 하나도 없었지만 의리를 중요시하는 유생들로서는 선뜻 받아들이기가 부담스러웠다.

〈다만 우리는 이 조선 나라의 신하이므로, 나의 군부(君父; 인조)는 생각하지 않고 오로지 중국 조정만 위하는 것은 월진(越津; 일을 거꾸로 함)의 혐의가 없지 아니합니다. 만력 황제가 재조시켜 준 은덕은 우리나라 군신 가운데 누가 감격하여 추대하지 않겠습니까? 그러나 다만 우리나라가 생사의 위기에 즈음하여 어찌 옛날에 중흥시켜준 것만 생각하고 스스로 망하는 길로 나가야 합니까? 이야말로 조선을 위하는 신하로서는 반드시 명나라를 위하여 내 나라를 망하게 해서는 안 된다는 것이 의리로서 당당하여 실로 성현의 교훈에도 부합되는 것입니다.〉

안방준은 제자들이 토론하는데 간여하지 않았다. 최명길은 장유, 조익과 함께 서인의 정통파인 김장생에게 배운 바 있으며, 이후 이항복, 신흠 아래에서 수학했고 장유, 이시백, 조익과 사우(四友)라고 불릴 만큼 가까이 지냈던 것이다. 그런데다 안방준은 조익 및 이귀의 아들인 이시백과 가끔 편지를 주고받았던 사이였기 때문이었다. 안방준은 조정에서 정사를 보는 입장이 아니었으므로 그저 지켜볼 뿐이었다. 아무튼 조정은 척화파와 주화파가 극한으로 대립했다. 마침내 11월에는 부교리 윤집이 소를 올려 이조판서 최명길을 성토했다. 청나라의 침략을 당해낼 능력이 없는 현실을 직시하고 화친을 주장해온 최명길이 바로 간신이라는 것이었다.

〈옛날 화의를 주장한 자들 중에 진회(秦檜; 남송 초 관리)보다 더한 사람이 없는데 당시에 그가 한 언어와 사적(事迹)이 사관(史官)의 필주(筆誅; 글로써 공격함)를 피할 수 없었으니, 비록 크게 간악한 진회로서도 감히 사관을 물리치지 못한 것은 명확합니다. 대체로 진회로서도 감히 하지 못한 짓을 최명길이 차마 하였으니 전하의 죄인이 될 뿐 아니라 진회 같은 죄인이기도 합니다.〉

진회는 침략한 금나라와 송나라를 남북으로 나누자고 합의한 관리였다. 정권 유지를 위해 현실을 선택하면서 반대파를 억압했는데, 훗날 의리를 중시하는 주자학파로부터 혹독한 비판을 면치 못했음이었다. 그에게 죽은 이상주의자 악비(岳飛)는 영웅이 되었고 현실주의자인 그는 간신이라고 낙인찍혔던바, 윤집은 최명길이 진회보다 더하다고 비난했다.

앞장서 최명길과 함께 주화론을 주장했던 이귀마저 사망하자 최명길은 고립무원이 되었다. 최명길이 유일하게 '압록강이 얼면 큰 화가 닥칠 것이니 신은 매우 통탄스럽습니다.' 라고 현실을 직시하는 상소를 올렸을 뿐이었다.

윤집, 오달제 등의 척화파 신하들에게 오랑캐와 내통하는 간신이라고 온갖 비난을 다 받았지만 최명길의 우려대로 인조14년(1637) 12월 9일 청군은 10여 만의 병력을 이끌고 다시 조선을 침입했다.

청군의 침입 소식은 능주향교를 통해서 매화정까지 전해졌다. 그동안 매화정을 드나들던 양주남, 양지남 등 제자들이 모두 모였다. 장남 안후지와 차남 안신지, 막내 안일지도 달려왔다. 모두들 놀란 나머지 말이 없자 초로의 나이가 된 안후지가 말했다.

"최 대감님 말씀대로그만요. 오랑캐가 맹약을 저버릴 것이 틀림읎다고 말씀했지 않았습니까요. 근디 우리는 무신 방비계책을 세왔는지 묻고 잪그만요."

"이미 불이 났은께 어차든지 불길은 꺼야지라우. 원인이 무엇인지 따져보는 동안 불길은 더 커지고 말 것인께라우."

양주남이 결의에 찬 목소리로 안방준을 보면서 말했다. 안방준의 건강은 정묘호란 때와는 달랐다. 64세 고령의 노쇠한 몸으로 칼을 들고 나선다는 것은 무리였다. 의원인 안신지야말로 아버지 안방준의 건강 상태를 잘 알고 있었다. 안신지는 임란 초 전라좌의병이 거병할 때 박광전의 역할을 염두에 두고 말했다.

"임란 때 당시 죽천 선상님도 노환으로 직접 전라좌의병에 가담허지 않고 보성에 남아서 의곡을 모아 보낸 일이 있그만요. 군량을 모으는 일도 직접 나서서 싸우는 일 못지 않은께 그런 역할을 맡으시믄 으쩔께라우?"

"옳은 말씸이요. 근디 젤로 중요헌 것은 선상님 의중이겄지라우. 긍께 선상님 말씸을 들어보고 잪그만요."

"그라지라우."

안후지가 다시 말했다.

"아버님은 주자학파이자 서인으로서 의리를 젤로 중허게 생각허심시로 살아오셨그만요. 정묘호란 때도 의리를 지키고자 나섰고 이번에도 의리를 저버리시지 않을 것인께 쪼깜 지다리믄 으쩌겄소?"

"아이고, 성님. 여그서 당장 선상님 말씸을 듣는 것은 무례헌 일이지라우."

그밖에 다른 제자들도 한 마디씩 했지만 모두 안방준의 건강을 걱정했고, 그래도 안방준이 떨쳐 일어나 나선다면 자신들도 뜻을 함께 하겠다는 쪽으로 의견을 모았다.

　다음날.

　능주목사 김원립이 매화정을 찾아왔다. 김원립은 인목대비 폐모론
이 일자 분개하여 소를 올렸다가 광해군의 미움을 사서 하옥됐지만 인
조반정으로 풀려나 내직의 벼슬길에 들어섰다가 외직인 능주목사가
된 인물이었다.

　"공무로 바쁘실 텐디 발걸음허시다니 고맙소야."

　"능주로 와서 선생님을 자주 뵙지 못하고 잠시 떠나게 되어 인사차
왔습니다."

　"능주로 오신 지 을마 안 되었는디 떠난다고라?"

　지난번에 송석정에서 만나 정담을 나누고 난 뒤, 시를 지어 준 적도
있었기 때문에 안방준으로서는 서운하지 않을 수 없었다. 그때 지은
시가 머릿속을 스쳤다.

　묻노라, 연주각의 일을

　어찌 물 위 정자와 같으리

　송사(訟事)가 없는 날이면

　때때로 들판도 걸어 보세나

　爲問連珠閣 何如水上亭

　不妨無訟日 時或步郊坰

　"예, 사세가 급박허게 됐습니다."

안방준은 김원립이 눈짓을 하자 옆에 있던 넷째아들 안익지를 밖으로 내보냈다. 그제야 김원립이 조정의 상황을 안방준에게 상세히 말했다. 김원립은 안방준보다 스물일곱 살 아래로 아들뻘이었으므로 서로가 별다른 경계를 하지 않았다.

"오랑캐가 또 쳐들어와 나라가 풍전등화입니다."

"이달 12월 9일에 오랑캐가 압록강을 건넜다고 들었소."

"임금님께 오랑캐 침입했다는 급보가 닷새 만에 보고됐다고 합니다."

급보가 의주에서 한양까지 5일 걸렸다는 말이었다.

"의주부윤 임경업 장수가 있지 않는게라?"

"예, 임 부윤께서는 의주 백마산성에 들어가 쳐들어온 오랑캐와 일전을 벌이려고 했지요. 그런데 오랑캐 기병들은 백마산성으로 가지 않고 우회해 한양으로 진격하고 있다는 소식입니다. 이 소식을 알리려고 왔습니다."

"고맙소. 지난 정묘년 때맹키로 임금님께서 또 강화도로 몽진허실게라?"

"그것은 잘 모르겠습니다. 사세가 화급하니 상경하여 임금님을 호종하려고 합니다."

"그러고 본께 여그 이러고 겨실 때가 아니그만요. 목사께서 얼릉 상경허셔야 헐 거 같으요. 최명길 대감님을 뵙거든 안부를 전해주씨요."

"예, 전하겠습니다. 선생님께서도 조만간 매화정에 의병청을 두시겠지요?"

"우리도 나서서 나라의 불을 꺼야지라. 빨리 올라가 임금님께 근왕해야지라."

안방준은 그 자리에서 벼루에 먹을 갈았다. 그런 뒤 능주를 잠시 떠나는 김원립에게 〈증김목사원립(贈金牧使元立)〉이란 시를 한 수 지어 주었다.

한 세상 나 홀로 살다가
그대를 알면서 외롭지 않았네
두 마음을 어디에서 볼까
밝은 달이 얼음 병에 비치는 곳.
一世吾行獨 知君自不孤
兩心何處見 明月照氷壺

김원립 능주목사는 청군이 백마산성을 우회해서 한양으로 쳐들어오고 있는 중이라고 안방준에게 전했지만 실제로 마푸타 기병부대는 한양 부근 불광동까지 내려와 있었다. 12월 14일 강화도로 몽진하려고 했던 인조는 청군에게 길이 막혀 이제는 남한산성으로 피신할 수밖에 없었다. 그나마 불행 중 다행이라면 중전과 세자와 빈궁을 재빨리 강화도로 피난시킨 조치뿐이었다.

조정에서 급히 판윤 김경징을 검찰사로, 강화유수 장신을 주사대장(舟師大將)으로, 심기원을 도성을 방어하는 유도대장(留都大將)으로 삼아 강화와 한양을 수비하도록 명했다. 뿐만 아니라 인조는 전국에 근왕병을 모집하라는 교서를 냈다. 또 원임대신(原任大臣) 윤방과 김상용으로 하여금 종묘사직의 신주(神主)와, 세자비, 원손 봉림대군과 인평대군 등을 강화로 피난시켰던 것이다.

이에 최명길은 "저들의 요구사항을 물어보겠다."며 사신을 자청에 홍제원 적진으로 들어갔다. 인조가 남한산성으로 몽진할 시간을 벌기 위해서였다. 척화파 신하들 중에서 아무도 적진으로 들어가려 하지 않았지만 최명길은 목숨을 아끼지 않았다. 최명길 덕분에 시간을 조금 번 인조는 남한산성으로 어렵게 피신했다.

전라도 각지에도 근왕병을 일으켜 청군을 물리치라는 인조의 교서가 내려왔다. 이에 옥과현감 이흥발, 대동찰방 이기발, 순창현감 최온, 전 한림 양만용, 전 찰방 유즙 등이 자진하여 의병 모집에 앞장섰다. 이들은 의병청을 설치하고 도내에 격문을 보낸 뒤 영읍에 모의유사(募義有司)를 지명해 일제히 봉기했다. 능주와 가까운 화순 지역은 생원 조수성(曺守誠)이 조카 조황을 통해 격문을 띄우자 31세의 성대, 최명해. 임시태 등이 만연사에 설치한 의병청으로 달려왔다. 조수성은 그들을 보고 시로 반겼다.

의사들을 처음 만났지만 예의 밝음 느꼈고
일을 놓고 마음 통해보니 대의 또한 밝도다
기재와 웅도를 오랫동안 간직하여 왔으므로
국난을 당해서 어찌 선택함을 받지 않겠소

그러자 그들은 곧바로 의병을 모집하고 군량인 의곡(義穀)을 모았다. 스님들이 하나 둘 떠나 적막하기만 했던 만연사는 각지에서 모인 의병들로 북적거렸다. 조수성은 푸른 기와 붉은 기를 세우고 의병들에게 간단한 전술훈련을 시켰다.

12월 19일. 인조의 교서가 능주에도 내려왔고, 안방준은 교서를 보고 눈물을 흘렸다. 그는 3, 4일 동안 보성과 화순, 능주의 유생들과 다섯 명의 아들들, 그리고 여러 제자들과 의논한 뒤 12월 23일에 매화정에 의병청을 설치했다.

안방준 의병군

매화정에 의병청을 설치한 뒤 안방준은 즉시 닳은 벼루에 먹을 갈았다. 인근 고을에 보낼 격문을 쓰기 위해서였다. 안방준이 붓에 먹을 묻히자 묵향이 방안에 번졌다. 격문은 유생에서 노비에 이르기까지 누구라도 마음을 격동케 했다.

〈국운이 불행하여 오랑캐가 돌진해오니 임금은 피난했으나 남한산성의 한 모퉁이가 포위를 당함에 이르니, 온 나라의 신하와 백성들이 통분을 차마 말할 수 있겠는가? 이는 참으로 군주가 욕을 당함에 신하가 죽어야 할 때이로다. 우리 강토에 사는 혈기 있는 모든 사람들이 누군들 의리로 떨쳐 일어나 국난에 임할 뜻이 없으리오. 이에 장차 의병을 일으켜 명성과 위세에 만의 하나라도 돕고자 하니, 힘쓸지어다! 뜻을 같이 하는 선비들은 줄곧 협력하여 몸을 잊고 나라를 위해 죽는다면 매우 다행이겠노라.(하략)〉

이 같은 서두에 이어서 의병을 모으는 모군(募軍), 군량미에 관한 양향(糧餉), 칼과 창 등의 군기(軍器), 승군(僧軍) 등 4조목의 할 일을 제시했다. 모군의 경우 50세 이하 20세 이상은 모두 의병에 참여하라고 권했다. 양향은 되나 말로 쌀을 각출하여 운송하도록 했다. 그리고 군기를 마련하고 승군을 뽑도록 했다. 안방준의 제자로서 보성출신 문희순도 모의문(募義文)을 지어서 돌렸다.

〈(상략) 삼가 생각건대, 모든 의로운 선비들이 달과 별 같은 정기를 모으고 산악처럼 빼어난 기개를 발휘하여, 3백년을 변함없이 지켜온 강상(綱常;사람이 지켜야 할 도리)을 붙잡아 세우고, 1천 리에 대적할 수 없는 위엄을 떨친다면, 원수인 오랑캐를 섬멸할 수 있고, 사직을 보호할 수 있고, 임금을 평안히 할 수 있고, 백성을 복되게 할 수 있고, 예의를 밝힐 수 있어, 길이 후세에 떳떳이 말할 수 있을 것입니다. 다음해 정월 1일에 모여주시기를 삼가 바랍니다. 통곡을 이기지 못하겠습니다.〉

그러자 보성출신 이시원은 낙안군 별유사가 되어 집안의 노비 30명과 쌀 3백 석을 가지고 의병청으로 왔다. 뿐만 아니라 낙안군에 안방준의 격문을 전하여 신속하게 모병했다. 또 화순사람으로서 최경회 의병장의 형 최경장의 손자인 최계헌은 유생들만으로 의병을 규합하여 매화정 의병청으로 달려와 군무와 양향을 도왔다. 장흥의 김상범도 병환중에 조카 김유신을 시켜 쌀 10석과 힘센 노비 30명을 보냈다. 이에 안방준은 병 때문에 오지 못한 김상범에게 편지로 답했다.

〈쌀 10석과 힘센 종 서른 명을 조카를 통해 보내주어 의병의 명성과 위세[聲勢]에 큰 도움을 주시니 감사하기 그지없습니다.〉

또 짧은 편지에 〈증김상범(贈金尙範)〉이란 시를 지어 보냈다.

참된 효도와 곧은 충성은 겸하기 어려운 것
공(公)같은 사람 세상에서 아직 보지 못했네
만고의 도리를 붙잡아 세운 선비가
헛되이 자연에서 늙으니 모두가 탄식한다.
誠孝貞忠是兩難
似公於世未曾看
扶持萬古綱常土
虛老林泉孰不歎

보성사람 임시윤이 의병청으로 오자 안방준은 그를 별장으로 삼았
다. 함평사람 정직은 안병준의 거병 소식을 듣고 함평의 의병들을 이
끌고 도유사가 되었다.

특히 안방준의 외가인 진원 박씨 사람들도 많이 참여했다. 보성사람
박춘장은 박광전의 손자였는데 의병과 군량을 모아 보냈고, 박진형,
박동건, 박유제, 박희망, 박시형, 박인강 등도 안방준 막하로 들어왔다.
씨족으로 치자면 보성의 광주 이씨 역시 이시원 말고도 이원신, 이무
신, 이장원, 이성신, 이옥신, 이경신, 이민신 등도 안방준 막하로 들어와
핵심 역할을 했다.

안방준의 제자로서 강진의 홍용호는 아들 홍춘립과 노비 40명 및
김득원, 김식록, 조첨 등과 함께 의병 1백여 명과 쌀 90석을 모아 매화
정으로 왔고, 역시 안방준의 제자인 장흥의 남기문, 보성의 김선, 김종

기, 손각, 손수현 등도 격문을 보고 자원했다. 특별한 경우인데, 보성사람 조홍국은 숙부 정형, 정현, 사제 조창국, 종제 조흥국, 종질 조순필, 조순립과 함께 거의하여 안방준 막하에서 '1문(門)7의(義)'라는 평을 받았다.

안방준은 모군하는데 도유사, 별유사, 별장 체제를 두어 의병들을 효율적으로 모병했다. 보성출신이 가장 많았고 인근 지역에서도 적잖게 모였다. 10여 일 만에 유생, 농사꾼, 노비들이 수백 명이나 의병청에 모여들었던 것이다.

의병군 편제는 의병대장, 부장, 종사관을 상부에 두고, 그 밑에 군관, 서기, 기수 등을 둔 체제였다. 그리고 의병대장 직속으로는 전령 및 참모관이 있었으며, 군량을 수송하는 운량관과 필요할 때마다 군량을 내어주는 방량관을 두었고, 무기를 관리하는 군관이 있었다. 군관이나 서기는 양민출신으로 뽑았고, 기수나 말구종, 심부름을 하는 사람들은 하층 평민이나 사노비와 향교노비가 맡았다.

안방준은 서기를 맡은 장남 안후지를 불러 의병군 편제를 받아 적게 했다. 안방준 옆에는 참모관인 보성사람 선시한, 종사관으로 나주사람 홍명기와 보성사람 황득영, 능주사람이자 제자인 양주남이 자리를 지키며 보좌했다. 안방준이 말했다.

"나에게 지시를 받을 군관을 어저께 정한 대로 차례차례 말해보게."

"예, 홍양사람 신지후, 김여형, 보성사람 김종원, 김정망, 정영철, 이강, 선영길, 김점, 김섬, 장흥사람 장영, 백안현, 김유신, 남기문, 김기원, 김태웅, 윤흥립, 박유효, 한종임, 장후량, 능주사람 정연, 정문리, 구체증, 문제극, 최경제, 양지남 등입니다."

"서기는 한 사람도 빠뜨리지 말고 얼릉 적그라. 종사관 소임을 맡은 사람도 우리가 정한 대로 말해보게."

"예, 나주사람 홍명기, 보성사람 황득영, 능주사람 양주남 등이고 운량관은 보성사람 이무신이고, 방량관은 제경창이고, 부장은 민대승이 그만요."

"직책을 맡지 않았지만 참여헌 의사덜을 모다 적어두게."

서기 안후지는 세필로 빠르게 의병에 참여한 사람들의 이름을 적었다. 보성사람이 8할을 차지했고, 그 나머지는 낙안사람, 흥양사람, 능주사람, 화순사람, 강진사람, 나주사람 등이었다. 안방준의 제자와 친인척, 지인들은 물론이고, 네 아들들 이름을 올렸다. 넷째아들 안익지만 몸이 부실하여 매화정에 남기로 했다. 안방준은 종사관 양주남을 불러 대장장이와 궁(弓)장이에게 창과 활을 만들도록 지시했다.

"예전 경험인디 죽창만으로는 적을 이길 수 읎네. 창과 활을 맹글도록 허게. 출병허기 전까지 밤을 새와서라도 많이 맹글게."

또 종사관 황득영에게는 교노(校奴), 즉 향교노비들을 불러 깃발을 만들도록 지시했다.

"화염 문양을 테두리로 두른 대장기를 몬자 맹글고, 황색기, 청색기, 홍색기를 맹글되 각 부대별로 색을 달리해서 들도록 허게."

무과 급제자이자 훈련원 봉사를 지낸 부장 민대승은 대장 안방준에게 당장 의병들을 훈련시키겠다고 건의했다. 그러자 안방준은 전라좌의병과 박광전의병군에서 경험했던 대로 공격과 수비훈련을 쌍봉사 부근 산자락에서 하도록 명했다.

"여그 마실 양민덜에게 피해를 줄 수 있은께 쌍봉사로 올라가서 훈련을 시키게. 날이 추운께 훈련을 시키되 화톳불을 피워 의병덜 몸땡이가 얼지 않도록 허게."

안방준은 말을 타고 쌍봉사로 올라가 의병군 훈련을 참관하곤 했다. 그날은 함박눈이 퍼부었다. 말구종 하상이 말했다.

"눈이 더 오믄 고갯길에 말이 미끄러질지도 몰라라우."

"그래도 훈련을 멈출 수는 읎다."

"예, 말을 끌고 오겄습니다요."

말구종 하상은 보성향교에서 온 관노였다. 하상 말고도 보성향교에서는 관노 말구종 남금도 의병청으로 보내주어 두 사람은 말고삐를 잡거나 말먹이꾼 노릇을 했다. 그리고 보성관아에서는 관노 응택과 의일을 보내와 안방준은 그들에게 규율을 어긴 의병에게 매질을 담당하도록 했다.

함박눈은 관노 하상 말처럼 그칠 줄 몰랐다. 하늘이 숫제 흰 광목천을 두른 듯했다. 그래도 안방준은 부장 민대승이 의병들을 훈련시키는 쌍봉사 부근으로 갔다. 하상이 걱정했던 대로 말이 고갯길에 앞발을 헛발질 하다가 흔드는 바람에 낙상하여 하마터면 골절상을 입을 뻔했다. 말구종 남금이 재빨리 달려와 안방준을 껴안은 덕분에 아무런 사고도 나지 않았던 것이다. 안방준은 말구종 하상과 남금에게 칭찬을 했다.

"대사를 앞둔 나에게 느그덜이 큰일을 했다. 내가 다치기라도 했다믄 의병덜 사기가 떨어질 것이기 때문이다."

"아이고메, 대장님이 다치시믄 우리덜은 으쩔라고라우."

"내가 넘어져 다친 것인디 느그덜허고 무신 상관인가?"

"대장님, 아니어라우. 우리덜은 당장 관아로 끌려가 치도곤을 당헐 것입니다요."

"허허허."

고갯길을 넘어가자 쌍봉사가 보였다. 쌍봉사 앞으로는 세 개의 개울이 하나로 합수해서 흘렀다. 승군이 된 쌍봉사 스님들은 세 개의 개울물을 삼청(三淸)이라 불렀다. 삼청의 물은 샘물처럼 맑아서 의병들은 훈련 중에 목이 마르면 얼음을 깨고 두 손으로 물을 훔쳐 목을 축였다.

안방준이 쌍봉사 일주문 앞에 다다르자 부장 민대승과 몇몇 별장들이 잰걸음으로 다가왔다. 민대승이 말했다.

"대장님, 훈련 받은 의병덜이 인자 제법 군사 티가 나그만요."

"의막(義幕)이 선 지 메칠 밖에 안됐는디 그란당께 맴이 놓이네."

"자원헌 의병덜이라서 사기가 좋그만요."

"해가 바뀌면 바로 출병할 것이니 의병덜 심을 너무 빼지는 말게."

"쌍봉사에서 따땃헌 방을 내어주어 교대함서 쉬기도 허지라우."

안방준은 더 기다렸다가 두 부대로 나누어 공격과 수비 훈련을 하고 있는 의병들의 사열을 받고는 매화정으로 돌아왔다. 안방준은 출병하기 전에 가능한 한 충분한 무기와 군량을 확보하려고 했다. 그러던 중에 장남 안후지가 희소식을 보고했다.

"아버님, 지금까지 지가 모곡헌 군량이 6백 석이그만요."

"여그저그 댕김서 모곡허느라고 고상했다."

"지가 잘나서가 아니라 모다 아버님 보고 준 것이지라우."

마침내 해가 바뀌어 정월이 되었다. 안방준 의병군은 능주 매화정에서 출병했다. 선봉장은 부장이 맡았고, 좌군장, 우군장, 중군장, 후군장은 별장과 군관들 중에서 뽑았다. 말을 탄 안방준 앞은 선봉장 민대기, 좌우로 좌군장과 우군장이, 의병군 후미는 후군장이 지켰다.

말구종 하상과 남금이 안방준이 탄 말의 고삐를 교대로 잡았다. 바로 뒤에는 향교노비 경옥, 안금, 생이와 사노비 순금 등이 대장기와 부대기를 들고 따랐다.

안방준 의병군은 광주 동계(東溪)를 거쳐 장성까지 거침없이 행군했다. 장성에서 휴식을 취하고 있을 때 장성현감 유시영이 나와 맞아주었다. 그때 안방준이 말했다.

"장신이 강도유수(江都留守), 김경징이 검찰(檢察), 이민구가 부관(副官)이 되었다고 허니 강도(江都; 강화도)를 결코 지킬 수 읎을 것이요."

"세 사람이 어찌 지키지 못한다는 말씀이오?"

"장신은 식견이 읎고, 김경징은 술이 과허고, 이민구는 문필가일 따름이니까요."

매화정에서 출병한 의병군이 금구(金溝; 김제)에 이르렀을 때, 여러 고을의 관군이 사라지고 없는 것을 본 안방준은 남한산성으로 올라간 전라감사 이시방에게 편지를 보냈다.

〈국사가 이 지경에 이르니 쇠잔하게 남은 목숨이 일찍 죽지 못해 한스럽습니다. 관서 2천 리에서 교전한 곳이 한군데도 없고 삼남의 여러 장수는 적의 기세만 바라보고도 달아나 흩어져 오랑캐 때문에 임금을 버리니 이를 참을 수 있겠습니까?

내 나이 장차 일흔이 되어가고 게다가 쓸 만한 계략도 없지만, 이 망극한 때를 당해 의리로 보아 숨어서 구차히 목숨을 보존할 수 없어, 곧장 달려가 문안을 드리고자 할 즈음에 여러 의사(義士)들의 권유를 받고 병든 몸을 이끌고 길에 올랐습니다. 겨우 금구에 이르렀을 때 관군이 무너져 흩어지는 모습을 눈으로 보았는데, 이 무슨 현상입니까? 더욱 통탄스럽고 놀랍습니다. 내가 이끌고 있는 의병은 쇠잔한 서생들 약간에 불과하지만 관군이 무너지기 전에 명예와 위상을 조금이나 도우려고 망령되게 생각했는데, 이 지경에 이르러 쓸 곳이 없다면 어찌해야 합니까? 오직 절하(節下; 장수에 대한 존칭)는 잘 생각하여 지시해 주십시오.(하략)〉

실제로 관군은 관서 2천 리 어디에서나 청군에게 밀려 힘을 발휘하지 못했다. 그나마 의병군이 힘을 조금 썼을 뿐이었다. 청 태종 홍타이지가 도착한 탄천(炭川)에는 20만 청군이 집결해 있고, 조선군 1만2천 명과 백성 수만 명이 방어하는 남한산성은 완전히 고립돼버렸다. 지구전으로 가면 군사와 무기, 군량이 부족한 조선군은 필패할 수밖에 없었다. 그런데도 남한산성에서는 척화파와 주화파가 다투었다.

인조의 항복을 받아내기 위해서는 왕자들을 인질로 잡는 것이 효율적이라고 판단한 청군은 1월 21일 강화도를 먼저 공격했다. 처음에는 충청수사 강진흔이 강화도로 접근하는 청군을 연이어 격퇴했다. 그러나 수비총대장인 강화검찰사 김경징과 강화유수 겸 주사대장(舟師大將) 장신이 지휘권을 놓고 다투면서 몇 백 명도 되지 않는 관군은 갈팡질팡했다. 청군이 강화산성을 포위해오자 김경징과 강화 부사 이민구는 부근 섬으로 도주했다. 청군은 1월 22일 쉽게 강화산성을 함락하고,

세자빈과 봉림대군을 인질로 붙잡았다. 이 비보를 1월 25일 들은 인조는 전의를 잃고, 1월 30일 남한산성을 나와 항복하지 않을 수 없었다.

안방준 의병군에게도 남한산성의 비보가 전해졌다. 의병군이 여산에 막 도착했을 때였다. 남한산성 포위가 풀렸으니 의병을 파하라는 지시도 내려왔다. 대장 안방준은 북쪽을 향해 엎드렸다. 의병들도 따라서 땅바닥에 무릎을 꿇었다. 잠시 후, 허탈해하던 안방준이 어흑어흑 통곡하자 의병 모두가 분개하며 울었다.

누가 의리를 다시 펼까

　의병군을 해산하고 매화정으로 돌아온 안방준은 바로 드러누웠다. 이후 한양 소식이 들려올 때마다 귀를 막았다. 특히 청 태종 홍타이지에게 항복한 뒤 맺은 화약 조항은 너무도 끔찍하여 치를 떨었다. 장남 안후지 역시 피를 토하는 심정으로 시를 지어 분개했다.

　등에 물들인 악비(岳飛)는 없지만
　임금을 부끄러워한 노중련은 있네.
　황강(皇綱)이 이미 땅에 떨어지니
　크나큰 의리를 누가 다시 펴리.
　涅背無岳飛 恥帝有魯連
　皇綱已墜地 大義誰復宣

　조선에 남송의 명장 악비를 떠올리는 장수는 없지만, 무도한 진나라가 천하를 차지한다면 "나는 동해로 걸어 들어가 죽겠다"고 자신의 절의를 알린 제나라의 노중련 같은 은사는 있다는 시인데, 멀게는 중봉 조헌 같은 의병장이었고, 가깝게는 아버지 안방준을 가리켰다. 그리고 천자가 나라를 다스리는 법칙이 땅에 떨어졌으니 누가 의리를 다시 펼 것인가 하고 비분강개하는 내용이었다.

안방준은 아들의 시를 보고 나서 씁쓸하게 웃었다. 화약한 조항들을 보면 황강이 땅에 떨어졌음이 너무도 분명했다. 화약의 첫 조항은 조선은 명나라 대신 청에 대하여 신하의 예(禮)를 행하라며 못 박고 있었다. 두 번째 조항도 조선은 명의 연호를 폐지하고 명과 교통을 끊으며 명에서 받은 고명과 책인(冊書와 印章)을 헌납하라고 했다.

다른 조항들도 몹시 굴욕적이었다.

조선은 왕의 장자와 제2자 그리고 대신의 자녀를 인질로 보낼 것.

청이 명을 정벌할 때는 기일을 어기지 않고 원군을 파견할 것.

내외 여러 신하와 혼인하고 사호(私好)를 굳게 할 것.

성곽의 증축과 수리는 사전에 허락을 얻을 것.

황금 1백 냥, 백은 1천 냥을 비롯한 물품 20여 종을 세폐(歲幣)로 바칠 것.

성절, 정삭(正朔), 동지, 경조 등 사신은 명 구례(舊例)를 따를 것.

가도(假島)를 공격할 때는 병선 50척을 보낼 것.

포도(逋逃; 죄짓고 도망함)를 숨기지 말 것.

일본과 하는 무역을 허락할 것.

조선 왕은 청나라 왕에게 절을 할 것.

청군이 할퀴고 간 상처는 참혹했다. 한양의 집들은 대부분 불탔고, 양민의 시체가 길거리마다 널려 있었다. 청 태종 홍타이지가 먼저 떠났고, 소현세자와 봉림대군은 청 사신 도르곤[多爾袞]을 따라 심양으로 갔다, 조선 백성은 청군에게 붙잡힌 포로 말고도 심양의 노예시장에서 60만 명 이상이 팔려갔다.

척화파 중에 강경론자인 삼학사 홍익한, 윤집, 오달제는 청군에게 잡혀가 참형을 당했고, 김상헌은 뒤에 잡혀가 오랫동안 감옥에 갇혔다. 또 양민 아녀자와 대신들의 자녀가 청의 사신 잉굴다이[龍骨大]에게 끌려갔는데, 그 수가 197명이었다.

보름 만에 몸을 추스르고 평정심을 되찾은 안방준은 오랜만에 마루까지 나와 앉았다. 이른 봄 아침햇살은 마루 끝을 비치고 있었다. 간밤의 꽃샘추위 눈발은 그쳤지만 매화정은 물론 낮은 초가들은 눈에 덮인 채 적막했다. 안방준은 토방으로 내려가 아침햇살에 몸을 맡겼다. 햇살이 제법 따뜻한 솜처럼 안방준의 몸을 감쌌다. 우산전사에서 은거하면서 자족했던 기분을 오랜 만에 느꼈다. 안방준은 무심코 시 한 수를 읊조렸다.

공명이 좋다 말하지 말라
이익을 좇아 종일 바쁘니
어떠한가, 눈 내린 처마 아래
홀로 앉아 아침햇볕 쪼이는 게.
莫道功名好 營營日夜忙
何如雪簷下 獨坐負朝陽

공명을 멀리하는 은사에게는 눈 내린 처마 밑에 홀로 앉아 오롯이 아침햇볕을 쬐는 것도 마음이 충만해지는 행복이라는 것이었다.

다음해. 66세가 된 안방준에게 기억할 만한 일이라면《사우감계(師友鑑戒)》집필이었다. 사우(師友)란 스승이면서 벗 같은 아름다운 관계를 뜻했고, 감계(鑑戒)란 지난 잘못을 거울로 삼아 다시는 되풀이하지 않도록 경계한다는 말이었다. 중봉 조헌이 여러 번 올린 소장(疏章)은 스승과 벗을 구한 데 지나지 않았을 뿐, '동서(東西)' 두 글자를 결코 그 사람에게 관련시키지 않았는데, 모르는 사람들은 소장이 당파에 치우쳤다고 생각했다. 따라서 안방준은 질문과 답변 형식을 빌려《사우감계》란 이름을 붙여 조헌의 진실을 밝혔던 것이다. 그러니까 조헌을 위한 변론 문답인 셈이었다.

〈어떤 사람이 나에게 물었다.
"공은 젊어서부터 편당(偏黨)을 원수처럼 미워하여 말이 여기에 미칠 때마다 반드시 그들을 시역(弑逆)할 무리라고 말했으니, 비록 과격한 듯했지만 사람들이 모두 탄복하였네. 중봉 조 선생 같은 이는 당론(黨論)의 치우침이 다른 사람에 비해 백 배가 넘을 뿐만 아니네. 이는 온 나라가 다 아는 것인데도 공만 홀로 그렇지 않다고 하고 우리 사우(社友)들로 하여금 모두 이를 본받도록 하니, 공의 소견을 나는 괴이하게 여기네."
나는 웃으면서 답했다.
"그대는 한갓 그 외양만 보았을 뿐, 그 내면은 아직 보지 못하였네.

중봉이 파당에 치우쳤다는 말을 듣게 된 것은 다만 사우들이 당한 모함을 뼈아프게 생각하여 과격한 논의를 폈기 때문이네. 사우들을 위하여 과격한 논의를 폈던 것이 바로 훗날 임금을 위하여 절의를 지키다 죽게 된 근본이 되었네. 내가 자네를 위하여 그 줄거리를 대략 말하여 줄 것이니 잘 들어보게.(중략)"

"아, 선생은 이발과 비록 절교는 하였지만 시종 아끼는 정이 있어 그가 살았을 때나 죽었을 때나 마음 아프게 생각함이 이와 같았다. 이는 실로 인정(人情)이 미칠 수 없는 것이요, 고금을 통하여 천하에서 일찍이 들어보지 못한 일이다. 그렇다고 하면 전후에 걸쳐 올린 상소는 사우들을 구하고자 한데 지나지 않을 뿐, 동인이다 서인이다 하는 동서 두 글자는 결단코 그 자신과 무관한 것인데도, 이를 알지 못한 사람이 도리어 편당을 지었다고 생각했다. 이른바 편당이란 득실을 걱정하고 시세를 쫓아서 윗사람과 권력자에게 아부하며 군부(君父; 임금)를 시해하는 자들이 하는 짓이니, 어찌 선생이 차마 할 수 있는 일이겠는가? 만일 선생에게 조금이라도 편당을 짓는 마음이 있었다면, 옛 친구들이나 자기를 천거해준 사람들을 버리고 그 누구와 더불어 당(黨)을 하겠는가?

대저 광해조(光海朝)로부터 오늘까지 수십 년 동안, 편당의 논의가 날로 심하여 남한산성이 포위되고 심양에 인질로 잡혀 있을 때에도 당색(黨色)으로 나뉨을 면치 못하였으니. 혈기가 있는 사람이라면 누군들 분통이 터지지 않겠는가?

비록 그렇지만 저 서인, 남인, 북인의 수많은 사대부들이 어찌 모두 다 용렬하고 추악한 비부(鄙夫; 비루한 남자)이겠는가? 그중에는 반드시

군부와 사우의 도리를 아는 자가 있을 것이니, 하루아침에 번득 대오 각성 하여 먼저 마음과 생각을 씻어내고, 각자가 분발 노력하여 나라의 급무에 앞장서고 사사로운 원한을 뒤로 미루기를 한결같이 선생이 했던 것처럼 한다면, 편당의 재앙은 장차 서로 해치고 죽이는 지경에 이르지 않을 것이요, 화평한 기상과 장구한 국운을 아마도 바랄 수 있을 것이다. 어찌 서로 권면하지 아니하리요?"〉

안방준이 《사우감계》를 집필한 이유는 두 가지였다. 하나는 조헌을 변론하기 위한 것이었고, 또 하나는 《사우감계》의 마지막 문단처럼 나라의 화평한 기상과 장구한 국운을 위해서였다. 이는 당시 조정이 서인, 남인, 북인 등으로 당쟁이 심했던 것을 방증했다.

청군의 침공에 인조가 남한산성으로 피난해 있는 동안이나, 세자와 대군이 심양에 인질로 끌려갔음에도 불구하고 당쟁은 수그러들지 않고 있기 때문이었다. 그래서 안방준은 당쟁을 일삼는 사대부를 용렬하고 추악한 비부라고 통렬하게 비판했던 것이다.

한편, 당색이 극도로 나뉘어 있는 조정에 출사하지 않겠다는 안방준의 각오는 변함이 없었다. 67세 봄 경연에 참여한 신하의 천거로 전생서 주부를 제수 받았지만 사직할 마음뿐이었다. 다만 임금의 은혜를 생각해서 정전으로 나아가 네 번 절한 뒤 물러나려고 했다. 그러나 그것도 여의치 못했다. 매화정을 떠나 장성에 도착했을 때 갑자기 병이 생겨 가마에 실려 돌아오고 말았던 것이다.

조정은 당쟁으로 하루도 조용히 지나가는 날이 없었다. 비록 출사를 거부했지만 나라의 형세를 보고도 수수방관할 수는 없었다. 안방준이 할 수 있는 방법은 마음이 통하는 대신에게 편지를 보내서 계책을 환기시키는 것뿐이었다. 판서 이시백에게 보낸 편지도 그런 이유에서였다.

〈조용히 살펴보건대, 지금의 시사(時事)는 이미 망극한 지경에 이르렀으니, 무릇 혈기 있는 사람이라면 누군들 분통이 터져 죽고 싶지 않겠습니까? 그런데 크고 작은 신료 중에서 임금 사랑하기를 부모처럼 하거나, 나라 걱정하기를 집안처럼 한다는 사람을 아직 한 명도 듣지 못했습니다. 늘 생각이 여기에 미치면 가슴을 어루만지면서 장탄식을 하다가 눈물을 흘리지 않을 수 없습니다.

병자년 뒤로 여러 해 나라가 보존된 것은 실로 한두 대신이 걸머지고 자신의 책임으로 여긴 데서 나왔으니, 비록 구차하지만 그 또한 다행입니다. 여름과 가을부터 와전된 말이 떠돌더니 원근에 전파되고 안팎이 흉흉하여 하루도 보존할 수 없게 되었습니다. 만에 하나 차마 말할 수 없는 일이 벌어진다면 묘당(廟堂; 의정부)은 어떤 계책을 세울지 모르겠습니다.

지금의 급선무는 인심을 모으고 군병을 훈련시키는 것보다 더 절실한 것이 없건만, 인심은 날마다 더욱 이반되고 군정(軍政)은 날로 더욱 해이해지니, 비록 관중과 제갈량이 안에 있고, 조나라의 명장 염파와 이목이 밖에 있다고 해도 결코 쉽게 손쓸 수 없을 것입니다. 더구나 궁성 밖에서 왕명을 받는 사람들은 백면서생이요, 무식한 무인으로 주현(州縣)을 멋대로 돌아다니며 한갓 배 채우기를 좋아할 뿐, 이들이 시행한 것은 한바탕 웃기에도 부족하니 이를 장차 어찌해야 할는지요?

나라가 믿는 바는 오직 대오를 편성한 군졸에게 달렸는데 천 명 중에 한 명도 쓸 만한 사람이 없으니, 이들로써 적을 막는다는 것은 결코 이치에 닿지 않습니다. 합하는 미처 이를 생각하지 못했습니까? 제 생각으로는 각 고을의 수령들이 문음(門蔭; 조상의 공으로 하는 벼슬)을 따지지 않고 경내의 장정들을 쓸어 모아 몸소 그 군졸을 이끌고 각자가 전투에 참여하면, 군정(軍情)이 저절로 견고해져 아마도 무너져 흩어지는 걱정이 없을 것입니다. 그렇지 않고 계속 전철을 밟아 군졸들을 여러 장수에게 붙여놓기만 한다면, 흙이 무너지고 기와가 깨지는 모습이 병자년(병자호란)과 정묘년(정묘호란)보다 더욱 심해질 것은 결코 의심할 수 없습니다.(중략)

또 고을마다 교적(校籍; 향교 학생명부) 중의 동몽(童蒙)들을 빠짐없이 강등시켜 군보(軍保)에 넣는다고 들었는데 그렇습니까? 이 일은 평시에는 오히려 가하겠지만 이 위급한 국난을 당한 때에 이러한 조치를 거행한다면, 필부필부(匹夫匹婦)가 원수가 될 것이요, 장차 헤아릴 수 없는 걱정이 있을 것입니다. 이른바 '동몽'이란 모두 10세 전의 어린 아이인데 그중에서 혹 나이가 찬 사람이 약간 명 있을지라도, 하루아침에 미끄러져 천역(賤役)에 종사하게 되면 윗사람을 친근하게 여기고 어른을 위해 주는 마음이 없어질 것입니다. 합하는 미처 이를 생각해보지 않았습니까?

제 생각으로는 우선 이 명령을 중지하고 각 고을로 하여금 품관(品官), 교생(校生), 동몽, 방외(方外), 유생, 충의위(忠義衛; 공신의 적장자), 생원, 진사 등 전직을 묻지 않고 장정들을 뽑아내어 그중에서 재지(才智)

와 역량으로 한 고을 압도할 수 있는 사람을 선택하여 영장(領將)으로 삼아 이를 '근왕군'이라 부르고, 변란이 일어나면 도내에서 인망이 있는 중봉 조헌, 창의사 김천일, 제봉 고경명 같은 이를 추대하면 사기는 저절로 배가되고 사람들은 모두 사지로 달려가도 피하지 않을 것입니다.(하략)〉

실제로 10세 전의 동몽, 즉 어린 아이를 군보에 넣겠다는 말이 돌아 인심이 흉흉해진 것은 사실이었다. 때문에 안방준은 공조판서와 병조판서를 지낸 이시백에게 위와 같은 편지를 보내 중지하라고 했던 것이다. 변란이 생기면 군사의 숫자를 불리겠다는, 그야말로 무능하고 책임질 줄 모르는 대신의 엉뚱한 계책이 아닐 수 없었다. 편지를 보내고 나서 안방준은 아들들을 불러 모아 놓고 말했다.

"꾀를 내도 죽을 꾀만 내는구나. 한바탕 웃기에도 부족허구나. 느그덜은 어치께 생각허느냐?"

"아버님, 말씸대로 그 대신이란 자야말로 백면서생이요, 무식헌 무인이그만요."

"하하하. 웃음만 나오는구나."

"그라그만요. 능주향교에서 동몽을 강등시켜 군보에 넣는다고 해도 열 명 남짓밖에 안 되지라우."

안익지 말에 안방준이 상세하게 설명했다.

"이 판서에게 보낸 편지에도 썼다만, 호남 한 도만 예를 들어보겠다. 군현은 모다 50여 곳인디 한 읍에서 얻을 수 있는 동몽은 니 말대로 10여 명쯤 되느니라. 한 도를 통틀어도 수백 명에 불과허제. 근데 만약 한

읍에서 얻을 수 있는 의사는 백여 명이요 적으믄 3, 4십 명이겄제. 그라믄 어치께 되겄냐? 호남 한 도에 7, 8천 명은 된다, 이 말이여."

"아버님 말씸이 옳그만요."

"수백 명 동몽을 얻어 인심이 흉흉해지기보다는 죽음을 기꺼이 받아들이는 수천 명 의사를 얻는 것이 낫다, 이 말이여."

모처럼 안방준은 다섯 아들들과 밤늦도록 시사와 가정사를 얘기했다. 둘째아들 안신지에게는 제주에서 온 망아지를 노비가 잘 기르도록 가르치라고 말했다. 또한 아들 모두에게 강조한 바는 잡된 생각과 일에 빠지지 말고 오직 독서와 수행하는 데 힘쓰라는 당부였다.

환향녀

최명길은 인조15년(1637) 가을에 사은사로 청나라에 갔는데, 돌아오면서 포로 일부를 노예시장에서 은을 주고 데려왔다. 이후에도 매년 조선 사신이 가서 몸값을 은으로 지불하면서 붙잡혀 간 포로들이 돌아오도록 청을 설득했다. 60여 만 명의 포로 중에 부인과 처녀가 50여 만명이었으므로 속환하는 여인들이 대부분이었다.

그런데 돌아온 여인들 중에 일부는 사족(士族) 남편들에게 몸을 망쳤다고 하여 문전박대를 받았다. 여인들은 강제 이혼을 당하기까지 했다. 이런 일에 분개한 최명길이 인조에게 아뢨다. 최명길은 선조 때의 일을 먼저 예로 들었다.

"신이 고로(故老; 옛 일을 알고 있는 늙은이)들에게 들으니, 선조 조에 임진년 왜변이 있은 뒤에 전교가 있었는데, 지난해 성상의 전교와 서로 부합된다고 하였습니다. 그 말을 자세히 기억할 수는 없지만 여항(閭巷; 큰 마을)에서 전하는 바로 말한다면, 그때 어떤 종실이 상소하여 이혼을 청하자 선조께서 허락하지 않으셨으며, 어떤 문관이 이미 다시 장가를 들었다가 아내가 쇄환(刷還·외국에서 돌아옴)되자 선조께서 후취 부인을 첩으로 삼으라고 명하셨으며, 그 처가 죽은 뒤에야 비로소 정실부인으로 올렸다고 합니다.

　이외에도 재상이나 조관(朝官; 조정의 관원)이 사로잡혀 갔다가 돌아온 처를 그대로 데리고 살면서 자식을 낳고 손자를 낳아 명문거족이 된 사람도 왕왕 있습니다. 이 예는 정(情)에서 나오는 것이므로 때에 따라 마땅함을 달리 하는 것으로서 한 가지 예에 구애되어서는 안 되기 때문이 아니겠습니까."

　최명길은 '정조(절개)를 잃은 것은 여인들의 잘못이 아니고, 여인들을 지켜주지 못한 조정의 잘못이므로, 이혼을 허락해서는 안 된다'고 인조를 설득하려고 임진왜란 때의 일을 먼저 아뢨음이었다.

　"신이 심양으로 갈 때에 들은 이야기이옵니다. 청나라 병사들이 돌아갈 때 자색이 자못 아름다운 한 처녀가 있어 청나라 사람들이 온갖 방법으로 달래고 협박하였지만 끝내 들어주지 않자 음식을 주지 않았고 결국 사하보(沙河堡)에 이르러 굶어 죽었다고 합니다. 이에 청나라 사람들도 감탄하여 묻어주고 떠났다고 하였습니다.

　또 신이 심양의 관사에 있을 때, 한 처녀를 값을 정하고 속(贖)하려고 하였는데, 청나라 사람이 뒤에 약속을 위배하고 값을 더 요구하자 그 처녀는 돌아갈 수 없음을 깨닫고 칼로 자신의 목을 찔러 자결을 하였습니다. 이에 끝내는 그녀의 시체를 사가지고 돌아왔습니다.

　가령 이 두 처녀가 다행히 기한 전에 속환되었더라면 반드시 죽지는 않았을 것입니다. 비록 정결한 지조가 있더라도 누가 다시 알아주겠습니까. 이로써 미루어 본다면 전쟁의 급박한 상황 속에서 몸이 더럽혀졌다는 누명을 뒤집어쓰고서도 밝히지 못하는 사람이 얼마나 많겠습니까. 사로잡혀 간 부녀들 모두 몸이 더럽혀졌다고 논할 수 없는 것이

이와 같습니다."

인조는 최명길의 보고를 받고는 환향녀를 맞이한 사대부에게 이혼을 허락하지 않는다고 명을 내렸다. "홍제원의 냇물에서 목욕을 하고 집으로 돌아오면 그 죄를 묻지 않겠다."면서 "환향녀의 정조를 거론하는 자는 엄벌에 처한다."고 교시했다. 그러나 사대부들은 환향녀를 맞아들이지 않았다. 임금의 명을 거역하지 않는 대신 첩을 들였다.

한편, 이날의 사관은 다음과 같이 기록했다.

〈잡혀갔던 여인들을 비록 그들이 본심은 아니라지만 변고가 닥쳤는데도 죽지 않았으니 절의를 잃지 않았다고 할 수 있겠는가. 절의를 잃었다면 남편의 집과는 의리가 이미 끊어진 것이니 절대로 억지로 다시 합하게 해서 사대부의 가풍을 더럽혀서는 안 된다.〉

최명길에 대한 척화파 사관의 평은 몹시 가혹했다.

〈최명길은 비뚤어진 견해를 가지고 망령되게 선조[先朝·선조를 말함] 때의 일을 인용하여 헌의(獻議; 임금에게 아룀)하는 말에 끊어버리기 어렵다는 의견을 갖추어 진달하였으니, 잘못됨이 심하다. 당시의 전교가 사책(史冊)에 기록되어 있지 않아 이미 증거 할 만한 것이 없다.

설령 이런 전교가 있었다고 하더라도 또한 본받을 만한 규례는 아니니, 선조 때 행한 것이라고 핑계하여 오늘에 다시 행할 수 있겠는가. 선정(先正; 선대의 신하)이 말하기를 '절의를 잃은 사람과 짝이 되면 이는 자신도 절의를 잃는 것이다'라고 하였다. 절의를 잃은 부인을 다시 취해 부모를 섬기고 종사(宗祀)를 받들며 자손을 낳고 가세(家世)를 잇는다면 어찌 이런 이치가 있겠는가.

아, 백 년 동안 내려온 나라의 풍속을 무너뜨리고 삼한(三韓)을 들어 오랑캐로 만든 자는 명길이다. 통분함을 금할 수 있겠는가.〉

최명길은 인조16년 영의정이 되었으나 척화파 대신들과의 갈등으로 물러났다. 그런 뒤 다시 인조18년 영의정에 올랐다. 그때 청나라가 명나라를 치고자 조선에 병력을 요구했다. 그러자 최명길은 청나라로 가서 청 태종 홍타이지에게 절한 뒤 "명나라에 대한 의리를 버릴 수 없고, 나라가 극도로 피폐해졌다."는 말로 원군을 반대했다. 이에 홍타이지는 병자년 화약을 어겼다며 진노했다. 그럼에도 불구하고 결국 청 태종은 "최명길이 의리가 있다."며 풀어주었다.

그런데 지난번에 스스로 간 것과 달리 이번에는 홍타이지가 최명길을 청나라로 압송하라고 조선에 요구했다. 이유는 최명길이 명나라와 내통했다는 것이었다. 그것은 사실이었다. 명분과 실리를 좇는 현실주의자인 최명길은 무작정 친청(親淸)으로만 치닫지는 않았다. 임경업과 승려 독보(獨步)를 통해 명나라와도 비밀외교를 했던 것이다.

최명길은 명나라 배와 접촉해 외교 문서를 주고받았고, 청나라에 항복한 조선의 처지를 이해시키고 해명했다. 조선은 청나라와 군신 관계를 맺었지만 아직도 중원은 명나라가 엄연히 다스리고 있었으므로 명과 단절하는 것은 의리를 저버리는 것일 뿐만 아니라 실제로도 위험한 일이었다. 그래서 최명길은 명나라와 비밀리에 외교 관계를 유지하려 했던 것이다.

그러나 그러한 비밀외교는 곧 탄로가 나고 말았다. 명나라 명장 홍승주가 최후결전에서 참패했던바, 청나라에 항복한 뒤 조선과 내통한 일을 실토했다. 또 명나라 상선과 거래하다가 청나라에 붙잡힌 선천부사 이계가 목숨을 부지하고자 조선이 명나라와 비밀리에 외교 관계를 유지하려 했던 사실을 홍타이지의 동생 잉굴다이[龍骨大]에게 고자질해 버렸다. 그러면서 이계가 "청나라의 신하가 되겠다."고 애걸했지만 잉굴다이는 그를 조선과 왕을 배반하는 자로 판단해 "조선에서 알아서 처분하라."며 돌려보내 버렸다.

이계는 국경을 넘자마자 '나라와 정승을 팔아넘긴 놈!'이라며 분노한 양민들에게 두들겨 맞았고, 체포하러 간 나졸들이 양민들에게 사정하다시피 해서 죽기 직전의 이계를 간신히 인수받아 참수형에 처했다. 이 사건으로 최명길은 청나라 심양으로 압송되어 갔던 것이다.

안방준은 오랜만에 매화정을 찾아온 이성을 만났다. 두 사람은 자연스럽게 청나라 심양으로 압송되어 간 최명길을 걱정했다. 이성이 말했다.

"영상이 청으로 끌려간 것만 봐도 친청파라고 몰아붙일 일은 아닌 듯하네."

"백형 성님 말씀에 지도 동감이요. 명나라에 의리를 저버렸다고는 생각지 않지라."

"심양 노예시장에서 여인을 데리고 온 영상에게 '백 년 동안 내려온 나라의 풍속을 무너뜨리고 삼한(三韓)을 들어 오랑캐로 만든 자'라고 비수를 꽂듯 비판하는데, 듣기가 몹시 거북하네."

"지도 성님 맴과 같지라. 오랑캐에게 정조를 잃은 것은 여인덜 잘못이 아니고, 여인덜을 지켜주지 못헌 우리 조정의 잘못이지라."

"영상을 변호해야 할 서인들이 없다니 나도 서인이지만 한심하지 않을 수 없네. 영상의 선친도 우계 선생님 제자가 아닌가."

최명길의 부친 최기남은 우계 성혼의 제자였으며 사마시에 합격하여 태학에 입학했던 선비였다. 왕자사부로 당시 왕세자였던 광해군을 가르쳤으며, 문과에 급제한 서인이었다. 이후 성균관 전적, 형조, 예조, 병조 정랑을 거치고 나서 통정대부로 올라 영흥부사가 되었다. 그런 뒤 인목대비 폐출 옥사에 연루되어 관직에서 물러나 가평에 은거하며 여생을 보낸 인물이었다.

"하나를 보면 열을 알 수 있다는 말이 있지 않은가. 병자년 화약대로 청이 대신의 자녀를 인질로 보내라고 압박할 때 아무도 나서지 않았다고 하네. 다만 영상께서 장남 최후량을 보내 청과의 갈등을 없앤 것만 보더라도 인품이 다르지 않은가."

"언행이 분명허고 대쪽 같은 성품은 따를 자가 읎겄지라."

안방준은 언젠가 이시백이 최명길을 평한 말이 떠올라 나름대로 그의 성품을 짐작했다. 이시백이 최명길을 뜻밖에 호평했기 때문이었다. 병자년 호란 때 혼자 말을 타고 적진에 나아가 적(賊)의 기세를 늦추어 인조가 남한산성으로 피난 가는 시간을 벌었고, 청 태종 홍타이지가 남한산성을 포위했을 때 척화파의 비방을 무릅쓰고 화친을 주장하여 종사(宗社)를 보존시켰다고 말했던 것이다.

이성이 하룻밤 묵지 않고 미시(未時; 오후 2시)가 되자 일어서려고 했다. 안방준은 붙잡으려고 했지만 그만두었다. 매화정 옆으로 분가한 넷째아들 안익지가 오자 바로 말했다.

"니 둘째성이 가져온 숙지황 보따리가 있을 것이다. 찾아서 이 어른
께 드려라."

"사언 아우님, 빈손으로 왔는데, 여기서 무얼 가져가면 어떡하겠나."

"오래 전 일이 생각나그만요. 한양에서 낙향헐 때 백형 성님허고 함
께 허지 않았는게라. 지를 따라온 그때의 정을 생각허믄 뭣이라도 성
님께 드리고 잡그만이라."

안익지가 숙지황을 찾는 동안 두 사람은 다시 대화를 했다. 안방준
은 지금까지의 분위기를 바꾸어 보려고 지난 정월에 온 우암(尤庵) 송
시열의 편지를 꺼냈다. 송시열은 안방준과 지음 사이인 송갑조의 아들
이었다. 이성은 흥미를 갖고 송시열이 안방준에게 보낸 편지를 읽어내
려 갔다.

〈시생(侍生)은 어려서부터 어르신의 훌륭한 덕을 이야기하며 탄복
한 지 오래입니다. 이미 어르신께서 지으신 후율(後栗; 조헌의 호) 선생의
《항의신편》을 얻어 읽어 보았고, 또 지으신 《대학연의(大學演義)》를 읽
어 보았는데, 그 중에 좀 석연치 못한 곳이 있었습니다. 그러나 아직 문
하에 나아가 쇄소(灑掃; 물 뿌리고 먼지를 쏨)의 예를 갖추지 못하여 어리석
은 생각을 계발할 길이 없으니, 흠모하고 추앙하는 마음을 숨 쉴 때에
도 놓지 못하겠습니다.

정묘년 봄에 선군자(先君子; 선친 송갑조)께서 완산에 계실 때 처음으로
어르신을 만나, 흉금을 털어놓고 얘기를 나누어 의리로 맺어진 교분이
매우 두터웠습니다. 돌아와서도 높은 덕의(德義)와 정대한 논의를 자주

칭찬하시니, 저처럼 불초한 아들이 어르신의 가풍을 좇아가는 뜻도 옛날보다 훨씬 간절해졌습니다. 그런데 1년도 채 안 돼서 선군자께서 돌아가시니 원모(怨慕)의 정을 펼 곳이 없어, 곧 선군자의 옛 친구를 모셔 아버지를 추념하는 모정(慕情)을 실현하고, 유익한 가르침을 받으려고 생각한 것은 참으로 우연한 일이 아닙니다. 다만 깊은 산에 병들어 누워 가난과 질병으로 구차하게 사느라 노자(路資)마저 없으니, 조그만 정성도 펼 수가 없었습니다. 그러나 한 생각이 여기에 다다르니 단사(丹砂)처럼 밝고 환합니다.〉

안익지가 숙지황을 싼 보자기를 놓고 나갔다.

"둘째아들 신지가 맹근 숙지황인디 생지황을 아홉 번 찐 것이라고 허요. 몸이 허할 때 하루 서너 번 끓는 물에 넣어 차로 마시믄 좋다고 헌께 장복허시씨요."

"아우님이 복용하지 그런가?"

"지는 둘째아들에게 은제든 가져오라고 허믄 된께 그냥 가져가시씨요."

"고마우이."

이성은 송시열이 보낸 편지를 "그 아버지에 그 아들이군." 하고 혼잣말로 중얼거리면서 다시 읽었다.

〈또 배우지 못해 무지하기에 선군자의 행의(行義)를 지금까지도 문자로 표현할 수 없었습니다. 이에 비로소 초안을 작성하려 하지만 불초하여 보잘것없는 제가 또 일찍 아버지를 여의어 평소의 언행을 거의 기억할 수 없으니, 두렵고 떨려 스스로 용서받을 곳이 없습니다. 가만히 생각건대, 당시 담론하고 토의하셨을 때에 반드시 한두 가지 기록할 만한 내용이 있을 것이니, 몇 자 적어주시어 길이 전할 수 있기를 바랍니다. 그렇게 되면 증거가 없어 사라지게 되지는 않을 것입니다. 그 은혜에 감사한 마음을 마땅히 어떻게 갚아야 할는지요?〉

이성은 편지를 마저 읽은 뒤 말을 타고 서둘러 떠났다. 안방준은 그와 작별하고 나서 겨드랑이를 스치는 바람 같은 허허로움을 느꼈다. 그러자 바로 안익지에게 말을 준비하라고 했다.

"송석정에 핑 댕겨오마. 갑자기 가고 잪구나."

평소에도 마음이 쓸쓸해질 때 가끔 찾아가는 지석천 강가에 지어진 송석정이었다. 송석정은 선조 때 훈련원 첨정을 지낸 양인용이 광해군의 폭정에 권력의 무상함을 느끼고는 고향으로 돌아와 지은 정자였다. 안방준이 '속된 선비의 수레가 없는 시냇물이 흰 거울 같다'고 노래한 곳이었다. 능주목사 김원립 하고도 여러 번 만나 차를 마셨던 정자였다.

마지막 집필을 위해

매화정 뜰에 심은 매화가 꽃을 피웠다. 매화나무 등걸은 거칠었고 거무튀튀했다. 매화정을 짓고 나서 매화나무 세 그루를 옮겨와 심었으니 어느새 10년 된 묵은 고매(古梅)가 된 것이다. 매화나무 한 그루는 청매였고, 또 한 그루는 백매였고, 나머지 한 그루는 홍매였다. 안방준은 청매 꽃잎에 눈이 가곤 했다. 꽃잎과 꽃받침 모두 푸른빛을 띠고 있으므로 매화나무로서 절의가 느껴졌기 때문이었다. 넷째아들 안익지가 꼭두새벽에 문안인사를 왔다. 사랑방 문을 여는 순간 매화꽃 향기도 방안으로 따라 들어왔다.

"아버님, 기체 강녕허신게라우?"

"오냐, 지난 해 니 성이 동복에 터를 봤다고 허는디 들어봤냐?"

"예, 성님을 따라가서 지도 봤지라우."

"으쩌디야?"

"여그 매화정 터허고 엇비슷허드그만요."

지난해 동복 터를 봤다는 안방준의 아들은 셋째아들 안심지였다.

"배산임수 터드냐?"

"예, 앞산 뒷산이 있고 그 사이로 큰 개울이 하나 있드그만요."

넷째아들 안익지가 말하는 곳은 동복 용안(龍岸)이었고, 안심지가 봤다는 집터는 큰 못인 용안연((龍岸淵) 바로 위였다. 동복과 사평 사이에 있는데, 집을 짓는다면 동향으로 앉혀야 할 터였다. 안방준이 동복 용리로 가려고 하는 것은 매화정이 사람들에게 알려져 길손들의 발길이 잦아졌기 때문이었다. 또 하나 이유가 더 있다면 동복에 자리 잡고 사는 셋째아들 안심지가 아버지 안방준을 위해 터를 잡아주겠다고 약속해서였다.

"아버님, 근디 노병이 있으신디 번거로운 일이 아닐게라우?"

"늙은 나이에 이사헌다는 것이 번거롭기는 허다만."

안익지는 둘째형님이자 의원인 안신지가 매화정에서 가까운 거리에 살고 있기 때문에 안심하고 있었는데, 멀리 동복으로 간다고 하니 걱정하지 않을 수 없었다.

"여그는 그래도 성님이 의원을 허고 있은께 급허믄 성이 달려오거나 지가 핑 갔다 올 수 있는디요잉."

"동복에도 의원이 있겄제. 내 할 일이 있어서 이사헐라고 헌께 안심 허그라."

"할 일이 뭣인디라우?"

"능주는 정암(靜庵) 선생이 유배온 곳이 아니드냐. 정암 선생 이야기를 쓰고 잖은디 여그는 너무 번다해서 글 한 줄을 지대로 쓸 수가 읎구나."

"긍께 조용헌 곳에서 글을 쓰실라고 그라시그만요."

"그란다. 정암 선생 글만 쓰믄 다시 여그로 올지도 모르제."

정암이란 조광조의 호였다. 그는 중종 재위시 기묘년에 능주로 유배

와서 한 달 만에 사사받고 쌍봉사 위 증조산 산자락에 묻혔다가 다음 해 봄이 되자 용인 선산으로 귀장(歸葬)을 해갔던 도학자였다. 능주 적소에서 양팽손을 비롯한 능주, 화순, 동복 유생들과 도학이 넘쳐나는 지치(至治)를 논의하다가 한양의 금부도사가 가지고온 사약을 마시고 죽었던 것이다.

"아버님께서 지를 살려주셨은께 인자 아버님은 지가 모셔야지라우."

"의원인 니 성이 니를 살렸제 내가 그란 것은 아니다."

"우산에서 매화정으로 지를 델꼬 온 이유는 지를 살릴라고 그라신 것이었지라우."

"어차든지 니는 매화정에 와서 몸도 쪼깜 좋아지고 혼사도 생겼은께 니헌테는 여그가 명당인께 으디로 떠날 생각 말고 뿌리 박고 살그라."

"여그서 절대 떠나지 않을게라우. 대대손손 여그서 살아야지라우."

안방준이 화제를 돌렸다.

"작년에 임금님께 소장을 올렸는디 여러 분덜이 편지를 보내왔구나. 한 번 눈으로 읽어 보그라."

안방준이 소장을 올린 때는 인조18년 5월이었다. 소장의 요지는 명나라에 재조(再造; 재흥)의 은혜를 깊이 입었는데 오늘 원수인 적을 도와 상국(上國; 명나라)을 범하는 것은 의리로 보아 옳지 않은데, 조정의 신하들은 오직 편당에만 힘써 김상용처럼 명백하게 절의를 위해 죽은 사람이 보상의 은전을 입지 못하고, 예컨대 김상헌, 정온, 유백중 등은 강상을 붙잡아 세우려 하였는데도 논자들은 도리어 임금을 잊고 나라를 등졌다고 말하니, 이는 시비가 공정하지 못하기 때문이라는 것이었다. 또 안방준은 소장에서 상벌을 밝히고 기강을 세우는 것은 사기를 진작하고 나라의 기틀을 회복하는 근본이요 대의를 천하에 밝히는 것이라고 주장했다.

이에 여러 선비들이 안방준에게 편지를 보내왔던 것이다. 안익지는 원평군 원두표의 편지부터 읽었다. 안익지의 눈에 들어온 편지 글은 이러했다.

〈상소한 글을 읽고 나니 얼이 빠져 어쩔 줄 모르겠습니다. 비록 한때에 시행하지 못한다고 해도 오히려 만고 강상을 일으켜 세울 수 있을 것이니, 세도(世道)에 어찌 도움이 적다고 하겠습니까?〉

유성중의 편지도 안익지의 눈길을 붙잡았다.

〈그대가 올린 소장을 보았는데, 말이 매우 간절하고 올곧아 나도 모르게 가슴이 시원했습니다. 반드시 가납(嘉納)하여 칭찬해야 하는데 지금껏 아무 말이 없으니 기가 찰 뿐입니다.〉

유성중은 또 보낸 편지에서 안방준을 흠모했다.

〈한 번 그대의 기풍을 접하고 나니 평생 친우처럼 기꺼울 뿐만 아닙니다. 낭랑한 목소리와 늠름한 풍채는 어느새 사람으로 하여금 사욕에 찌든 마음을 제거케 하고 티끌 진 가슴을 트이게 합니다. 서늘한 가을에 강가 정자에서 서로 노닐 수 있다면, 막힌 정치와 의심스런 일을 마땅히 물어서 처리할 수 있을 것입니다. 그렇게 되면 더욱 다행이겠습니다.〉

매화꽃이 지고 잎눈이 막 눈을 뜨려고 할 무렵이었다. 날은 아직 아침저녁으로는 차가웠다. 새벽이나 초저녁에는 냉기가 일렁거렸던 것이다. 이사를 앞두고 아들들이 모였다. 우산전사에 있는 다섯째아들 안일지만 오지 않았다. 겨우내 고뿔에 걸려 몸이 극도로 쇠약해졌던 것이다. 아들들이 모인 이유는 어머니 경주 정씨가 기력이 갑자기 떨어져 거동이 불편했기 때문이었다. 안방준이 말했다.

"내가 느그덜을 오라고 부른 것은 니 엄니 따문이다. 갈수록 기력이 떨어지니 으쩌믄 좋겄냐? 신지가 동복에 집을 지어놓은 모냥인디 말이다."

"아버님 말씸은 동복의 조용헌 곳에서 글을 쓰실라고 그라신디 엄니 땜시 그라시지라우?"

"니덜 엄니는 우산의 옛 집이 좋다고 헌다만 막내가 아퍼서 저러코름 누워 있는디 그곳으로 갈 수도 읎고, 그란다고 낯선 동복으로 갈 수 읎고, 그래서 니덜을 부른 것이다. 의견이 있으믄 말해보그라."

안방준이 하소연하듯 말하자 둘째아들 안신지가 말했다.

"동상 심지가 동복에서 잘 살고 있지만 엄니를 그짝으로 모신다는 것은 쪼깜 찜찜허요. 명색이 지가 의원인디 엄니를 가차이서 돌봐야제 먼 디로 가셔야 쓰겄는게라우."

안신지의 말에 안심지가 대답했다.

"성님 뜻을 알겠는디 동복에도 의원이 있어라우. 지도 인자 부모님을 가차이서 모시고 잦그만이라우."

안신지가 물러서지 않고 말했다.

"누군들 부모님을 가차이서 모시고 잦지 않겠는가. 같은 의원이라도 마음가짐은 남허고 자식은 다를 수밖에 읎는 것이여."

그러자 장남 안후지가 정리했다.

"동상덜 맘이야 다 같겄제잉. 근디 엄니 보살피는 것은 신지 동상 말이 맞네. 글고 아버님은 글을 쓰셔야 헌께 동복으로 가시는 것이 맞고."

아들들이 하는 말을 지켜보고 있던 안방준이 결론을 내렸다.

"니 엄니는 19세에 나헌테 시집 와서 시부모를 모시고 제사를 받드는디 예를 다했다. 집안일을 다스릴 때 아무렇게나 허지 않고 한결같이 내 뜻을 따랐으니 나 역시 니 엄니를 존경허고 소중허게 대했느니라. 근디 기력을 회복헐 기미가 읎으니 내 맘이 심란허니라. 나는 후지의 말에 따를 것이니라. 니 엄니헌테는 내가 말헐 테니 느그덜은 엄니를 위로허기만 허그라."

"예, 아버님."

그날 밤 안방준은 아내 경주 정씨에게 아들 간에 오간 말을 낱낱이 전했다. 그런데 경주 정씨는 의외로 담담하게 받아들였다. 큰일 당할 때 항상 대범했듯 한 점 이견을 달지 않았다. 다만 우산에 대한 애정만은 여전했다. 죽어서라도 가고 싶은 곳이 있다면 우산이라고 고백했던 것이다. 그러나 막내 안일지의 건강이 극도로 악화된 상태이므로 갈 수 없는 형편이었다.

2월 말. 안방준은 안신지가 보낸 노비와 말을 타고 동복으로 떠났다. 부엌살림을 할 여종 하나만 데리고 매화정을 나섰다. 안방에 누워 있는 아내에게 잠시 위로한 뒤, 매화정을 나서서는 말고삐를 바짝 잡아당겼다. 벌써 안방준의 머릿속은 기묘사화의 전말(顚末)을 어떻게 쓸지 구상 중이었던 것이다.

능주에서 동복 가는 길은 사평을 거쳐 가야 했다. 안신지의 노비는 잰걸음으로 길잡이 노릇을 했다. 안신지가 지은 초가가 동복과 사평 중간쯤 개울가에 있다고 하니 한 나절이면 도착할 수 있을 터였다.

점심은 사평천 팽나무 그늘에서 부엌데기 여종이 만든 주먹밥으로 해결했다. 사평천은 물이 맑고 깊었다. 인근 산자락에서 흘러온 봄물이 돌돌돌 소리치며 흘렀다. 안방준은 주먹밥을 반만 먹고 안신지가 보낸 노비에게 주었다. 노비는 주먹밥 한 개를 순식간에 우걱우걱 삼키고는 안방준이 먹고 있는 주먹밥을 훔쳐보았던 것이다.

개울을 따라 올라가자 마침내 동복 용안이 나타났다. 용안 앞으로 제법 깊고 넓은 용안연이 보였다. 안방준이 머물 초가는 바로 용안연 위에 있었다. 안심지가 목수를 불러 서둘러 짓기 시작하여 겨울 끄트머리에 이엉을 얹은 초가삼간이었다. 안방준은 호젓한 터가 마음에 들었다. 이제 여기까지 찾아올 손님은 없을 듯했다.

안방준은 셋째아들 안심지의 정성으로 용안연 초가에서 쉽게 정착했다. 매화정에서 구상했던 조광조 이야기도 순조롭게 집필했다.

조광조.
성종13년(1482)에 태어나 중종14(1519)년에 능주에서 생을 마감한 파란만장한 도학자였다. 17세 때 어천찰방으로 부임하는 아버지를 따라 갔다가 무오사화로 희천에 유배 중이던 김굉필을 만나 제자가 되었고, 스승의 영향으로 평생 동안 《소학》, 《근사록》 공부에 힘썼다.

중종5년에 사마시 장원으로 합격, 진사가 되어 성균관에 입학했는데, 성균관 유생들과 이조판서 안당 추천으로 조지서(造紙署) 사지(司紙)를 제수 받았다. 그해 가을에 별시문과에 급제하여 전적, 감찰, 예조좌랑을 거쳤다. 정언이 되자 경연에 나아가 중종에게 지치(至治)에 입각한 왕도정치의 실현을 거듭 아뢨다.

장경왕후(章敬王后; 중종 계비)가 죽자, 순창군수 김정, 담양부사 박상 등이 중종의 정비(正妃; 폐위된 愼氏)를 복위시킬 것과 신씨의 폐위를 주장했던 훈구대신 박원종을 처벌할 것을 상소하다가 대사간 이행의 탄핵을 받아 귀양 갔다. 이에 대해 대사간 조광조는 상소한 신하를 벌함은 언로를 막는 것이므로 나라의 존망에 관계되는 일이라고 아뢨다. 오히려 중종이 이행 등을 파직하게 하여 왕의 신임을 입증 받았다. 이를 계기로 원로파(元老派), 즉 중종반정 공신과 현량과 실시로 뽑힌 신진사류(新進士類) 간의 대립으로 기묘사화가 발생했던 것이다.

날마다 동창에 먼동이 스며드는 꼭두새벽부터 하루종일 조광조가 주창한 도학정치와 기묘사화의 전말을 집필했는데, 안방준은 이를 《기묘유적(己卯遺蹟)》이라고 이름 붙였다.

그런데 안방준은 3월이 되어 다른 집필을 접어야 했다. 부인 경주 정씨의 상을 당했던 것이다. 향년 72세였다. 안방준은 다시 매화정으로 돌아가 부인의 빈소를 지켰다. 아들들과 인근의 제자들이 몰려드는 문상객들을 맞았다. 결국 5월에 경주 정씨 소원대로 우산 산기슭으로 옮겨 안장했다.

"니 엄니가 기력을 회복허믄 동복에서 함께 살고자 했는디 요로코름 몬자 가다니 참말로 아숩구나."

안신지가 안방준의 말에 대답했다.

"아버님, 동복에서 매화정으로 오시믄 으쩌겄는게라우?"

"간 지가 을매나 됐다고 오겄느냐! 내가 글 쓸 날이 많이 남아 있지 않다. 긍께 조용헌 곳에서 쓰고 잪은 글을 더 써야제."

"《기묘유적》에 이어 또 쓰실 글은 뭣인게라우?"

"정여립 변란에 대해서 논변헐 것이 있다."

"아버님은 남의 한(恨)까지 글로 씻으시는 것 같그만요."

"나는 글 쓰는 재주가 쪼깜 있어갖고 그나마 외롭지 않았던 것 같어야. 내게 권세가 있는 것도 아니고, 니덜을 크게 도와줄 만헌 재산이 있는 것도 아닌디 글재주라도 읎었으믄 내 생이 을매나 억울허겄냐? 긍께 나는 복이 많은 사람이다. 특히 니 엄니가 말없이 나를 도왔으니 말이다."

동복으로 돌아온 안방준은 그의 말대로 정여립 변란에 대해서 밤낮없이 글을 썼다. 주로 송강(松江) 정철을 변호하는 내용이었다. 즉 정철이 추관이 되었다가 동인들에게 크게 배척을 당했는데, 안방준이 이를 조목조목 논변하고 《기축기사(己丑記事)》라고 이름을 붙였던 것이다. 무엇보다 안방준은 글에 집중하는 동안 부인을 잃은 슬픈 마음에서 조금이나마 벗어날 수 있었고 위로를 받았다.

그런데 안방준은 1년 만에 능주로 돌아와 둘째며느리 조씨(趙氏)의

상에 곡했고, 또 얼마 후에는 우산으로 가서 다섯째아들 안일지의 상
에 눈물을 흘렸다. 병을 앓던 막내아들이 끝내 눈을 감고 말았던 것이
다. 안방준은 애석한 마음에 소리 없이 흐느꼈다.

결국 안방준은 아들들에게 거듭 권유를 받고는 《우산문답(牛山問
答)》을 지은 뒤 3년 만에 일단은 우산마을로 돌아왔다. 72세 때의 일이
었다. 의원인 둘째아들 안신지가 매화정을 말했지만 우산 산기슭에 묻
힌 아내 경주 정씨와 다섯째아들 안일지 생각이 간절해서였다.

은봉정사에서 붓을 놓다

봄에 동복 용안에서 우산마을로 돌아왔다. 먼저 눈을 감은 아내 경주 정씨 곁에 잠시라도 있고 싶어서였다. 셋째아들 안심지도 우산으로 가겠다는 아버지 안방준을 만류하지 않았다. 다만 완연한 봄에 떠나기를 원했지만 안방준은 첫 봄비가 그치고 나자 바로 용안을 떠났다. 한겨울 내내 얼었던 용안연은 얼음이 녹고 있었다. 용안연 둘레에 자생하는 버들가지마다 얼음조각들이 달라붙어 보석처럼 반짝거렸다.

안심지가 내준 말을 타고 사시(巳時; 오전 10시) 무렵에 용리를 떠난 안방준은 말구종 노비를 앞세우고 사평을 거쳐 오후 느지막이 우산마을에 도착했다. 우산전사는 죽산 안씨들이 하나 둘 들어와 살면서 그런대로 관리가 잘 돼 있었다. 개울 건너 고송팔매(孤松八梅) 뜰의 나무들도 제법 의젓했다. 안방준은 방으로 바로 들어가지 않고 아내의 유택으로 먼저 올라갔다. 유택은 남향받이로 응달보다 풀이 더 파랬다. 안방준은 소나무 생가지를 꺾어 유택 앞에 놓았다. 자신이 왔다간 흔적이었다. 절을 하자, 솔향기가 코를 찔렀다. 잠시 후에는 유택에 듬성듬성 솟아나기 시작한 쑥을 뽑았다.

우산전사로 내려온 안방준은 노비와 부엌데기 여종을 데리고 대청소를 했다. 사랑방에 쌓아놓은 서책들은 햇볕에 말렸다. 물론 동복에서 가져온 책들은 앉은뱅이책상 위에 정리했다. 그중에는 이순신 좌수사가 정운 녹도만호와 함께 활약한 부산해전을 기록한 제자 주엽의 책도 있었다.

그런데 그가 쓴 부산해전은 안방준이 보기에 내용이 번잡하고 산만했다. 그런데다 반드시 남겨 전해야 할 핵심은 부족했다. 이번 기회에 안방준은 아쉬웠던 부분은 보충하고 핵심을 흐트리는 군더더기는 생략해 그의 관점으로 정리할 계획을 세웠다. 둘째아들 안신지가 자신이 처방해서 지은 약을 가져왔다. 인삼, 생지황, 백복령, 꿀 등을 섞어서 고아 원기를 보충해주는 약이었다.

"아버님, 아침저녁으로 미지근헌 물에 타서 드시믄 여름철을 수월허게 나실 수 있어라우."

"예전에도 니 덕에 글을 쓰고 나서 피곤헌 줄 모르겄드라."

안신지는 능주로 돌아가면서 부엌데기 여종에게 날마다 같은 때에 약을 올리라고 신신당부를 했다. 아닌 게 아니라 약을 복용하자 서서히 기운이 되돌아왔다. 그 힘으로 안방준은 이순신 좌수사가 임진왜란 중에 해전에서 연승함으로써 무엇보다 호남을 보전했고, 전쟁 초기 경상도 원군 때부터 부산해전 중에 정운 녹도만호가 선두에서 용맹하게 싸워 왜적을 물리치던 중에 순절한 사실을 기록했다. 집필목적은 분명했다.

〈후세사람들에게 국가의 회복이 호남의 보전에 연유하였고, 호남의 보전은 이순신의 수전(水戰)에 연유하였으며, 이순신의 수전은 모

두 녹도만호 정운이 전투에 앞장을 섰던 힘에서 나온 것임을 알도록 하였다.〉

또한 안방준은 원균의 공은 전후에 걸친 싸움에서 조금의 공도 없었다고 밝혔는데, 이러한 기록을 그는 《부산기사(釜山記事)》라고 이름을 붙였다.

그런데 《부산기사》를 쓰고 난 뒤였다. 인조는 또 안방준에게 형조좌랑을 제수했다. 물론 안방준은 출사하지 않았다. 자신의 진정한 일이란 출사해서 벼슬살이하는 것이 아니라 덕을 닦고 후세에 전할 만한 사건을 올바르게 기록하는 일이라고 여겼기 때문이었다. 안방준은 스스로 수덕(修德)과 역사적 사건의 기록이야말로 하늘이 내려준 일이라고 생각했던 것이다.

다음해도 안방준은 거금도에서 결성한 조명연합수군이 나로도에서 순천 왜성 바로 밑의 장도까지 진출하여 왜장 고니시 유키나가 부대의 퇴로를 차단하고 있다가 경상도 해안에서 오는 왜군 지원부대를 노량바다에서 무찌른 《노량기사(露梁記事)》를 지었다. 노량바다는 송희립 참좌군관의 건의에 따라 통제사 이순신이 왜적과 최후일전을 벌이다가 순절했던 곳이었다.

이 해에도 안방준은 6월에 침묘(寢廟)와 정자각을 지키던 관청인 종묘서(宗廟署) 영(令), 8월에는 세자를 호위하는 익위사(翊衛司) 익위를 제수 받았지만 모두 취임하지 않았다.

인조24년(1646).

안방준은 우산에서 매화정으로 돌아가려고 생각했다. 아들들이 74세가 된 아버지 안방준의 건강을 염려하여 여러 번이나 하소연해서였다. 특히 의원인 둘째아들 안신지가 우산마을을 자주 드나들면서 설득했던바 안방준은 이사를 결심하지 않을 수 없었던 것이다.

"보성 성님이나 동복에 사는 동상도 아버님께서 매화정으로 돌아오셔야 안심허겠다고 그라그만요."

"느그덜 맴은 알겠다만 내가 살믄 을매나 더 살겄냐?"

"한갓진 우산보다는 능주가 그래도 낫겄지라우. 탈이라도 나시믄 큰일 난당께요. 명색이 의원인 지가 무신 낯으로 살겄는게라우."

"니 말대로 매화정으로 갈 수 있다만 어느 새 제자덜이 몇 십 명이나 돼부렀으니 정사가 하나 필요허겄는디 고것이 걱정이구나."

"강학을 허실라믄 칸을 터서 방을 크게 해야 쓰겄그만요."

"그라제."

매화정으로 옮긴다면 틀림없이 제자와 문인들이 또 다시 빈번하게 찾아올 터였다.

"성제덜허고 의논해서 강학당을 짓을랑께 걱정허지 마시씨요."

안신지는 우선 보성에 사는 첫째 안후지와 상의한 뒤 동복의 셋째 안심지, 매화정을 지켜온 넷째 안익지와 합의했다. 살림살이가 넉넉한 첫째 안후지와 둘째 안신지가 대부분 비용를 부담했다. 이윽고 늦봄에 짓기 시작한 정사는 초가을에 완공을 했다.

안방준은 가을걷이 농사일이 끝나갈 무렵 11월에 매화정으로 왔다. 새로 지은 강학당 이름은 제자들이 모인 자리에서 지었다. 안방준이 말했다.

"자네덜 생각을 말해보게. 이 정사 이름을 뭣이라고 허든 쓰겄는가?"

"어치께 지덜이 짓겄습니까요. 선상님께서 생각해두셨던 것으로 정허시믄 으쩔게라우?"

"아버님, 지 생각도 그라그만요."

안익지가 양주남 말에 동감을 보탰다.

"내가 늘 염두에 둔 생각이 있기는 허제. 충효와 절의를 생각헐 때 나는 두 분을 사모했은께 말이여. 포은 정몽주 선생과 중봉 조헌 선생이제."

"지는 선상님 맘을 알겄그만요. 두 분의 호에서 한 자씩 가져온다는 말씸이지라우?"

"그라네. 포은에서 은자를, 중봉에서 봉자를 빌리믄 은봉이 되겄네. 은봉정사라고 허고 잖네."

안방준은 그 자리에서 안익지에게 널빤지를 가져오게 했다.

"뒤안에 강학당을 짓고 남은 널빤지덜이 있드라. 편액으로 쓸만헌 것으로 갖고 오그라."

양주남이 벼루에 먹을 갈았다. 안방준은 넷째아들 안익지가 가져온 널빤지에다 은봉정사(隱峯精舍)란 글씨를 썼다. 편액은 안신지가 데리고 온 노비들이 달았다. 은봉정사를 개원했다는 소문이 인근에 퍼지자 흩어져 살던 제자와 손님들이 다시 찾아오기 시작했다.

손님 중에 특별한 유생은 송시열이었다. 은봉정사 편액을 건 지 한 달이 지났을 무렵이었다. 삼십대 후반의 송시열이 아버지 송갑조의 친구 74세의 안방준을 찾아온 것이었다. 송시열은 당시 충청도 동향이자 동갑내기인 무안현감 유계(兪棨)를 만나 그와 함께 서호(西湖) 명승을 유람하다가 헤어진 뒤, 서석(瑞石; 무등산)에서 은봉정사로 왔던 것이다.

젊은 송시열이 고령의 안방준을 찾아온 이유는 아버지 송갑조의 행적을 지어달라고 부탁하기 위해서였다. 은봉정사에서 송시열은 안방준에게 큰절을 올리며 말했다.

"어르신, 추운 날씨에 일상은 평안하시고 보행도 강건하신지요?"

"영보를 보니 자네 선친을 보는 듯 반갑네."

영보(英甫)는 송시열의 자였다.

"4년 전 편지 글이 떠오릅니다. 평소에 어르신을 흠모하고 추앙하기를 마치 굶주리고 목마른 듯하다고 적어 보냈습니다. 시생은 어르신 문하에서 청소나 하며 가르침을 받고자 하던 차에 오늘 비로소 친견하고 있습니다."

"이 늙은이에게 무신 가르침을 받고자 헌다는 말인가?"

"하루아침에 어떻게 높고 깊은 가르침을 받겠습니까? 이번에는 선친의 행적을 부탁드리려고 내려왔습니다."

"근심허지 말게. 선친의 행적에 내 글이 조금이라도 허물이 되지 않을까, 오직 그것을 근심헐 뿐이네."

"어르신, 흔쾌히 허락해 주시니 어쩔 줄 모르겠습니다."

송시열은 살림집으로 바뀐 매화정에서 이틀을 묵고 갔다. 안방준은 석별의 정을 아쉬워하며 간밤에 미리 써둔 시를 송시열에게 주었다.

통곡하오. 당시의 일을
내 장차 어디로 돌아갈꼬

평생의 강개한 눈물을

오늘 그대를 위해 뿌리네.

痛哭當時事 吾將何所歸

平生慷慨淚 今日爲君揮

충청도 집으로 돌아간 송시열은 사람들이 '안방준이 어떤 사람인가?' 하고 물을 때마다 "은봉 어른은 기개와 절의가 있다. 남방의 선비들이 어른에게 힘입어 나아갈 방향을 잃지 않은 이가 매우 많으니, 남방에 지극한 공(功)이 있다."고 대답하곤 했다.

안방준은 75세 때에도 송시열의 부탁으로 〈충효전가서(忠孝傳家序)〉를 지어 보냈다. 그 서(序)는 이러했다.

〈나는 젊었을 때 봉사(奉事) 송귀수와 그의 아우 규암(圭庵; 송인수) 선생이 충효가 모두 지극했다고 들었다. 어린 나이에 어머니를 잃고 모정에 사무쳐 몹시 슬퍼하여 깔았던 거적자리가 썩을 정도였고, 제비가 여막에 둥지를 틀었는데 낳은 새끼가 모두 희니, 사람들은 정성스런 효성에 감응한 것이라고 말했다.(중략)

죽어 돌아가 수옹(睡翁; 송갑조)을 볼 날이 조석에 닥쳐 있다. 수옹이 혹여 "우리 아이에게 무슨 말을 해주었는가?"라고 묻는다면 나는 장차 할 말이 없을 것이다. 참람하고 경솔함이 여기에 이르렀는데, 영보는 어떻게 생각하는지 모르겠다. 《시경》에서 '비바람 캄캄한데 닭소리 쉬지 않는다(風雨如晦 鷄鳴不已).'고 말했으니 우리 영보는 힘쓸지어다.〉

또 76세 때 11월에는 사림의 벗으로 하여금 전라감사에게 편지를 올려, 임란 장군 최대성이 순절한 일을 포상해 줄 것을 청하게 했다. 안방준은 최대성의 충절을 높이 평가했던 것이다. 최대성은 적장 가토 기요마사를 맞아 왜교 죽전 벌판에서 크고 작은 전투 20여 번이나 승리했으며, 망지포와 첨산전투에서 왜적들을 많이 포획했고, 안치전투에서 왜적의 우두머리를 사로잡고는 적의 흉탄을 맞고 순절했던 것이다.

인조가 승하한 다음해 11월에 효종이 공조좌랑을 제수했으나 사직을 청했다. 한 달 후에는 사헌부 지평을 제수했으나 또 소장을 올려 사직했다. 이에 효종은 "사양만 하지 말고 몸조리한 뒤에 올라오라"고 했지만 안방준은 끝내 뜻을 굽히지 않았다. 그러자 효종이 "상소를 살펴보고 잘 알았노라. 이토록 사양하니 그대 뜻에 애써 부응하고, 개진한 일들은 내 마땅히 깊이 생각하겠노라." 하고 사직을 허락했다.

능주목사 장중인이 은봉정사로 부임인사차 왔다가 두 칸짜리 정사가 비좁다는 생각에 고을 유생들 중에서 유사(有司)를 정해 모금하려고 했다. 안방준은 제자들에게 그 소식을 듣고는 웃으며 말했다.

"가난헌 선비가 거처허는 곳은 무르팍이나 움직일 수 있으믄 족허거늘, 어찌 관청의 심을 이용하여 사사로운 집을 짓겠는가?"

안방준이 거절했다는 말을 듣게 된 능주목사 역시 웃으며 자신의 뜻을 접었다.

"허허허. 제대로 강학하는 정사가 되려면 좁지 않은가? 한데도 주인장이 거절하면 별 수 없지."

이 무렵 안방준은 매형이자 두 번째 스승인 박종정의 행적을 기록하여 《난계사적(蘭溪事蹟)》이라고 했다. 그리고 가을에는 문인 서봉령과 함께 월곡촌사에서 강학했다. 그러는 동안에 또 사헌부 장령을 제수받았지만 사직을 허락해 달라는 소장을 올렸다. 효종3년(1652)에 재차 상소하여 겨우 임금에게 "그대가 노병으로 올라올 수 없다 하니 진실로 탄식하노라. 이제 우선 그대의 뜻을 따르겠노라."고 허락을 받았다. 대신 효종은 여름에 특별히 안방준에게 통정(通政; 정3품)으로 올리라는 전지(傳旨)를 내렸다. 이 같은 가자(加資; 품계를 올리는 일)는 26년째 벼슬을 제수 받고도 사직만 하는 안방준을 직접 만난 어사 민정중이 "이 사람은 이미 4품을 거쳤고, 금년 나이 80이니, 마땅히 우로(優老; 노인 우대)의 은전(恩典; 나라의 혜택)이 있어야 할 것 같습니다."라고 보고한 결과 효종이 이조에 명한 조치였다.

또 가을에 좌의정 김육이 건의한 경대동법(京大同法)을 파할 것을 상소했다. 이 법을 먼저 호남에 시험하고 다음으로 충청도와 경상도에 시행하자고 하여 인심이 흉흉해졌던 것이다. 늦가을인 11월 6일에는 제자, 문인, 자손 86명이 함께 능주 천태산에 올라 기녀들의 거문고 뜯는 소리를 들으며 잡다한 세사를 잠시 떠나 충의(忠義)를 다졌다. 이전에 쌍봉사에서 두부를 넣어 끓인 연포탕을 먹으며 제자들과 조용하게 시회(詩會)를 열었던 때와는 사뭇 달랐다.

안방준은 눈을 감기 전해인 81세 때도 《매환문답(買還問答)》이라는 글을 지었다. 서론 부분은 성혼과 이이가 모함을 당한 이유와 선릉(성종 능)과 정릉(중종 능)을 봉심(奉審; 어명으로 능을 보살핌)한 전말을 썼고, 중간 부분은 화의(和議)를 주청한 일을 썼으며, 끝부분에서는 편당의 재앙을 썼던 것이다. 안방준을 잊지 않는 효종의 배려도 여전했다. 또 다시 공조참의를 제수하였지만 안방준은 초지일관 사직할 뿐이었다. 여름에는 송강 정철의 아들 정홍명이 연보 초안을 가지고 왔고, 손자 정양이 편지로 첨삭해달라고 부탁해서 쓸데없는 단어와 문장을 지우는 등 정리했다. 그런 뒤 신중을 기하느라고 미뤄두었던 첫 스승 박광전의 행장을 작성했다. 여름에는 군사조직 중 하나인 용양위(龍驤衛) 부호군을 제수 받았다.

그러나 안방준은 기쁜 마음보다는 부질없는 허허로움 같은 것을 느꼈다. 죽음의 그림자가 눈앞에서 어른거렸던 것이다. 옆에서 시중드는 제자에게 무심코 시 한 구절을 읊조렸다.

주인 없는 넓은 뜰에 잡초만 쓸쓸하네.
廣庭無主草蕭蕭

그런 뒤 혼잣말로 중얼거렸다.
'내가 살날도 필시 멀지 않은 것 같구나.'
갈 날을 예견한 안방준의 말은 정확했다. 세 번째 스승 성혼의 연보를 수정하는 작업을 마친 뒤, 가르침을 받으려 했으나 모친의 봉양 때문에 문하에 들지 못해 한밤중에 지붕을 쳐다보며 슬퍼하고 두려워한다는 송시열의 편지를 받았다. 임종 전에 받은 마지막 편지였다.
마침내 82세 안방준은 효종5년(1654) 11월 30일 은봉정사에서 꼭두새벽에 일어나 세수하고 새 옷으로 갈아입었다. 묘시(卯時; 오전 5-7시)가 되자 쥐려던 붓을 놓은 뒤, 베개를 베고 잠깐 잠을 잔 듯하더니 아들들과 간밤에 정담을 나누었던 문인(門人)들이 지켜보는 가운데 영면에 들었다.

효종6년 2월에 보성 죽방동 남향받이 벌안에 장사지냈는데, 효종은 부음을 듣고 예조에 명하여 전라감사로 하여금 부의를 보내도록 했다. 이후 효종7년에는 능주의 여러 유생들이 도산에 서원(道山書院)을 세워 기렸고, 효종8년 4월에는 보성의 여러 유생들이 대계에 서원(大溪書院)을 세워 배향했다. 또 동복의 도원서원(道源書院)에 최산두, 임억령, 정구 등과 함께 병향(竝享)했다. 효종9년에는 가선대부 이조참판 겸 동지 의금부사에 추증했다.

〈끝〉